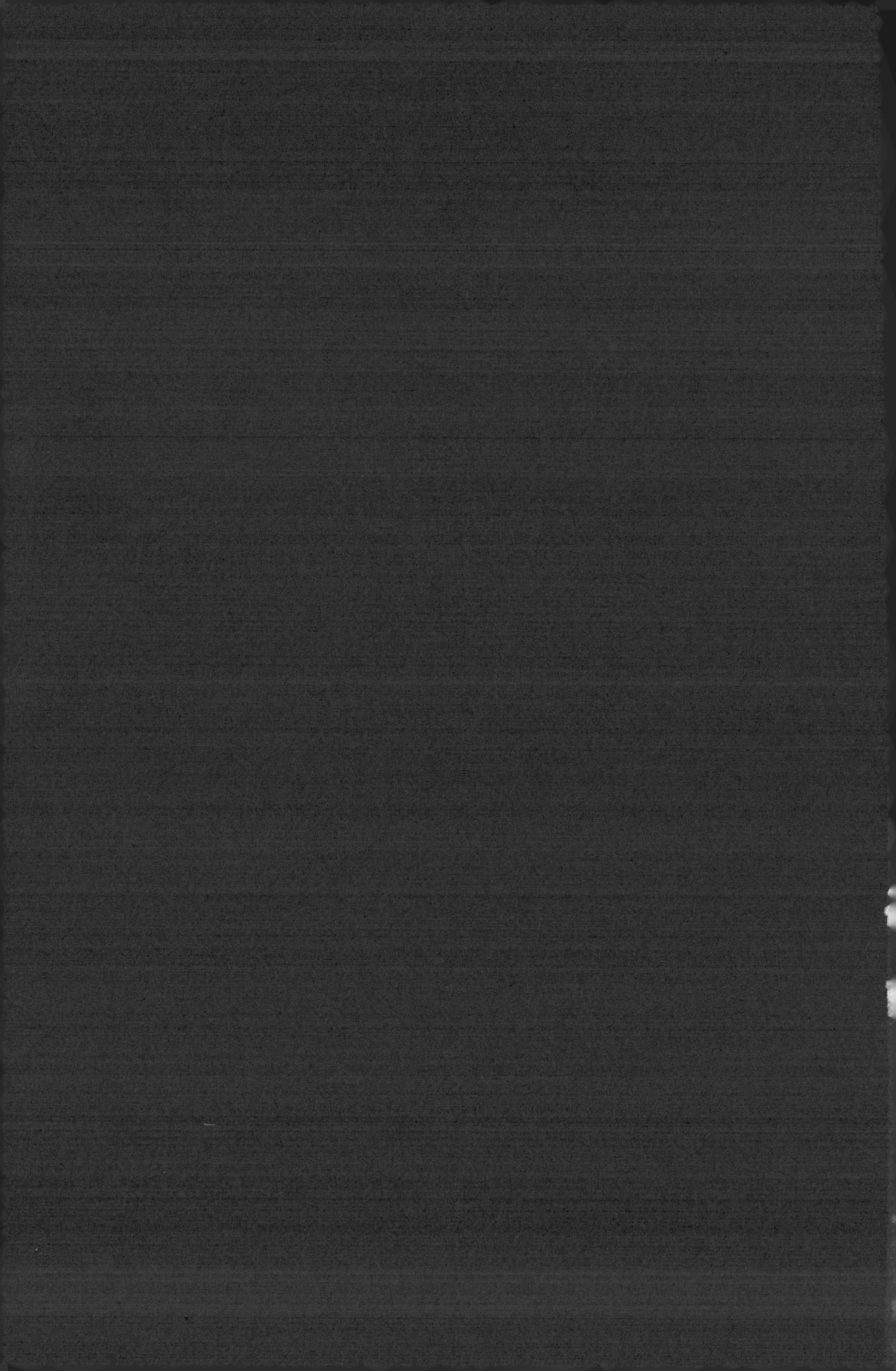

英雄无语

项小米◎著

中国言实出版社

图书在版编目(CIP)数据

英雄无语 / 项小米著 . –– 北京 : 中国言实出版社，
2021.3

ISBN 978-7-5171-2862-5

Ⅰ . ①英… Ⅱ . ①项… Ⅲ . ①长篇小说—中国—当代
Ⅳ . ① I247.5

中国版本图书馆 CIP 数据核字（2021）第 039099 号

出 版 人　王昕朋
责任编辑　王战星
责任校对　代青霞

出版发行　中国言实出版社

　　　　　地　　址：北京市朝阳区北苑路 180 号加利大厦 5 号楼 105 室
　　　　　邮　　编：100101
　　　　　编辑部：北京市海淀区花园路 6 号院 B 座 6 层
　　　　　邮　　编：100088
　　　　　电　　话：64924853（总编室）　64924716（发行部）
　　　　　网　　址：www.zgyscbs.cn
　　　　　E–mail：zgyscbs@263.net

经　　销　新华书店
印　　刷　北京盛通印刷股份有限公司
版　　次　2021 年 4 月第 1 版　　2021 年 4 月第 1 次印刷
规　　格　710 毫米 ×1000 毫米　1/16　　18 印张
字　　数　310 千字
定　　价　68.00 元　　ISBN 978-7-5171-2862-5

项小米，汉族，福建连城人，中国作家协会会员。先后发表中短篇小说、长篇小说、散文、电影电视文学剧本300多万字。代表作有长篇小说《英雄无语》、中篇小说《二的》等。其中，散文《记忆洪荒》获解放军文艺奖，《英雄无语》获第8届中国人民解放军文艺奖、入围当年茅盾文学奖。根据同名长篇小说改编的电影《英雄无语》获2001年中宣部"五个一工程"奖。

目录

上　部

冠豸山

一

奶奶总是在这个时候从黑暗中向我走来。

"你们家也奇。"奶奶在说到我们家的人和事的时候，很少说"我们家"或者"咱们家"，而说"你们家"，好像她不是我们家的人似的。有时她也会说"我们家"，那全看她说话时的身份和角度了。她老人家常常于似乎漫不经心中调换一个字，就使人物关系产生了微妙的变化和转换。奶奶是语言天才，这一点我在后面还要讲到。

"你们家也奇，辈辈人总要出一个头疼。辈辈都是这样。人再少，是一个；人再多，也是一个。你爷爷，你满姑，疼起来无药可救，次次人就像死过去一样。到了你们这边，就是你。"奶奶说这话时，口气愤慨而惋惜，颇有些为我抱不平的意思。

我们家怎么会这样呢？是我们家人的血液里有什么毛病？如果真有什么毛病的话，又为什么只传给一个人？或者它昭示着什么？上苍——如果有的话——通过每一辈人中的这一个，向我们这个家族昭示着它的神秘意志？

奶奶的话在另一个人那里得到了印证。

"她这头疼，是祖上带下来的，无药可治。她祖上杀人过多，家中杀气太盛。看她从脊柱到头顶白会有一道青光，在黑暗中看去就像一把利剑，总想跃出躯壳冲向太极，太极自然不能不管，这把剑就被镇住。镇住时，她就没事，

3

镇不住时，这光在百会左奔右突跳跃不去，那时候她就头疼。跳得越凶，她疼得就越厉害。"

说这话的人是在我一次头疼大发作时丈夫带来的，据说此人有特异功能。

此人在关掉房间里所有的灯上上下下看了我足有五分钟之后，背着我对丈夫说了上面那些话。随后他又到屋里，打开灯对我说：

"你祖上一定有什么事未了。此事一日未了，一日便要有人受罪。还是抽空回老家看看，有什么该做未做之事吧。"

桑塔纳 2000 以四十公里的时速在山路上盘来绕去。我紧紧闭着眼睛，感受着头疼与药物两种力量之间的格杀与角斗。

头疼是从飞机上开始的。

本来一切都很正常。周围的人在看报纸。我心里很平静。空中小姐们在第二次送水。我注意到有一位小姐的两根眉毛画得不一样，右眉挑得略高了一些，这使她看上去有一种特别的味道。也许她自己也发现了这点，所以她每天都有意这样处理她的眉毛？我正在这样想的时候，头部深处突然有一根末梢神经"叮"地疼了一下。只一下，如微风掠过草尖那么让人不易察觉，只有我知道，它又要来了。

跟以往一样，时针刚刚迈过下午 5 点，它就来了。

每次都是这样，它来势凶猛。像是有人往我的血管里注入了好几个大气压，血管忽隆隆地膨胀起来。周身血液在肆虐地流动，一下下撞击着血管，像钟摆那样清晰。每当这时我都能感觉到，颞动脉蓝幽幽地暴突起来，两条蚯蚓似的趴在太阳穴两侧，匍匐着像要爬动。

最难受的是眼球，肿胀得快要从眼眶里掉出来。我让眼睛紧紧闭着，本能地用双手捧住头，可又不敢使劲，仿佛那是一个充满了气的气球，只要再加上一点压力就会砰然碎裂。

哦，我想吐。

司机紧张地斜我一眼。从我一上车他就一直在观察我。他大概还从来没见过这么厉害的头疼，——这个人可别死在我车上！没准儿他现在正在这么想，因此他有点紧张。我虽然看不见自己的脸，但是我知道，它这会儿肯定丑陋不堪得像团抹布，灰里透白，爬满泪水。

"您还挺得住吧？快到了……"

"停……"

没等"车"字出口，我终于挺不住，哇一声喷射出来，右窗玻璃中央准确地绽开一朵肮脏的菊花。

"索米痛。"我在心里反复地念叨这个词，像吸毒者念叨着海洛因。

一阵猛烈的颠簸把我从昏沉中摇醒。

口渴得厉害，却没有抬手的力气。要喝水，就得起身伸手去够司机身旁的水瓶，对于一个刚刚跟自己的脑袋搏斗了好几个小时的人来说，这简直不可能。而司机正在全神贯注地操纵着在盘山公路上旋来绕去的车子，你怎么好意思打搅？所以，眼下只有这么躺着，舔舔暴了皮的嘴唇，体味着疼痛散去后的轻松和周身的酥软，还有，乏力和胃痛。我知道，这是两片索米痛与两片安定合力产生的药物作用和副作用。

没办法，你想要它的正作用是不是？那你必须同时准备承受它的副作用。这就像人生。我思考着，觉得自己这会儿深刻得如同半个苏格拉底。

四肢停止活动时，头脑便无比清醒，这是我的体验，何况又是在这样的昏暗中！车窗外，天已经快黑了。

我想起了孙悟空。孙悟空天不怕地不怕，天王老子阎罗地煞统统不怕，连生死簿都敢扯过来就改，何等了得的一个叛逆领袖造反英雄！却独独怕一个观世音，其实说穿了，是怕观世音那个紧箍咒。紧箍咒一念，孙悟空便头疼欲裂，再念，双眼暴突，再念，头被勒成葫芦状，满地打滚，求生不成，求死不得，和我头疼的症状一模一样。其实哪有什么紧箍咒，孙悟空和我得的是一个病——血管神经性头疼，这是医生给我下的诊断。准确点说，是吴承恩和我得的一个病，吴承恩将自己的生理体验加到了孙悟空身上，小说中的美猴王可就惨了。要说艺术源于生活，这大概是一个最好的佐证。我猜吴承恩把这个毛猴子写成个天不怕地不怕的孙大圣之后，肯定写不下去了。你想嘛，要是这猴头真的在去西天的路上所向披靡，如入无人之境，这《西游记》还有什么看头？总得有人能降住他，而他又总能一次次化险为夷，那才叫人读着有劲，可你已把这猴头给写得神通广大了，谁能奈何得了他？总得有个法子治他才好，用什么法子呢？还用降妖伏魔那一套？不行，太落俗套，吴承恩想来想去，想到了自己头疼发作时的难受劲儿，于是孙悟空头上就多了这么一道箍。

一股幽幽的清香从窗外飘来。是桐子花香，司机说。桐子花？多好听的名字！只有老家才能有这么好听而自然的名字，我想。

老家可真远，我又想。

桐子花独有的清香与山里若有若无的雨丝和在一起，那香气便像掺了水似的，清凉温和地抚着人的脸、头发和衣服。

老家可真远，我不断地想着。爷爷和奶奶，他们当年从老家的山里走出来可不是一件容易的事情，因为可以肯定，他们当年没有车。他们自己就是自己的车，他们的肩和背就是行李架，上面压着他们的行李或者孩子。

上山不提针。记不清这是谁告诉过我的话了，即使不是我那个专门制造至理名言的奶奶告诉我的，这话也绝对是经验之谈。我有过几次上山带矿泉水的教训，结果都是在半山腰就扔掉了矿泉水瓶子而到了山顶却渴得没处找水喝。迷迷糊糊中我好像看见爷爷和奶奶分别在山路上走着，肩上挑着扁担，而扁担两头坠着他们臃肿不堪的行李。不，那时候的他们不该是我记忆中的这个样子。那个时候的他们还年轻，年轻到那两张平滑如玉的面孔我根本无法想象。

我似睡似醒，任思绪八面流淌。直到司机一声轻唤：

"冠豸山。"

我想，这肯定是到了另外一个世界。

一眼望去不再有别的，全是山，最高最险的大山。头顶上是一面山的悬崖，车外的悬崖之下则是另外一座山的山顶。六十年前这里是苏区。我们知道苏区一般都是在大山里，但是这样大这样深的山，却是我原来没有想到过的。我去过同样是苏区的井冈山，井冈山同这里比起来，不过是些丘陵罢了。

但它们还不是冠豸山。

在车拐过一面山壁之后，在一片略为平坦的山上高原——如果可以这样称呼的话——的东方，是一座更大的山。

即使在这山的世界里，它仍然显得如此突兀。它超拔于群山之上，如一座天门挡在东方。而它的山体与周围那些长满了苍松翠竹的大山又是如此不同。它没有树，全部由铁红色的裸露的岩石组成，这些石头形态大小各异，大到如一座山、一面绝壁，小到如一个磨盘悬架在山尖，至于这些石头的形态，你可以随意把它们想象成什么东西。我对那些由人们事先命名然后一一展示给你的景观诸如"仙人承露""金龟望月"之类历来不感兴趣，对自然的东西就应该怀着一份自然的心情去体味，而自然的本性是拒绝指导。我谢绝了承担过无数次导游的年轻司机的好意，独自趴在窗前默默欣赏它们。

这些巨石像是一群叫不出名字的怪兽，许多你只有在自然博物馆中才能见到的类似于白垩纪、侏罗纪生存过的怪兽在它们之中若隐若现。这是一堆怪兽的化石。你怀疑冥冥中有一只巨手，在时间与空间之旅的漫漫游历中把它所能见到的一切远古、近古以及今天的怪兽信手拈来，随意地堆放在这个古老王国东南方的天穹之下。恰在这时，夕阳在做过最后一番挣扎之后被西边的大山完全吞没，仿佛"唰"的一声，夜幕降临了，铁红色的冠豸山在瞬间变成青黑。

冠豸山是会变色的。年轻司机终于忍不住对我说。在早晨和晚上，在下雨的时候，有雾的时候，在有月亮或者没有月亮的日子，它都会变色。有时候在一天的夜里它能变出好几种颜色。老人说，早些年在出大事以前它都要变色，变得像猪血一样红呢！

我又回头看了它一眼。它这会儿不但变了色，而且变了形。它突然站立起来，像一只发怒的黑熊，如果不是有什么将它拽住在地上，它会立刻扑向车子，把我们撕得粉碎。那山上的岩石怪兽们，这会儿一定都在开始蠕动苏醒了。

"到了，这就是温坊。"年轻司机踩一脚刹车，桑塔纳如一匹温驯的走马稳稳站住。

我钻出车门向山下望去。只见大山之间一片平坝上，黑压压一片屋舍在月光下闪着鳞片般青光。

这片房子有三千户。

这是今天年轻司机告诉我的最后一句话。

"楚虽三户，亡秦必楚。"我莫名其妙地想起了这个成语。我今天这是怎么了？为什么专爱把一些根本不搭界的东西连在一起？不管怎么着，听了年轻司机的话，我的脑子里就是清清楚楚地冒出了这个成语，好像它并不是我想出来的，而是有一个人钻到我的脑子里去替我喊出来的。

我跟在叔叔的后面往山上爬。

我是在找出那封信两天之后到这山里来的。

那是从老家来的一封信，只记得当时看过之后就随手丢在一边，已经好几个月了，只是由于异人的提示我才又翻出了它。这封信和大多数从乡间写来的信一样，内容文白相间、文理不通且字迹认真而笨拙，满满三大页纸，都写了些什么早已记不得了，只依稀记得提到了一件修坟的事，好像要为谁谁修一个什么坟，而这个谁谁又是爷爷的什么什么人。现在想起来，之所以看过信后便把它丢在一边，原因正在于信上没别的什么正经事，只提到了修坟。修坟这种事在我们这样一个七十年三代共产党的家庭里几乎等同于无稽之谈，不要说这种事不能讲给父亲母亲听——迷信是他们终生反对的事物之一，就是在我们听来，也不过是一个笑话。修坟，修什么坟？有那个工夫干点什么不好？

而现在，我已经在这大山里了。

我是昨天下午从北京出发，乘飞机到厦门，然后换乘汽车在山路上足足颠簸了六小时，直赶得月上中天，才到了藏在大山深处，深得不能再深了的我的老家，为的就是一件事：修坟。

叔叔在这山路上走得很轻松。叔叔比父亲小不了几岁，照理说也是七十多岁的人了，可走起山路就像走在自家的坪上散步似的。叔叔在前面走得不紧不慢，两只瘦瘦的胳膊从容地甩着，由于衣服过于肥大，袖管看上去竟是空的，好像叔叔甩动的不是胳膊，而是两只空袖管。我过去曾见过一次叔叔，那是在大概二十年以前，我们陪叔叔去爬香山。不知道叔叔当时是怎样看待北方这座颇负盛名的"山"的，我猜想他一定在心里暗自哂笑：这也能叫山？山是那样好叫的么？那一次，叔叔在山上健步如飞，父亲则走得很慢，很稳重。见到父亲谨慎的样子，叔叔总是企图上前去搀扶他，但是这企图，又总是在半空里就似乎被什么东西阻隔住了。叔叔一次又一次将伸出去的手迟疑地缩回来。叔叔和父亲之间，实在是太生分了，生分到他们之间的关系完全不像手足，倒更像是一个老农和他的县长。

走在山上和站在山下看山的感觉完全不同。糟糕的是山上没有路。站在山下看山的时候，你对山的感觉是它的全部，你会感叹山的险峻和奇伟，而一旦走到山里面去，那感觉就完全变成局部和具体的了，你感觉到的只是岩石、竹根、荆棘和树。

有人在山下喊我们，是祖屋里的侄媳。她只跟我们走到山下就不走了。现在她在那里喊，喊些什么听不清，但我猜一定无外是要我小心、走不动就不要走了的意思。我们可以听到喊声，却彼此看不见。

你不能不佩服当年红军的眼力。往这样的山里一钻，别说一个蒋介石，就是十个蒋介石也奈何他们不得。要知道，这地方离瑞金不多不少，整一百公里。

一百公里，汽车一踩油门的事儿。这么近的距离，它和瑞金实际上就是一块地方。可人们只知道瑞金，没人知道这地方。人们只知道瑞金，没人知道长汀、龙岩和连城；人们只知道江西，不知道闽西；只知道中央红军长征到达陕北时从八万多人到仅剩六千余人，不知道在同一个时期这块小小的土地上就付出了整整二十万人的生命。

没人知道。

7月的燠热全部憋聚在山间林木之中，汗像虫子一样在脸上爬。山里有一些梯田，我们必须从这些被叫作"田埂路"的路上走过去。田埂早已被泥水泡酥，我的脚不时地陷在稀泥里。脸上似乎被什么虫子叮了一口，我用手去拂脸，脚下却一滑，从稀泥般的田埂滑落进稻田，蚂蟥迅速地围拢来。这自然界中最丑陋的生物对于人的饱含血汁的肉体有着铁屑之于磁石般的敏感，它们兴奋地将身子一弓一伸地蠕动着，从水中箭一般射来。我惊惶地叫着，连跳带爬跃上田埂，还是晚了，每条腿都粘上了两到三条这种可怕的黑乎乎的东西，而那水里蚂蟥仍在不断聚拢来，只一会儿工夫，在我落水的地方就聚起了一片脸盆大小的黑圈。

我们那里的蚂蟥，比世界上哪里的都多，奶奶这样说过。她还说，她不怕做田，怕的就是蚂蟥。我也怕。

山里的蝉声嘶力竭地叫着，蝉声充斥山野。

实在走不动了。在我即将开口告诉叔叔的一霎，叔叔停下来说，到了。

到了。这就是我要找的地方，这就是我忍着头疼，先飞机后汽车，千里迢迢从北方到这里，在闽西重峦叠嶂的大山里费尽气力寻找的地方。

尽管事先叔叔已经做了种种描述，面对着眼前这幅图景时我还是惊呆了。

一块稍显平坦的山地上，歪歪斜斜地立着一座寮棚。寮的四角用碗口粗的毛竹挑着，算是柱。寮顶用当地山上最常见的茅草盖着，有几处已经露天。寮是太破旧了，似乎再有一场山雨它就随时可能坍塌。寮中有两口瓮，极大，足有半人高。由于年代过久，瓮口瓮身满是裂隙，由瓮口向里看去，是两瓮森森白骨。

一队接一队的蚂蚁，在瓮身和白骨上悠闲地爬着。几个不速之客的突然造访对它们不产生任何影响。它们爬着，一队接一队，一代接一代，永远悠闲从容。

像一声霹雷在我的头顶和心中同时炸响，惊悸闪电一样掠过全身，我不由自主地哆嗦起来，泪水在瞬间盈满眼眶。

我无法看叔叔，无法看周围的任何东西，眼前只有这两瓮白骨。事实上我本能地拒绝看它们，但即使我闭上眼睛，也仍然能看到这两瓮白骨。只一眼就足够了。那一眼我清楚地看到，瓮口有一根长骨，那是人的大腿骨，是我祖爷爷的腿骨。他曾用它来爬山，爬我刚刚爬过的那些山，而现在它在瓮里，在原来长满强健肌肉的地方，现在爬满蚂蚁。

一阵清冽的山风陡然穿过，树叶飒飒响动。

七十年了，这些尸骨就这样，在闽西的大山里，在一个摇摇欲坠的寮棚下，被风吹着、雨浇着、被蚂蚁啃噬着，静静地等着人们想起它们，然后来埋葬它们。没有碑，也没有坟。

幸亏它们不会动了，否则那根长骨会颤颤地立起来，会有一根手骨指着我们喊：

不孝的子孙！

没错。那声霹雷在我心中炸响的时候，我听到的就是这声音。这声音来自头顶上的天庭。

下山的路上，许久没有人说话。蝉声依旧充斥山野，脚下依然是泡酥了的田埂路。而在我眼前晃来晃去的始终是那两瓮白骨。

不知不为罪。如果说在过去几十年中我们处在不知的混沌状态下对这桩事的存在可以不负一点责任的话，那么在如此漫长岁月中那些已知或者明知的人们呢？他们将如何为自己解脱？

七十年了，为什么一直没埋？我的声音里带着明显的愤慨。

叔叔嗫嚅着：你爷爷……爷爷……

叔叔说爷爷是回来过一次的，可那次回来没有做这件事。为什么没有做？叔叔没说。

叔叔讷于言辞。但他的表情告诉我，这里远不仅仅是讷于言辞的问题。

你阿爷在生你之前还回过一次的。温坊的老辈人当着我的面这样对叔叔说。那一次回，号，那一次回搞得村里大乱。那一回他的手里挴了一杆枪。

我注意到了，对老人们的话，叔叔显得比我还吃惊。

这里竟然有这么多的人知道爷爷，而在这之前爷爷之于我简直形同路人，我对于他的了解不会比对每天站在我家门外卖报纸的老头儿的了解多多少。我知道那个老头儿有一个比他看上去小十岁的妻子，冬天的时候他的妻子总在衣服外面罩一件绛红色的巨大毛背心，他妻子每天中午给他送饭，而那饭盒是铝制的，有年头了。我对爷爷的了解不会比这更多。奶奶和母亲不像这里的人那样热衷于谈爷爷。爷爷去世多年，在我的头脑中他是一片空白。突然来到熟悉他的人们中间，我陡然生出一种想要知道他的渴望。

爷爷既然回来过，那两瓮白骨可能就是爷爷亲手所殓。可爷爷是什么时候回来的？他回来干什么呢？既然他能够回来将这些遗骨收殓入瓮，又为什么不能把它们郑重其事地按老家风俗葬掉呢？

在县志办和县党史办我提出了同样的疑问。县委的同志告诉我，他们那里有一些关于爷爷的资料，或许对我有用。我告诉他们任何资料对我都是有用的。县志办的同志非常高兴，大概很少有人像我这样对他们的资料如此感兴趣，这无疑是对他们那从不被任何人放在眼里的不起眼的小小机构存在价值的一种肯定。他们倾其所有，将他们收集的铅印的、油印的甚至手抄的全部资料搬给我看。

整整五天的时间里我哪儿也没去，就坐在小山般堆积案头的资料旁边一页一页地翻。我很快就发现，就我需要的东西而言，这里材料之多之朴素之原始之有价值，超过我所去过的所有城市的大图书馆。于是我开始莫名地为这个小小的机构担心：一遇精简机构机关调整，他们就风雨飘摇如履薄冰。不知别人怎么看，起码在我看来这三两个人几条枪的存在价值，远远大于几百个人扎堆聊天闲扯淡的研究院。

他们的资料居然能细到这个程度：爷爷“曾在1921年夏由广州出发，经过半个多月艰苦跋涉，终于到达连城”。就是这些看似平淡无奇的字句，使一个我原来全然不认识的、尘封在资料中多年的爷爷抖落掉浑身灰土一天比一天清晰地向我走近。开始时他面目不清，身材修长却五官混沌，他身上穿的究竟是家乡土布是军服还是中山装让人看不明白。渐渐地，他接近老年的面目逐渐呈现出来，他鬓发花白，腰弯背驼，目光呆滞而狡黠，当他向你凛然一笑时，你能看到他缺了四颗门牙的嘴如同一扇开启之后无法关闭的门洞。资料室里没有人，只有一股放置得年深日久的纸张发了霉的味道。身后不时传来窸窸窣窣的响动，你明明知道发出这响动的不是老鼠便是蛀虫，仍然免不住心里发虚，常常要猛地回过头去一看。

我用笔飞快地记录下我所要的东西，篇幅较长的资料则请人帮我拿到县里去复印，短短几天时间，我收集到的资料就够塞满来时带的那只手提箱了。使我惊异的是，关于爷爷的资料远比我们所能想象的要多得多。对比这些资料，我们过去对于爷爷几乎可以说是一无所知。

第五天上午，当正午的一抹阳光金子般铺洒到我的本子上的时候，我觉得我突然明白了这一次鬼使神差般一定要回老家看看的动因所在，而且正如我在来之前所预感的那样，我就知道我们家发生的所有的事，绕来绕去绕不出我爷爷。

二

可以说，我们家没有一个人能够说清楚爷爷。不要说我们兄弟姐妹说不清，连爷爷的儿子我的父亲，爷爷的妻子我的奶奶，也同样说不清楚他们的父亲和丈夫。

父亲四三年参加审干时，组织上问起爷爷的情况，父亲说来说去说不清楚。幸亏父亲当时的领导是一个比较通情达理的人，这位领导最后叹了口气说："老子说不清儿子，儿子说不清老子的事太多了，实在说不清楚就说不清楚吧。"结果这个"说不清楚"便成了父亲审干时在"家庭出身"一格的结论，而且这个"说不清楚"并没有伴随着后来的解放而变得清楚。父亲对于他的亲生父亲始终语焉不详。

至于在奶奶那里，爷爷就更加可疑。

小时候我最喜欢的一件事便是晚上睡觉前和奶奶天南地北地瞎扯，当然，这同样是奶奶最喜欢的一件事。奶奶热衷于讲任何话题，尤其喜欢讲老家，每当她讲到老家那些耸人听闻的诡异故事吓得我连连尖叫时，奶奶就乐不可支。唯独我问到一个人，也就是问到爷爷时，奶奶的脸会一下子沉下来：

"那死人！"

再没一句多的话。

爷爷在奶奶的嘴里，活着的时候一直被称作"那死人"，去世之后则被称作"那死鬼"，从这两个称呼里就足以看出爷爷在奶奶心目中的位置。这位置就是：没有位置。

事实上我一点儿不喜欢爷爷，甚至可以说，我恨爷爷。而这恨，完全是因为奶奶。我太爱我的奶奶。

我对于爷爷和奶奶之间的恩怨并非一无所知。尽管从来没有人告诉过我什么，可是想想看，一个家统共就那么大，它能藏得住什么呢？能有什么事情瞒得过一个对一切秘密都怀有强烈好奇心的孩子呢？从奶奶的只言片语，从大人们意向不明的谈话和诡秘的神态中，我早猜出了一切。每当我想到，爷爷怎么可以抛下奶奶去和别的女人好，而且不止和一个女人，他一而再、再而三地蹂躏奶奶的感情，视奶奶的屈辱和生死于不顾，甚至能够当着奶奶的面和另外一个女人睡觉时，我就痛苦得不能呼吸。

在粗通人事以后，我对奶奶所受的那份屈辱就更加不能忍受。我并非愚顽不化，许多遭人指斥的男女们荡气回肠的爱情故事常能让我感动，我也曾不止一次地为安娜和渥伦斯基类的叛逆们傻乎乎地掬过同情泪，这说明我一点儿不缺少同情心和理解力。然而对奶奶不行，对从我小时就掏心挖肝给我吃的奶奶所受的屈辱我不能无动于衷。爱奶奶所爱恨奶奶所恨，这在我是天经地义的事，就像太阳每天从东边升起，到了晚上又从西边落下去那么自然而然。

一个慈祥的、肚皮柔软的、每天晚上用低沉动听的声音给小孙子们讲述仙女和鬼故事的老祖母被小孙子们热爱那是再正常不过的事情了，但这与奶奶和我之间的关系依然不同。平心而论，奶奶对我们几个兄弟姐妹都没什么可说的。本来嘛，全是她的儿子所生，全是她的儿媳妇身上掉下的肉，能有多大区别呢？但事实上有区别。奶奶对我的爱带有公开偏袒的性质，这在我们家并不是一桩秘密，问题是被她偏袒的是一个女孩这就多少有点不寻常了。奶奶那样一个目不识丁的农村老式妇女，又是从我们老家那样一个极其封建闭塞的山村来到都市——要知道我们老家的男人女人们直到今天都还在为能否成功地为家庭家族产下一个男孩而同政府政策进行着殊死的反抗和搏斗且用尽心力体力和财力。这就是说，无论从哪个角度，奶奶疼的、偏袒的都该是长孙或至少应该是一个男孩。可她不，她老人家偏不，她老人家偏偏以一个老式农村妇女罕有的大无畏反封建反潮流精神，在她的五个生龙活虎的孙儿中选中了一个最丑、最羸弱、脾气性格各方面都并不理想的孙女来偏袒。而这孙女在这方面和通常人们的反应一样，那就是，人们对于无论来自任何方向给予自己的格外关注总是心领神会。

有这样一个奶奶，又有那样一个爷爷，换上任何一个人又会怎样呢？

三

这两天一直闷热。

人人都在诉说着天气反常，并危言耸听地传说可能会地震。一年三百六十日，你几乎天天都能听到人们诉说天气反常。11月降温之后出现了18摄氏度的小阳春人们说反常，4月本来已经暖了突然气温又下降到零度人们说反常，风狂雨骤说反常，风调雨顺的日子久了也说反常。而实际的情况是自古以来天气一直就这样，原因是人类自己不可救药般的无知和健忘。他们只要稍加留心就会发现这些现象从他们打小就存在，但他们的记忆最远不会超过去年。对厄尔尼诺和拉尼娜他们一点不去研究，而对大气环流和水平气压梯度力更是一无所知。如果说所有这些对于人类都还要求过高的话，那么人类至少应该具备起码的逻辑分析能力：如果气候年年反常，那么它实际上就是一种正常了，不是吗？

从住的那幢高楼向外望去，窗外已经是万家灯火的夜晚。我在朝向窗户的书桌前已经坐了整整一个下午，对着放在面前的这首诗挖空心思而又兴致盎然，不知不觉中天就黑了下来。

窗外，正常地嵌着无数星星的深蓝色夜空上挂着一轮反常的月亮。它被似有似无的月晕包裹着，睡眼迷离的，多少透着点神秘。

这首诗在一开始就有这样的句子：

晦日暗月，秋雨缠缠。忽尔放晴，月光带囗

从音节上看，这首诗颇有些类似《诗经》，但比《诗经》还要拘谨。《诗经》中除大量使用四字音节外，也偶有五言、六言甚至七言出现，这首诗则从头贯尾一律四字一句，两句一韵，这使得它虽然拘谨却朗朗上口，易念易记，从这个意义上讲，它很可能是一首童谣。从诗的技术上看，也写得比较幼稚，"月光带囗"和"手指南天"各出现过两次，现在无法判断这种重复究竟是创作者的幼稚，还是由于诗本身年久佚传，空缺部分是由后人随意添填所致？总之，类似这样的重复在五言古诗及汉乐府中都已不再轻易出现，而是《诗经》那个年代比较常见的一种手法，但由于这是一首典型的客家诗，所以它的创作绝不会早于秦汉。

"月光带□"后面一字在原件中已经辨认不清，只好以框代替，全诗中这种辨认不清的字还有七至八处。刚刚接到申建电话，说是辨析这些框字实在是老虎吃天无处下口，我毫不客气地嘲笑了他。我说连这几个字都猜不出你还算得上什么古汉语专业研究生？恐怕还及不上乔纳那个老外呢。实际上我知道这么嘲弄申建有失公允，别看就这几个字，如果你不是客家人，不是从小在你身边有一个至亲至爱的客家亲人，不是生活在那种完全不同于其他方言的古怪方言的环境中耳濡目染，仅仅凭着大学里那几堂由操着北方方言、吴语方言或者英语法语的教授为你传授的几十上百个古汉语课时就想琢磨出它们的意思，那自然是老虎吃天。我告诉申建，好好想想，那是一种天气现象。

月光带阑。我几乎不假思索就可以肯定这里缺掉的那个字是"阑"。理由不是别的，我从奶奶无数古里古怪的语言里一下就逮住了它。奶奶经常使用这个词，并且以秋冬季使用频率为最高。

如果在哪一天的晚上奶奶挨个儿提醒我们"明天多加衣服号，明天有风"，我们就知道，奶奶又看到夜空里那个套住月亮的昏黄光环了，奶奶把它叫作"今夜月光带阑"。奶奶说过了，明天有风，第二天果然便狂风大作飞沙走石，谁不听奶奶的谁吃亏。那个时候谁家都没有电视机，自然也就没有如今这么多的电视台，自然也就更谈不上电视天气预报。那个时候只有"话匣子"里的天气预报，而我们家的天气预报就是奶奶。说实话，奶奶预报天气的准确率远远高过气象台。奶奶说有风就一定会有风，奶奶说三天后会转冷就一定会转冷，奶奶说她的脚气威威滚痒——威威滚，是"极其""到极点"的意思——第二天一定有雨，第二天雨就会准时到来。奶奶简直就是一个呼风唤雨的巫师，令我们目瞪口呆。今天的气象预报手段倒是多了，电视电台电话应有尽有，可你能相信他们谁？由于相信了他们而被淋成落汤鸡或者艳阳高照胳膊底下夹把雨伞不是常事吗？如果他们仅仅只是预报不准发现错误改正过来也就算了，偏偏他们还常常睁着眼睛说胡话。明明窗外大雨滂沱，你打电话121她依然信心十足地告诉你"今天白天，晴，降水概率零"，最后还假模假式地告诉你说她是"36号预报员"，颇有阵前叫骂自报家门大丈夫行不更名坐不改姓的气概，然后电话"嘀"一声断了，气得你想跟36号对骂一通都找不着对手。

"月光带阑"中的"阑"字，在古汉语中有几个义项：一作"栏杆"解；一作"纵横交错参差错落"解，比如"阑干"；还作"将尽、衰落"解，比如辛弃疾词"蓦然回首，那人却在，灯火阑珊处"，意思是说，猛一回头，你遍寻不见的那个人就在灯火最稀落的地方。多凄凉的一个意境！前不久见一广告，是推销什么的没记住，只记得电视上的画面：一片灯火辉煌处出现一位靓女，靓女将面孔从背面徐徐转向镜头，由负 90 度渐至 45 度，定格。接着冒出这样的音配画：那人却在，灯火阑珊处。让人瞠目，不知导演用意何在。

夜间向天空望上去，有时月亮周遭有一圈月晕，像栏杆一样把月亮包围住，客家人把这称为"月光带阑"。气象学上则称之为"月晕"，自古即有"月晕而风，础润而雨"，"月晕则风，日晕则雨"的说法，是一种纯粹的天气现象。但在古人眼里，日晕、月晕，日食、月食以及流星、彗星种种天象的出现都不是好的征兆，古人将这些称为天警示人，凡此类天象出现则地下必有大乱，是很恐怖的事情。古书中充满着这一类记载："冬二月，雷大震，冀州民反"，"七月幽州石雨，甫定，王薨"等。在今天的科学家眼里这纯属牵强附会，可这种巧合是如此之多，叫那些肉眼凡胎的人们又如何想得通呢？直到今天不少人不都还在笃信七五年大水七六年地震接着三伟人接连西去的传说吗？

在客家方言里，类似"月光带阑"这种描写天气、天象、天体以及时间的词汇还有很多，这是保留在客家文化里古中原文化很重要的一族。

客家把夜晚称作"晡"，晚上叫"夜晡"或"暗晡"，昨晚叫"昨晡夜"，前天晚上叫"前日暗晡"，明晚叫"天光暗晡"，傍晚叫"临晡"。与之相关的，明天叫"天光日"，黎明叫"临天光"。"晡"，是一个不折不扣的古语，在今天的语言里这个词早已死亡了，仅仅保留在书面语中。晡，指申时，也就是下午3点到5点这一段时间，这段时间即使在冬日天也并不黑，为什么用它来形容夜晚呢？实际上对这个词的理解有一个变异过程。将"晡"字拆开看，是"日"与"甫"组合而成，"甫"是"刚刚"的意思，"晡"字所代表的申时指下午3点至5点是没有错的，而下午5点在冬季的日子里，恰是日头刚刚落下去的那一时刻，所以客家人把傍晚称为"临晡""临暗"，意思是指天将黑时，正临着、正挨着、正接着"晡"这个时刻。久而久之，"晡"便成了夜晚的一个代称，那么多表示夜晚的词，都由这一个字生发开来。

客家把"虹"称作"天弓"，把流星称作"星儿泻屎"，这也是很有趣的一种叫法，前者大雅，后者大俚。这种叫法证明不仅大量中古汉语的书面语和官话保留在客家话中，而且许许多多生动活泼的民间口语也通过客家话保留下来了。不仅如此，古时候的口语在客家话里经过若干年口齿咀嚼后竟然成了客家的正式语言甚至书面语。如今，当一个客家人指着天上的流星告诉你"刚刚看到那样多星儿泻屎"，那神情的一本正经丝毫不亚于一位天文学家告诉你"今晚将出现狮子座流星雨"时，你不觉得有趣么？这恰恰说明中古语言在客家语言中保留得彻底，中古的书面语成了客家的口语，而中古的口语则成了客家的书面语。

客家语言的复杂性和丰富性是那样的一言难尽，绝不是一两部专著更不是一两篇论文所能说清。广袤贫寒的客家山区犹如一座巨大的中古语言冷藏库，在这里只要你留心，关于中古语言的化石和恐龙蛋俯拾皆是。

客家的各种称谓可以看作是客家语言中最有意思的一个类别。

在这首诗中，——根据对它的初步印象和轮廓，我已把它暂定名为《迁徙诗》，有这样两句：

　　　　□用伏地，目汁涟涟。

要弄清楚这一句，必须对客家的称谓有足够的了解。

在"用"字前面缺的那个字，是一个什么字呢？首先，根据它的下文"目汁涟涟"以及诗的后面部分继续出现过"□用仆地，喙已不言"的内容，即可断定这里是一个称谓词，而根据《客家称谓研究》中言，这里缺的那个字当是"公"。"公用"，是客家人特有的一个称呼，客家称高祖父为"公用"，高祖母为"婆白"，曾祖父为"公太"，曾祖母为"婆太"。

称高祖父为"公用"，这个称呼里除却包含家庭称谓功能之外，还含有明显的社会功能成分，类似"公共汽车""公用厕所""公用电话"之类，这里绝对没有贬义，相反，包含了很高的敬意在里面。一个家族中，"公用"是很不容易见到的。一个人能够见到自己的曾祖父已经是很不容易的事了，如果家庭中出现高祖父，意味着这个家庭已经五世同堂，当然是罕之又罕的事情。

五世同堂虽然难得，也不是绝对做不到。以一个人十八岁成亲二十岁得子为一代，如果每代都不耽搁，高堂又健康长寿的话，当在八十岁左右升格为"公用"。这里面每代只要耽搁上个三五年，成为"公用"就得活到九十岁。古人普遍早婚，一个人只要身体健康，成为"公用"的可能性是很大的，而一个人一旦成为"公用",他的德望和权力就往往不仅仅局限于这个家庭内部而成为整个家族的财富。"公用"者无论年轻时何等顽劣不才,在八九十岁上也已德高望重,又是家族中的最年长者,因此家族中发生了什么大事,都须"公用"出面决断调停,如果出了什么难以摆平的不公之事,则更须"公用"仲裁判决,"公用"的作用非同小可。一个家族如果有了"公用",便是这个家族的幸运,有"公用"的日子里,偷鸡摸狗打架斗殴的事总要少得多,一旦"公用"亡故,这个家族便如同一个小社会陡然失去领袖,在新的"公用"出现之前总要混乱一阵子的。

客家人称父亲为"阿爷",母亲为"阿姆",父母并称为"爷哀"或"哀爷";父子并称叫"两子爷",母子并称叫"两子哀";继父叫"后爷",继母叫"后哀";兄叫"阿哥",姊叫"阿姊";丈夫之父叫"家公",丈夫之母叫"家娘";等等。客家人称父亲为"爷",却称祖父为"阿公",这种叫法与中原人正相反。"爷"字在客家人那里不念"yé",念"yá",与"牙、涯"同音。这个称呼是典型的古中原称呼,脍炙人口的北朝乐府诗《木兰辞》中就有"阿爷无大儿,木兰无长兄""爷娘闻女来,出郭相扶将"的诗句,这里"爷娘"的"爷",便不是爷爷而是父亲。如果理解为听到木兰回乡的消息,木兰的祖父和母亲相互搀扶着出城来迎接她可就大错特错了,这不仅仅在称谓上出了笑话,更要命的是对古时的纲常伦理一窍不通。要知道即使木兰的爷爷老得不能动,也断然没有叫儿媳妇搀扶的道理。从《木兰辞》中可以看出,中古时期中原汉语中的家庭称谓在客家语言里被基本保留。同时还可以看出,"娘"的叫法已经很普遍并在北方保留了下来,但这个叫法没有被带到客家居住区,由此也可见客家的迁徙并不是始于唐、五代和两宋,而是在南北朝及魏晋甚至更早就已经开始了的。

客家还有几个有意思的称谓,如弟弟妹妹叫"老弟""老妹",丈夫叫"老公",岳父叫"丈人佬"。"lǎo"字放在称谓前面一般写作"老",放在称谓后面写作"佬",但念起来没有区别,都念"lǎo"。这个"lǎo"字很有讲究,放在称谓前面的时候有亲热、疼爱的意思,如"老弟""老妹",放在称谓后面则有尊敬的意思,如"丈人佬"。还有一类,放在"大佬""富人佬""肥佬"后面,就没有尊敬的意思而带有贬义了。

客家人将"小的"称作"细"。小女孩叫"细妹",小男孩叫"细崽";庶母叫"细姆"，庶子叫"细婆子"。与之相关联，排行最小的都叫"满"，比如"满叔、满姑、满崽、满妹"，这种叫法由闽粤赣波及湖南、四川和广西，这也是自明清以来客家人向川桂湘再次迁徙的佐证。

客家人把妻称作"老婆"或"妇娘"。"老婆"是一种很大众的叫法，地不分南北人不分贵贱都这么叫。至于"妇娘"则就有讲究了，有的书上写作"辅娘"，我觉得更贴切更有道理一些。顾名思义，"辅娘"是辅助丈夫立业成功、哺育儿女成人的重要角色。这种称呼自然而然地透出一股文化意味，因而这个称呼通常也只在文化人家里才用，苦做的种田人家是不大用的。

困意翻了上来。

看了看表，已经是深夜两点。一边查资料一边写，不知不觉就干到了这个时候。夜静得异常，也有些兴奋，便有了和谁聊点儿什么的欲望。

我顺手抓起电话，不假思索地就在键盘上按下一串数字。按完之后才突然意识到，这八个数字我已经背下来了。要知道，我和这个人认识还不到一个月。

我知道他和我一样，这个时候还不会睡。在这座城市里，我们同属于夜间工作的一类，有人把这类人叫作"耗子"。

果然，铃声只响了一下他就出现了。真的，就一下。

"是我。"我说。

"我知道是你。"

"没睡吗？"

"和你一样。"

"怎么样？明白了点儿什么没有？"

对方沉默了一会儿，说："'月光带'什么？还是想不通。"

我笑了。我刚才有意没告诉他。我说："你往天上看。"

夜深了，天色更蓝。天心那圈月晕显得更大更黄，透着说不尽的诡秘与朦胧。

"月光带阑。"我说。

四

爷爷回到温坊的那天，天气奇热，整个冠豸山像是燃在火里。

爷爷进到村里的时间是在傍晚。

村人们都被这热逼得从屋头出来，吃过夜饭也不回去，一家老小在自家门前不出十步远的禾坪上围坐着纳凉，因此爷爷的回来，是落在大多数村人的眼里的。

爷爷并没有马上回自家祖屋，而是在村里面转了几遭。所有的人都注意到，爷爷的背上肩了一杆枪。

"这崽，么事又回？"村人们对爷爷的回来都很惊奇。

村人们的惊奇是有道理的。温坊这个地方实在是太僻了，僻得和外头真真是两个世界，好容易从这里出去的人，没有一个肯回来的。

当然，外头的世界也未见得就精彩。爷爷算是去过许多地方了：能冻掉耳朵的北方去过，比香港还南的南洋去过；火车坐过，火轮也坐过；高楼见过，花园见过；不穿衣服的女人见过，衣服穿得比人还阔的狗见过，连躲在一块挂上墙的布里面演戏的人他都见过。可是到处又都差不多，不管什么地方，到处都挤满了人。

餐馆里挤满了人，不是为了吃饭，医院里挤满了人，也不是为了看病。天天有打仗和杀人的消息传来，不是这里杀了人，就是那里的人被杀。车站和码头同样挤满了人，那些满脸惊惶和茫然的人们，一堆一堆坐在或者睡在自己肮脏不堪的包袱上，等着车和船来把他们载走，而他们费尽气力到达的地方，同样挤满了企图从这个地方逃离的人。人们亡命似的从一个地方奔向另一个地方，似乎只要移动着，另一个地方就有可能比原来的地方好。成千上万的乞丐像遍布的洪水，靠着同样贫穷的城市的垃圾存活着，叫花子的眼神哀苦而狡狯，叫你说不上是该同情还是该憎恨他们更好。这就是外面的世界，那个又拥挤又肮脏、周围的一切都让人讨厌而又充满诱惑、让人绝望而又不想离开的世界。但即使是从那样一个世界踏入温坊，你也仍会感到自己是从文明社会一脚踏进了大荒。

温坊太僻了。

在南方，也许再也找不出第二块比这里更僻更穷的地方。不错，这地方有最高、最险同时也是最美的大山，在今天也许这正是一种资源，就像我曾在一本杂志上读到过的一位移居美国刚刚拿了绿卡的青年富翁大声疾呼的那样：为我们保留一些洪荒吧！为世界保留一些贫穷吧！世界都快让文明蚕食干净了！青年富翁的意思是说，他在经过若干年的苦斗之后现在手里终于有了几个闲钱，这使得他心情很好，于是每年都想在忙碌之后做些旅游，但每当他计划出游的时候却感到没有地方可去，到处都充满了塑料、钢筋水泥和人造景观，而他渴望的是远古时代的刀耕火种茹毛饮血。也就是说，如果有一些人已经生活在了现代文明中的话，就必须让另一些人永远生活在原始状态和贫穷之中，以保证让第一第二世界的中产阶级和第三世界的富翁们在充分地享受过文明之后，随时可以心情优雅地体验一下另一种生活，换一种方式刺激一下他们已经麻木的脚板、胃和神经。青年富翁的想法是很可以理解的，可惜爷爷那个时代要从今天往前推七十年，那时候连这个国家的富人们都还没有旅游的概念，更不要说这里的穷人了，这里的穷人和青年富翁之间的差距，肯定比黛玉和焦大之间的差距还要大。七十年前的他们只有一个念头：怎样活下去。

在这里，活下去是压倒一切的问题。七十年前如此，七十年后还是如此。山太高太冷，什么都长不好，连最容易生长的水稻、芋子在这里都瘦瘦薄薄的打不起精神。至于香蕉、柑橘、荔枝和龙眼，一到这里就发生变异，光长叶子不开花，自然也就谈不上结果。奇怪的是，独独有一样东西在温坊和连城长得格外神气，就是在这里随处可见、生命力旺盛得吓人的一种地瓜。地瓜原本是贱物，在这个国家的南方北方随便哪儿都可以生长，不是什么稀罕玩意儿。在北方城市的冬天，街头会冒出许许多多的废汽油桶，桶内炉火熊熊，桶上摆一圈烤熟的地瓜。走在大街上，到处弥漫着烤地瓜的香气。你尽可以故作矜持地走过第一第二个汽油桶，在第三个汽油桶边你还是没法无动于衷，你终于捏起了一个地瓜。一般人是无法抵御这种诱惑的，这一心理很快便被悉心研究消费动态的小贩们捕捉到了，于是地瓜的价格一再上扬，从投入产出比角度说，至今已经超过了猪排和牛肉。但这些地瓜统统无法与连城的地瓜相比。连城地瓜，皮与肉皆金红，糖度极高，倘是鲜吃，把它放在蒸锅里蒸熟或是焙在炉灰里烤熟，它会变得糍粑一样软，薄薄的皮里像是裹了一坨蜜，你无法去拿它，须小心托在手里捧着。用手剥开一个小口，吮乳那样一口一口将里面的瓜瓤啜净，手里便只剩一张完整的地瓜皮。比这更奇的是晒成干的地瓜。这里的人们非常善于制作地瓜干，他们把地瓜放在阳光下晒软去皮后，将地瓜一个个压成饼状储存起来，一直可以吃到来年春夏。拿起一个地瓜干冲着太阳，金色的肉质在阳光下发出琥珀样的光泽，倘把手指放到地瓜干背后，能清晰看到手指的形状——原来它们竟是透明的！

还有一样奇怪的地方，这种红心地瓜只长在连城，连城之外，同样的大山，同样山高水冷，往北的宁化清流，往南的龙岩上杭，往西的长汀和往东的永安，就无论如何长不出这种地瓜。只要出连城一步，它们就不再金红，也不再甘甜，而是变成跟满天下没有两样的普普通通的地瓜了。一种物产对于土壤气温的选择甚于人类对于婚姻的不可将就，这是可以理解的，正如我们熟知的"南橘北枳"的故事，说是南方的橘子到了北方就统统变成了苦涩难吃的枳。可那毕竟是南方北方的差异，那是一个从地域到温度都相当漫长的距离，而连城地瓜为什么连几十公里的距离都不肯将就，实在令人费解。如果非要对此硬性做出解释，恐怕只能说，这是天赐之物。或许上天怜悯这个地方的人们，所以特意留了一样东西给他们。

然而一个地方只有一样东西而这个东西不过是地瓜就足以让人留恋么？对那些不安分的人来说，当然不。

不知从什么时候开始，凡有幸从这里出去的人，没有一个回来的。

当然，从这里出去的人很少，非常少。生活在这里的人们的头脑中几乎没有出去的概念。这里有祖屋，有柴烧，有地瓜吃，可以讨到童养媳，搞好了可以用鸟铳打到山鸡，为什么还要出去呢？只有那些不安分的人才想要出去。可是出去还能有地瓜吃么？有柴烧么？还可以讨到老婆么？那可没有准头，没有准头的事这里的人是不会干的。况且，这里的人并不知道外面是什么样子，他们只知道如果到外面去，要走过很多很多的大山。大山的尽头是什么？他们不知道，他们不知道大山的尽头可能会是海，可能会是平原，甚至可能会是一座城市，至于海和平原的尽头还有别的国家，别的平原和别的海，还有更大的世界，就是他们更加无法想象的了。他们里面的大多数人，连两座山以外的地方都没去过。

从这里出去谈何容易！老人们说，从这里出去要跟着水走。水总是要流出山的，而水之路何迢迢！

先沿着山溪走，走上一段，溪水变得宽而急，这时它叫冠豸河。冠豸河上可以撑竹排，竹排用山上的毛竹绑扎而成，细的八根，粗的四根就可以扎成一个竹排。坐竹排大约漂上一天一夜，便到了万安溪。万安溪说是溪，却比冠豸河深而且阔，顺溪而下，在漳平万安溪汇入九龙江。直到这时，你才算看见真正的大江了。九龙江是一条有名的江，从闽西大山中流出来的成百上千条溪汇入这条大江，江粗水阔，加上山区与平原的高度落差，使得这条大江波高浪猛，江中真像有九龙翻滚，吞云吐雾。但九龙江的真正出名却是近二十年的事情，那时候有一个名噪全国的样板戏叫《龙江颂》，讲的正是这条九龙江。九龙江上能行大船，从这里登船而下，可至漳州，可至厦门，而到了厦门，你才可以登上真正的海轮，往北去上海，往南去汕头、香港直至南洋。出一次山，全部行程没有十天半月下不来。这还是出山。至于进山，全部行程要逆水而上，艰难程度可想而知，时间也要比出山再多一倍以上。

难怪村人们见到爷爷回来会感到奇怪。温坊能有什么事，让好不容易才从山里出去的爷爷费这么大劲回来呢？是为了那个等了他多少年的童养媳我的奶奶吗？

奶奶正坐在灶头烧火。

奶奶当然已经知道了爷爷的回来。在这个山村里是存不住什么秘密的，更何况奶奶还有她的儿子我的父亲，早已将爷爷回村的消息飞马报来。听到这个消息，奶奶的表情没有任何变化，至于她内心深处是否也一如她的表情那样平静，就没人能知道了。奶奶只是抬头看了看家公，一向矜持寡语的家公此刻眉头紧锁，奶奶知道，家公并不欢迎他这个儿子回来。

爷爷并非家公的亲生子。家公原来没有子嗣，爷爷便在四岁上由家公的弟弟送给了家公做继子，这在这一带山村是个非常普遍的现象。家公夫妇一开始对爷爷还好，但爷爷过继来之后居然给家公爷哀"招"来了一个弟弟，爷爷的厄运从此便开始了。早先爷爷受了继母的气还跑回家去，后来爷爷的亲生父母相继去世，每当爷爷再受了气，便连跑也没地方跑了。爷爷正是在十六岁上因与阿姆的一次激烈口角而一气之下跑出大山的，在外混了七八年，官没做成，钱也不见赚得回，使得家公越发不待见他，此番爷爷的回来，自然不会受欢迎。

奶奶独自蹲在灶前烧火。奶奶在做两件事，一是为自己男人蒸上一锅精心挑选的红心地瓜，这是他最爱吃的东西。二是为自己男人烧上一大锅开水。奶奶知道，自己男人既然回来了，晚上总要洗澡，而自己的男人和别的男人不同，别的男人通常都是到山前那条溪里去洗，而自己男人是要用热水洗澡的。想到这点，奶奶心里就有一种暖烘烘的自豪。尽管奶奶心里十分清楚爷爷对她很寡淡，然而自豪归自豪，寡淡归寡淡，奶奶从不把这两件事混为一谈。

自己男人回来了，并没有先跑回家来，当然就更谈不上先来和她亲热。——也许从回来一直到走，爷爷都不会对奶奶有什么亲热，但对于这点，奶奶早已习惯了。强求的事是做不来的，做了也没有意思，奶奶心里有数。奶奶虽然没有文化，一个字不识，但她的聪明并不输给爷爷。

爷爷不喜欢奶奶，这一点是可以肯定的。奶奶并非成人之后爷爷明媒正娶过来的媳妇，奶奶是爷爷的童养媳。媳妇在这里叫"辛臼"，童养媳叫"细辛臼"，"辛"不必说，是辛苦的意思，"臼"是舂米捣蒜用的器具，"细"是小的意思。"细辛臼"，从这个古怪的称呼里，就隐约透着童养媳千捣万捶任人蹂躏的悲惨命运。

童养媳是这一带最丑恶最残忍的陋习之一，它是与这里人们近乎疯狂的重男轻女陋习并生在一起的。这里的人们尽管一代比一代贫穷，却对于生育男丁有着异乎寻常的热情。下田苦做，娶妻生子，唯一的目的就是家里要生有男丁。这里把无儿无女的人叫"孤人"，只有女孩没有男丁的人比"孤人"强不了多少，因为女孩是不算人的。一个人若是只有女儿，你问他有几个孩子，哪怕他有一打女儿他也会愁苦地摇着头告诉你说，他没有孩子。生不出男孩的男人被认为是前世作过孽，生不出男孩的女人则被看作是无能。哪一家生下男丁，这一天便是这家人的节日，再穷也要摆上几桌酒席，放上几挂鞭，向全村人展示自家莫大的荣耀，男人从此会将瘦成草秆一样的腰脊挺得笔直，女人没有血色的脸上也会因此添上几分红润。若是横竖生不出男丁呢？公婆两人渐渐地就没了活人的神气，到最后，男人在外面被人瞧不起，挨打受骂的自然是女人。

在一个家庭里，表面上最受尊崇的是辈分最高的那个男人，但实际上地位最高的是连话还不会讲只会满地乱爬的男孙，因为即使位尊至阿公、公太甚至"公用"，也要回过头来宠这个男孙。家里人吃饭，男孙可以上桌，坐在公太或者阿公也就是曾祖或者祖父身边，祖母和男孙的母亲却是不可以上桌的。家里偶尔有了鱼或者肉，一定是尽男孙先吃。男孙是全家的骄傲和希望，哪怕这个男孙长到二十岁是一个不折不扣的无赖或白痴，他仍是这个家庭的骄傲，全家接下来的事便是为这个无赖或者白痴能否生下新的男丁而操劳。这永远是这些山村人家的头等大事和中心工作，二十年一个轮回。

对于男丁的渴望有多强烈，对于女孩的鄙弃自然就有多深。

女孩子从一出娘胎就让爹哀感到背气，一般都是生下来就送人做童养媳。这样做的理由很简单，对于娘家可以少去一张吃饭的嘴，空出的名额可以用来继续生男丁；对于婆家可以省下将来讨媳妇的开销。实际对于婆家来说，好处远远不止这些：自从童养媳妇进了门，婆婆的苦就算熬到了头，原来该婆婆做的那些事，像打柴烧火、割草、喂牛、洗衣、煮饭、担水、种地等，随着童养媳的长大可以一点点地最后全部压到她的身上。男家有什么人生了气心情不好，童养媳还是个十分理想的出气筒，可以拖过来就打、就踢，不必讲什么理由，而且可以完全不必顾虑童养媳娘家的态度，没有哪一家会为婆家虐待了自己的童养媳女儿找上门去吵闹的。当初送童养媳的时候，在两家的概念中送的就不是人，只是一只猫或者小狗，有为一只猫或者小狗去跟人家闹的么？笑话。在这个山村里你如果听说哪一家六岁的童养媳被揪掉了头发或者打折了肋骨，你完全不必惊奇，这在这个山村是再正常不过的事。如果在吃晚饭时哪家传出童养媳杀鸡一样的尖叫，没有谁会放下饭碗走出去瞧上一眼的。

这就是奶奶那一代细妹的命定。奶奶生下来三天就连同她身上的屎布尿布一起送给爷爷家做了童养媳。

"哈，那个时候我们，"奶奶指的是她做童养媳时候的事，"哪有你们这样舒服，五岁还睡在床上？我们五岁一天做多少事！挨多少打！骨头打断的都有，像你们这样成天吃得饱饱睡在床上，在老家得给人打死！"奶奶说这话时总是杀气腾腾，因此老家在我小时候的想象中总是很恐怖，仿佛那里是个屠场，不是打人就是杀人。

奶奶十七岁和爷爷圆房，十九岁生下父亲，以后又生了两个女儿，爷爷就很少回来了。爷爷对奶奶不感兴趣。

我们现在知道，婚姻以及感情生活中会出现一种叫作"冰期"的现象，即使再美满的婚姻也难免进入"冰期"，这不牵涉道德，是被科学证明过的。城市里文明而有教养的人们为保持昔日的激情总是想尽各种办法，什么"重温新婚之夜"啦，"找回初恋情感"啦，"激情回归若干法"啦等小发明小创造层出不穷，殊不知鼓捣这些玩意儿除了暴露和承认自己面对"冰期"的无奈之外一无所用。这是城里那些满肚花花肠子的人们的做法，在山村里一切都简单得多。一个男人一旦对自己的女人失去兴趣，这女人就算完了，她没有任何办法对自己进行拯救。

爷爷当然不会对奶奶感兴趣。奶奶绝对算不上乡间的美人，一副中等身材，一张普通的圆脸，一双 38 码大脚，腰粗臀肥，干起活来噔噔地走，却偏偏不懂妖媚、撒娇以及适当的妒忌这些每个女人都应具备的小武器。照说这样一副容貌和脾气在乡间也并不能算差，只是普通点儿罢了，何况奶奶还为爷爷家第一胎就育出了一个男丁，说什么也没有让男人嫌恶的理由。关键是奶奶和爷爷之间反差太大。爷爷同样生在山村，同样从小吃苦，却生得一表人才，一张瘦削的脸上双目精明，鹰鼻高挺，薄薄的嘴唇总是抿着，似乎对人对面前的世界总带着一种讥笑。爷爷不但人长得俊逸，而且身材挺拔，十八年的地瓜汤地瓜饭居然一口气把他催成一米八的大个子。和山村里的男丁们一样，爷爷还念过几年私塾。这样一表人才的爷爷，又在外面闯荡了多年，什么样的故事没听过，什么样的女人没见过，自然很难再对自己的童养媳妇产生兴趣。而由于感情不同，我对奶奶的看法则完全不同。记得小时候的夏天，有一次偎在奶奶的身上在外面乘凉，有人问我："你们家谁最好看。"我脱口而出："奶奶！"引得周围老太太们一阵大笑。人又问："除了你奶奶之外，家里谁最好看。"我说："还是奶奶。"老太太们笑得更厉害了。老太太们常会利用小孩子的无知提一些阴险的问题以供她们大笑，对付这些问题的办法奶奶平时都教过我，但这次老太太们的开怀大笑却把我弄糊涂了。长大以后想想，这里面除了我对语法和逻辑明显的无知之外，引人发笑的理由更多的是另外一种原因，她们当时一定是笑奶奶并不好看。而在我那时的概念中，奶奶的确是世界上最好看的人。奶奶那张圆脸上圆圆的鼻子，那双见到我就笑成皱纹密布的眼睛，还有那双粗糙的大手和38码的大脚无一不是恰到好处。但爷爷的看法显然和我不同，后来我明白了，这就是感情。感情使人成为盲者。出于感情，我对奶奶的缺点视而不见；同样出于感情，爷爷对奶奶的优点视而不见。

所有人都注意到了，爷爷这次回来，肩上多了一样东西。

从爷爷进村那一刻起，就没有放下过那东西，它附着在爷爷身上，简直成了爷爷身体的一部分。爷爷肩着它在村里走来走去，仿佛它有什么魔法似的，弄得爷爷一刻也无法安生。

那是一杆枪。

村人们纷纷议论着：这崽，上次把村里搅得不够吗？么事又回，还扴杆枪？

老家话里"拿"或者"持"什么东西叫 qiá，声调阳平。我查了词典，发 qiá 音的只有"扴"这个字，意思是"用两手掐住"，和老家话"拿"的意思完全不同，但因为找不到其他同音字，只好借用"扴"字来代替"拿"了。

爷爷抹着这杆枪，似乎有意要让全村的人都看到似的，从温坊村东头走到西头，走得老人们惴惴不安，却将年轻雄崽的好奇心走了出来。渐渐地，爷爷后面跟上了几个人，其中就有爷爷的堂弟三叔公。

三叔公看了偏偏有气。

三叔公在村里也是个人物。三叔公性情倔犟，照老家的话讲叫"硬颈"，无论是犁田打柴的正事，还是摸鸡杀狗的邪事，样样事他都要比别人做得强。这本不是坏事，就好比今天当先进争上游一般，没这股劲儿的人是争不上的，但三叔公这股劲儿使得过了头，就为了这个处处占尖不知和别人斗过多少架。三叔公头上、臂上一条条鼓起来凹下去的红疤，便都是争强斗狠留下的痕迹。温坊的老人们说，一个爷爷，一个三叔公，"这两个崽都是凶命，将来不是大福便是大祸，不是做大官砍人家的头，就是被人家做大官的把头砍了去。"老人们的话在三叔公身上不几年就应验了，在爷爷身上的应验却是在许多年以后。你不能不承认，老人们身上都具有一种洞若观火和预知未来的能力，这是非活到那个岁数上不能具有的能力，所以，老人们的话不能不听。

三叔公对爷爷说："你那杆枪拿来我看看，有么个稀奇？"

三叔公旁边一个细妹悄悄拽了一下三叔公的衣襟。细妹是三叔公的童养媳妇。谁都知道，三叔公待人虽狠，却对童养媳妇好。村人们经常见三叔公帮着细妹挑水挑柴，有时山水大了，还背起细妹蹚水，为这三叔公不知挨他阿姆多少骂，可三叔公硬是不改。也难怪三叔公疼细妹，方圆几十架山里的童养媳妇就数细妹好看。细妹手指尖尖白白不像做田人，鹅卵脸，身体条条像根薯藤，一把抓起要折的样子。

爷爷每次回来，都要在温坊闹出很大动静。

上一次的回来是在两年以前，也是在暑天，温坊的人们在各自田里薅草的时节。

温坊的田不像北方的田，那样整齐，那样连成一片一片，温坊是在山里，山里哪有什么田？一爿屋大是一块田，一张床大也是一块田。像北方有些大豪绅地主跑马圈地，一家伙占地良田万顷的事儿在这里听起来简直是天方夜谭，以至于1950年土改时，想在温坊改出个富农地主都有很大难度。工作组的同志费了好大的劲儿，才把在山外坪上占了一亩三分地的罗圈子划了个富农。一亩三分地，在北方撑死了也就是个中农，害得罗圈子的儿子二十年后成天泡在县革委闹着要平反。大部分的村人们都只有三五分地，相当于北方的贫下中农。

爷爷手里拎个匣子，在贫下中农的田头地垄里满山转悠。

那个匣子，黑黑的，前面有一个圆孔，像一只闭上的独眼。当爷爷按动什么机关的时候，那只独眼会豁然打开。爷爷日日捧着这个匣子，若有所思地到处走，走近哪个正在做事的人，看一会儿，便举起那个黑匣子凑到脸跟前，眼睛眯起来，透过黑匣子往外看着什么，然后就"咔"的一声。

开始村人们并没有在意。做田人累得要死，哪有工夫去理那些莫名堂的事，更何况爷爷的莫名堂也是出了名的。村里人都知道，这个崽除了人生得漂亮，么事也做不成。从他十六岁一气之下离开他的后爷哀从山里跑出去，就没见他做成过什么事回来。先是听说他贩土纸，后来又听说他下南洋做生意，都蚀了本，可他还是一年又一年在外头跑，很少见他回家来。这是个不肯安分的崽，村里老人们说，过不得日子，聪明是聪明的，可惜了。

爷爷并没有因为村人们的不在意就放过了他对这桩莫名堂事情的兴致，每日照旧捧着那个古怪的匣子到处乱转，居然有几次他爬上了人家的鸡窝和墙头用匣子看什么。再后来，村人们就害怕了。

害怕是从小纸片开始的。爷爷头一天用黑匣子的独眼对准过谁，第二天就一定会递给谁一张半个巴掌大小的纸片，纸片上一定有这个人在头一天做过的事。比如头一天谁在田里薅草，第二天纸片上就有谁在薅草。昨天身上穿蓝衫，今天换白衫了，纸片上居然还穿着昨天的蓝衫，这太骇人了！最骇人的是六房里的大伯公。大伯公前天杀鸡时被爷爷用黑匣子看过，如今鸡吃到肚里都变屎屙出来了，爷爷递给大伯公的纸片上还有大伯公杀鸡下刀时的场面。鸡的嘴大张着，"嘎嘎"叫的声音好像还能听得到，大伯公的刀子正好割在鸡的喉咙处，连喷溅出来的血一滴滴在纸上都清清楚楚，竟与那天的情景一模一样！大伯公杀鸡杀过多少次了，从来没有仔细看过鸡被割断喉咙时的样子，可小纸片上清清楚楚留着那个情景，你想不看都不行，小纸片居然把时辰都在那一刻固定住了。那一刻，鸡大睁着眼睛，恨恨地盯着大伯公，好像要在临死那一刻记住大伯公的样子。原来鸡在临死时是这样看人的，是这样看持刀杀死它的人的。既然杀死鸡的时辰能被留住这样奇的事都发生了，那鸡会不会在转世后变作一个什么来报复大伯公的事也就完全可能发生。大伯公看得骇死了，手簌簌地抖，越抖越凶，最后将纸片掉在地上。大伯公没有敢捡，连头都没有敢再低下去，从此大伯公再没杀过一只鸡。

头一天你做过什么，纸片上就有什么。反过来说，纸片上有什么，头一天一定做过什么，清清楚楚，点点滴滴不会走样。这太骇人了！村人们说。这不跟阎王爷那里判官的生死簿子一样了么，谁做了什么善事恶事，该加多少岁减多少岁上面都记得清清楚楚，莫非这崽是鬼判官差来的么？

爷爷也曾给过三叔公的细妹一张这样的纸片。

细妹那天正在天井鸡笼边喂鸭嬷，爷爷当时叫了细妹一声，细妹抬起眼来正看爷爷，那一霎就留在纸片上了，细妹的眼睛睁得大大的，好像很惊奇，也好像被什么吓住了，这反而使那对凤眼比平时更漂亮了许多。还有，鸭嬷在走路，一只脚抬起来，一只脚留在地上，这个姿势也固定在那里，永远不会变了。

奶奶看到了这张纸片。爷爷的凉床上有许多这样的纸片，都是夜晡头爷爷一晚不睡弄出来的，奶奶在为爷爷收捡房间时自然会看到。奶奶看到细妹这张纸片时心跳停了一下，一股说不出的味道涌了上来。细妹真漂亮，自己男人用匣子看细妹的时候会不会也这样想呢？谁知道奶奶当时是怎么想的，但有一点可以肯定，奶奶的念头也就在心里这么停了一下，她绝不会说什么，也不会流露出哪怕一点点表情，比如不满、妒忌、哀伤什么的。这有两种可能。第一，前面说过，奶奶不懂这些。奶奶没那么多细腻的感情，奶奶远不如我们这么复杂。奶奶没有文化，而文化能使人变得复杂。文化能使你更好发挥你原本具有的，还能教会你原本不具有的，文化会告诉你如何仿效、虚伪和造作，如果你悟性高一点的话，你可以仿效得如同天然，虚伪得如同真实，造作得如同纯朴，这一切奶奶当然不会。第二，奶奶并非不懂，但奶奶天生自尊，这从她一生的性格中可以看得出来。她对爷爷绝对服从，这是任何一个客家女从小的训练，但她非常清楚她在爷爷那里的位置，一旦她清楚这个人并不喜欢她，不需要她，她就绝不会再向这个人去要求任何东西，包括情感、忠实等。这个人因此在她面前可以肆无忌惮，想做什么就做什么，完全可以不必顾虑她有什么想法。

以奶奶简单而准确的人生经验看来，男人对自己好不好已经是无所谓的了，只要男人依然对这个家好，对他的儿子好，这个家就不会散，两公婆之间的关系就不会散。可怕的是，男人似乎对自己的儿子也没有了任何的兴趣。奶奶清楚地记得男人上一次回来，父亲不知因为什么事惹恼了爷爷，被爷爷一顿痛打。打过还不够，又将父亲拖到天井中，一把抓过鸡笼——老家的鸡笼是竹编的，形状像一个放大的窝头，通常里面能关五至七只鸡——顺手就将未来的政府某部部长扣进了鸡笼。那天大雨滂沱，天地一片迷蒙，下得近在咫尺的冠豸山都被雨幕罩得不见了踪影，那一年父亲才五岁。五岁的孩子能有什么不可饶恕的大错？奶奶望着大雨里的儿子心如刀绞，既不能替父亲向爷爷讨饶，更不能把父亲从鸡笼里放出来，奶奶能做的唯一的事就是也走到大雨里去，任大雨从头到脚地浇下，任泪水和着雨水汩汩而淌。这是奶奶无言的抗议，替儿子也替自己。从那以后，奶奶对爷爷的心就冷了。

小匣子的秘密渐渐被村人们发觉了。

先是几个胆大的雄崽在议论，没几天，就传遍了整个温坊。

那几个胆大的雄崽，天天夜晡头到爷爷家的祖屋外去守。祖屋在半爿山上，一条径斜斜地插上去。灰砖灰瓦的祖屋虽然破旧了，但仍然可以看出当年的气派。这里必须提醒一下，和永定相比，连城的土楼很少，只有那些最有钱的人家才修土楼，即使这样的土楼也不如永定那边的土楼大。我想唯一的原因是连城的山太大，人也太穷，家家都没有什么像样的东西值得防范，因此也就不值得修土楼。连城的民居称为"祖屋"。爷爷家祖屋修得很高很有气势，飞檐画栋。飞檐从半山里伸出翘起，从山下看去像要飞出去的样子。祖屋高，因此祖屋的窗也高，几个崽人摞人才看到了爷爷屋里的秘密。他们注意到每天晚上夜深人寂，整个温坊的人都睡了之后，爷爷便开始活动。爷爷把自己一个人关在屋里，把屋门闩上，屋里的油灯灭掉，连火烛也不点，却从什么地方摸出一根不到尺把长的会发光的棒棒，棒棒头上包了一块绿布，爷爷在棒棒上什么地方按了一下，那棒棒头上便发出绿幽幽的光，活像山上的鬼火，屋头便越发显出黑暗。爷爷从黑匣子里拖出一条长长的带子，在一盆水里洗来洗去。爷爷把这条带子晾在竹竿上，又去做一件更骇人的活儿，他将前天晾干的一条长长的带子铺在桌上，点亮桐油灯，然后取出一支毛笔在带子上点着什么。有眼力好的雄崽看见，那毛笔上蘸着一滴一滴的竟是人血！

"哈，讲出来鬼都不信，他每日夜晡头做的就是这样一件事。告你号，哪个人被他拆的那个匣子看了去，哪个人的血就被它吸掉了！"

村人们悄悄传说着，毛骨悚然。远远见爷爷过来，便失了魂一样地跑走，绝不再让那个匣子对准自己。

"不要再拆那个鬼出去哈？人家都怕，都在骂。"

奶奶在端地瓜饭给爷爷的时候，壮起胆子提醒自己男人。别看奶奶没读过书，以她女性天生的敏感早已洞察了一切。

可爷爷像没听见一样，每日照样拎了他的匣子出门去，见到人们避鬼一样地避自己，他的奇怪一点不亚于众人的惊怕，直到他的后爷、那位前清秀才在家里气得跳脚，骂爷爷是个逆子，不要说什么正经事都做不来，连自己亲爷哀的骨都收不回，养这样的废物有什么用！大骂着要他滚开走得远远，并警告他村人们已经决定砸掉他的小匣子，实在不行就烧掉他家的祖屋时，他才恍恍乎明白发生了些什么。

第二天才临天光，奶奶起床挑水推开门骇了一跳，只见门外立着两个半人高的陶瓮，里面装满两瓮白森森的人骨。奶奶想到昨天家公的骂，忙车转身去寻爷爷，才发现爷爷已经从温坊消失了。

两年过去了，这件事已不大有人提起，但三叔公对这件事始终耿耿于怀。

爷爷送给三叔公细妹的纸片，细妹拿回家的当天就被三叔公烧掉了。

看你那个失魂样！人家要你怎样你就怎样？人家要你睡你也睡么？你不肯，他未必能硬来？骚鸡嫲！

三叔公想到哪里骂到哪里。三叔公的阿姆听了很高兴，就大喊一声"打！"三叔公像被鬼使神差一般，抓过细妹就打了。这是三叔公头一次打细妹。人这东西很怪，说不打一直都不会打，一旦开了头以后刹都刹不住。打第一下时三叔公还有点犹豫，后面就越打越狠，抓住细妹不管头、后背、屁股一脚脚踢上去，硬是不解气，直打得细妹鼻子嘴巴呼呼出血，阿姆的兴奋劲儿也过了，不再喊打，三叔公才把细妹丢在地上。细妹也怪，任三叔公怎样骂怎样打，硬是一字不说，也不讨饶，像只病猫缩着。三叔公平时对细妹和别人家待童养媳不一样，细妹倒不觉有什么，今天让三叔公一打，细妹心里反有一股说不出的甜甜的感觉升上来。平日里，三叔公给细妹的感觉与其说是老公，不如说像大哥。今天这一打，细妹觉得自己真成了三叔公的辅娘了，这才和别人家的辅娘一样了。辅娘就该是这样，任老公想怎样就怎样的，老公想骂就骂，想打就打，就是一时动了肝火想杀了她，那也是命里定好的事。细妹一边这样想，眼泪水一边哗哗地流下来。旁边人不知道，以为细妹是受疼不过委屈的，只有细妹心里清楚原来眼泪水也可以是甜的呢。

两年后的今天，爷爷又在三叔公面前摆弄那支从外面带进来的枪，三叔公看了当然气。

三叔公拦住爷爷："桐崽，你那杆枪是打狗的么？总这样肩起不沉么？"

桐崽是爷爷的小名。

爷爷理都不理，照走自己的路。

"神气么事？未必比得上我那杆鸟铳。"三叔公追着爷爷又叫了一句。

爷爷这才驻步，车转身来，对着三叔公说："鸟铳也叫枪么？炸出去一片黑，外面早就不作兴用鸟铳了。你晓得这是么什？这叫来复枪，里面有根来复线，打出去一根线样直，说好打你大指公，不会碰到你二指公。"

"讲得么什屁话！"三叔公忒不服气，"自古到今，谁见过打大指公不碰二指公的枪？你见过么？你见过么？"三叔公一一问过身边的雄崽，雄崽们都摇头："那是枪么？那是土箭。"

两个雄崽憋了几憋没憋住，发出几声恭维的笑，见爷爷脸色怕人，又把笑了一半的声音吞了回去。

"试试么？"

爷爷阴沉着脸，从肩上取下那杆来复枪。

这枪与老家人用惯了的鸟铳的确不同。除了枪托是木制，其余部位全是一色钢蓝，那蓝闪着寒光，冷气逼人，一看就知道不是一般的淬火。

雄崽们怕了，纷纷散开。

三叔公想都没想，当街叉开腿，平平向右伸出张开五指的巴掌，像要拦住向前走的爷爷。细妹急了，上前去扯三叔公，被三叔公一掌打开。三叔公这一掌力气太大了，细妹叫都没来得及叫，头就重重摔在地上。

爷爷将枪托起，在肩上放稳，俊气的长脸上没有一丝表情。

空气凝住一样。雄崽们气都不敢透一口。有雄崽飞跑去"公用"那里报信。当时村里唯一的"公用"是大伯公家的曾祖。

爷爷右手食指慢慢向回勾。

细妹双目紧闭，用手将耳朵捂住，呼吸里带出啜泣的声音。

爷爷突然说道："换过左手吧，右手还要做事。"爷爷在说这话时，端枪的姿势一点没变。

这不分明是说，三叔公的手指端的要被打掉么？三叔公却再也无话，平伸着右手，铁铸似的一动不动。

结果是可以想象的。那一天的下午，残阳如血时分，冠豸山下所有人都听到了一声清脆的枪响。枪声像划破长空的鸟哨，忽悠悠从头顶飞过，隔好一会儿，才从冠豸山山岫深处传出一响闷闷的回声。

二十天后，在向衡阳进击吴佩孚的北伐军二军先遣队里，多了一名右手缺一根大拇指的士兵。这名士兵是和他的闽西客家同乡一齐参加到北伐军中来的，同来的一共一百三十四名。这名士兵冲锋陷阵十分英勇，不久便被提升为连长，而他所在的北伐先遣队的队长，正是打掉他手指头的那个人。

一百三十四名雄崽离开冠豸山那天，凡是看过冠豸山的人都注意到，冠豸山变了，变得像猪血一样红。其实那天并没有出事，什么事都没出，只是那天跟着爷爷从冠豸山脚下走出去的这一百三十四个人，后来一个也没能再回来。

五

温坊这个地方，顾名思义，应该住着或者至少住有温姓人家，就像我们在北方常见的那样，那些被叫作杨各庄、庞各庄、李家集或者徐镇的村落集镇，一定是以与地名同姓的居民为主，或者当地居民干脆就是以地名为姓的清一色大姓。但温坊不是，温坊一个姓温的没有，三千户人家清一色大姓，清一色我们这个家族的姓。

住在这些大山里的人们全是客家。"客家"这个提法对于今天的人们已经不再陌生，可在媒介还不十分发达的二三十年前，这一特殊的族群并不为大多数人所知。我清楚地记得还在上中学的时候，我曾和班里两个同是客家籍的同学似懂非懂地谈论起我们的祖籍，那两个同学的祖籍一个在广东梅县，一个在福建龙岩，当我们提到"客家"这个词时，班上同学的表情突然变得莫名地惊诧，她们换了一种眼神打量我们，仿佛我们三人是刚刚从蛮荒之地误入文明都市的猿人，而且在班里立刻开始了女孩子间传递迅速的偷偷摸摸的议论，包括"难怪她们看上去和咱们不一样""显然还没有进化好"之类，颇令我们伤感尴尬了好一阵子。那时我才知道，原来大多数人是以他们的北方出身为自豪的。其实在那个时候，不要说班上与客家不相干的女孩子，就连我们自己对客家也很难说上个一二三，我们只是从父辈那里听说自己算作"客家"罢了。

不仅仅温坊，也不仅温坊附近的天马、新泉、姑田，整个连城县，全部是客家。关于这一点，我们可以从随便哪本研究客家的书上找到佐证。

　　人们对于客家的研究实际上一直在默默进行，算起来也已经有二百年之久了。不光大陆有人在研究，中国台湾、香港，新加坡，马来西亚，甚至欧洲和北美都有人在研究客家，但对客家研究的突然关注以及迅猛升温却是在近年的事。精明的出版商们都盯着"客家研究丛书"或者"客家文化丛书"这一类选题，认准它们能赚大钱。于是关于客家的书一套接一套冒出来，一弄就是十本二十本，连客家自个儿看了都觉得吃惊，那感觉颇有点怎么你不是我们家人可我们家什么事你比我还清楚的味道。也难怪，在这些书里连客家人用的饭钵尿桶都被人拿去研究过了，你还能有什么事瞒得过人家？我也正是从这些书上初步了解了客家。让我时常无端感到兴奋的是，在这些书里——无论大陆还是台湾地区，无论何人所著何书，在划分客家分布区域的时候，谈到闽西的客家，永定、长汀、连城，总是必被提到的。

　　除去出版商对出版客家丛书的明显赢利目的外，近年来人们对客家研究产生的强烈兴趣，大概的确与客家"深具勤俭奋斗之精神，而达其日后之辉煌"的奋斗宗旨及其客观实际有关。客家取得的成绩世人共睹，而客家也的确人才济济、精英辈出。古时的郭子仪、张九龄、朱熹、欧阳修、文天祥，近代的石达开、洪秀全、孙中山、廖仲恺，当代的叶挺、叶剑英、李光耀，无论哪朝哪代，哪国哪方，都有客家的顶尖级人物。"成者王侯败者寇"，这句名言与其说是谚语，不如说是普遍规律。这一规律决定了在家族、宗族、民族问题的研究中也同样存在着马太效应，人们对于一个成功族群的历史和现状总是充满兴趣。因此目前无论对于客家的文化、宗教信仰，还是礼俗、方言、民居、饮食、服饰的研究，均已达到至臻至善的程度，至臻至善到我无论随便再说点什么都有可能露怯或者落个班门弄斧之嫌。但即便这样，我仍想冒险将自己对于客家源流探讨思考的点滴心得拿出来与众读者和专家共商。我不得不这样，因为这与温坊有关。

　　从春秋战国回溯至商周，一直是中原诸民族发展斗争和融合的时期，那时的汉民族称"中夏"或"华夏"，显然与"夏朝"有关，在一片自西向东倾斜的高原上，开始出现了完整的国家组织和民族意识。及至秦统一，汉建朝，以"振大汉之天声"自诩，"汉族"之称谓始取代"华夏"。然而也正是从这时起，汉民族生存圈内划出了"华夏"与"外疆"壁垒分明的界限。这条界限从它形成那天起，便开始了疆内与疆外、破坏与修复间旷日持久的残酷斗争。从秦汉至魏晋，至唐宋，至元明清，北方匈奴、柔然、突厥、契丹、女真、蒙古等不断南进，杀人越货，略地攻城，北方汉民族或出于精忠大义、保全气节，或出于财产性命乃至姓氏之耻，纷纷举家举族南迁，一路跋涉逃亡，艰辛难述，终于来到南方世人罕至的深山裂谷之中。在这里，他们自然遇到土著的殊死反抗，又经过多少年的搏斗，才为自己觅得一块相对固定而贫瘠的栖息之地。这片栖息之地，即是以汀江、梅江、赣江三江流域为中心的连片区域，闽粤赣三省交界处的万千大山。这些山极高极大，极贫极险。唯其贫，才不会有人来争夺；唯其险，危险也就罕至。客家在为自己觅到了安全的同时，也就将自己锁进了崇山峻岭，而当他们的后代终于有一天想重新走向世界回归文明的时候，才会发现他们面前的道路何等艰难。

有关客家的一切神话就在客家找到栖息地之后开始生长了。

客家在深山里建起了自己特有的民居——客家土楼。土楼多为圆环形建筑，也有方形，从底层到顶有三至四层，几十上百个房间，中间有一个巨大的圆形天井，四周全部封闭，只留一门与外界相通。一座土楼通常一个大家族几支几十户上百人同住，以家族中辈分最高的年长者为尊，家族中男女老幼各司其职各守其分。土楼里有鸡笼鸭舍、猪圈牛栏，有柴屋粮仓，有自家的水井和冲凉室，一般粮仓柴屋牛栏在底层，二层以上住人。有些大的土楼里甚至有菜畦，遇上兵荒匪患，把大门一关，里面几百号人鸡鸭肉蛋蔬菜粮食样样不缺，窝在其中坚守个一年半载不成问题。建造土楼用的是一种特殊的建筑材料，据说是用山泥与捣成浆状的糯米糊混合在一起而成，其硬坚实如铁，不怕水泡也不怕火烧，而且土楼的墙通常有二至三米厚，一般的土枪土炮是打不透的。毛泽东在他的著作中多次提到农民运动打"土围子"，指的就是这种土楼。我想毛泽东当年一定是随红四军入闽作战时在闽西大山里见到这些土围子的，那应该是在1929年左右。闽西大山里到处可以见到土楼，有些地方几十上百座土楼连成一片，远远望去实在是气势非凡。我曾见到一座名叫"振成楼"的土楼，它雄踞于永定大山之中，当山路千回百转而它突然出现在你眼前时，你对它简直会即刻产生一种要顶礼膜拜的感觉。它的规模不下于都市里一座大型体育馆，看到这种土楼，你才真算知道了什么叫作蔚为壮观。它如此傲岸地默默耸峙在崇山峻岭之中，上百年风雨侵蚀于它不但丝毫无损，反而色愈苍黑质愈坚硬，看那样子让它在风雨中再站上个二百年也绝不成问题。你不由不从心里为客家人的智慧和才能惊叹。客家人就凭着这样天才的想象和血汗筑就的城池，抵御住了千百年来无可胜数的残暴杀戮，使自己的姓氏、子孙得以繁衍，保全了自己的生命和尊严，同时也保留住了与客家人共同南迁的中原文化。有人对这土楼不以为然，我就曾亲耳听到几个参观土楼的人笑道，这样一种火烧不化水淹不透、连炮也打不烂的土楼真就那么神奇？直升机往里面扔它半个空降营，土楼不是一下便沦为一个古代笑话了么？这些先生真是又现代又聪明，他们没想想，照这么说长城也一样，在冷兵器时代终结，在火炮、坦克和飞机相继出现之后长城不也同样沦为一个简单可笑的古代神话了吗？每个人在长城上大概都听到过那些稚气的童声这样问他们的父亲："长城真有那么重要吗？它能挡得住马和大刀，可是，它能挡得住飞机和大炮吗？"但是我们没有听到一个父亲这样回答他们的孩子："是的孩子，你提的问题真是太聪明了，要知道古代的人们全是一群笨蛋！"这些父亲们知道，有许多的东西，随着岁月的消逝，它们剩下的功能最后就只有一件，那便是展示一种精神。

比这种独特建筑更有意义的，是客家人为我们留下的另一笔更为宝贵的财富，那就是中古汉语。在客家语言里，中古汉语几乎得到了完全的保留。客家自从把自己锁进大山，便与外部世界切断了一切联系。岁月流逝着，生命在继续，中原语言并没有由于客家的离去而死亡，千百年来，它们发展着，产生了巨大的变化，而客家这一族群无论在语音、词汇、语法等方面与中原汉语的发展完全脱节断裂。这原本是一件多么悲哀的事实，可是意外也由此出现了：在东南方这片与世隔绝的大山里，中古时期的中原汉语被完整地保留了下来。

我的老家话便是不折不扣的这种语言。老家话是一门大学问，无论是谁，用学会我老家话付出的精力足足可以学会三门以上的外语，可见老家话学问之大，功夫之深。你可以做这样的假设，两个操老家话的人站在……比方说吧，站在长安街上，他们可以用老家话肆无忌惮地评判各种事物，上至某国家领导人，下至身边哪个警察，而绝不会招来任何麻烦，哪怕那个被骂的人就站在他们身边。本来嘛，哪个人能听得懂唐朝的话？我曾琢磨过，如果有谁想到把我的老家话利用起来进入情报工作系统，那对我们国家将是一个了不起的贡献，你想嘛，现在还有哪一门外语人家不懂？英语法语连卖冰棍的都会说了，就连塞尔维亚语这样的冷僻语种都设有专业，你到国外跟咱们的特工接头，说什么语人家破获不了？要能用我的老家话接头，那可省去大麻烦了，再用不着左手拿本某某期杂志，右手将烟卷抽到三分之二时掐灭，看下表再把烟头扔掉搞那么复杂，用老家话直接打招呼就行了，想怎么说怎么说，想说多久说多久，还是那个理，谁听得懂咱们国家古代的话？

我曾对老家话神往已久，满心希望能掌握这门神奇的语言，可直到现在，连点皮毛也没学会。这次回老家，我在连城大酒店碰上一个老外，是个美国人，在连城已经待了五年了，还没有离去的意思。他留在这里的唯一原因就是这里的语言。我们交换了名片，这家伙快五十岁了，是美国斯坦福大学亚洲语言系教授，汉语专业博士研究生，专攻古代汉语。我说，你搞这门专业找到这地方来算是找对了。当他知道我也是一名古典文学研究生时——非常惭愧，尽管我知道以我的能力好歹也该沾得上个专家，可我活到这把年纪连个副高还没拿下来，当然，这点我没跟老外说——他非常兴奋，他认为我们之间可以互相帮助。可是我不得不再度惭愧，因为我对老家话的掌握程度远远不如乔纳。他叫乔纳。乔纳会操着非常滑稽的口音用我的老家话和当地的任何一位农民交谈，而我除了几个单词之外居然连一句像样点的长句子都说不出来。每当乔纳礼貌地拦住一个农民和人家搭讪，眼见那农民由羞涩、惊慌转而变得惊奇时，乔纳就乐不可支，那神情实在像一个大孩子。我不得不承认，在这方面我们没人家老外下功夫，甚至没人家吃得了苦，别说人家抛妻别子，放着国内的好日子不过，光是能每天和那些爬满蛆的旱厕所打交道就够了不起的。照乔纳的话说："我在这里的感觉是每天都在与一千五百年前的古代中国人谈话。"这的确非常神奇，这种感觉并不是在任何一个国家都能找到的。他把这感觉告诉我时，能想象我当时的感受吗？我的脑子里立时冒出一个褐发碧眼的老外，正在我老家那片无边无际的大山中，不停地挥动着语言的小锤，叮叮当当地敲打着一大堆用声音凝固成的化石和恐龙蛋。

一想到给乔纳带来这种愉悦感受的正是我的老家话，我就会产生一种莫名的骄傲。中古汉语中那些佶屈聱牙的字句和成分至今仍在我的老家被生机勃勃地使用着。比如中古汉语的宾语提前现象，把"给我吃饭"说成"给饭我吃"，"给我气受"说成"给气我受"；比如修饰成分后置，把公鸡、母鸡、客人、热闹、灰尘等统统说成"鸡公、鸡嬷、人客、闹热、尘灰"；上古汉语中属于浊音的匣母字在中古多数变为清音 f，这一变化可以在老家话中看得非常明显，老家人把"胡、红、火、花、会"的声母一律变成 f，他们把这几个字念成"浮

（胡）、缝（红）、否（火）、发（花）、废（会）"；许多被现代人废弃不用的古词在老家的口语中依旧鲜活灵动，比如"走"叫"行"，"进"叫"入"，"找"叫"寻"，"吃"叫"食"，这样说话使老家人显得学问幽深，即使一个文盲说起话来也仿佛是个文科硕士。他们把"什么"叫"么事"，把"很"叫"几"，把"妖里妖气"叫"妖昵"。他们的许多词在今天的人们看来简直毫无道理可讲，比如他们说"威威滚疼""哇哇滚叫""嘭嘭滚走"，如果硬要把这种"AAB"加一个形容词或者动词的形式说出什么道理来的话，"AAB"只能被解释为一种表示"疼""叫"或者"走"的程度。有些虚词比如"哈"，大多数时相当于虚词"喏、嗨"，有时竟然相当于动词"瞧"，又比如在奶奶的语言中使用频率很高的"号"大致相当于"嘿、哦、嗨……"所有这些细细体味起来趣味无穷。

从老家人使用的语言可以看出，连城是客家，那么自然，温坊也是客家无疑。为了确认这一点，我们不妨像通常做学问的人们那样，引些资料为证。前面已经说过，研究客家的专著很多，目前我手头就有罗香村的《客家研究导论》、邓晓华的《客家方言与宋代音韵》、雨青编著的《客家人寻"根"》、项梦冰的《连城（新泉）话的人称代词》、何耿丰的《客家方言语法研究》等。在罗美珍、邓晓华合著的《客家方言》一书第一章第一节中这样讲道：

客家方言通行的地区说客家方言的总人口共有 9610 万（海外占 300 万），通行的地区在国内主要是闽西、赣南、粤东、粤北、桂南和湖南、四川、台湾的部分地区；在国外主要是印尼、马来西亚、新加坡、泰国、菲律宾、越南以及美洲的客家聚居区。国内分布的县份具体如下：

福建省：长汀、连城、上杭、武平、永定、清流、宁化、明溪……

江西省：兴国、宁都、石城、瑞金……

广东省：梅县、兴宁、五华、蕉岭、大埔、平远……

这样大段地引用人家的文章的确有点可耻，可我是有目的的，我只是想在不动一字一句的情况下，让读者在原汤原汁的专著中看到连城在客家中的位置，这绝对顶得上我自己说三天。

之所以不厌其烦地赘述了这么多，是为了说明我对关于温坊的一个传说的看法。这个传说之于温坊很重要，因此必须先为它找到依据。

六

每是在爷爷离开冠豸山的前一个晚上进入到奶奶身体里来的。在茫茫星际，每一直游荡着。本来完全可能不会产生这个生命，爷爷对奶奶的厌倦已经多年。但在离开冠豸山前的那个晚上，不知奶奶的哪个角度突然感动了爷爷，或者纯粹是爷爷的一次心血来潮，每成了一颗受精卵。从此，她开始了自己默默的、微弱的生命历程，直到八年后她倏然离去，再度回到茫茫星际。

这话说给谁听都不会信。一个六岁的孩子竟能以那样深的妒恨去仇视另一个孩子，尽管她们从未谋面，尽管她们之间整整横亘着三十年的岁月。

这个孩子是我，而那另一个孩子，就是每。

我是在一个冬夜里见到每的。

老实说，我并不知道"每"这个字究竟怎么写。在奶奶的语言里经常有一些说得出来却写不下来的音节，比如吃饭的吃，奶奶说"是依"，喝茶不说喝茶，说"是依草"，也就是"食茶"，听上去像说"食草"。又比如这个每，它听上去几乎像"每"，但发音前先要从鼻子里向外说一下"木"，然后很快过渡到"每"，"木——每"，所以它很可能就是"梅"这个字。女孩子叫梅真是再好听不过了，可我的老家没有梅，老家的大山里开满杜鹃花、桐子花，独独没有梅花，梅因此是北方女孩子才有的名字。所以，直到现在我也没弄准这个"每"字究竟应该写作什么。

六岁以前的我一直浑浑噩噩地在奶奶的荫庇之下活得很快活，压根儿不知道这世界上还有一个叫什么"每"的孩子早晚有那么一天，会突然跳出来跟我争夺什么。

我那个时候原则上还是挺乖的，但有时气起人来也能叫人恨得牙根子发痒，每到这时候奶奶总是那几句话：

"心都掏给你食了，还那样恶！我回老家去！"

这些话对付一个六岁的小女孩是足够用了，在相当长的时间里对我是一吓一个准儿，但日子一久就渐渐不灵了。因为后来我知道了奶奶不会买火车票，买火车票这样的事对于一个六岁的小孩和六十岁的老人来说都同样太复杂了，而且关键的是奶奶根本就没有钱。于是奶奶再吓唬我的时候我就说：

"你回呀！"

这回轮到奶奶吓一跳，脸上顿时七情皆无，随即她就会恨恨地说：

"好呀，真真白养你呀！心都掏给你食了！要是每在，我就到每那里去，每没有你那样恶！"

我警惕起来。原来奶奶并不是除了我们之外就没有任何其他社会关系了，她完全可能在一气之下走到那个叫每的人那里去。那时我毕竟还太小，不知道奶奶讲的是一个典型的条件句，既然有"要是每在"这句话，其实就等于告诉我每已经不在了。

我开始到处打听每。我问了母亲、保姆、哥哥和姐姐们，可他们谁也不知道每是怎么回事，他们全都那样瞧着我，好像我的神经出了点毛病。哥哥们平时多么聪明，这会儿全变得讳莫如深。我最小也最聪明的哥哥后来告诉我，每是一种新出的胶姆糖，就在我们小学拐角那个副食商店有卖，并且告诉我如果我有办法从奶奶那里弄出一毛钱的话，他第二天就能保证让我们两一人吃到一块。这个说法当然不能令我信服，因此也就无法让我上当。

很快，我知道了每原来是一个比我大不了多少的女孩。原来每是爸爸的妹妹。更重要的是，原来每也是奶奶生的，这就充分说明了每在奶奶那儿的分量和地位，这不能不引起我的重视。奶奶继续夸每：

"每才乖，从不给气我受。"

"你妈妈生了那样多，没有一个比每漂亮。"

听听，这是什么话？我虽然只有六岁，也已经懂得了我妈妈生了那样多，实际上就等于我爸爸——她的儿子也生了那样多，但奶奶绝不会说"你爸爸"。她把我们身上的一切缺点不管是心理的还是生理的一概正本溯源归到"你妈妈"那里去，对她的儿子当然也就包括她自己应该承担的那一部分责任全都理直气壮地抹去了——比如她那圆圆的毫无棱角的鼻子，那双穿38码还嫌委屈的大脚，这些都在她后代的身上被反复印证了——这难道公允吗？

奶奶对每的态度极大地伤害了我的感情。

我是这样一个孩子，一个很重感情的孩子，同时是一个在感情上极其专制的孩子。我和奶奶之间的感情已经长达六年之久，奶奶在众多孙儿中独独疼我是已被公认的事实，这一事实是那样地自然，以至自然到从来也没有谁去认真想过这里面究竟有没有什么地方不对头。小时候那个年代，好吃的东西的概念与今天有很大不同。那个时候，炒鸡蛋和红烧肉是非常了不得的菜了。每当奶奶烧了红烧肉，总是在将盘子端上桌子之前先结结实实地把我的嘴塞满。通常是这样的，她在厨房里唤一声，我立刻闻声而至，她便用留着长长指甲的食指和拇指从碗里捏出两块极好的肉，看也不看往背后一送，那肉便不偏不倚落入一张洞开的嘴中。狗和主人的关系也不会比这更默契了。早上，我在背好书包准备推门之前总要习惯地看奶奶一眼，看看她或许会有什么表示，一般情况下都不会令我失望，奶奶在跟着我走出门之后通常会塞给我一个滚烫的鸡蛋或是一个夹满了麻酱白糖的馒头。从奶奶那种诡秘的神态中我一下就能判定这并不是人人有份的，于是便带着物质与精神的双重满足迅速溜出门去，找一个拐弯或隐蔽的角落把它们吞下去。说来也怪，凡吞吃这种来路不正的东西的时候我总要被噎得抻脖子瞪眼，像一只由于贪吃过度被卡住了食道的鸡。晚上临睡前，奶奶又总要弯腰在我和她共同使用的旧钢丝床下哗啦啦地摸上一阵儿，每当这时我就会生出一阵难抑的激动，我太清楚发出响动的那个地方了，那是奶奶的聚宝盆和秘密山洞，奶奶所有的宝贝都被分放在那里的几个纸盒子中，它们大致计有：一箱纳鞋底用的麻线绳、一盒大小不等的纸鞋样子、一纸箱棉花、几盒洋火、一包鸡胗皮，以及一些用来补衣服和袜子用的旧花布。这些都还不是最重要的，最重要的是在那里有一个画有幸福的四口之家的旧饼干桶，奶奶总有一些好吃的存货藏在里面。尽管有时候那里面会爬出白白的肉虫子，一屈一伸得很是吓人，却依然挡不住我对它的向往。在奶奶弯下腰去哗啦啦地弄出响动之后，我总是能比哥哥姐姐们再多吃到一回点心，有时会是一个核桃，更多的时候是几根江米条、一把爆米花或是半块发了霉的月饼什么的。奶奶对我的偏爱似乎主要表现为吃，也许她希望通过这种方式使我能够胖起来一些，她总是捏着我的后脖或者胳膊摇着头对那些乘凉的老太太们叹息说："太瘦，喂不肥，抹起来没有一只猪崽重。"那语气那架势完全是在评价一头猪。而我的肠子和胃好像从小就与哥哥们不同，它们似乎不大愿意与我和奶奶配合，因此它们隔三岔五地堵呀疼呀，或者干脆让我拉上两天稀，结果是让奶奶的一切努力付之东流。

　　和所有的孩子们一样，我和我的哥哥姐姐们对洗衣服不感兴趣，以至不感兴趣到了惧怕的程度，可父母规定我们到了一定的年龄后就要自己洗自己的衣服，即便是有保姆也不行。哥哥姐姐们在分别长到了洗衣服的年龄后都无可奈何地接受了这一事实，他们使自己解脱的唯一办法就是减少洗澡和洗衣服的次数，而这就使他们的衣服更加难洗。这真是一项不近人情的规定。而我不必怕，我有奶奶。我从小一直跟着奶奶洗澡，每次只要我刚刚从澡缸里爬出来，奶奶就会在十分钟之内把我的衣服洗完，然后让我自己抱着那一大盆衣服堂而皇之地到院子里去晒。

和我同样浑浑噩噩的哥哥姐姐们终于比我早一些地意识到了这里面的不对头。他们常常以那样一种让人不太愉快的眼神看我，看得我心里直发毛。也许这纯粹是我的多心，可人之所以多心往往是由于心里有鬼。哥哥们终于发现了我的秘密，有几次，哥哥们撞到了正在上学路上拐角处狼吞虎咽的我，回家后他们向奶奶表示了义愤，同时对洗衣服的事一并提出质疑。现在看来哥哥们的义愤和质疑是可以理解的，可当时奶奶大发脾气。奶奶参着翅膀，像护着一只鸡雏的老母鸡那样地吼叫着："哈！她那样瘦！"还要冲着吓得发愣的哥哥们补上一句，"哪个请你们来管了？吃得那样雄！"哥哥们落荒而逃，弄到最后好像理亏的倒是他们。

这样的奶奶，这样的一种感情，为什么会在那个每一跳出来后一切就得改变了呢？我不能容忍，我只知道我的感情被侵占了，就好像原来说好了只属于我的月饼活活被人咬去了一大半，这讲理么？合适么？我不能容许这种侵占，因此我恨每。奶奶对每的无休止的赞颂和夸奖，造成了六岁的我心灵上一次最大的伤害。每几乎是在一种敌对状态下出现的。

终于有一天，在奶奶又唠叨着我如何如何讨嫌而每又是如何如何乖巧她要去找每时，我突然歇斯底里地爆发了：

"我讨厌每！不想听你说每！每，每，多恶心的名字！你走吧！找你的破每去吧！我才不稀罕哩！"

然后我就放声大哭，将两只虽瘦但很有劲的腿在床上乱砸，破旧的钢丝床发出仿佛金属断裂的呻吟，我闭着眼任满脸泪花乱溅，横下心来等着头上逃不掉的一顿好打。

奶奶的手是举起来了，可最终没有落下来。

那天晚上我好久好久没睡着，这在我那个年龄里是很少有的事。因为我知道我太过分了，更重要的是，因为我听到奶奶在沉重地叹气。

我轻易不伤人，而要伤便伤那些我最亲近的人，这真是一个奇特的习惯，这个习惯使得我的伤害如同一把双刃剑，将伤人与被伤的双方都刺得鲜血淋漓。

　　这时我便想，这么好的奶奶，我不该这么气她，要不然等她哪天突然死了我一定会后悔的。我想到奶奶死时和死后的种种情景，顿时心中大恸。我就嗯嗯地哭了。

　　一般这时奶奶该说了：死人，有什么哭场？那时我抱住奶奶再哭上一会儿，就可以从台阶上下来了。往常都是这么干的，而且通常效果不错。可这回不一样，这回奶奶什么都没说。我知道我伤她伤得太狠了，奶奶不肯给我下台的机会。

　　不知过去了多久。

　　"你那样恨每，每和你有哪样关系？"奶奶的声音终于像从深海中浮起，冰冷而苍凉。

　　"每那样乖，从没有给过一点气我受，要你这样来骂她？"

　　我连气都不敢喘。当然不敢喘，我自知理亏。现在奶奶就是把每说成天仙，把我说成癞蛤蟆，我也不会还一句嘴。我这人有一点好，就是知错就软，改不改可是另一回事。

　　"每受多少罪，你们享多少福？你们享的福分一点点给每，每就不会那样可怜。"

　　"每怎么可怜了？"我终于觅见一条缝，赶紧不失时机地钻了进去。

　　"每死的时候，想口粥都没有。"

　　一个想口粥都没有的人，当然是挺可怜的。可是……听奶奶的意思，每死的时候？这么说，每已经死了？每是一个死孩子？既然每是一个死孩子，当然就再不会有一个活着的每来跟我争夺什么了。

　　这个念头不仅自私，甚至罪恶，但正是当时我六岁头脑中的真实想法。这个罪恶念头带给我的放松，使我一下子便睡着了。

　　从第二天一早醒来开始，我变得很快活，而且在接下来的几天里我都极力对奶奶表示讨好，比如帮奶奶沏茶、盛饭，并且不断地要求为奶奶捶背。为奶奶捶背的那一刻，是奶奶最感惬意的时候，她坐在大椅子上，我搬条小凳坐在她身后，若是夏天晚上在外面乘凉，则奶奶坐在小凳上，我坐在她背后的地上，把全身力气集中在两只拳头上，在奶奶脖子腰背上一通乱捶。每当这个时候，奶奶就会闭着眼，腰背向后微微挺着，嘴里不住发出"酸，真酸啊"的叹息。"酸"这个字在字典里标明应念"suān"，而在奶奶嘴里被念成"suō"，后来我想这肯定又是一个从古代往现代进化只进化了一半就被锁进大山里的音。奶奶一边叹息，一边对周围的老太太们说："养这个人，有用呢。"那时我便会为我的有用而更使劲儿地捶。

我向最小的哥哥再度提出了"什么是每"的问题。这次哥哥没有急于回答，我趁哥哥发愣的当儿告诉他："告诉你吧！每不但不是胶姆糖，而且是一个死孩子。"看着哥哥大惊失色的神态我得意非常，这下他再不敢在我面前冒充无所不知了。那时我刚刚学了"不但……而且"这个句式，用得还不够熟练却又急于付诸实践，就顺手把它用在这儿了。

可事情远没有这么简单。

就在那之后不久的一个晚上我有生以来头一回失眠了。因为整整大半个晚上，我都把自己裹在被子里一动不动，屏住呼吸听她们讲鬼。

她们，是指奶奶和奶奶的外甥女——奶奶在这座城市里唯一的本乡本土的亲人，是唯一一个可以用道地的老家话和奶奶进行交谈的人。奶奶和她的外甥女分住在这座城市的两端，从那一端到这一端要换乘三次公共汽车，两端距离车站还各有两里地，一来一去在路上至少要花掉三个小时。即便这样，无论天气晴好还是恶劣，奶奶和她的外甥女每隔个把月便要有一次亲切的会见，用老家话进行一次痛快淋漓的畅谈。前面说过了，我的老家话是一门大学问，一般人是学不会也听不懂的，掌握它的人是如此之少。正因为如此，奶奶和她的外甥女对这门古怪语言的热爱才会达到如此如醉如痴的地步。她们只要碰到一起，便像是两个面临考试的学生，恨不得把她们所掌握的全部老家话来一次总复习，泡三天就得说上三天，从白天说到晚上，又从晚上说到黎明，一天顶多睡上两三个小时。我觉得她们顶风冒雪不辞辛苦地从城东跑到城西安排这些会见，纯粹就是为着能够使用这种语言，过上一把说老家话的瘾。

那天晚上奶奶和她的外甥女便是这样有恃无恐，自以为她们说的话谁也不懂，在关掉了房间里所有的灯，判断我已经睡着之后，开始了她们的谈天说地道鬼论神。

她们没料到我全听得懂。

不错，我一句话不会说，可全听得懂。这一点不奇怪，一个人从小生活在什么样的语言环境里，那种语言对于他就是一种自然天成的东西，在这方面最好的例子就是美籍华人。美籍华人出外工作购物使用英语，在家里却讲普通话、闽南话或者客家话。我面临的正是这样一种情形。在学校里我使用普通话，回到家里则听奶奶讲老家话，由于这种情形是那样地自然而然，我和奶奶谁都没有意识到这和周围的情形有什么不同。我从不认为奶奶讲话有口音，而奶奶从不考虑我同时使用两种语言有没有困难。意识到这种情形的存在完全是由于一次意外。大约在上小学二年级的时候，我和我的同学之间有了最初的社交需求，当我第一次惴惴不安地把几个小朋友带到家里来的时候，我希望他们受到热情的对待。奶奶很给面子，叫他们坐、吃、喝，并亲切地询问了他们的姓名和家庭住址。奶奶每说一句话，他们都礼貌地一一答应着"唉"。如果奶奶说"坐吧""吃吧"，他们答应说"唉"当然没有问题；如果奶奶问"你叫什么名字"，他们也回答"唉"，是不是就有点不对头了呢？他们对奶奶一个劲儿地说"唉"，像木头人似的站着没有任何反应，事后他们对我说你奶奶说的话我们一个字也没听懂，而奶奶对我说，你的同学怎么一个个都像呆鹅一样？这样子在学校手掌心还不要给老师打烂？奶奶不是骂他们，奶奶是替他们的智商担心，却一点没有想到往自己身上找原因。这时我才第一次意识到原来奶奶在使用一种完全特殊的语言。对于这门语言，在说的能力上我可能还不及在连城碰上的那个美国人乔纳，可在听力上，乔纳绝对逊我一筹，这没办法，从小打的基础是成人后花几十年的努力也赶不上的。关于这一点，我从来没有对奶奶说过，原因是我常想听听奶奶和她外甥女的小秘密，如果她们知道了我的能力，就什么都不会说了。

我并不是总想听她们谈话。有时我累了，或是对她们所说的事情不感兴趣时，我的耳膜会自动关闭，这时她们的话就不过是一种无意义的语流，对我的大脑不会形成任何干扰。但当我想听的时候，我可以句真字切听得一清二楚。我的耳膜似乎有一种随意开合的能力，而在那个夜晚，我的双耳洞开。

我本来就要睡着了。奶奶和她的外甥女从上床以后——奶奶的外甥女睡在我平常睡的位置上，而我则被挪到大床对面的小床上，这是奶奶每次会见她的要客时通常要做的调整——就一直在讲，不知讲了多久。由于我对她们的谈话不感兴趣，那声音便嗡嗡地起着一种催眠作用。就在我眼皮沉沉即将进入睡眠的一刻，我听到了一个字：鬼。我的脑袋便轰地一下炸开，睡意全消了。

那个夜晚很黑，很静，静得可以听到风在树上栖息，猫从窗下走过。奶奶在对面床上，微带倦意的声音咕噜咕噜，好像从很深的湖底边冒着水泡边浮上来：

"每就又来。我闭着眼睛，一听就知道。不能睁，一睁她就会走掉。我心里几奇，门闩得好好，窗也闩得好好，她从哪里进？一滴滴声响都没有。姆呃，姆呢，她叫……"

奶奶在说到每叫她"妈妈"的时候，从来都说"姆呃""姆呃"，"姆"不念上声 mǔ，而念去声 mù，听上去怪怪的。

奶奶的外甥女轻嘘一声：

"小点声号，防她听到。"

"她"是指我，我知道。幸亏奶奶极其自信，奶奶说：

"她？哈，睡下就像死猪一样，我们讲她也听不懂……像这样，她又来。次次都像这样，边走边叫，走到床边……像这样，翻身上来，我就抓到她两手，冰冰凉冰冰凉啊，一直凉到骨心。"

"你不怕？"

"怕？自己的女，会怕？我次次都煨紧她两手，煨在胸前，就像这样。我心里讲，嘴上讲不出，女，好女，我给你煨手号？她好像听得出，就动也不动歪在我心口，真乖哟，那女……"

奶奶的声音越变越软，像往一团生面里不断揉进许多水，一会儿，那声音听上去湿漉漉的了：

"我动也不动，几怕她走。就那样，她睡在我心口，我煨紧她，一个晚上谁都不动。讲来几奇，煨一个晚上，那手还是冰冰凉。鸡一叫，天刚刚有点白，她就走了。和来的时候一样，从哪里进，从哪里出……"

我听得心里怕极了，怕听，又想听，便从捂得严严的被子里露出一只耳朵。

"你一直闭着眼？"那是奶奶外甥女在问奶奶。

"唔。"

"那怎么知道那鬼一定是每？"

"哈！自己的女，变鬼也认得出。说你听号，每鞋上有两粒扣，扣上有两根针，像这样……每就是不喜扣扣，一天到晚趿拉着鞋走，讲她千遍也不听。一走，窸窸哗，一走，窸窸哗……每天晚上到那个时候，我一听到窸窸哗就晓得她来了……"

我再也蛰伏不住，裹着被子鱼跃而起，如一枚棉制的鱼雷一样准确无误地射向对面床上的奶奶。伴着奶奶外甥女一声瘆人的尖叫，被子的尾巴在空中有力扫过，稀里哗啦带响一大串不知什么东西。

那真是一个恐怖的晚上。我不断地轻声呼叫奶奶，生怕她撇下我独自睡去，把我一个人留在鬼神出没的夜晚。奶奶回答我的声音越来越不耐烦，在第三十次或者第四十次回答过我之后奶奶终于睡着了。屋子里，院子里，整个世界和宇宙天地间静得没有一丝声响，可我不断听到近处和远处有窸窸哗哗的声音传来。一个六岁的孩子即便有天大的心事也难以做到彻夜不眠，而那个夜晚对于我正是这样。枕巾和被子被额头和身上的汗水一次次湿透，但总是稍有困意便被一股巨大的恐惧一次次将我从极度疲累中拎出警醒。

早上吃饭时所有人都注意到了我的脸色蜡黄。在早饭进行到一半的时候我终于忍不住了。我问母亲：

"妈妈，你说过没有鬼。可是世界上到底有没有鬼？"

奶奶的表情立刻开始僵硬。

"当然没有。"

母亲的口气毋庸置疑。母亲的注意力显然不在我的问题而在一只鱼头上。一只鱼头常常使母亲整顿饭乐此不疲，一双竹筷在鱼头里灵巧地穿进穿出，鱼头在盘子里颠三倒四地变换着种种角度，我却始终弄不明白她究竟吃下去了些什么东西。

我犹疑了一下："可是，为什么奶奶说……"

我当然从奶奶的眼神里看出了愠怒，一种由于被出卖而产生的愠怒，但我还是战战兢兢地提出了这个问题。这个问题太重要了，如果没有人从根本上消除我的顾虑，我就将在一个接一个的夜晚里无休止地经受恐惧的折磨。对比之下，奶奶的愠怒便不那么重要了。

母亲和奶奶，一个唯物主义者，一个唯心主义者，对视着。我当时并不知道，我提的这个问题简直就是两种世界观论战的核心和焦点，或者说分水岭，或者说试金石，可见这个问题提得是相当有水平的。

母亲终于放弃了鱼头。她叹了口气，放下筷子：

"世界上怎么会有鬼呢？你们想想。"

大家都跟着放下了筷子，很认真地想。

"如果人死了都变成鬼的话，自古以来死了那么多的人，地球上不是要挤得我们站都没地方站啦？不是大白天走路都要撞上鬼啦？"

是啊。是啊。我们都点着头，以我的头点得最为夸张。

"我跟你讲过多少遍了，不要老讲什么神呀鬼的。"母亲转向奶奶。母亲真厉害，一眼便看出问题的要害所在："会害了他们的！"

"我们的家庭里，不允许讲迷信。"母亲面对大家，又补充了一句，"迷信，会害死人的！"

奶奶半闭着眼睛仰靠在椅背上，了无表情。母亲刚走，奶奶的眼睛就睁开了。

"哈，信就有，不信就没有。过去有，现在没有，再过六万四千年又有。你妈妈说没有，她没见过，我说有，我见过。说有鬼的人都见过。信就有，不信就没有。"

我们全都目瞪口呆，不知道奶奶这些类似谶言的话都是打哪儿来的。一个是妈妈，无鬼论者，无所畏惧；一个是奶奶，有鬼论者，阅历甚深。对我来说，其意义都如经典般重要，究竟信谁的好呢？妈妈的理论咄咄逼人，由不得你不附和，可奶奶的理论有根有据，绵里藏针。我心里明白，尽管在组织路线上不敢忤逆妈妈的意志，可在思想感情上我始终偏向奶奶一边，而且暗中认为奶奶的结论在本质上更接近真理。实践是检验真理的唯一标准。没有见过鬼，不等于没有鬼，只是没有见到罢了。对于没见过鬼的人来说，有鬼或无鬼是假定的，而对于见过鬼的人来说，有鬼这一点则是肯定的。拿假定与肯定相比，谁更具说服力还用说吗？

当我知道了每是一个鬼孩子，是那样一个冰冷的，在每个寒夜里都需四处飘荡的孤魂的时候，我对每的一切凤怨都消失了。而当我再想起奶奶那句话，说她"要到每那里去"，并非是指去寻找另一个安谧的所在，而是意味着她也将会幻化为鬼时，我的心便被刺痛了。

我开始渴望知道每。

七

每是在她五岁那年跟着奶奶一起出山的。每背上背了一小包红心地瓜干——那是爷爷最爱吃的东西——两只软软的小脚跟在奶奶后面，从冠豸山下出发，走过了一座又一座大山，沿着爷爷、父亲和那些雄崽走过的漫漫山路，走到山外边来的。

父亲早在每和奶奶出山之前，就被一个从山外来收购地瓜干的商人带走了。据说冠豸山的红心地瓜干在上海和南京都卖得很俏。这个人对奶奶说他要带父亲到爷爷那里去读书，奶奶自然只能放父亲走。从那以后，奶奶身边就只剩下了每。

每偏偏跟她的哥哥和两个姐姐生得不一样。老家话讲，越小的崽越妖。"妖"在老家不是骂人的话，这话的意思是说家里孩子若生得多的话，越小的孩子长得越漂亮。老家话里充满了神秘的真理，有些话你虽然一时说不出为什么，事后看看却硬是有理。比如对这句话我后来就曾经留心过，我观察过许多家庭和许多人，不能说没有例外却大体如此。这里面的道理究竟是什么不得而知，我想肯定与父母亲的造人技术有关。头生子一般个头矮小，那是由于母亲的子宫及其全身的骨骼都未被牵拉开，及至后来孩子孕育得多了，孕育环境会越来越宽松，无论在孕期还是产期，对于母亲的生育还是孩子的生长都会比头生子顺利得多，孩子自然也就生长得健壮和谐。如果此说真有道理的话，现在清一色的独生子女们的前景就颇令人担忧，有关方面在制订计划生育国策的时候肯定忽略了这个因素。由于"只生一孩好"的特殊国策，不说将来祖国大地青少年一代一打眼看上去全是歪瓜裂枣，至少俊男靓女会因此减少个几百万是没有疑义的。每是奶奶的第四个孩子，因此生得鼻子尖尖，眼睛黑而大，一头短短的娃娃发，正好括住她那张秀气的圆圆小脸。而且每聪明非凡，不管是奶奶还是谁家阿姆阿姊哼的儿歌，她只要在旁边静静地听上一会儿便会了。每胆子小，从来不在人家跟前唱，却常常回来用她细细的小嗓门儿把在外面学会或听会的歌唱给奶奶听。

"真聪明哟！"

奶奶总这样夸每。奶奶曾经试图教给我几支每唱过的儿歌，却都因我的笨拙而失败。想想看，让一个在北方长大的、讲惯了北方方言的孩子突然使用那样拗口的老家话来唱儿歌，其难度绝不比训练一只鹦鹉让它开口说话更小些。

月光姆，过连城；

连城外，挠韭菜；

韭菜心，好弯针；

弯针眼，做把伞；

49

伞好遮，做鸡坡；

……

这几句儿歌，写下来看着不难，念起来可完全是两码事。比如头两句，用标准的老家话念起来是这样的："压刚某，告领省，领省 Wou，挠旧叟……"实际上由于找不到对应的合适的字，表现得还不够准确。这样子念下来，北方人哪个还听得懂？整个儿歌，佶屈聱牙，"鸡坡"是什么，我无论如何也想象不出。要不是奶奶一边念一边为我做着现场解说，我连一句词也记不下来，只在心里暗自想着这老家话可真了不起，什么押韵不押韵的词儿全能给你扯到一块儿来，最后还全能让它们押上韵。可把它们译成普通话记下来，那韵就丢得一个不剩。就是这样一首儿歌，奶奶说每念起来咿咿呀呀好听至极，把这首歌从连城唱到厦门又唱到上海，凡听到的人都觉有趣，要求每用这种古怪语言唱了一遍又一遍，听罢无人不喝彩。我想，每的成功主要在于她熟练和准确地使用了她的母语。

每既这样聪明可爱，来讨每去做细辛臼的人就很多，奶奶却一概拒绝，一个也不答应。这在老家倒是一件稀罕事。有谁会硬留着细妹在家白白吃饭不放出去的？愁只愁没有人要，何况来讨细辛臼的有些是很好的人家，饭可以吃饱，看上去待人也和气，但奶奶横竖就是不允。奶奶有自己的考虑。奶奶想，男人是不会回来了，唯一的儿子又被人带了走，天下这么大，将来到哪里去寻他们？自己将来靠谁？自己身边就只有每这一点点骨血了，无论怎样再不能让她离开自己。送人做童养媳，就等于送她去死。

这一点不是危言耸听。

每上面的两个女孩，全是因为送给人家做了童养媳，一个没有活过周岁，另一个在四岁上也死掉了。奶奶无论如何也忘不了那个大雨的晚上，四岁的细妹跑了十几里山路回家来，拼命抱住奶奶的腿死也不撒手，细妹的胳膊、脸、脖子和脚踝，凡裸露出来的部分全是暴突红肿的伤痕，新伤盖在老伤上，小小的手肿得像发面糕。奶奶认得出，那些伤有的是棍伤、烫伤，有的则是用手掐出的伤。小细妹枯草一样的头发乱蓬蓬的，满脸全是泪："姆呃，我不回去，姆呃，我不回去，事我会做，饭我不吃，留我在家里吧……"哪个孩子不是十月怀胎才长成，生下来鸡蛋一样嫩？奶奶心里刀绞一样难过，可她又能怎样呢？

已经是给出去的人了呀。奶奶哄也哄了，吓也吓了，好话歹话说了千万箩也没用，第二天只好拎猪一样抱了给婆家送回去。婆婆一见脸就挂了老长，当着奶奶的面都没有一丝笑模样。童养媳妇娘家和敲锣打鼓娶来的媳妇的娘家地位可完全不同，婆家再凶你也没什么话好讲，哪个叫你没钱没食把细妹送人的？奶奶还没下山，身后就传来细妹被打得哇哇滚的惨叫。奶奶一想到这里，眼泪就扑簌簌往下落，一个四岁的孩子，一个人在黑雨天跑了十几里山路，该是多大的胆子才跑得来的，就那样还要送她回去，作孽呀！为什么要生她到世上来？这样生到世上来和鸡和鸭有什么两样？细妹回去以后不久就再没了消息，不用去问，肯定是死了，像一只鸡一只鸭那样地死了。

所以，奶奶铁定了心肠，剩下的这一点骨肉说什么也不再送人，任人家笑话，任公婆诟骂，就是苦死累死，也要自己带在身边。

奶奶只要一想到这里，就要把每往怀里紧一紧，这时每就会抬头看姆，甜甜地一笑，却不知母亲心里在想什么。她不知道，和她的姐姐们相比她是多么的幸福。虽说她穿得很破旧，吃的是地瓜干，但由于她的母亲的决心和勇气，她才得以在别人家细妹挨打吃苦的年龄里，独独像一只快乐小鸟，在属于自己的山林里觅食歌唱。

山真多真大，一座又一座从她们身前慢慢挪到身后，当走完一天多的山路坐到竹排上的时候，山挪动的速度就加快了。奶奶坐在竹排的椅子上，每坐在奶奶膝头，被油布包得严严实实的行李搁在奶奶脚边。奶奶要每把背在背上的地瓜干也放在竹排上，每却不肯，说水打到地瓜干地瓜干便会烂，地瓜干烂了她的阿爷就吃不到了。每讲得不错，水的确不时涌上竹排，打在行李上，但奶奶担心的不是行李，而是这么远的路，她们能不能找得到要去的地方。

她们要去的地方叫上海。上海是么个鬼地方她们过去连听都莫听人讲起过。奶奶依稀记得父亲被那个贩地瓜干的人带走的时候，那人曾说过他们要去的地方就是这个名字，那便是奶奶对上海的全部了解。上海到底是个什么地方，奶奶还是无从想象，不知那地方是山是水，还有没有地瓜吃。奶奶这是第一次出山，还在刚刚转过去看不见冠豸山的那一刻她头就晕了。听人讲不要说上海，就是漳州厦门也几远几远，多少天也走不到呢。奶奶把写了地址的那张字纸紧紧捏在手里，生怕掉了或是放到了哪里找不到，直到两天后，发现这样的字纸如果一直捏在手里会烂得更快，才把它叠得好好放在前襟贴身口袋里。

现在她们坐在九龙江上的大船里面了。说起来爬到这条大船上来也真是不容易。等船的人坐了那样多，谁晓得哪条船是开到哪里去的？问了几个人，有人说是坐在这里，有人说是坐在那里，也有人摇摇头说不晓得。看到人们突然站起来，奶奶便背了行李拖起每来跟了走。从门口到船边挤着人贴人，小孩哭大人叫，有的人喊鞋子掉了也不敢弯腰去拾，费了那么大劲上到船上，刚刚放下行李来想透一口气，谁晓得人家说要看票，看过后扔还给奶奶，说是上错了船。挤下来比挤上去更费多少劲，还要被人家骂死。回到等船的地方，汗水流流把衣服都洇臭了。不认识字，又听不懂人家讲的话，奶奶真是急得要疯，幸亏身边带着每。每在乱糟糟的人声里一直不慌不忙地坐着，突然扯扯奶奶的衣服小声说："姆，你听，厦门。"

每就能在各种各样人呜里哇啦的兽言鸟语里听出"厦门"两字。

就这样，奶奶和每得以爬上了去厦门的大船，待到坐在自己的铺位上，奶奶浑身的骨头都要断掉了。

望着睡熟在自己身边的每，奶奶没有睡意。奶奶心里荡起一阵又一阵激动的感觉。自从圆房以后，男人很少守在自己身边。自己长得不好看，又是童养媳，男人对自己的冷淡是天经地义的。对于这点，奶奶早就灰了心。真真想不到隔了这么多年之后，男人不但托人来把亲生儿子接走，现在居然又捎了信来要自己去上海，去和他到一起。看来，说好说歹终归是自己男人，在外面转了这么多年，家总还是他的家。本来嘛，自己到底跟他一起生了一个崽三个女，做他的老婆也做得起了。奶奶就这样一夜胡想着，任身子随船轻轻地晃，想着想着便迷迷糊糊睡了，睡一会儿又醒，醒了就又想，想累了再睡。

奶奶和每远远地看到了城市，看到了楼，后来便看到了海轮，看到了海。

当大船驶出龙江，绕过千户万栋的厦门，面前陡然出现那片大水的时候，每惊呆了。这就是海——呀！海上白鸥翔集，霞蔚云蒸，放眼望去，无边无际。每紧紧抓住奶奶，抓住奶奶的那只手颤抖着冰凉。每眼睛睁得大大的，一句话也说不出来。这个长在山里的没有念过书因而也不识字的小姑娘，不知道用什么来表达自己激动的心情，过了好一会儿，她才轻悄悄地用一种唱歌一样悦耳的声音说道：

"月光姆，过连城；连城外，挠韭菜……"

每把这支歌唱给她一见钟情的朋友大海听。这是这个小姑娘表达自己心情的唯一方式。

终于，她们到了上海。

原来上海不是山，也不是海，每和奶奶在船上的时候已经听人讲过，上海是天底下最大最大的城市。但在见到上海时，她们还是感到了惊讶。这里有天底下最多最高的楼，有天底下最多最挤的人，这里的路比山里路好走得多，又平又宽，却不知为什么这里的人都不肯自己走路而要去坐车。天底下的东西好像都被搬到这里来了，隔着玻璃窗——每也是在船上知道了这种透明的窗子叫玻璃——往里望进去，里面的什么东西都清清楚楚。这里有有钱的大佬，也有最莫钱的穷佬，那些穷佬身上的衣服比每穿的还要破旧。这里的女人眼睛画过，嘴巴涂过，头发还被弄成一个卷一个卷，让人看了很不舒服，像是假的女人，每很替她们家里人担心：他们晚上见了这些女人不怕么？奶奶不断地告诉每：阿爷就住在这里。奶奶在告诉每的时候，心里很自豪，每却一直在想：这就是城市么？城市是什么？城市就是许许多多没有事做的人走来走去的地方么？

从一下船，每和奶奶就跟着一个戴黑礼帽黑眼镜的人走。这个人先是带她们走，然后带她们分别乘上两辆人拉的车。拉车人很瘦，由于吃力而大口地吐着气。每坐在后面，看到被人这样拉着心里很别扭，也就因此对戴黑眼镜的人生出一种反感。戴黑眼镜的人比拉车的人还要年轻，却腿一跷坐在车上，好像一切都是应当的样子，他不会不好意思么？

在一幢很大很干净的房子跟前，车子站住了。

戴黑眼镜的人跳下自己乘的车，拿了奶奶的行李，示意她们跟他去。他走上台阶，打开门，很礼貌地请她们先进。一股强烈的中药味扑面而来，每和奶奶看到一间大大的屋子，靠墙三面立满了被分成一格一格的中药柜。戴黑眼镜的人带她们继续向里走。在通往里间的一扇门前，戴黑眼镜的人站住了。

"到了。"戴黑眼镜的人把行李交给奶奶说，"进去吧。"

一路上，这个人一句话都没有同她们讲，这是他对奶奶和每讲的仅有的一句话，然后他就走了。

奶奶很想叫住他，请他落座吃茶，这是客家人的规矩。哪有请人帮忙做完事连茶都不请吃一口就放人走的？可奶奶拿不准这里的规矩，况且戴黑眼镜的人通身上下处处显得比自己更像主人，奶奶倒开不出口了。

奶奶把行李放在地下——这行李已经脏污得像一堆破烂——整了整散乱的

头发，然后牵起每的手，小小心心推开门。奶奶的心怦怦狂跳起来。

这是一间很漂亮的大屋。屋子里铺着红油漆的地板，有桌，有椅，还有几个大大软软的东西，奶奶后来知道了那叫沙发，最初坐不惯的时候一下子陷进去很怕人，坐惯了却很舒服，特别是腰酸了的时候很想去坐一坐。桌子上有花瓶，窗户都是玻璃的，还挂着印着花的洋布。

城里的屋子比山里的看上去亮许多。奶奶想。

"姆呃，这是我们的屋么？"每欢喜得透不过气来，悄声问奶奶。

奶奶捏一下每的手，那意思是叫她莫要胡说。

通往大屋另端的一个房门打开了。

大概是听到了外屋的动静，从里屋走出来两个人。

奶奶的心顿时抽紧了。从屋里走出两个人来而不是一个，这是她没有料到的。这两个人，一个是爷爷，另一个，是个怀抱着吃奶婴儿的女人。

婴儿很小，看上去不过一两个月的样子。那女人水色极好——奶奶把我们通常讲的"肤色""脸色""气色"统统称之为"水色"——白白嫩嫩，两只手臂像两条一掐就会出水的藕段，一看就是月子里没吃亏的那种女人。女人穿一件淡紫色旗袍，胖胖的身腰高低起伏凸凹有致。女人似靠非靠地偎在爷爷肩侧，这一偎，不用讲一句话，就在奶奶面前把她和爷爷的关系表述得明明白白。女人望着奶奶和每，眼神很复杂，说不上是陌生还是惊奇，总之，绝不是赞美也不是亲热，准确地说，像是在打量两只刚从土里钻出来的竹鸡。

如同天上降下一个霹雳，奶奶呆住了。像有人拤刀在奶奶心上狠戳了一下，一种要呕吐的感觉翻上来，奶奶眼一黑，直向着地板就要坐下去。可是奶奶一手扶住门框，一手牢牢地抓住每，每像小拐棍一样结实地撑住了奶奶。

爷爷薄薄的嘴角神经质地牵动了两下，算是打过了招呼。

在最初的那阵心痛过去之后，奶奶挺住了。奶奶摇了摇每的手，艰难地说：

"叫，叫爷，叫呀。"

每看看爷爷，看看那女人，又抬头看了看奶奶的脸色，闭紧嘴，居然什么也没叫。

女人怀里的孩子突然哭了。女人似乎在专门等待着这声哭，她并不走进屋去，也不规避，当着所有人的面解开旗袍斜襟，从里面拉出肥白的奶，对准婴儿的嘴塞了进去。婴儿的啼叫顿时被堵住了。女人把婴儿在手上掂了掂，调整好抱姿，然后抬起头来向奶奶投来一瞥。那一瞥里充盈着满足和胜利。

奶奶微微挺直身腰。

两个女人默默对视着。

每和奶奶就这样开始了她们在这座天底下最大的城市里的生活。

每小心翼翼地走在街上。

周围全是花花绿绿的窗户，里面有好吃的、好玩的，那些好吃的好玩的东西每统统叫不上名字。有衣服，那么多的衣服，有大人穿的，也有给那么小的小人穿的，简直就像刚生下来的细崽那么大小。每想不懂：刚生下来的小人包一块旧布不就行了么？要穿那样好干么？有踢向空中的女人大腿，可是只有一根，身子呢？头呢？这样子让每看了很怕。女人腿上套着薄得透出肉来的袜子，不过那不是肉，是木头，这个每是看出来了。

每像一只胆怯的小羊。这个世界太大，太陌生了，随时都可能吞没她。这么多见都没见过的东西突然在同一个时间里劈头盖脸向她涌来，她受不了，简直要给压垮了。每次走到街上，每都紧张地喘着气，两只眼睛骨碌碌地转，忙得厉害，总怕什么时候什么地方跳出一个什么东西来会把她抓去，所以她总是贴着街边慢慢地走，不管有谁走过来，她立刻便紧张地靠墙站住。

每是去看卖米糕。

街上那些花花绿绿的东西每当然喜欢看，但那些东西都与她无关，爷爷和奶奶不会买给她的。只是在来到上海的第一天下午，奶奶给她买过一块米糕。从她们住的地方到卖米糕的摊子要走三条街，卖米糕的摊子就摆在第三条街的街口上，从此，第三条街的街口就成了每心驰神往的所在。在每看来，偌大一个上海，只这个卖米糕的地方最令她着迷，因为只有这里曾经和她的生活发生过某种关系。其他东西再好，都是遥远的、虚幻的、不可捉摸的，唯独米糕是现实的，可感的，近在咫尺的。

米糕摊子操纵在一个形容丑陋的老伯手里，基本设备是一口油锅，一只脏兮兮的盆上架一个漏油的铁丝网勺，一双竹筷，再就是放在一个木案上的米糕。米糕现吃现炸，炸之前的米糕是把捣碎的白米蒸熟，切成方块放在木案上待用，很像老家的糍粑，吃的时候放到油锅里去炸。米糕下到油锅里之后，被一双长长的竹筷在油锅里反复翻着，外面被油渐渐炸出一层金黄的壳，里面却仍软着，蘸上白糖，咬到嘴里嗞嗞响，那样一种滋味，真真是再没什么好吃的东西可比了！

　　奶奶实在不应该去给每买一块这样的米糕。我们都知道蛇引诱夏娃偷吃禁果的故事，一个人如果原本什么都不知道，内心是平静的，一旦尝到了从未尝过的东西而这东西又的确味道鲜美，内心就会从此生出欲望，而欲望得不到满足人就会痛苦。

　　每眼下正受着这种痛苦的折磨，尤其是当她饿了的时候。每的脑海中会突然浮现出炸成金黄色的米糕的形象，有时她居然会嗅到隔了三条街的炸米糕的香味，那时她的胃肠便翻江倒海起来。但每非常乖觉，她知道对阿爷是不能提要求的，对阿爷她怕还怕不过来，对阿姆她提了要求也没有用，因为阿姆没有钱。阿姆如果一定要买什么东西时只能向阿爷讨钱用，好容易讨来用的钱是不会给每拿去买米糕的，尽管米糕并不贵，只要一文钱。

　　卖米糕的老伯五十开外，米糕生意做得不能算坏可也不能算好，因此他一手交钱一手交货从不仗义疏财，也不大会被小孩子或乞丐的动人眼神打动。见到每大睁着一双欲望十足的眼睛含着手指站在旁边，小鼻子被米糕的香味拱得一耸一耸的，便会说：回去问侬姆妈讨两文钱来嘛。

　　每本来一直痴痴地站在一旁看着，听到老伯这句话，转身就跑开了。

　　奶奶从老家吃尽苦头来到上海，万万没想到等着她的竟是这样一个场面。

　　爷爷不但没有一点要和她修好的意思，反而要连带着那女人一起来让奶奶伺候。奶奶如果只是面对一如既往的冷漠倒也罢了，人们对于原本就无的东西生也生不出更多的遗憾，而在这之上再添加一层新的屈辱可就是另一回事了。要奶奶每天俯下身子去伺候那女人，为她煮饭烧水，洗衣洗碗，奶奶当然怨怼难平。即使她是从小受惯了气的童养媳妇，是逆来顺受惯了的客家女人，这口气也难吞得下去。那女人，晓得她是个什么东西？不就是面皮嫩一点，会在男人面前妖呢吗？看她那双白白嫩嫩的手，看她那副凸凹有致的腰身，一看就不是正经做事的人，晓得那死人是从哪里把她搞来的？我们虽然不识字，我们虽然是童养媳妇，可我们毕竟是爷哀做主圆过房的，是有出身的。

　　奶奶越看越有气，越想气越大。"我们"是奶奶用来做第一人称用的，单复数皆指，这里用作单数第一人称。"出身"这个词，在奶奶的语言里则代表"来历"、"出处"，并非指今天干部登记表上的"家庭出身"。

　　这个没有出身的女人，在奶奶面前偏偏还要摆出一副有出身的样子，把架子拿得十足。饭做好了，吃饭的时候要叫她她才出来吃，碰上她正在喂奶，要等她喂完奶才能把盖在饭碗菜碗上的盖子打开，因为她不能吃凉的。她从不跟奶奶讲一句话。穿脏的衣服就放在卧室外的凳子上，和爷爷的脏衣服摆在一起，那意思就是奶奶应该拿去一起洗掉。不但她的脏衣服，连她正在喂的细崽的尿布屎布也要奶奶洗。尤其让奶奶无法容忍的，是她月子里的血布还有一些不知道做什么用的毛巾都一并要奶奶洗，并且要求全部用开水烫过去味消毒。每当开水浇在那些可疑的毛巾上时，毛巾就散发出一股久违了的奶奶既熟悉又陌生的、如同阴雨天从鱼塘中泛出的腥味，奶奶闻了便想要吐，这吐一半是由于生理原因，更多的当然是心理原因。每当这时，奶奶真想把那个肮脏的盆子连同毛巾一齐摔在那女人的门上，然后拉上每走掉。

可是显而易见，奶奶走不掉，即使她有勇气有本事把那样远的路再走一遍，她也没有走那样远的路的钱。五岁的每不懂，为什么姆来到这样好的地方却并不快活，姆的脸色还不如在老家山里时看上去那般轻松和有光彩。每隐隐地觉得，姆的不快和那个女人有关系，因此，凭着一种本能，每也开始憎恶那女人，学着奶奶的样看也不看她。

我后来猜想，每正是在这时做了那个梦。

每被一种奇怪的声音从梦中唤醒。

每在梦里正要吃一块米糕。这块米糕真好，刚刚被竹筷子从油锅里夹出来，四面炸得金黄。长时间的观察已经使每成为一个经验丰富的米糕鉴赏家，她知道，越是大火炸得四面金黄的米糕，里面就越嫩越软。今天炸米糕的火烧得特别旺，烧得呼呼响，所以油在锅里翻滚着，也发出呼呼的响声。每拼命地咽唾沫，渴望地盯住那些米糕，这时一只手从她头顶上伸过去，把一文钱放在炸米糕的老伯手里，那块米糕不知怎么的就落在她的手里。米糕下面垫了一张纸，四四方方，顷刻之间已被新鲜米糕的油渍浸透。每托着这块米糕，心中洋溢着一股巨大的幸福。

再没有比这更幸福的了。

每把嘴凑上去。不行，米糕太烫，得等一等。每再准备去咬它的时候，它突然要从纸上斜斜地溜下去，每赶紧用双手抓住它。奇怪，每几次想要吃到它，都没有吃成。米糕仿佛看穿了每的心思，横竖不让每把它吃掉。

正是在这个时候每听到了那种奇怪的声音。

每醒来后迷迷糊糊地记起，其实她站在米糕摊子前看炸米糕的时候，就已经听到这种声音了，要不火怎么会呼呼地响，油怎么会呼呼地滚呢？那声音若远若近，欲响还停，呼隆呼隆很有节奏，一下下仿佛撞在夜暗的墙上之后又被弹回来，又仿佛是夜行火车在远远地驶过。

每实际上每天晚上都能听到这种声音，只是每天晚上她都是在梦中听到的。今天她突然醒了，听得就格外清楚。那声音似乎不远，就在附近。不，好像就在屋里。每听得越来越真，那声音里隐约夹杂着一种喘气的声音，好像一个人在爬山，爬得透不过气来，又好像一个人掉到水里，就要憋死了，只好大口大口拼命地喘。每还听到一个女人的叫声，那女人大概是病了，肚子痛或者是头痛，一声声低低地叫着，听上去好可怜。

每终于听清楚了，这声音就在屋里，就在他们住的这幢房子里。每突然害怕起来，因为周围是那样黑，除了这声音在黑夜里显得格外清晰外，夜是那样静，静得没有一丝声响。这房子里有人在生病，有人就要死了，可是除了她，没有人知道这一切。爷爷和那女人在隔壁大床上，每和奶奶的小床就在爷爷屋外的过道也就是通常说的走廊上，三个大人都在睡觉，没有一个人知道这里发生的事情。

每开始轻声唤奶奶。

姆呃，姆。奶奶没有理她。每似乎听到从奶奶被子下面发出一声长长的叹息。因为床小，每和奶奶两人各睡一头，因此每就有些没有听真。姆为什么不理她呢？姆是哭了么？是姆在生病么？每更害怕了。姆呃！姆呃！每叫的声音响了起来，每开始向奶奶睡的那头爬去。

每以为奶奶真的生了什么病，那颗小小的心骤然忧郁起来。每正要伸手去拉奶奶的被子，却不料奶奶突然翻身骂道：

"喊么事？喊尸呀！"

每被吓得发蒙，忙说：

"姆，我想吃米糕，我饿了。"

当然，这一半是每真实的愿望，一半则是由于急不择言，——每找不到理由，就突然冒出这么一句话。每只能说饿，或是渴，或是什么地方痛。每不能说害怕，害怕不是一个穷孩子可以向大人表述的情感，当然就更不可以成为半夜里把大人吵醒的理由。以每短短五年的经验，饿或者渴或者痛这样的理由是能够为奶奶所接受的。

但这一次每错了。

每千不该万不该说这样一句话，这句话使每立刻陷入灭顶之灾。奶奶突然诈尸一样掀开被子坐起来，一张变形的脸在月光下魔鬼一样怕人！

奶奶运足一口气，一巴掌狠狠扇过去，小小的每便像一只被击中的皮球似的弹了出去，带着一声惨叫，每的头重重砸在坚硬的床帮上。

"喂不饱的猪！"奶奶吼叫着。

每的惨叫并没有使奶奶清醒，奶奶疯了一样扑过去，抓住每又摇又撼。

"夜夜都要吃！我让你吃！我让你吃！"

奶奶骂一句，打一下，那声音嘶哑而癫狂，已不像是从奶奶喉咙里发出的声音。其实何止是声音，奶奶的整个身体好像都已不再属于自己。奶奶这时像是一个被魔鬼附体的女人，理智和情感已经离她远遁，身上涌动的全是报复与残忍。

每的头在瘦瘦的脖子上剧烈地晃动着，额头上裂开了一道一寸长的口子，那伤口嘴一样难看地咧着，血从里面汹涌而出。

每魂飞魄散放声大哭。她说什么也不明白，一向待她慈爱的姆为什么突然间变成恶鬼，她究竟做错了什么？每的哭声里有疼痛、委屈，但更多的是恐怖和惊吓，以及一个五岁的孩子无论如何也弄不明白的为什么。

房门哐一声被粗暴踢开。爷爷只穿一条裤子，没有来得及穿上上衣。爷爷握起拳头，一双眼睛阴鸷地盯住奶奶，步步逼近。

奶奶放开每，骄傲地昂起头迎上去……

每尖厉的哭声刺破维尔蒙路德润里24号的夜空，夹杂着爷爷和奶奶的叫骂，在上海冰冷凄清的暗夜中传得很远很远。

这段往事是我从奶奶和别人的讲述中一点点编织完整的。奶奶当然不会用如此明白的语言告诉我。我想奶奶一定是始终认为这段往事很丑恶，如果有可能，她一辈子也不愿去回想它。而且，不仅仅是丑恶，这里面还包含了一个女人所能遭受的最深的创痛，以及她在失去理智的状态下对一个五岁孩子所施以的不可饶恕的残忍。奶奶是在一种什么情况下将这段往事告诉母亲的我无法知道，总之，她告诉过母亲。那么在经过几十年之后，在我们都业已长大成人，在一种特定的氛围下，比如某个冬日的夜晚，屋内暖气融融，白炽灯光温柔地照射着，人们追述往事和逝去的奶奶，对爷爷和奶奶之间奇奇怪怪的关系提出疑问时，由母亲转述给我们也是自然而然的事。但奶奶始终没讲过。我只是从奶奶的只言片语，从奶奶对于爷爷以及对一切男人殃及池鱼的憎恶中感觉出这点的。

六岁的我曾经无数次在夜晚和奶奶一起躺在床上，对我们刚刚看过的电影和戏剧品头论足。梁山伯与祝英台、贾宝玉与林黛玉——所有这些缠绵悱恻的悲剧角色毫无疑问，是当时我和奶奶生活中头等重要的人物。那时我对男女之间的事情正处在完全无知的状态，因此对于人世间一切真善美的东西可以说正具有海绵一样的吸附能力，正像谁说过的那样：一张白纸，好写世上最新最美的文字，好画世上最新最美的画图。

可是奶奶在唏嘘一番之后，突然会说："哪有那种男人！"奶奶指的是贾宝玉或者梁山伯，"哪有那样痴的男人！男人没有一个好东西！"

这个观点我不能同意。我那时虽然只有六岁也能判断出奶奶的结论在逻辑上有问题。没有一个好东西，那爸爸和哥哥们算什么呢？于是我小心翼翼地发表了自己的看法："可是，我看贾宝玉哭得真的挺伤心的，奶奶？"

奶奶斩钉截铁："贾宝玉和薛宝钗后来还不是生了孩子啦？男人没有一个好东西！"

奶奶的话把我彻底打蒙了。奶奶再次肯定了自己的结论。我知道，奶奶准又是在指爷爷了。奶奶在骂天底下所有男人的时候，其实永远指的是爷爷。

那个时候的我以及我的哥哥姐姐们就这样被奶奶弄得似懂非懂一脑袋糨糊。在我们的印象和概念里，爷爷是一个背信弃义的人，一个寡廉鲜耻的好色之徒，一个道德沦丧者。只是始终有一点我不明白：爷爷即使再无道德可言，或者实际上他是一个比所有这些罪名加在一起还坏的人，他也不至于傻到非让奶奶来伺候那个女人，把奶奶连同他自己都推到一个尴尬的崖边。这么做照现在的话讲不分明是哪壶不开提哪壶吗？爷爷是为什么呢？

八

申建的电话是前天晚上打来的，在电话里隔着一万多公里都能感觉出他那种兴奋。

申建说他到爱丽丝岛上的移民博物馆去看过了，那里果然有我说的"嚣"。

美国这个国家真了不起，你踩着满地的秦砖汉瓦不当回事，人家连你扔掉的夜壶都供起来了，弄到最后恐怕你想查你们家的存折都得到人家的保险柜里去翻。申建说他看到的那个罂肚大口小，颈略长，瓷制，猛一看有点像花瓶，但说明词上明明白白注着：此器皿是用来装先人骨殖的，为 1914 年移居美国的一位闽籍客家华裔所捐赠。

申建去爱丽丝岛当然不会是心血来潮，是我告诉他在爱丽丝岛上可以找到罂，而我是在一大堆关于罂和瓮的资料中意外得到关于爱丽丝岛移民博物馆中有这样一口罂的信息的。我立刻把这个信息告诉了申建，让他想办法用相机把它拍下来，这张照片对我们正在研究的这篇论文很重要。申建当然不是专门为这事去的美国，但他很快就利用去曼哈顿办事的机会上了一趟爱丽丝岛，并说服了博物馆的工作人员让他给那口罂翻拍了几张照片。

"这口罂很漂亮，而且这些片子拍得相当好，"申建在电话里说，"连罂颈上的一个细小的裂纹都拍下来了。"

"你是在夸那口罂还是在夸你自己的照相技术？"我的口吻有点像申建的领导，"你真行！不过你别弄错了，这不是在市内，这是越洋电话，你已经打了快半小时了。"

说起和申建的认识完全是偶然。一般情况下，对偶然认识的人我都持有相当的警惕，但和申建的认识不同。

每个周末我都到那儿去，先在游泳池里泡上半个钟头，然后擦干身体，走二十分钟健步器，然后洗澡，然后吃饭。

西餐厅在这座耸立于本市最宽大街南侧的豪华俱乐部的九层。我总是独自一个人吃，安静地待上那么一会儿，然后回家。

并不是我喜欢一个人待着。与其和你不喜欢的人坐在一起假笑，不如一个人待着发愁。我和这里的人没法交流。

来这里的人很少，而且几乎全是"太太"。真正的会员，也就是持有会员证正卡的那些人，没有时间泡在这里，能有时间到这儿来展示她们财富和虚荣兼做锻炼、健身的，自然只能是持有副卡的太太。我在使用"太太"这个称谓时总有一种挥之不去的别扭。当然，爱人、妻子、老婆这类称呼现在已经没人使用了，它们像军装、中山服和塑料凉鞋一样早就已经过时了。文化侵蚀现象是这样的日益严重，随着南方经济的崛起，大多数舞台上的北方歌星包括河南人和陕西人吉林人都已经把"心"念成了"星",把"谢谢"念成了"细细",把感叹词一律改成了"哇"的时候,你还想在大半个中国都已经在叫先生小姐太太了的情况下坚持叫同志叫爱人吗?行不通啦!你不能不跟着一个时代里大多数人的叫法去叫,否则,别人就视你为异数。可是没办法,我还是觉得别扭,每当我被迫使用"太太"这个称谓的时候,脑子里始终盘旋着剥削、糜烂、好逸恶劳这一类意向,没办法,谁叫咱们血管里流的还是爷爷的血呢,几十年几代人了愣是变不了。

太太们几乎清一色美丽、嫩白、庸俗和无知。她们在浴室里无所不谈,伴和着蒸汽、水声和浴液的香味放肆喧哗。你无法避开她们,因为你不论做什么,网球、游泳或是健身,最后都得到浴室来。一群庸俗的女人在一起使人讨厌,一群赤身裸体的庸俗女人在一起尤其使人讨厌。女人在脱去衣服的同时便认为一切都可以公开,彼此把自己最深的隐秘作为礼物送给对方,浴室便是她们展示虚荣和交换隐秘的最好场所。她们通常臀部肥圆乳房硕大,这正是她们得以成为太太的资本,因此她们对于这方面的保养格外精心。她们细致入微地谈论臀围与内裤的关系,交流着如何使自己保持性感以及如何在胸罩上做假的经验。当然,她们也还有些别的话题,比如甲太太说,最近有家新开的会员商店普尔斯马特如何非同寻常,乙太太显然尚未听说,但她巧妙地回避了,乙太太说她刚刚在世都百货花四百元买了一瓶 CD 保湿霜。丙太太听了立刻叫起来,那么便宜!丙太太很兴奋并且迫不及待地立刻就要去买一瓶。甲乙丙太太们的表情都非常逼真,哪怕她们前几年还在为肉蛋煤气的再一次涨价发愁。幸而有时间,时间可以掩饰一切,包括人的过去、历史和出身。这就是这些太太。

这儿的菜通常不会上得太快。在点过了我要的菜之后,我起身去了洗手间。

我坐的位置在餐厅的一角,有意避开了甲乙丙太太。但当我从洗手间回来的时候,在我那张桌子旁边的桌前又坐了一个人,一位先生——如果我只能这样称呼的话。小姐轻轻走过来,将我要的菜放在我面前,挺有礼貌地说了句什么,也许是"小姐请用",也许是"小姐您的菜齐了",可我没听清。我当时正在想心事。我在想"小姐"这个词我也不喜欢,我叫她小姐,她也叫我小姐,我这年龄都快当她妈了,真是要多别扭有多别扭。几十年前被翻了个个儿的那些东西如今原封不动全翻回来了,过去的几十年算怎么回事呢?真是越想越替爷爷他们叫屈。

　　我用刀小块小块地切割着盘子里的食物，边吃边想。突然我觉出了不对头。

　　"这不是我要的三明治，"我抬起头来，疑惑地叫住一位小姐，"我要的是俱乐部三明治。"

　　小姐过来，低头看了看我的盘子，又看了看桌上的牌号，不禁大惊：

　　"咦？谁把桌上的牌号搞错了？刚才登记的时候，您这桌上的牌号是2号呀！现在怎么成了3号？"

　　"哦？"我冷笑两声，"这么说在我离开这张桌子的期间，2号和3号这两块牌子换了个防？它们会飞？"

　　小姐显然没有弄懂我拙劣的幽默，慌乱地解释道："不不，我不是指您……"

　　当然不是指我，我不是牌号，牌号不是我，这二者无法等量齐观。看来是我把小姐弄糊涂了。

　　"请问是火腿三明治吗？"身后传来一个男人的声音，"那是我要的。"

　　这下尴尬了。那份三明治已经被我切下了差不多三分之一。

　　小姐快步走到前台，满面激动地向领班诉说着什么，解释着什么，一边说着一边向我坐的这边桌子指指点点。一会儿，小姐偕同领班一齐蹠回来，连声向我道着对不起：

　　"是我们弄错了，这份应该是3号的。我们马上再为您做份新的。"

　　小姐歉意地收起我桌上的盘子，正欲走，身后又响起了那个男人的声音：

　　"不必退回去了，拿给我吧。"

　　我回过头去。

　　这是一个很有教养的，应该被称作先生的那类男人。西式衬衣扎在西裤里，领口和袖口都很干净；脸瘦瘦的，头发经过精心剪吹。看来他懂得这一点，头发是一个人特别是男士身上最重要的部分，它昭示着这个人的教养、鉴赏力和经济状况。你常常看到一个男人浑身上下披挂着名牌，头发却乱蓬蓬的没个型，这男人就算完了，穿什么名牌全白搭。这人已不年轻，刚刚跨进中年的门槛儿，正是属于一个男人的最好时光。

　　小姐迟疑了，端着盘子不知如何是好。她当然愿意接受这个男人的提议，要知道这个盘子一旦端回去，她至少一个月的奖金就没了。可这盘子已被我动过了。

　　"没关系的，我不介意。"

男人仿佛看穿了小姐的心思，像是说给她，亦像是说给我听。

这人可真有意思。我想。

小姐的脸再次红了，万分感激地把那个被我染指的盘子端到有教养的男人面前，临了还像日本人那样深深地鞠了个躬。当然她是发自内心的，她是在向她的奖金鞠躬。

我那份三明治重新上来时，那男人干脆端着他的饮料和盘子走了过来。

"如果您不介意的话，我是否可以坐在您的对面？"

不介意？你凭什么认为我不介意？可不知为什么我说："当然。"事后我曾经对我这时的行为做了一番检点，我发现，我终究还是耐不住寂寞。

他告诉我，他和我在这同一个西餐厅里吃饭已经有三次。如果两个人三次不期而遇，那么他们注定应该认识。

"您常到这儿来吗？"他问我，"您是这儿的会员吗？"

我是这儿的会员吗？表面上看我是，可实际上我和那些太太们一样只是副卡持有者。我不是会员，我没那么多钱，我丈夫是，可他前不久出国了，带着儿子一齐走了。也许过几年会回来，也许永远不会回来了。而我能把这些告诉他，告诉一个素昧平生的人吗？

我狡黠地笑了笑："您看上去只提了一个问题，可实际上您等于同时提了好几个问题。您等于同时问及了我的经济状况以及与之相关的所有问题。"

他也笑了，为的是我猜透了他的心思："好吧，不谈这个。您好像不太愉快？"

"是啊，"我说，"一个地方即使再高级，如果它不能做到把浴室分开，让一些彼此不喜欢的人被迫在一起待上至少半小时，也是无法让人愉快的。"

这位先生笑着摇了摇头："不，不不。这样的事不会真正伤人，您肯定是有什么别的事不顺心。"

他猜对了。我是有点不顺心。昨天单位评职称，我的副高又泡汤了。可是真正叫人生气的不是副高的泡汤，而是三个反对我被评为副高的评委今天分别在上午和下午找到我，告诉我他们投了我一票，这不明摆着卖了你还想让你帮他数钱吗？这年头有什么秘密守得住？我真想冲那三张虚假浮肿的胖脸揍上一拳然后说："谢谢你！"

他不笑了，非常理解地看着我："明白了。我知道您的苦恼。您周围有小人，泡在小人的海洋里是很痛苦的。好在您可以经常到这儿来，这儿还是不错的。"

我本来想说，你怎么像是一个刚从新闻系毕业的记者，而且总这么"您"呀"您"的说话不累吗？但我没说。我说：

"是的。如果仅仅指健身的话，我对这儿印象还可以，再说也没别的地方可去。所以，我把时间都花在这儿了，为了健身，为了不增肥。"

他脸上立刻涌起惊讶的神色："干吗这么说？难道您需要减肥吗？"他简直有些义愤起来，"谁说您这样的身段还要减肥？"

我说："不增肥和减肥，是完全不同的两个概念。一个人不该非等到肥了再去减，而应该理智地把自己控制在不增肥的阶段。等到肥了再去减是很愚蠢的做法，对吗？"

他郑重其事起来："如果您对这种问题确有研究的话，我向您提一个唐突的问题：您吃得多吗？"

我说："我通常不多吃。"

他摇摇头："吃得少不一定就对头。如果你不想使自己发胖，你就不该吃三明治。"

"为什么？"

"因为这种淀粉、脂肪二合一的东西会使人发胖，用你的说法是增肥。肉或者粮食，单吃哪一种都可以，就是不能混在一起吃。"

我注意到了，他在交谈中已经自然而然地把"您"换成了"你"，不过更引起我注意的是他的让人感兴趣的理论。

"人体的脂肪是由多余的淀粉转化而成的。你知道，煤和木柴是两种不同的燃料，煤禁烧，而木柴不禁烧，肉和淀粉正是这样两种燃料。"他举起一根牙签，"淀粉如同木柴在体内燃烧，如果在这一顿与下一顿之间燃烧尽了，人就不会发胖，反过来说燃烧不尽，就转化成脂肪。只要你不吃肉，淀粉这种木柴是不禁烧的……"

"我明白了。假如你在吃淀粉的同时吃了肉，肉便如同煤一样慢慢燃烧，淀粉就不必参与燃烧，于是在体内储存起来。"我打断他道。

他点点头："这就是为什么光吃粮食的农民长不胖，光吃肉的牧民也不会胖，只有鸡鱼肉蛋五谷杂粮什么都吃的城里人才遏制不住地胖。"

"这是你从哪儿看来的？"

"我自己琢磨出来的。"

就这样，我们认识了。我觉得这人挺有意思，但如此而已。这不过是一次偶然相识。前面我已说过，对于偶然相识的人，我一般都保持相当的警惕。

接着就发生了第二次偶然。还是在这家俱乐部，只是这件事后我发现自己有了某种变化。那天又是周末，天在下雨，本来我一直在犹豫去还是不去。我的新的训练计划已经正常实施了两周，要是因为下雨而中断就得一切从头再来。最后我还是说服了自己的惰性，抄起一把雨伞出了门。好在雨不算太大，打着伞走在雨地里感觉倒也不坏。

同往常在这种天气里通常会遇到的那样，在俱乐部门口，门童有礼貌地留下了我的伞，把它倒插在门外的伞架子上。不需要留什么证明以备取伞的时候查收。因为第一，到这儿来的人大都有车，不必打伞。第二，即使有的人没有带伞，也不会打你的伞的主意。大伙儿都是有教养的人，或者说起码谁都不缺买伞的钱。

于是我就十分放心地离开了我的伞。这么说简直有点可笑，因为根本谈不上放心不放心，谁会对一把伞放心不下呢？结果事情偏偏就出在了这上面。

当我花了整整两个小时把自己弄得筋疲力尽之后，我才发现了事情的糟糕。在这两小时里情况发生了很大变化。我刚刚从这幢大厦隔音优良的自动门里走出室外，就听到一片喧嚣的雨浪夹杂着雨水的飞沫扑面而来，雨水在街上已弥漫成湖，天地间垂悬着如铁的灰幕，不过一两个小时人类便退回到了洪水时代。而当我伸手去伞架上找伞的时候，发现我那把朴实的老黑伞已经不翼而飞。

"我的伞呢？"我问门童。

门童殷勤地跑过来，见到空空的伞架，不禁也糊涂了："您的伞呢？"

"我问你哪。"

"奇怪。"门童嗫嚅着，抓起了头皮，他不过十六七岁，一看就知道肯定是个刚刚从饭店旅游专业职高毕业出来的高中落榜生，"奇怪。"

看来他除了不断地表示"奇怪"之外束手无策。我顿时气不打一处来。按说丢把伞算不上什么了不起的事，可也得看看是在什么时候。一分钱难倒英雄汉，下雨天没伞就回不了家："你们就这么对待顾客的信任？"

"奇怪。"小伙子果然只知道重复这两个字。

"奇怪？奇怪就完了吗？"我已是火气十足。

一直坐在门厅里的大堂女经理大概看出了门外有什么名堂，袅袅婷婷地从自动门里走了出来。

"这就是你们的服务，"我把牢骚转向了穿黑套裙的女经理，尽管我知道这对她不太公平，"上菜时搞错桌号，下雨天把人家的伞丢了。为什么不能防患于未然？为什么不动动脑筋呢？为什么不能事先留给寄主一个凭据，让那些见财起意者无机可乘呢……"

"您提的建议很好，我们会认真考虑您的建议，不过……"女经理欲扬先抑，显然比门童成熟得多，"这种事真是从来没有发生过，所以请您原谅。"

"等这场雨下过之后我会考虑原谅的事情，"我努力表现出宽宏大量，"问题是眼下我怎么……"

我下半句话没说完，第二个偶然出现了。

身后传来咕咕两下轻柔的汽车喇叭声，一辆银灰色本田在我身边准确地刹住。自动窗徐徐落下，里面传出一个在什么地方什么时候曾听到过的熟悉的男声：

"嗨，要不要我送你回去？"

我猫下腰，从车窗往驾驶座望去，见鬼，又是他，上次在九楼西餐厅为了挽救小姐一个月的奖金吃掉了他自己点的却被我切掉三分之一三明治的那个家伙。

送我回去？这个建议对于一个在这么大的雨中丢失了雨伞的人来说当然是再好不过了，不过在接受的时候我还是略略犹豫了一下。

他干脆跳下车来替我把前座的车门打开，并做了一个请上的手势。再拒绝就有点矫情了。

车钻进雨幕，我说：

"怎么，你是不是有专门帮助那些不称职的小姐们摆脱尴尬的习惯？"

"准确点说，我更愿意帮助的是被那些不称职的小姐们弄得尴尬的人。"

他爽朗地笑了，熟练地打了两把方向，如此大的雨他居然丝毫也不减速。本田车像艘巡洋舰，在被它切割成扇面的水路上轻捷飞驰。

那次我们互换了名片。我知道了他叫申建，学者，美国圣约翰大学东方学院古汉语专业博士研究生。不过，我很快发现他是一个除了古汉语专业之外无所不知的人。

九

1929年8月28日清晨。上海枫林桥。

从表面上看去，这里和往常一样。报亭的卖报人在售报，炸油条的浙江夫妇在冒着烟气的油锅旁一声不响地忙，擦皮鞋的小童却在口干舌燥地劝说着行人。进城卖菜的农民把一担担挑拣好的菜放在地下，碰上挎着菜篮子的主妇，双方不厌其烦地讨价还价。有大买卖来了他们一哄而上，没人光顾的时候，赶了夜路的菜农便倒在菜担子边呼呼大睡，个别警觉点的则守住自己的担子，用草帽一个劲儿地扇凉。毕竟还没有进入九月，偏偏这两天又特别闷，像是要下一场透雨的样子。

可实际上这里和往常并不一样，摆个地摊在这里的卖烟人就看出了不同。卖烟人在这里摆摊已经摆了五十年了，不管朝代如何更替，江山如何前天姓爱新觉罗昨天姓孙今天姓蒋，他一直都在这里摆摊，这里人来人往都是哪些人哪些面孔，他闭着眼睛都能数得出来。可是今天一早他一眼扫过去，便看出了十几张陌生的面孔：有几个卖菜的人是从来没来过这里的，挑来的菜也不是这个季节里卖得出去的菜。一辆装满大米的车莫名其妙地坏在了路上，修车人却好像并不怎么急。更奇怪的是，还来了几个拍电影的人，假模假式地又打手势又吹哨，卖烟人心中暗自好笑：瞒得过去别人，却瞒不过去我，这个鬼地方有什么可怕的？

关键是，这些人全不像他们干的那个行当中的人，卖菜的太文了，拍电影的又太武了，倘若留心一点的话，会发现他们个个眉宇间浮动的一股英气。气是一种说不清楚的东西，读过几年私塾的卖烟人想。如果把卖菜的、种田的、读书的、拿枪的这些人赶到一起，让他们统统穿上一样的衣服让你认，你怎样认得出他们？就是靠气。不同的人身上有不同的气，气是通过眼神流出来的。你只要细细看每一个人的眼睛，就能把他们从人海里挑出来。这些人不是卖菜的、修车的、拍电影的，是拿枪的，而且是一群读过书以后又拿枪的人。只读过书没拿过枪的人没有那股勇，只拿枪没有读过书的人又没有那股精，卖烟人晚上回家以后对他的家人说，他们瞒不过我的眼睛。

清晨7时20分，将有一辆钢甲囚车从这里经过，囚车上押解的是四位中共要人：中共中央政治局委员兼农委书记彭湃，中央军委负责人杨殷，中央军委委员颜昌颐，中央兵运工作负责人邢士贞。在这之前，他们先于 8 月 26 日由法租界工部局引渡到国民党上海市公安局，彭湃在法庭上虽先拒绝公开承认自己身份，但在第二次提审时被叛徒出庭指认后，身份便彻底暴露。事已至此，彭湃没有退惧，索性利用在法庭上受审的机会慷慨陈述了自己的政治主张以及自 1921 年以来自己所从事的民族民主活动，并指着他的敌手说："似你们这班反革命党，我在海陆丰不知杀了好多，现在不必问了，将我枪毙好了。"对于他的敌人来说，审讯的确失去了意义，剩下的只是什么时候结束他的生命。情报迅速传递到中共中央军委负责人周恩来那里：彭湃等四人将于 28 日从国民党上海市公安局转解至被称为"杀人魔窟"的龙华淞沪警备司令部，这意味着如不尽快营救，他们随时会被枪杀。

囚车将于几点几分出发，何时经过何地，已经知道得一清二楚。同时查明，出卖彭湃等四人的叛徒，是原军委秘书白鑫。所有这些情报都已在特科的掌握之中。

这里开始涉及一个神秘而特殊的组织——中共特科。

为了真实和准确起见，这里援引一段我手中的资料：

二十年代末，在远东最大最繁华的中心城市上海，中国政治舞台上势力最强大的两个政党之间形成了两党历史上最错综迷离的一段关系，双方为了各自的利益，既互相斗争，又互相利用互相渗透，形成了"我中有你，你中有我"的复杂局面。羽翼丰满的蒋介石命陈立夫建立起庞大的特务机构党务调查科，将工作中心从原来的只着眼于国民党内部派系调查和党务调查，转移出相当一部分用于对共产党组织的渗透，而刚刚经受了二七年血腥屠戮的共产党亦开始清醒地意识到，国共合作的背景已去，中共要生存，要战斗并取得胜利，过去的公开方式已不适应，除了建立自己的武装之外，必须建立一个隐蔽的、地下的、秘密的战斗机构以和敌人抗衡，于是，特科便产生了。中共调集了它最优秀、最忠诚同时也是最机敏的一批儿女，将他们组成了一条秘密战线，而特科从它诞生的那一天起，便是一支充满血与火、硝烟与死亡、忠诚与背叛的铁军。

这个神秘的组织今天已经不再神秘了，而它曾经一度非常神秘，在三十年前的文学或电影作品中被严格列为禁区。近年来随着观念的开放和题材的解禁，开始有大胆的小说、影视作品小心翼翼地对特科题材搞了点擦边的尝试，结果效果不错。这是意料之中的事，本来嘛，血与火、生与死、阴谋与神秘、绑架与暗杀，原本就是艺术中的调料，一个故事中即便事先没有也无论如何都要加一点进去的东西，常常正是特科年年日日时时做的事情。禁区一开，情形可就不同了，特科很快就臭了大街，一时间关于特科的电影和小说比比皆是，黑衣人——不知为什么导演认定了特科只能是黑衣人——满天下乱窜。一个神秘人物来不来就亮相说"我是特科"，那通身的神态和派头分明是从一撩衣襟就向敌人宣称自己是"八路军武工队"的李向阳那儿学来的。殊不知李向阳能这么干，特科却绝不会这么干。你只要看到哪部作品或者电影里让哪位神秘人物亮相说"我是特科"，你就可以断定：一、此人不是特科；二、作家或者导演对特科一无所知。特科不会向任何人公开自己的身份，也不会告诉任何人关于他们所做过的任何事情，包括自己的同志。并且不仅仅是在当时，即使是在事情已经过去二十年、三十年、五十年后，他们也不会讲一个字。这是特科的纪律，这纪律约束他们终生，直到他们离开这世界。这是我从所有我接触到的关于特科的资料中得出的印象和结论。

再引一段资料：

　　与国民党特务机关针锋相对同时根据工作性质的区分，特科下辖三科：总务科、情报科和行动科。1928年后又增设了无线通信科。行动科又称"打狗队""红队"，专门负责惩处叛徒、营救战友以及暗杀、爆破等。

　　营救彭湃等人的计划正是由三科制定的。根据分析和计算，在押解彭湃等人所经过的路线上，最理想的设伏地点是枫林桥。

　　为了行动的安全，他们采用了惯用的手法，即参加行动的人员、车辆、武器分批同时到达，这样可以杜绝一切事先暴露的可能。具体部署是这样的：人员分别装扮成各种身份的人在规定时间内到达枫林桥，武器则放在一辆黑色雪铁龙卧车的后备厢中走另一条路线运来，届时还将有一辆配有淞沪警备司令部车牌及国民党沪宁公路特别通行证的军用道奇准时开来。一俟囚车抵达，那辆坏在路边载满沉重米包的卡车会突然启动，横在枫林桥路当中将囚车通路堵死。与此同时，等候在周围多时的菜农、摄影师当然还有卡车司机和运米包的人会迅速打开雪铁龙卧车的后备厢取出武器与囚车接火。劫到人质后，彭湃等四人将登上军用道奇，而行动队员则会跳上雪铁龙分头脱离现场。这是用文字表述出来的全部行动，实际行动展开后所需要的时间不过一两分钟。

　　彭湃和他的三名难友此时坐在红皮钢甲囚车上正通过上海市区驶向郊外，面对着这个熟悉的、他战斗过的城市禁不住心潮澎湃。他的名字也许正是从这个词而来。在这里他仅仅战斗了一年，难道，三十三岁的年轻生命就即将在这里结束？短短的两天里他已经反复想过这个问题，生，还是死？如果生必须以自己的气节和同志的鲜血做代价，那么，还是死吧。

　　即使真的很快死去，他也不会太遗憾了。他虽然才只有三十三岁，却已经领导参加过那么多的运动和起义，当然，这里面最有力量的一次起义是南昌起义。在狱中，他经历了非人的毒打，但他认为这些都不足惧，他所渴望的，是能够再一次投身到民族民主解放的洪流中去。这并不是完全不可能的。昨天，在狱中他已收到辗转送来的周恩来的通知，通知他做好越狱准备，组织上会利用押解转移他们的机会设法营救。行动的具体方案没有说，但以彭湃对上海的了解，他认为劫囚最有可能成功的地点是枫林桥。

　　一幢幢的房子，一棵棵树和一根根电线杆从隔着铁栅的囚车的窗前闪过去了。街上有小贩和行人在走，间或还能听到一两声小孩子快活的尖叫。在一个小摊前，小贩和主顾激烈地争执着什么，大概总是多付或者少收两个铜板的事端。人们啊，你们可知道，和即将逝去的生命相比这些都算得上什么？彭湃的心情突然变得按捺不住的激动，他甚至挪动了一下位置，手铐哗啦一响，押车的军警立时喝道："干什么！坐好！"

　　枫林桥。

　　枫林桥果真到了。窗外开始出现越来越多的人，尽管有警笛开道，但车速仍然明显地慢了下来。彭湃表面镇静如常，心里却在焦急地呐喊："同志们快！快呀！"可是，为什么没有动静？他甚至亲眼看见一张熟悉的面孔，在窗外一闪就倏忽隐去了，又是一张似曾见过的脸，可是为什么……直到整个枫林桥都移到身后，直到囚车开过再也不可能出现什么奇迹的最后一段路，依然什么也不曾发生。囚车就这么开走了，远去了。

　　事后才知道，当为这次行动准备的枪支运到装车地点时，取枪的人打开箱盖后不禁愣住了：这是一批新枪，枪机枪口全都塞满了黄油，根本无法使用，等到火速派人买来煤油将枪支枪膛一一拆洗重装准备运往枫林桥时，押送彭湃的囚车已从枫林桥通过。一个周密的营救计划，就由于这样一个小小的疏忽而破产了。历史往往就是这样，一个小小环节的小小疏忽往往会使整个事件朝着完全相背的方向发展，甚至导致一支军队一个国家走向毁灭。滑铁卢战役进行到尾声时，拿破仑与威灵顿均已筋疲力尽，这时战争的胜负几乎完全取决于哪一方的援军先到，被拿破仑派去追击英奥联军的格鲁希元帅没有如期返回战场，而被格鲁希追赶得狼狈逃窜的布吕歇尔元帅却鬼使神差般返回了滑铁卢，结果英军赢得了这场战争，而拿破仑则失去了帝位，失去了法国和欧洲。中途岛海战中，日军侦察机与美军舰队擦肩而过却没有发现目标，一架侦察机的疏忽，导致了日军四艘航母葬身海底，联合舰队主力丧失殆尽，这场海战从而成为第二次世界大战亚太战场的转折点。这种屡见不鲜的历史现象正应了美国南北战争中一首儿歌所描述的："由于失去了一块马蹄铁，从而少了一匹战马；由于失去一匹战马，从而少了一名士兵；由于少了一名士兵，从而输掉了一场战斗；由于输掉了一场战斗，从而输掉了一场战争；由于输掉了一场战争，从而输掉了一个国家。"一首听上去荒诞不经的儿歌，道出了一个严肃而沉重的真理。

　　运送武器的雪铁龙卧车终于没有出现，响着凄厉警笛的囚车却准时来了。站在枫林桥上的特科队员只能保持着他们来时的身份——菜农、修车人和摄影师，眼睁睁望着囚车从他们面前呼啸而过，他们有的人甚至看到了带栅栏的囚窗中那张熟悉的面孔。只听见"咔吧"一声脆响，一根扁担在一个彪悍的菜农脚下被拦腰踹断。

　　两天后，传来彭湃等四志士被枪杀的消息。

　　彭湃被害的那天，经历了他一生中最非人的煎熬。也许事先有预感，那天一早彭湃写下了给"冠生"的第一封信。"冠生"是周恩来。在信中彭湃谈了六点意见，其中有两点大意是说：一、现在只能牺牲已经暴露身份的自己和杨殷，以此来挽救其他没有暴露的同志；二、叛徒是白鑫，还有几个同志是白鑫认识的，要设法通知他们转移。接着彭湃被带到刑室遭受酷刑。据 1929 年 9 月的《上海日报》披露，在种种惨无人道的酷刑折磨下，彭湃"晕去九次之多"，"手足俱折，身无完肤"。回到囚室后，苏醒过来的彭湃又忍着剧痛写下了给冠生的第二封信，说"我等此次被迫害，已是无法挽救"，"兄弟们不要因为弟等牺牲而伤心，望保重身体为要"。然后，彭湃忍住伤痛起身，扶在监狱壁上画了一条飞舞的苍龙，笑着对难友们说："我要上天了！"

连日来，白鑫生活在复杂的心绪中。他既兴奋，又害怕，同时还有一种强烈的悔恨阵阵翻涌。

他已从范争波那里得到可靠允诺，即将如约得到那笔五万元之巨的赏金。他从来也没有见过这么多的钱，更是做梦也想不到自己有朝一日可以得到这么多的钱。凭着这笔钱，他可以立刻在上海滩摇身一变而为一个富人。这笔赏金的数目是蒋介石亲自定的，当时除了刺杀过日本驻华公使重光葵、侵华司令官白川大将以及汪精卫、蒋介石的"支那第一杀手"王亚樵的赏金为一百万之外，中共要人朱德、毛泽东、周恩来、彭湃等人的赏金都是五万。这样大的赏金果然就有了效果。为了这么大一笔钱，拿自己四个同志的血肉之躯再搭上自己一条良心作为交易还是划算的。范争波是国民党上海市党部情报处处长，他的话不会说了不算，何况范争波确实处处表现得很有诚意。彭湃被杀之后，他知道白鑫最怕的是什么，便让白鑫搬到霞飞路和合坊右弄自己的家里，专门分出一间屋子来给他住，并特地加强了卫兵保卫，还亲自为他谋划今后的出路。白鑫不想留在上海，尽管他对在这个灯红酒绿的十里洋场成为一个富人久已心向往之，但他仍不想留在上海。他怕报复。他知道彭湃的同志们是不会放他过去的，他也知道一只受伤的猛兽为了等待报复它的仇人耐心会有多么持久。他已经打定了主意去法国或意大利，待他的妻子一到便立即启程，从此脱离这个如同噩梦一般的上海。

他只是没有想到自己的后悔会来得这么快。

当最初的兴奋过去之后，随之而来的便是愈来愈强烈的害怕和后悔。在范家闭门不出已经快三个月了，不要说出门，连窗户和窗帘都被他关得死死，吃饭也不与范家人共用，而让佣人端了送到楼上他的房间里来。门窗紧闭的房间散发着一股死亡的霉味，越发没了白昼与黑夜的差别，弄得黑夜是黑夜,白天也像是黑夜,人便在这样的房里没完没了地一个劲儿做噩梦,不是梦见特科黑洞洞的枪口对准他的太阳穴,就是梦见彭湃或者杨殷鲜血淋淋地和他躺在一张床上。有一次,他亲眼看见打折了腿骨的彭湃坐在屋角黑暗中那把靠背椅上,眼白白得吓人地看着他,嘴角却在微笑。他觉得彭湃透过他的床板看到了床下皮包里装的那些钱。还有一次,他梦见自己明明被打死了,不知从哪儿射来的子弹击中了他的头部,流了许多许多的血。他想,流了这么多的血,我一定已经死了。可过了一会儿他动动手指头,却感觉自己还活着,只是胸口憋闷得慌。他想,这一定是因为失血过多才喘不过来气的。于是他大口喘气,拼命地喘气,一下子从床上翻坐起来,只觉得自己满头满身全是汗,一时间他觉得还不如就那样死去算了。

听到打雷打闪他害怕,他知道这是特科行动的最好日子,甚至每次听到佣人上楼来送饭的脚步声他都心惊肉跳,谁知道哪一次开门之后送进来的不是饭菜而是一支手枪呢?这种恐惧是没有尽头的,不像小时候看了一本可怕的书,开始时吓得要死,一步不落地跟在大人屁股后头,时间一久渐渐也就淡忘了。这种恐惧不会淡化,它会像银行里的存款,时间越久利息越多,它会像影子一样伴随自己终生。只要被他出卖的这个组织里的人活着,他们就一定会替他们的同志报仇,哪怕十年、二十年、五十年之后,这是他们的原则。

还有,他想到了自己的妻子,那个看上去文静柔弱和自己一起参加过上海工人大罢工的毕业于女子师范的学生,她能理解自己的所为吗?她知道自己所做的这一切都是为了他们的小家能够一蹴而就从此幸福吗?当她知道这五万块钱是用他的前领导、中共地下党四位领导人的命换来的时候,她还能接受用这笔钱为她换来的裘皮大衣、珠宝首饰和船票吗?如果所有这一切她都不能理解,那他这样做还有什么意义呢?他不愿意往下想了。

白鑫的担心是有道理的。

三个月来,周围的一切在起着微妙的变化。先是有一个穿长衫的人在和合坊右弄一幢高于范争波家的小楼的顶楼上租了一间房子。据说租房子的这个人身材高大,足足有一米八的样子,脸色微青冷峻。每天都有人在这幢房子里出出进进。接着,唯一可以通往范争波家里弄口边那间报亭,也被人以高价买下而不动声色地易主了。三个月，季节已经走出夏季、秋季并且擦了冬季的边，霞飞路上的法国梧桐树叶由青变黄、变枯，现在已经几乎快掉光了，白鑫一直没有露面。但是，正如白鑫担心的那样，特科是很有耐心的。

终于有一天，情况有了变化。在这一天的前一天，范争波家门前陆续有两三辆小轿车出出进进，从车上搬下大包小包许多东西，看上去都是些新购的物品。

白鑫要跑！

第二天天蒙蒙亮，两辆黑色轿车拐进和合坊右弄，它们一反往日的威风，不吆喝也不鸣笛，幽灵一样静静地滑进里弄，驶到范家门口停稳。几乎与刹车同时，范家大门骤然打开，匆匆钻出三四个人，每人手里提两件行李，头一低便要往车里钻，只这么一会儿工夫……

真正只这么一会儿工夫——

从高于范家小楼的窗口，从报亭，也不知道还从一些什么方向，陡地闪出四五管枪口，子弹打得像连发的鞭炮一样密集。白鑫和范家兄弟连叫都没来得及叫出声便齐齐倒在血泊中，除了白鑫一条腿已经搭上车门外，其余三人连车门都没来得及跨上去。

白鑫整整长达三个月的担惊受怕，终于有了结果。和被他出卖的人的死法一样，他也是头部中弹而死。范家三兄弟和白鑫的血混合在一起，顺着微倾的街沿淌下去，足足淌出去一二十米远。

这件事轰动了整个上海。当天和第二天上海及南京的各大报纸都纷纷披露了这一消息，而且传媒报道沸沸扬扬持续了半个月之久。《沪上晚报》称："和合坊发生枪杀案，一案四人，凶手行动之诡秘无迹，出手之迅速残忍令人胆寒。案由尚不清楚。范家乃官宦贵胄之家，杀人多半与钱财有关。"第二天一早的《大公报》却称："《沪上晚报》称此案与杀人取财有关，然据十分钟后赶至现场的上海公安及党部警方军方有关人士称，死者随身及携带之财物分毫未损……"没有一家报纸把此番枪杀与三个月前彭湃的被害联系起来，只有一个卖烟人在听清了大叫号外的报童们所描述的事实后，回到家里对家人说：干这件事的人和三个月前出现在枫林桥上的那些人是一伙人。

　　直到六十年后的今天，仍有传媒对这件事做着推陈出新的报道。眼下，在我手里就有两本书对这同一件事做了如下描述，第一本书这样写道：

　　十一月初的一天，他们（引者注：指特科人员）发现范家门口停了几辆车，从车上运下来许多新购买的东西，看样子白鑫准备出远门。一说白鑫准备去南京邀功，另一说他可能要去意大利。机不可失，时不再来，等白鑫等人从范家出来上车时，持枪埋伏在和合坊周围的行动队员纷纷扣动扳机，复仇的子弹像暴雨般打到叛徒身上，白鑫和范争波兄弟四人被当场击毙。

另一本书则是这样描述的：

　　过了一段日子，他（引者注：白鑫）以为风险已过，准备启程去南京。哪料想，正当白鑫在门口与范争波拱手告别之时，一辆飞车来到眼前，不待停稳便跳下三个人来，手起枪响。眨眼工夫，车走人无影，而白鑫和范争波都已倒在血泊中。三颗从不同方向射来的子弹，几乎从同一部位击中白鑫头部。

　　中共特科"打狗队"的神枪手百发百中。消息传遍上海，敌人为之震惊。

　　它们叙述的是同一件事情，不同的只是过程和细节。在我看来，以上两个说法，第一种可信程度高些，第二种本来是想把事情经过写得惊险些，但看上去有点用劲用过了头，反倒更像一篇杜撰的演义。首先，和合坊里弄实际相当于北京的胡同，很窄，既不好进入战斗也不容易撤离现场，不大会有"一辆飞车来到眼前"这种可能。另外，再好的枪法，也不可能"从不同方向射来的子弹，几乎从同一部位击中白鑫头部"，因为不符合科学。

　　总之，无论说什么或怎么说，白鑫是被打死了，至于他究竟是被人从楼上射杀，还是被飞车射杀，只能靠我们去分析和猜测了。当年所有参加过这次行动的当事人都已离开了这个世界，如果说他们活着的时候尚且什么都没有告诉我们，那么在他们死后你就更不得而知个中堂奥了。既然你只能知道皮毛，最好的办法就是避免讨论细节，免得和别人一样重犯"八路军武工队"那样可笑的错误。

十

在"公用伏地，目汁涟涟"，"公用仆匐，喙已不言"这两句中，有两个描写身体器官的词。

目，喙，是客家对"眼睛"和"口"的称呼。客家在对身体各个部位的称呼中保留了大量的古语，用现在人的话说就是，客家人的说法特别"文"。

可以举出大量的例子证明这点，比如：

眼睛——目珠　　嘴——喙

眼泪——目汁　　嘴唇——喙唇

上颚——上颔　　面颊——颏下

胳膊——手臂　　唾液——口涎

这些叫法在现代口语中早就已经废弃不用了，只出现在成语或一些文言词中。比如"喙"，古时专指鸟或兽的嘴，只在成语中借指人的嘴，像"百喙莫辩""不容置喙"等，一直沿用至今。许多人把下颚写成下颔，在校对那里一律算错，他们一定会把"颔"给你改成"颚"，其实这不该算错的，古人的确把下巴叫作"下颔"，否则怎么会有"颔首微笑""颔首赞许"这一类词？普通话中没见谁把"唾液"说成"口涎"，但"垂涎三尺""馋涎欲滴"这些成语却被人们经常使用着。

客家人当然不会是只在对身体各部位的叫法上如此"斯文"，只不过这一部分语言是平时生活中使用频率最高的部分，因而较容易得到展示，以至于不是客家人的人们都能注意到这一点，实际上在没有机会展示或展示不那么充分的各个方面客家语言都一概地斯文如此。这个现象恰恰说明古汉语在客家语言中得到多么丰富的保留。

客家对于身体各部位的称呼若拿到今天讲北方方言的人群中来分析，会产生许多奇特的感觉和联想。比如眼睛称"目珠"，与之相应地眼泪称"目汁"，眼屎称"目屎"，眉毛称"目眉"，于是睡觉就称"睡目"，好像睡觉时休息的不是身体，不是大脑，不是胳膊腿而仅仅是眼睛，可现代人里有谁管睡觉叫"睡眼睛"的吗？当然没有。又比如"目珠"，一双鲜亮灵活的眼睛被叫作"目珠"，似乎一下子变得呆板和痴傻，又似乎不再是人的眼睛而是一种玩具了。

客家在对身体部位的称呼中还有一个有趣现象，就是把性别带人称呼。比如舌头叫"舌嬷"，须叫"须姑"，乳房叫"乳姑"，这是雌性的；耳朵叫"耳公"，鼻子叫"鼻公"，大拇指叫"手指公"或"大指哥"，这是雄性的。这种划分并不以人的性别为依据，乳房叫"乳姑"好理解，可女人的拇指也叫"手指公"，男人的胡须亦叫"须姑"又如何理解呢？

不仅如此，在其他许多方面，诸如对用具、牲畜的叫法上都有这种现象。这种现象是如此的普遍，我们姑且把它们称为语言上的"性别带人现象"，实际上这相当于一种拟人化，只是比拟人化更复杂一层，是带入了性别的拟人化。比如在用具上，客家人称斗笠为"笠嬷"，水勺为"勺嬷"，锅叫"镬儿"，大锅叫"镬头"；对于牲畜，客家人称母鸡、母鸭、母狗、母猫分别为"鸡嬷""鸭嬷""狗嬷""猫嬷"，而对雄性牲畜一律加以"牯""公"或"哥"，如"狗牯""牛牯""鸡公""鸭公""猪哥"，在这方面，雌与雄的区分与人的称谓基本是对应的。

有些昆虫动物不分性别，一律按一种性别拟人称之，如蚯蚓称"宪公"，虾称"虾公"，蚂蚁称"蚁公"，蛇称"蛇哥"，老鹰称"鹞婆"。有研究者认为，客家语言中这种拟人化的"性别带人现象"，实际是受客居地区原住民或说土著民语言影响，实际是一种百越文化语言现象。

还有些动物的称呼很特别，如蜥蜴，有人叫它四脚蛇的，客家人称它"山狗太"；最小最小的鱼，也就是通常说的小鱼苗，客家人称"目屎浪"，目屎自不必说了，极言其鱼之小，至于为什么要添上一个"浪"字，大约因鱼游之于水，添一"浪"字以与真正的目屎相区别。"目屎浪"还有贬义，表示"渺小""不堪一击"，比如"个目屎浪一捏就死撇了"，意思是说：你不要张狂，你这么一条小鱼经不住人一捏就得玩儿完。一条目屎那样的小鱼还想兴风作浪，想想那情景是挺有趣的。

那天听到电话铃响的时候，我好像正在读一本什么书。

在拿起电话的当初，我怎么也想不起在我认识的人中间有谁叫乔纳这个名字。乔纳是用标准的普通话来念"乔纳"这两个字的。灌木乔木的乔，纳闷儿的纳。而且他在电话中不多说，只重复这两个字。

请问你是？

乔纳。

谁？

乔纳。

我在二十秒钟之内遍想了中学大学同学的面孔和名字。没有，没这个人。哪个会议上？飞机上？没有。都没有。

我说，别开玩笑了，能不能给个提示，咱们是在哪儿认识的？

对方嘎嘎嘎地笑了，那声音鸭子一样，是恶作剧成功之后释放出来的笑。

连城。还记得吗？你的老家。

其实已经不用提示，单是那笑声便勾起了我的记忆。没错，是他，乔纳，连城，中国迷，客家迷，语言学专家，能和连城老农用我的老家话调侃的美国老外。

你在哪儿？

我现在和你在一个城市。我从连城带回来一包东西，你有没有兴趣看看？

单说乔纳两个字还能唬人，一撒开说就露馅了，可见语言这碗醇酒里掺不得一点点水，特别是赶上你又正好还算一个地道的品酒师的话。拼音文字就是拼音文字，它和有平上去人四声声调的象形文字毕竟不同。使用惯了拼音文字的老外最难对付的就是汉语言中的这个声调，该阴平的念上声，该去声的念阳平，哪怕声母韵母全对，一安上声调就全走样了，能活活把一句话变成另外一句话。比如你对着一位中年女人说"你看上去瘦多啦"和"你看上去手多啦"，两句话意思能一样吗？前一句话能让她高兴得一晚上睡不着，后一句话她得跟你玩儿命，因为等于你骂她是小偷。也正是从这个角度你尽管不得不承认乔纳的了不起，他不仅能模仿四个声调的北方方言，而且能模仿五至七个声调的连城客家方言，但仍然免不了走样。

按照商量好的时间和地点，我在 6 点整赶到了中国城餐馆。

位于本市东北角的这座名叫 China Town Restaurant 的餐馆古色古香，走进朱漆大门里面一共三进院，两边厢房全是包间，中间是零点散位，大门口、走廊及所有屋内都悬着红灯笼，灯笼里燃着蜡烛，看上去既雅致古典，又让人有点神思恍惚。

找到乔纳订的房间，一推门，就见乔纳咧着大嘴在亲切地笑，久不见面的老友也不会比他笑得灿烂。

接下来是长达一分钟的推让，最后说好了乔纳出钱。乔纳很内行地点了几样菜，他居然还点了叫花鸡、千里飘香和毛血旺这几样只有中国人才知道点的菜,但不成系统,东西南北中什么都有,——千里飘香实际就是油炸臭豆腐,属于上海本帮菜。最后要了两杯八宝盖碗茶。

对于乔纳的内行我很惊奇:

"你常到这里来吗?"

"是的,这里的菜很味道。海鲜我们今天就免了,又贵又不好吃。"

乔纳如此实在,这让我感到很放松,但我纠正他说:"你想说这儿的菜味道很好,做得也到家,你应该用的那个词是'地道',而不是'味道'。它们听上去有点儿像,但完全不同,一个是形容词,一个是名词。"

乔纳惊讶地耸耸眉毛,顽皮地笑了,摇摇头说:"有时区别它们很困难。"

"用'很'来区别,"我说,"前者可以用'很'来修饰,后者不行。"

乔纳再一次惊讶地耸了耸眉毛。

第一道菜是清炒芦笋,我尝了尝,味道并不地道。我想,或许是大师傅偶然失手。

等到毛血旺上来,我忍不住了。

"乔纳,"我说,"这座城里的餐馆你还去过哪些家?"

"我每次都到这儿来,这儿的菜很——地道。"乔纳抓住机会复习了一下刚刚掌握的单词。乔纳由衷的赞许很像一个忠心的仆人为他的主人坚守大门,尽管那大门里边已经破败不堪。

"乔纳,如果你指着一盘法国菜或者意大利菜说它们很地道,我不会跟你争,可是要评价哪家中国菜地道不地道……"为了礼貌我只是摇了摇头,没把那句"你还差得远哪"说出来。我换了个角度,"谁介绍你到这儿来的?或者说,谁向你推荐的这家餐馆?"

"朋友,一个很好的朋友,"乔纳显然听出了我话里的意思,余兴未消地放下筷子,"我从美国一到这里他就向我推荐了这家餐馆。他掌握所有初到这里的外国人的名单。干脆说吧,他就是这里的老板。"

难怪呢,乔纳对中国菜几乎无知。没有比较只能导致无知,就像三十年前一贫如洗的中国人自以为是世界革命的心脏,道理一个样。

乔纳狼吞虎咽一番之后,开始减慢速度:"我这次来,是想请你帮一个忙,我在连城搞到了许多资料,都是在古汉语研究方面很有价值的资料,但是你知道……"

乔纳抑扬顿挫的叙述被一曲高亢的劲歌打断。酒酣饭饱的隔壁有人打开了卡拉OK。不幸降临了。

隔壁把音量调到最大。从声音分析歌手应该是政府某司局级干部，年约五十三四，音质宽厚，充满自信，聚集起龙虾肉蟹的能量和陪坐小姐激发出的热情雄壮地吼着"九九女儿红……"他完全不顾原声带的节奏和调门，按照自己的节拍不紧不慢地唱着，走调走得活活把一首歌变成了另外一首。不知是不是人类的从众心理使然，这种家伙似乎一夜间就满天下皆是，比感冒病毒繁殖得还快。他们五音不全却个个信心十足，你要是告诉他唱得不准他还跟你死较真儿。我几次想建议干部部门或者组织部门把卡拉OK作为考察干部的一个可靠手段，了解一个干部是不是主观固执就拉他去卡拉OK，凡唱歌跑调又死不认账的有一个算一个绝对主观固执自以为是，基本上不能让他担任主官。

看上去豪华雅致的包间，卡拉OK一响登时就透出它的单薄了，它基本不隔音。音响像功率强大的推土机，把四面墙壁和天花板震得发出沙沙共鸣，弄得我只能看到乔纳的嘴巴一张一闭，根本听不到他在说什么。

我和乔纳愤怒了。

我们叫住一位小姐，让她劝说隔壁节制，小姐面有难色，于是我们请她叫领班来。

打着黑领结的领班——一个小伙子走进来，乔纳指着隔壁大声说："你听听，还能谈话吗？"

小伙子职业性地微笑着："这个我们不好干涉，人家给了钱的。"

乔纳的话接得飞快："可是他们没给我们钱哪！"

乔纳说得不错。是啊，没给我们钱，我们凭什么该受这份罪？

小伙子愣住了，一下说不出话来。乔纳的理由非常充分。小伙子总算机灵，为自己找了个辙：

"要不，我去叫老板来，你们跟他反映反映？"

老板没来，隔壁那位杀猪放血的活儿倒是干完了，趁着消停下来的短暂空当，乔纳从手提行李箱中取出一个平平整整的纸袋，又从纸袋中十分小心地取出几张复印了文字的纸，递到我面前。

"先看看这个。"

看上去，这是一首长诗。从复印的效果看，原件已经破损得相当厉害，字迹模糊不清，许多地方的字干脆就没有了，如果把它们印刷出来，只能以黑框代替。

> 楚歌哀哀，天下归汉。
> 赐□以刘，斩根锄蔓。
> 晦日暗月，秋雨缠缠。
> 忽尔放晴，月光带□。
> □用伏地……

头九句就有三个地方缺字，而且凭我的粗略印象还有错别字。从诗的格式和韵律上看，颇有点类似《诗经》，可是从文字上看，却比《诗经》要浅显易懂，所以它的创作时期肯定晚于《诗经》，或许是一首中古时期的民谣，或者儿歌。

我草草浏览了一下，一眼看到诗中出现这样几个词：月光带□。蛇哥。子爷子哀。有种闪电般的悸颤在我心头掠过——这怎么那么像奶奶嘴里成天念叨的东西？

我简直有点不相信。我把纸的背面倒过来看了看，然后抬头望一眼乔纳。这怎么可能？这确实是奶奶才能说出的语言。我从小长到大，周围的人没有谁能听得懂奶奶的语言。偌大一个京城，奶奶是这座城市的语言孤岛。可是，一个美国人，一个老外，居然给我拿来一份奶奶的语言，白纸黑字，言之凿凿。

我说乔纳，这太不可思议了。

隔壁又响起了一个嗲里嗲气的女声："衷心地谢谢你我的大哥哥。"

门优雅地开了。小伙子领班引着一位西装笔挺的中年男子进来。

"这是我们的老板，你们请谈。"

小伙子领班鞠了一躬，逃命一般退了出去。

我愣住了。那位老板也愣了一下。我们俩不约而同：

"怎么是你？"

这话听上去真臭，就像最落俗套的电影，可我们当时确实说的就是这话。

乔纳站了起来，他比我们两人更惊奇。

正是他，申建。

　　我们没费什么口舌，老板出去后不到两分钟，隔壁声浪就骤然消失了。我像从岸边陡然掉进一个深湖，耳膜鼓胀着咕咕的水声，又过了好一会儿，心里才真正清静下来。乔纳也长长吐了口气。

　　老板重新进来，托了一杯酒，坐在我们对面。

　　"真想不到是你们二位。"老板——申建，带着深深的歉意说，"乔纳是我的老顾客，老朋友，您呢，咱们也算是会友，让你们两位受了打扰，实在是不应该。"

　　我说："这话欠妥，如果被打扰的不是我们两位，难道就应该吗？"

　　他的脸红了："当然……不是这个意思。"

　　他——一个商人，脸居然红了。当你看到你本来不满的人被你弄得不好意思和慌乱的时候，你的苛责会减掉至少一半。正是这份脸红，把他和生意人间的距离一下子拉开。

　　看到他那副谦卑自责的模样，我突然觉得我们有点过分。在俱乐部碰到的那个自信机智善解人意的绅士哪儿去了？难道人一到生意场上就得这样，只能这样吗？

　　"其实，"为了解嘲，我想开个玩笑，"你们当初盖这餐馆的时候别偷工减料，把墙盖厚点儿就好多了。"

　　"钱呢？"申建单刀直入，"你们没看出来我这餐馆是一个大仓库改建的吗？为的什么？便宜。一个餐馆，从租地、改造、装修，到请大厨、采买、服务管理，哪样不得操心？哪样不得花钱？如果我想'撬'一个地道的粤菜厨师，至少得这个数。"申建伸出两根指头，我和乔纳说："两千？""两万。这还只是一个粤菜厨师，还有川菜呢？本帮菜呢？如果每一样都做得很到位的话，我个人的财力现在还不太能够达得到。"

　　这话听上去让人既同情又理解。是啊，租房、改造、装修、经营、管理，所有这些哪一样不要钱？表面上在说没钱，可无一处不透着有钱透着实力。我心中暗自吃惊，这到底是个什么样的人？又做学问又开饭馆，又要功名又要赚钱，还不耽误健身，他有多少精力？

　　我问他："你不是研究古汉语的吗？背上这么个饭馆，你哪还有时间琢磨你的古汉语？"

　　申建说："只要想琢磨，就有时间。"

　　我说："那正好，你瞧瞧，乔纳从闽西带来了一个什么有趣的题目？"

乔纳好像还没全明白过来：

"申，你不是 China Town 的老板吗？"

"是的，我都是。我既是圣约翰大学汉语专业的研究生，也是 China Town 的老板，这在拿了绿卡回国的人当中很正常。"

一跳到生意之外，他便表情轻松谈吐幽默，申建就又成了原来那个申建了。

申建拿起那份复印件飞快地浏览着。才看了没几行，他便眼睛一亮，抬头问乔纳：

"太棒了！乔！哪儿弄来的？"

乔纳大大地吞了一口茶："今天我不走运，被打断了两次，现在总算能敞开说了，我接着说。这东西，是我从温坊一个八十多岁的老头那里得来的，而他呢？又是从他家里的老头的老头那里传下来的，明白吗？我说了很多好话，才复印下来了这个东西，原件他不肯给我。这个东西非常有价值，你们知道我的汉语水平，不行……"

"你不行？你太行了！"我反驳说，"连我都讲不了老家话，可是你行。"

乔纳极其认真地摇摇头："不，讲话是一回事，翻译甚至破译古汉语又是一回事。讲话可以马虎，一句话十个字你错两个人家也能对付着猜出来，这就跟你们这水平到美国去讲英语一点问题都没有一样。翻译可是严肃的事情，一个字也不能乱来。所以我说，我不行，我来找你，当然，现在加上你，我想请你们帮我找一位古汉语专家，我想请他……"

申建飞快地说：

"对不起，我现在必须第三次打断你，我想问：为什么要请专家？为什么我们不能自己干？难道我们不是专家吗？"

我想，申建说得对。按照我们文学研究所的说法，这是一个找都找不到的好选题，更何况我们有我们的优势。我说：

"乔纳，我们自己干。我们三个都是学古汉语的，你客家话讲得那么好，我的祖籍是客家，虽然我不会说，可我会听，我从我的祖母那已经听了四十年，申建也是古汉语研究生，难道我们的优势还抵不上那些专家吗？我们把它拿去复印，一式三份，我们自己干！"

乔纳将信将疑地看着我和申建，那表情分明在说：能行吗？

申建气度不凡地拍拍乔纳的肩膀："别担心，没问题！只是有一点，你必须想办法把这东西的原件弄到手，要不惜代价。它对我们太有价值了。"

有人在叫老板。申建出去了。

我再一次拿起了这首诗。"忽尔放晴，月光带□"。尽管"□"字看不清，可我一下就断定了那是"阑"。月光带阑，月光带阑。这就像是奶奶指着天空在对我说话。

当小姐把账单递给乔纳时，我意外地发现丝毫没有让乔纳免付或者哪怕打折的意思，显然他们没有得到老板的吩咐。乔纳很痛快地掏出一张卡交给小姐，这个单纯的美国人，他当然什么想法都不会有，但我心里有点不舒服。尽管我知道我这么想一点道理都没有，这个时代已不再同于过去，人情、朋友、关系一切都已让位于钱，并且这并没什么不对。如果一个餐馆老板或者哪怕一个卖西瓜的小贩一味慈善慷慨的话，那他就只能当冤大头，破产。但今晚的情形毕竟不同。乔纳刚刚从连城背来那么多珍贵的资料，并且乔纳是那样毫不设防地欣然应允三人合作，所以，这的确叫人不舒服。

可是，或许老板疏忽了？我禁不住替申建想到。这种可能不是没有，他太忙，也许忙昏了。

可我又立刻发现，我为什么要替他找理由呢？

十一

在奶奶离开冠豸山之前，白军与红军的"围剿"、反"围剿"战役已经拉锯般地打了几年。拉锯是一个非常形象的说法。红军胜了，农民们兴高采烈地斗地主，杀土豪，烧土豪地主的房子，烹牛宰羊过节一样；白军胜了，杀过土豪的人们便成千上万地被抓被杀，被挖心剜眼，被烧掉房子。人们时而兴奋时而恐惧，不知道将来的天下究竟会是一个什么样子。红军和白军轮番地厮杀着，位于红区和白区交界处的连城更是首当其冲，有如处在大海的岸边，眼见红军白军潮水般涌上来又退下去，无止无息。这潮水每涌上来又退下去一次，总要将成百上千个精壮的生命卷了一起走。

当然，"围剿"、反"围剿"，某某次战役某某次战斗，包括后来闻名于世的二万五千里长征，所有这些战斗战役以及重大军事行动的命名都是后来的事情，身处其中的人们是根本不知道这些的。人们并不知道他们正处丁某次反"围剿"战役失败之后，他们的鲜血和生命正在为伟大悲壮的第二次国内革命战争做着奠基。同样，当红军战士们挥舞着梭镖大刀呼喊着手刃敌人，满身是血地倒在山冈上的时候，他们也同样不知道正是自己的牺牲使某某次战役的胜利成为可能。三十年后，当所有这些在教科书上都变成了冷静的文字、数字和标题之后，它们在教科书上可能占几行字，也可能是几个字，也可能，什么都没留下。

教科书上，关于闽西客家这片土地留下了这样一句话：第二次国内革命战争期间闽西根据地牺牲人数为二十万。

二十万。就这么一个数字，没有血腥气味，没有感情色彩。教科书就是这样，多么严肃多么冷峻，像一位板着面孔的历史老师。可我无论如何做不到这份冷峻。二十万个灵魂聚在一起是一种什么情形我无法想象，我只知道那该是一片望不到边的插满十字的墓地，我只知道离开瑞金的中央红军的全部兵马加在一起不足十万。

在奶奶的叙述中，这些则要生动可感得多。奶奶给我们不知讲过多少遍：

"今天白兵来，明天红兵来，不管他们谁来，我都烧饭给他们吃。"

我们把这话拿去说给母亲，母亲听了大惊失色，然后总要把奶奶和她自己在房间里关上半天。在我没有接触到教科书之前，奶奶的话把我弄得晕头转向。奶奶经常能把人弄得晕头转向。你有你的原则，她有她的道理，母亲的原则和道理在奶奶那里往往变得不堪一击。比如吃饭的时候——我们家的政治教育一般都安排在吃饭的时候——母亲说"地主是剥削劳动人民的"。每当母亲这样说的时候，奶奶就把头一歪，做出睡目的样子，实际上是对母亲的观点表达一种不屑。母亲一走，奶奶就对我们说："哪个说地主都是剥削？地主都是会吃苦会做田，辛辛苦苦才积下一点地的人。"我们当然立时便晕头转向。

在我接触了教科书之后，我开始发现奶奶在许多方面丧失了立场和原则。我批评奶奶说，你怎么能给白军做饭呢？奶奶申辩道："红兵白兵手里都抨着枪，让你做你不做，你想被打死吗？"我本来想说打死都不能做，可转念一想你已经告诉过奶奶不止一百遍不应该把"红军"念成"红兵"，她依然我行我素地念"红兵"，你还指望改变她别的什么吗？

有一天我边整理着书包边唱着刚刚从学校里学来的歌："正月里采花无有花采，采花人盼着红哟军来……"坐在窗前补着一只袜子的奶奶先是跟着我哼了两句，然后还没等我奇怪地问她，她就先奇怪地问我：

"你怎么会唱这个歌？"

我说："我正准备问您呢！我怎么会唱这个歌？学校里音乐课上教的呗，可是您……"我想说"难道您也上过音乐课吗？"可我当然不会专拣人家的痛处戳。

奶奶极其自然地说："这是我们老家的歌。"那神情就仿佛风把我们家阳台的衣服吹落到了地上，有人问这是谁家的衣服，奶奶说"这是我们家的"一样。

我说："这怎么是咱们老家的歌？这是红军时期的歌曲。红军歌曲！您懂吗？"

在我的概念中，红军歌曲就是井冈山或者瑞金的歌曲，而井冈山和瑞金是很遥远的地方，不但离我们现在住的这座城市很远，离我的老家也应该很远。那时候我并不知道瑞金离我的老家不过一百公里，当然就更不会知道瑞金和长汀连城实际上是一块地方。

奶奶自信地说："怎么不是？"她往后又接着哼了几句，除了她用老家话唱出来的词我不能完全听懂之外，调子居然全对。我惊奇得眼珠子都要掉出来了。奶奶没有进过任何学校，当然就更谈不上上过音乐课，除了她在老家就会了这首歌之外，再不可能从别的什么地方学会这首歌。

奶奶接着就这首歌做了如下解释："你想，正月里红兵不来，三月里红兵不来，谁来？白兵来。七月里红兵来了，造好了米酒给红兵食，八月里红兵又走，白兵就又来。红兵来了杀人，白兵来了也杀人，红兵来了杀地主，白兵来了杀杀过地主的人，杀人杀得天昏！那个时候我们老家就像这样。"

我听得骇然，再不追问一句话，慌里慌张拖过书包，从里面翻出歌本找到《盼红军》那一页，在仔细研究了歌词之后确信奶奶讲得一点儿不错。那时候我已经接触了教科书，对中国工农红军和井冈山已经建立了基本概念，知道"红都"瑞金和井冈山基本是红军的天下，像歌词里描述的那种红军白军一会儿来一会儿走的情形，只能发生在红白军拉锯频繁的边沿地带，而那样的地带恰恰是我的老家。

奶奶说的同样是一种真实，一种教科书之外的真实。

此刻，三叔公就生活在这种真实里。

三个月来他随着部队东征西战，不断地攻克一些城镇，继而又失去它们，再去攻打另一些城镇。北伐时和他一起从冠豸山下出来的雄崽已经剩下的不多了，他们大都战死了，也有个别的投了白军，个别的下落不明。比如北伐时他的先遣队长，一枪打掉了他拇指的那个人，有人说他下了南洋，也有人说他已经在国民党里做了大官，正在上海享福。如果真是那样的话，他看不起他，哪怕是他把自己从大山里带出来，并且当过他的队长。三叔公现在已经不是当年那个只知道争强斗狠的三叔公了，他已经是红三十四师的一名营长。

在他的营里，不要说和他一起出来的雄崽已经不多了，连许多一两年前甚至几个月前才从冠豸山下出来加入到这支队伍里来的比他年轻得多的雄崽的面孔也一个接一个在他眼前消失了。战斗打得太残酷。部队几次打下了清流、归化、连城、龙岩，又几次放弃。每一次的战斗都留下敌人大量尸体，同时也留下他的战友的大量尸体。有几次他把濒死的战友揽在怀里，眼见他们一口口地断了气，战友的血把他的军装都染红了。

他不太明白这样杀来打去究竟有什么意义。他们打光了那么多子弹，死掉了那么多战友，却没有占住一个地方。开始的时候他不太敢想，因为他想打仗的事情自然有上级来考虑，那么多的上级，未必都不如你？你想得到的上级早就想到了。自己的职责只能是打来打去。但渐渐地他越来越觉出不对头。比如前天打延平，他凭着军人的直觉就觉得这一仗真不该打。延平处在几个县的交通隘口，又是入闽的通道，敌人必定会死守，增援也容易，不要说轻易打不下来，就是打下来也一定守不住，过不了两天还是要丢了走，拿不到手的城市去打它做么事？他实在想不明白，连他都能一眼看懂的事情，他的上级和更高一级的上级怎么就会看不明白呢？

他不怕死，更不会拒绝执行命令，为了他的山里的亲人们将来能过上好日子，能搬出大山住进汀州，住进漳州、厦门，他即便被打死了也心甘情愿。但他实在太疲劳了，三个月来没有得到一次像样的休整，连打双草鞋的时间都没有，他的两只脚都已经磨烂了。有时他走着走着，头突然就会撞到一根树枝上，或是他那个从冠豸山出来不到一年的小通信员会突然摇着他喊："营长！营长！"他才发现自己不知什么时候已经瘫在地上睡着了。

偶尔他也会想起细妹。细妹在干么事？他走之后阿姆会不会对她好？但也就想那么一下子。他实在累得连想她的力气都没有了。

延平那场恶仗打得他精疲力竭。战斗开始不到五分钟配给的十发子弹就打完了，敌人却在滚滚地拥上来，只有用大刀片。砍杀了没两三个敌人他的大刀片就锩了刃。他不是用刀在砍杀敌人，刀变得只是他手里的一件器具，和棍子棒子无异，甚至还不如棍棒。他硬是靠自己的蛮力把敌人一个个劈死。部队终于打不动了。那一仗下来，他的右臂几乎断掉，直到现在还不能碰，动一下都要疼得皱眉头。

马上要打连城了。这是红军第几次攻打连城他都已经记不清，至少有三次了吧？不管怎么样，毕竟是打回自己的老家，尽管没有一次打下连城后能回冠豸山去看看，每到打老家以前他总还是有几分不同的激动。

由于减员厉害，几支部队临时编在一起。周围净是陌生的面孔。开饭的时候，帮他打饭的小通信员想往他的饭筒里多盛两勺米饭，被不相识的炊事班长一把夺去了勺子。小通信员气得刚想开骂，被他喝住了。他想，何必！说好说歹都是自己一个队伍里的人，过几个小时晓得是谁死是谁生？

再有几个小时就要开战了。三叔公本想好好睡上一觉，但想起自己锩了刃的大刀片，又不能够睡了。他去找了块磨石来，说服了想替他磨刀的小通信员抓紧时间睡觉，自己抱了连小通信员的在内的几把大刀，唰唰地磨起来。

小通信员倒在地下便呼呼地睡死过去，他也几天没有捞着睡一个好觉了。他不同，毕竟才只有十三四岁，这个一年前刚刚出来时两个腮帮子还被冠豸山的地瓜喂得鼓鼓的细崽，现在瘦得两颊都已经凹了进去。

战斗是从中午开始的，一直打到这天的深夜。白天敌人打得凶，红军基本按兵不动。敌人有炮，将山上的树一棵棵都炸光了，红军依然按兵不动，遇上敌人组织冲锋就一阵排射把他们压下去。到了晚上红军的攻势开始加强，这个作战方案是上级有意制定的，为的是利用夜幕的掩护，在敌我火器都不好开展的情况下尽快解决战斗。部队没有子弹，还是老规矩，一人三发，干部十发，用完了就只能拼大刀。从连城县城、莒溪、姑田增援上来的敌人一层又一层。三叔公只顾拼命地挥舞他的大刀，有几次他看到被他砍中的敌人没有死，只是被他的大刀劈得裂开了皮肉，他都顾不得扑上去再补一刀。周围的敌人太多了！

他的小通信员战死了。这个中午还在为少盛了两勺米饭生炊事班长气的孩子，被三个白军的三把刺刀同时穿透。三叔公把砍钝了的大刀从一个白军的肩胛骨里拔出来的时候，一回头，正好看到了他的小鬼临死时向他投来的一瞥，那眼神既不像痛苦，又不像愤怒，倒更像还在为中午少盛了两勺米饭生炊事班长的气。三叔公愣怔了一霎，随即像踩在弹簧上似的一下子跳了起来，挥起钢刃翻锩的大刀朝那三个白军扑去。在他砍倒两个白军后，一把刺刀从身后挑进了他的左臂，但这名白军旋即被回转身来的三叔公劈死。

三叔公他们无法知道，这场战斗注定不会胜利的。他们的两个非满员师面对的是卫立煌、李默庵的三个师加上保安、地方民团武装整整五万人。当红军的某些领导还在"抢占大城市""拼消耗"的梦想中徜徉的时候，蒋介石东线铁壁合围的铁钳已再差一百公里就可以关闭了。闽西的连城长汀正是关闭之前留下的那个缺口。

激战甫过，天已放光。部队通知原地待命，可能还要打，也可能会走。

三叔公突然就软了下来。

臂上的伤开始火辣辣地痛。没有任何治疗，只有他自己撕下了一条破军装袖子让人狠狠地扎了扎，现在也早已被血渍透。军装袖子在臂上扎得过于紧了，现在胀胀地很不好受，三叔公索性把绷带拽下来丢掉，倒还畅快些。若在过去，这样一点伤根本不会使三叔公这样一条汉子软下来。三叔公被打掉指头的那天连眼都没有眨一下。他知道自己腿脚这样软头这样晕，全是因为太累了。几个月来没有好好吃过一顿饭，睡过一个安稳觉，再强的身体也会垮掉。三叔公觉得自己强壮的精力正从体内一点点退去，留都留不住。

他实在太想睡一觉了。这一仗打了一天一夜，算上从延平行军过来的那两天，他又是几乎三天没有合眼。他现在是多么怀念小时候冠豸山下的穷苦日子，那日子再苦，只要睡觉管够，想什么时候睡什么时候睡，想睡多久睡多久，就是最幸福的一个人。他想将来革命胜利了，他什么都不要，第一件事就是先把觉睡够。他知道，只要让他好好睡上一觉，哪怕流上十倍的血，哪怕再断掉一条腿他都能挺得住。只要睡饱了觉，像这样的伤口用不着包扎上药，自己就会长好。

于是三叔公就睡着了。刚刚睡下去时，他觉得阳光有些刺眼。8月里的太阳就是这样，从山里乍一露脸就像个火球，即使是闭上眼睛，那两片薄薄的眼皮也挡不住红得像炭火一样的太阳光。三叔公眼睛没睁，抱着枪往路边一滚，就滚到一块芋子地里。芋子地里长到半人高的芋子叶像一把把油纸伞，为三叔公遮住了太阳，同时也就为三叔公遮住了一切生还的希望。

三叔公这一睡，就睡到了第二天临天光。

部队早在头一天的傍晚经长汀向瑞金方向撤走了。走的时候没有喊叫更没有吹号。仓促撤走的部队接到情报，蒋介石以闽西北三个师的兵力从宁化清流南下，以赣军两个师的兵力从江西东进，将于第二天在连城的新泉完成集结。打了一天一夜的部队包括三叔公自己当时都并不知道，他们刚刚经历过的这场战斗在后来的教科书上被称作第五次反"围剿"战役中的连城战斗，以红军自己伤亡一千多人的代价换回毙敌伤敌八百的战绩。他们更不会知道再过几个月，他们这支部队将全军覆灭，红三十四师建制将消失在湘江之畔。红五军团撤走后，国民党军立即补上了闽西这一缺口，从而完成了对中央苏区根据地东线的合围。

三叔公在芋子地里睡得呼天呼地的时候，连城县城头已经插遍青天白日旗。

天刚才蒙蒙亮，一户农家院落里便开始有了动静，鸡公已经在打鸣，鸡嬷也开始带着鸡崽在外面散步。两个人趿着鞋从破旧的土楼里钻出，各提一把锄头向自家地里走去，一路走一路不住打着哈欠。

临天光的时候，山上山坳里雾蒙蒙的，空气中浮动着一股清凉的水汽。做田人都晓得，这样的时辰不会有多长，一天里也就十几刻钟——这也是一处奇怪的地方，老家人无钟无表，却有"刻钟"的概念——大约一两个小时的样子，是做田最好的辰光，等日头一露脸，那田里就将如同火盆一样灼人，不要说做田，连待也待不得了。

往田里走的这两个人是罗圈子和罗圈子老婆。

罗圈子是村里有名的"算盘精"，为人过日子都比一般人精细。罗圈子会赌，村里唯一那块一亩三分大傍在路边平坝上的好地就是他跟人赌钱赢了来的。村里人都种禾和地瓜，罗圈子却种芋子，尽管芋子在这里也没有山外长得好，但罗圈子有罗圈子的打算。正因为方圆上百里大山里面芋子长不好，没人愿意种他偏偏就种，然后把种得的芋子挑到长汀府去卖，一亩芋子赚的钱比种禾就要多得多。罗圈子会算也会赌，可家却总发不起，到现在连座新土楼也莫盖成。有人说他是把钱拿到漳州城去存起来了，也有人说他祖上作了孽，不然为什么好端端的生成个罗圈？这样的人发不起家的。其实罗圈子和罗圈子老婆心里最清楚，罗圈子发家发不起的原因还是在那个赌上。一个人再会赌，赌得时间久了终归赢的比不上输的多，道理很简单，赢的钱总会输出去，输出去的钱可就回不来了。罗圈子只两个崽，一个去当了红兵，一个去当了白兵，据说这也是罗圈子的安排，将来哪一边人坐了天下他做老子的都不会吃亏。

　　罗圈子五十上下，一个瓠瓜样的头早已秃得只剩下一圈毛，他的腿小时候落下了麻痹症，害得他本来天生一双罗圈腿，再加上这麻痹症，腿就一瘸一瘸的格外难看。那块好地离村外还有好远一段路，罗圈子走得气喘吁吁。

　　老婆大概这会儿是醒透了，屁股在前面扭啊扭地走得飞快，罗圈子渐渐跟不上了。

　　罗圈子一见到老婆那个扭啊扭的屁股就来气，恨不得追上去踢上一脚。罗圈子觉得自己毁就毁在这个懒尸婆手里。老婆的娘家原来曾是连城县里的一个大户，自到罗圈子老婆祖父那一代遭了土匪抢，就一年年衰败下来。罗圈子老婆的父亲不思重振家业，反倒染上了吸鸦片的恶习，把家里什么都拿去卖。罗圈子娶这个老婆时，她家已经穷得城里的烟馆都不再给她的父亲赊账了。罗圈子老婆的父亲等于是卖掉女儿换了两个月的烟钱。罗圈子讨这个老婆当然图的是名气好听，也算娶了个连城县大户人家的女儿。也怪，罗圈子讨这个老婆，本想要在老婆娘家人面前争口气，也想借老婆的吉气在人前从此风光起来，谁想到自把这个老婆讨到手，他就开始输钱，用老家人的话讲，这个老婆真是个丧门星。家发不起来也就认了，穷家的日子有穷家的过法，偏偏老婆身上还有股子"贵"气，什么事也做不来。别人老婆屋里地里的活儿一个人全包了，老公只管躺在床上睡目，这个懒尸婆屋里地里的活儿一样也做不好，害得罗圈子一把年纪两条坏腿还得一瘸一瘸去田里干活儿，这叫罗圈子怎么不气！

　　红兵和白兵在连城外整整打了一天一夜，一直打到昨晡日临天光枪声才息。枪声息后一天村人们也没敢乱走，直到今日早晨才有人开始试着出门。罗圈子一直担心着自己的地，那块地离枪响处最近，就算地没有被踩烂的话，地里的草也早就要蔫了。打么什仗哟！罗圈子摇着头，不知道更该为他的哪个儿子担心。

　　罗圈子一路走一路想，腿瘸得更厉害了。

　　罗圈子一瘸一拐赶到芋子地时，老婆在他前面锄草已经锄出去了好远。

　　东边天色越来越明，由深蓝变为浅蓝，又由浅蓝变为白，变为红，渐渐地高一些的山顶镀上了一层金色，太阳快要出山了。雾变得薄而透明，离开地面缓缓上升，藏在雾后面景色的轮廓一层层显现出来，满山响起一阵欢快的鸟鸣。

　　罗圈子朝掌心唾了口唾沫，换了把手，正要继续向前锄，忽听老婆"呀"地怪叫一声。

罗圈子抬头，见老婆骇得锄头都摔掉了，心想不是见到了山狗太就是见到了蛇，个懒尸婆次次都这样，便斥道："做么事！撞到鬼啦！"

老婆不响，一只手捂住嘴，失了魂一样跑过来，一只手指向身后。

罗圈子正要大骂，老婆示意他不要出声。

老婆骇得脸都变了色，悄声说："有人睡在芋子地里，好像是温坊东头家当红兵的老三！"

罗圈子亦紧张起来："你昏头昏眼没有看错？莫不是死在地里的？"

老婆急得直要跺脚，一只脚抬都抬起来又轻轻放下去："啊呀！怎么会错！呼都打得好响！要不要快去报他家细妹来？给白兵抓去就死撇啦！"

罗圈子放下锄头，亲自过去看了看。车转来的时候，罗圈子已经变了一副神色——一副阴沉的、胸有成竹的神色。罗圈子照着老婆乱草一样的头一掌拍去，低声骂道："个懒尸婆真真睡昏了头，哪个认得这个鬼？你又生出一个村东头老三哪？走！还不快走！"

罗圈子把锄头丢给老婆。老婆被骂得糊里糊涂，被罗圈子扯了就走。老婆发现，自家老公今天忒怪，从没见他像今天这样，一瘸一拐地走路风快，连他赌赢了钱也难得这样，像只受伤的兔子一蹦三跳，眼里闪着兴奋的光。

三叔公是在那天的晚上被害的。白军把三叔公剁成六大块，分别悬挂在连城县东南西北四座城门上。在朝南的正门上除了挂着他的一块尸身一条腿外，还有一颗头。四面城门上同时还贴了告示，证明这是匪首，连城大捷后被捕获归案处决，今后凡有举报揭发者和此次一样必有重赏。告示最后有明码标价，标明朱毛匪首赏金多少，军长师长下至团长营长赏金多少，不论死活一律按阶行赏绝不食言云云。

三叔公直到白军在芋子地里把他像捆粽子那样捆了个结结实实才醒来。开始他还不胜其烦地嘀咕了两句"莫烦莫烦"，一个白军士兵狠狠在他屁股上踹了一脚骂道："烦你娘个头！"三叔公才睁开睡意未消的眼睛。

三叔公被国民党八十师的白军押解到驻在连城县内的师部。对三叔公的审讯没费什么劲，也没用刑，三叔公直言不讳：我是红军营长，参加过北伐，参加过大小战斗二百多次，负过十四次伤，可惜一直没把我打死。这一仗被我大刀片劈死的白狗少说也有二十个，所以要杀要砍随你们便，老了怎么死都是一个值了！

　　白军用铁丝穿过三叔公的锁骨，牵着他在连城街上游街示众走了一圈，睡足了觉的三叔公器宇轩昂，见到的人都说三叔公胡茬老长，身上的军装破成一片片，光着脚，但毫无痛苦之色。三叔公一路走一路大声宣讲："家乡的父老乡亲，我是温坊的桂崽，冠豸山下穷人的儿子，没过过一天好日子。在红军里有饭吃，有衣穿，官兵平等，蒋介石的军队不抗日，专门欺压老百姓，这样狗日的军队长不了！早晚有一天天下是红军的，是咱们老百姓自己的！……"三叔公的讲话不断被白军的枪托砸断，但他始终没有倒下。

　　三叔公的死正应了温坊老辈人的讲法，果然是死在一个大官的手里。审三叔公的白军师长被三叔公骂得恼羞成怒，原来这个师长准备按规定把三叔公押到长汀，经请示得到答复可以立即就地枪决。得了军令的白军师长狞笑着对三叔公说："好，你硬，我倒要看看是你的骨头硬还是我的大刀硬！"白军师长下令将三叔公大卸八块，但有一条，不是先处死再剁，而是活生生剁死。三叔公是在一个剐牛的寮棚里被剁杀的。单是找剐人的刽子手就费了很大劲，没一个白军士兵敢下手，都说剁鸡剁鸭可以，剁猪剁牛都是罪过，剁人将来非遭报应不可，给钱都不能干。师长眼看下不了台，叫人找了一个杀牛的屠夫来，威胁那屠夫如若不干即以通共通匪罪论处，还要搭上他一家子，那屠夫哆哆嗦嗦泪流满面答应下来。据说三叔公被剁下两条胳膊后仍然大骂不止，直到双腿被剁下，射出的血将剁人的木案台及寮棚的四柱连带屠夫的周身全都喷红，剁他的屠夫先被吓瘫过去之后，三叔公才绝了气。

　　吓瘫了的屠夫那天被人抬了出去，看到什么都哇哇地叫。在他眼里一切景物都蒙上了一层血色。最怕人的是冠豸山，屠夫逢人就说，那晚上的冠豸山红得像泡在血里，红得滴血呢！

　　三叔公的尸骨在城门上曝晒了三日，第三日晚上，奇事出现了。昨天关城门时三叔公的头还好好地在城门上，第二天一早却不见。有人说是闽西游击队干的，也有人说是三叔公的细妹干的，因为自从那颗头不见了之后，细妹也从此不见了踪影。于是又有了新的传说，有人说细妹抱了三叔公的头沉了冠豸河，也有人说，细妹埋了三叔公的头之后去了江西，参加了红军。

　　就在苏区红军一天比一天打得艰苦的时候，一片同样沉重的浓云笼罩在赣北国民党德安专署二楼的一间密室里。密室里坐着四个人，他们是国民党江西第四行政督察专员兼保安司令莫雄、专署上校参谋长卢志英、专署主任秘书刘哑佛和爷爷。

这是一个奇怪的组合。一个国民党保安司令、高级专员面对着三个共产党员，却彼此毫无戒备推心置腹地共同商讨着一件极其重大的事情。他们刚刚得到一份绝密情报，一份关系到十万红军生死存亡命运攸关的情报。

这个时候距离枪毙叛徒白鑫已经过去了整整三年，在这三年里位于上海的中共中央和中央特科已经发生了覆地翻天的变化。上海地下党中央和苦心经营了三年的特科几乎在一夜之间土崩瓦解，从大上海消失了，而导致这一变化的是另一个叛徒，中共特科负责人顾顺章。

我们不得不回过头去讲讲顾顺章。

顾顺章，江苏宝应人，参加过"五卅"运动和三次上海工人武装起义，曾任中央军委特务科科长，中共特科成立后，是特科主要负责人之一，中央临时政治局委员。顾顺章头脑灵活，能使双枪，在特科中取得过不少成绩，但很快地，埋藏在他内心深处的劣根性随着地位的显赫和权力的无所不能开始发酵了，他渐渐变得头脑发热飞扬跋扈，在上海自己的小公馆里花天酒地，玩妓吸毒。特科情报科长陈赓有一次从顾顺章家出来后沉痛地说："假如我们不死，一定会看到顾顺章叛变。"陈赓的话是很悲壮的，"假如我们不死"，这意思就是说我们随时会死，死的可能性大大超过生。特科的人们正是这样，他们的生命是被放在刀尖上。这种生命的无常感和紧迫感在有些人那里会成为一种加力，在有些人那里却可能相反，也许恰恰是这种无常感促成了顾顺章后来这种人生状态。陈赓的意思很明显，顾顺章骨子里追求和羡慕的，恰恰是他现在破坏和打倒的一切，这种人势必贪羡荣华，拒绝吃苦和死亡，那么他们的身体里已经生长出成为叛徒的胚芽。

十分不幸，陈赓的预言那么快就被证实了。顾顺章在护送一批从苏联回国前往鄂豫皖的同志途经武汉时，由于技痒难按——他是个挺不错的魔术师——登台表演魔术时被叛徒尤崇新指认，遭敌人逮捕后立即叛变了。顾顺章向拘捕他的武汉绥靖公署主任何成浚表示：他是中共特科负责人，不仅中共地下党中央机关领导人的名单地址他知道，中共特科组织的名单地址他知道，还知道打入国民党内部的中共地下党的名单和职务。他要面见蒋介石，亲自将这一切和盘托出。但他有一个要求，在他被押解至南京之前，关于他被捕的消息不要向南京方面走漏一个字，他深知中共特科情报工作的厉害。"泄露出去一个字，一切付诸东流"，他警告说。

顾顺章万想不到特务们抢功心切超过了一切。在顾顺章被押上开往南京的江轮的同时，武汉特务机关以及对顾顺章所说一切将信将疑的何成浚关于顾顺章被捕叛变的报告，已经雪片般落在南京中山东路 5 号中调科特务头子徐恩曾的办公桌上了。也合该苍天不灭中共，这天晚上徐恩曾不在办公室，到外面度周末去了，坐在徐恩曾办公桌前代徐行使一切权力的，恰是两年前打入中调科核心、现在最受徐恩曾信任的中共地下党员钱壮飞。关于顾顺章被捕的电报一封接一封，全部落入钱壮飞手中。

电报一封比一封口气急。第一封电报说顾顺章被捕并已自首，如动作进展迅速，中共地下中央可望在三天之内肃清；第二封电报说顾顺章已用军舰押往南京；紧接着第三封电报说军舰太慢，现准备改用飞机；第四封电报警告：无论如何这个消息不可让徐恩曾左右的人知道，徐恩曾左右有中共特科。

钱壮飞在最初的震惊之后立即镇静下来，连一分钟也没有耽搁，立即派自己的女婿星夜坐车从南京赶到上海，把这一重大情报报告了李克农。4 月 24 日顾顺章被捕叛变，4 月 25 日情报送达李克农，4 月 27 日当陈立夫亲率大批军警按照顾顺章提供的地址逐一扑向目标时，中共上海地下中央及特科已如黄鹤杳然全部撤空。

钱壮飞自己却没有立即离开南京——他怕引起敌人警觉。他决心牺牲自己保全中央。谁知道这些电报是不是只发给徐恩曾？落在别人手里的电报他是无法控制的。但钱壮飞没有表现出一丝慌乱，他在将情报送出之后偕同家人在南京整整滞留了两天。那真正是踩在刀尖上的两天，将生命系于一发的两天，每一分每一秒都可能陷入万劫不复的死亡的两天。两天后，蒋介石徒然悲叹：天既然生了顾顺章，为什么还要生一个钱壮飞呢！

没错。教科书上正是这样写的：中共地下中央及特科全部撤空。但实际上并没有全部撤空。在上海德润里 24 号有一家不大不小的中药店，紧挨着这家中药店的是一家私人妇科医生的诊所。这里白天是一家中药店，晚上则紧张地收送情报和接送自己的同志。这是 1931 年顾顺章叛变后中共上海地下党仅存的联络点之一。

据龙岩及连城党史办的一份资料记载：顾顺章叛变之前，爷爷在中央军委机关负责情报和上层联络工作，他的直接领导这时换为刘某某（引者注：这里隐去该领导真名），"当时刘某某和某某某（引者注：前者为爷爷的领导，后者为爷爷）负责军委一个秘密联络点的工作，这个点设在一个中药行里，1931年顾顺章叛变时唯独不知道这个点，因此没有带特务去搜查，联络点得以保存下来"。

　　这个联络点之所以得以保存，除了顾顺章不知道之外，另一个原因正是得益于特科从一开始就建立起来的严格的单线联系制度，而爷爷和他的战友们的真实面目之所以在后来的几十年里一直难以弄清，也正是由于这个极其严格的单线联系制度。不要说没有一个第三者能够洞悉只属于单线联系的两个人之间的任何秘密，就连单线联系的这两个人彼此之间也不一定知道对方的真实姓名。他们都有化名。周恩来叫"冠生"，陈云叫"先生"，严希纯叫"老罗"，王世英叫"老刘"，丘吉夫叫"小张"……爷爷也有化名，他为自己在《百家姓》姓谱中找了一个与自己本姓相邻的姓作为自己化名的姓，而且他把这化名一直带到了延安，带到了解放后，带到了他的追悼会上，彻底地、完完全全地取代了他的真名，害得四十年后为了他那个奇特的化名，尤其是他的姓与我和父亲的姓的不一致，我的入党预备期和提干被活活往后推了两年。

　　现在，爷爷成了一个精通药材熟谙《汤头歌诀》的有正式执照的中医了。他比上海滩上任何一个人都忙，往来穿梭于京沪杭、鄂豫皖与闽粤赣的乡村城市之间，探查药源，采购中药，有时他往香港南洋一去就是一两个月，有时又拉着驮帮进入那些最深的大山，至于他是如何将枪支食盐以及各种情报裹在中药捆里送达瑞金的，就只有天晓得了。夫业妻随，随着爷爷变成药材专家之后，奶奶也成了半个郎中。奶奶的各种中医中药土单验方装了一肚子，而且非常灵验。我小的时候羸弱多病，而且净是一些叫不上名字来的古里古怪的病，比如好好的突然肚子会疼起来，疼得厉害了便满床打滚，汗如雨下；又比如有一年，我和我最小的哥哥同时得了一种怪病，白天好好的，一到晚上睡觉便喘不过气来。哥哥的病是怎么得的我不清楚，我得这个病则是由于一次可怕的惊吓：一天晚上机关放映电影《白毛女》，当演到电闪雷鸣的雨夜随着一声炸雷供台上出现了一个披头散发的白毛仙姑时，我"哇"地大叫一声滑到了椅子底下，从此就落下了哮喘的病。这话说给谁听都不会有人信，吓怎么能吓出病来？可确实是这样。每天晚上我斜靠在床帮上，脑了里盘桓着人们"白毛仙姑""白毛仙姑"的恐怖叫声，只要房间里灯一关，黑暗中便出现白毛仙姑披头散发的影子。我大口地喘着气，锁骨深深地凹陷下去，每一口呼吸依然无法抵达肺的深部。哥哥的病因和我不同，我们俩的症状却一模一样，于是我们缠着母亲要求上医院，每一次医生都是三言两语便把我们打发走。医生说，小孩子这种情况很常见，多半都是因为晚饭吃得太饱撑的。医生开了一些酵母片给我们，一次三片，嚼碎口服。哥哥非常乐意接受医生的建议，因为那时我们几乎没有零食，哥哥每次都把酵母片嚼得嘣嘣响，然后有滋有味地将它们咽下去，末了还用他灵活的舌头把嵌在每一颗牙缝里的药渣舔净。香，黄豆味。哥哥总是意犹未尽地望着我手里的那三颗大药片子说，于是我就把我的递给他，反正我吃了也没用。哥哥的哮喘果然很快就好了，为此他很惋惜，因为从此他再也得不到酵母片了，而我的哮喘则无一点好转的迹象。当我再缠着母亲的时候，母亲终于不耐烦了。母亲说，医院也带你去了，药也吃了，一点没有用我有什么办法？于是我感到恐惧万分，我想我要死了，可是没有一个人相信我的话。我在夜里喘得更凶，一边喘一边哭，这时奶奶出场了。奶奶的土单验方常被大家嘲笑为迷信，所以她一般总是先按兵不动，待到西医不迷信的招数全部用完她才亮相。奶奶对我说："我们的迷信，你信就试，不信就不试。"我抽泣着说"信"。奶奶弄来几个剥光了籽的大葵花盘，把葵花盘整个地放在脸盆里熬水给我喝，每次煮一个葵花盘，每煮一次的水喝上三天，不知是心理作用还是真的有效，那几个葵花盘全部变成又黑又苦的汤汁灌进我肚子里之后，哮喘的毛病真的好了。这一次的生死经历使我一辈子见到葵花盘都有一种亲切感。我小的时候脾胃很弱，吃起饭来像个饿死鬼，可吃完的饭总是积在胃里下不去，又酸又胀的难受，每到这时奶奶便会从床底下哗啦啦地翻出两个鸡胗皮——正式的药名叫鸡内金，放到火上烤焦，用擀面杖擀碎，让我就着温水吞下去，只一会儿，便听见肚子里咕噜噜一阵响动，那些酸腐的积食顷刻间便化为乌有。发烧时奶奶会捏碎一点朱砂让我吞下去，长了针眼奶奶会用花椒水给我洗眼睛，蚊子叮了包痒得难受奶奶会吐点唾沫在上面……类似这种妙手回春的土单验方奶奶不知有多少，而我则像是奶奶的一个药物试验品，我有多少古怪的毛病奶奶就有多少更古怪的绝招在那等着。我对奶奶的试验开始总是先抗拒，因为它们听上去都那么可疑，而每次的结果总是奶奶大获全胜，到后来我便完全听从奶奶的摆布了。道理很简单，孩子们通常总是非常怕死的。

奶奶的精湛医术主要出自 30 年代德润里路那家中药行的培养速成，而爷爷也正是在这个时候开始了和莫雄的合作。

十二

莫雄是国民党元老级人物。二三十年代，在国民党内只要提起"莫大哥"，几乎无人不晓。

北伐时期，莫雄就已经是粤军总司令许崇智麾下的一名中将师长。他十六岁参加反清同盟会，十八岁入新军，二十岁参加北伐，自从结识了孙中山，便深为孙中山的志向为人及三民主义所折服，从此铁下心来追随孙中山，出生入死屡建战功。

1920 年农历八月十五，身为粤军营长的莫雄和四名军官一齐参加了十八团团长张民达的宴请。月光下张民达趁酒兴发问："你们五虎将谁最为年长？"五位军官各自报出生辰年月，结果以莫雄年龄最长被公推为"大哥"。此后不久，其他四虎将非战死即病逝，五虎将只剩莫雄一人，也正从那以后，"莫大哥"之名在国民党军中不胫而走。

莫雄与蒋介石关系非同一般，他们的相识相交甚至早于同孙中山，但莫雄对蒋介石的看法并没有像对孙中山那样始终不渝。早在 1918 年粤军援闽战斗中，莫雄与蒋介石就已结下战斗情谊。那时蒋介石是许崇智手下二支队的中校参谋长，莫雄是二十五营第二连上尉连长。在闽西大山那些艰苦的战斗中，常常不是莫雄烧好了开水迎候行军晚到的蒋介石，就是担任前锋的蒋介石劏好了猪等候款待率兵后至的莫雄。蒋介石最初留给莫雄的印象是：年轻有为，勤奋多思。行军中，其他军官多半是在轿子上放帘睡觉，唯有蒋介石，任何时候掀开轿帘都见他在捧书攻读。

莫雄与蒋介石的生死之交结在 1922 年。是年春夏，孙中山率军经韶关北进攻吴佩孚，总统大本营所在地桂林城内兵力空虚，只有叶挺一个营防守，桂林附近山区的两万余土匪兵痞趁机攻打桂林。当时负责总统府留守工作的是粤军第二军参谋长蒋介石。蒋介石见情势危急，即拍电报给距桂林两三日路程的粤军第四独立旅关国雄部，令其火速派兵解救。这里不妨引用一段莫雄回忆当年的文字，当更具历史感与真实感：

关国雄遂派我火速从驻地往桂林扑去，我奉命率部过抚河后，前锋在阳朔即与匪军遭遇。匪军见是粤军开到，立即逃窜，我军于第三日黎明前到达桂林城下，我两个营开进桂林天已拂晓。杨锦藻负责布置部队与叶挺的守备军一同加强戒备，我则进皇城大本营见蒋介石。进了蒋的寝室，只见蒋正在床上盘膝打坐，他见我来了，喜气盈盈地说："想不到你这么快就来了。"当时，我心里对这位参谋长在兵临城下时，仍能镇定自若的大将风度颇为钦佩。

从这一节短短的文字便足见莫雄与蒋关系的非同一般，也足见莫雄当年对蒋的欣赏与钦佩。莫雄的挚友师长张民达曾一再警告莫雄不要相信蒋介石，称蒋介石为"大奸臣""大阴谋家"，莫雄却始终不以为然。

直到后来他本人对蒋介石陷入了疑惑。

孙中山去世之后，蒋介石立即紧锣密鼓开始了夺取兵权政权的阴谋，他先假粤军之手刺杀了廖仲恺，继而把罪名转嫁到粤军头上，将粤军将领杀的杀、撤的撤、赶的赶，以其手下取而代之，拿到了当时国民党军中实力最强的粤军军权。蒋介石假借许崇智之命缴了莫雄第十一师的械，莫雄怒而去了香港，在香港见到许崇智方知所有这些皆为蒋介石所为。蒋介石夺了许崇智粤军总司令的权，以"部下集献"名义给了许崇智二十万元，从此将许拨拉到一边"安享丰裕"去了，而事后蒋介石在上海见到许崇智仍笔直立正，鞠躬敬礼，一口一个"总司令"。粤军事变后，莫雄充分领略了蒋介石的阴谋家嘴脸，后悔早没有听张民达的话，至于二七年后蒋介石公然践踏孙中山三大政策，向昔日的盟友共产党人大开杀戒之后，莫雄对蒋介石更是绝望而致心灰意冷了。

就在我成天翻腾着七十年前那些有关北伐、广州起义、粤军事变的历史资料的时候，一个朋友偶然在我的写字台上发现了《莫雄回忆录》，这朋友一怔："莫雄？是大革命时期那个莫雄？"我说正是，难道还有第二个叫同样名字在同一时期担任同样高级职务的莫雄吗？朋友正色道："你知不知道，莫雄镇压过叶挺、叶剑英领导的广州起义？"

我没吭气。我知道。《莫雄回忆录》上对这一段有着如实的坦白。世界上再没有比人更复杂的事物了。有一句话是怎么说的？比陆地更宽阔的是海洋，比海洋更宽阔的是天空，比天空更宽阔的，是人的心灵。这话挺狡猾，但现在我想正好可以借这狡猾的逻辑一用：这世界上比任何活物都更复杂的，是人。有些时候，你不能以一个人干过什么或没干过什么来给他定性，甚至无法使用类似二八开、三七开这种简单的模式。

1933年10月，心情烦闷的莫雄来到南昌，在他的北伐老友薛岳处小住了几个月。

薛岳之于莫雄可谓故交。薛岳此人抱负很盛但却头脑简单，在他人生几个抉择不定的关键时刻都是莫雄为他指点迷津，帮助他下的决心。薛岳原是张发奎的部下，张发奎联合李宗仁、陈济棠反蒋失败后，薛离开张蛰居香港。当时，南京的蒋介石、广西的李宗仁、广东的陈济棠先后向他发出共事邀请，薛均未答应，始终在踌躇间。恰逢莫雄抵港，薛岳便向莫雄讨教何去何从。莫雄建议要去，就去最有发展前途的地方，广西地僻人穷，广东地方也太狭小，对比之下唯有南京是鲲鹏展翅之所在。薛岳听从了莫雄的建议，赴南京依附了蒋介石。可薛岳到南京后蒋介石开始只给了他一个第五军副军长，并没有履行自己当初给薛岳第五军军长的许诺，薛感到失望，打算去职之际，又是莫雄送了他一个"忍"字。薛岳静下心来忍耐，果然不久便飞黄腾达，一跃而为江西"剿共"第二路军总指挥。

莫雄此次赴南昌，薛岳待他极为客气，亲自安排他住第二路军总指挥办事处，每日好茶好饭款待，还经常陪他去附近的百花洲花园散步谈心。

这样闲暇有致的生活，并没有为莫雄带来什么好心情。

作为1920年就出征北伐的老将，莫雄并不甘心就这样混日子混下去。1933年的莫雄也不过才四十岁出头，正是一个虽经沧海却还没丧失信心的年龄，一个得遇恩主明君便能大展身手的年龄，可是身手到何处去展？和薛岳一样，莫雄也同样面临何去何从的问题，他做得了薛岳的主，却做不了自己的主。论交情，蒋介石待他不薄，而论立场，他与蒋介石已不是同一堑壕中人。自古从政从军者，立场为第一大要。如不问立场大施杀戮，那与村野屠夫何异？蒋介石反俄反共屠杀工农，孙中山三条遗训已被彻底背叛。就在莫雄打着饱嗝坐在百花洲公园长椅上消食的时候，他知道有几百万人由于蒋介石的"围剿"和封锁没有粮食、食盐和药品，连生存都受到威胁，更不要说每天还要面对蒋介石几百万军队的枪炮了。北面东北三省早已沦丧给日本人，可中国人自己却在南面没完没了地互相屠杀。这些事实，在国民党上层那些良知尚存的人士中间每日每时都在谈论，在叹息，他薛岳能心安，莫雄却无论如何心不能安。

就在莫雄愁肠百转的时候，薛岳带了一个人来见他。这人是杨永泰。

杨永泰几年前还是不折不扣一介书生，因一篇仿伊藤博文给日本天皇的《削藩论》而著的《削藩论》被蒋介石赏识。杨在《削藩论》中细致分析了中国各派系之间的利害冲突，提出"外交倒张作霖，政治倒汪精卫、胡汉民，军事倒阎锡山、冯玉祥，经济倒张发奎、李宗仁"四大纲领，第一次为蒋介石一统天下提出了理论性的策略，蒋介石读了大为赞赏，立即将杨提升为军事委员会秘书长。杨永泰是高州人，原驻高州的军队风纪败坏，百姓怨声载道，1923年莫雄部驻防高州。莫雄对部队一贯管理严格，在高州又狠抓了纪律整肃，军队颇受百姓欢迎，杨永泰对莫雄说："原来那支军队是本地人，却糜烂地方，你是外地人，倒能爱护百姓，殊为难得。军人我见得多了，很少像你这样的。"莫雄因此给杨永泰留下深刻印象。

杨永泰此时任蒋介石"江西剿共行营"秘书长，正处在如日中天之时，见到莫雄热情非凡，硬拉莫雄到他家住了一个月。每日茶余饭后闲聊，杨里里外外的意思要替莫雄在委员长那里搭线。杨说，委员长近来拟在江西实行专员制度，为了"剿匪"方便，把全省划为几个行政区，行政区的督察专员都兼保安司令，这个位置一定得是当过师长军长的将官才有资格担任，莫大哥去当是很合适的。

莫雄初听到这个建议时心里很反感，一再拒绝。但渐渐地他的想法有了改变，一个大胆的念头在他心中萌生并渐渐生长起来，搅得他寝食难安。

一天，杨永泰带给莫雄两张委任状和两张组织表，并递给莫雄一张三千元大洋的支票。莫雄笑道："又是委任状又是钱，这么信任我？可为什么一个人都不给我？"杨亦笑道："一个人都不给你，就是委员长信任你。你干过师长，还没有几个信得过的人？这三千元大洋就是让你做组织经费的，你自己找人搭班子吧。"

莫雄与蒋介石打交道多年，对这种"信任"如何不懂？通常，这的确是一种最信任的表示，但往往有杀机伏在里面。为了不辜负这信任，一般人会感恩戴德加倍努力，岂不正中下怀？但假若你的人员出了问题，却是要加倍承担责任的。

三天后，莫雄拿着三千元大洋支票，堂而皇之到上海为江西德安第四区行政督察专署招募兵马去了。

恒顺昌的生意这两天很清淡。店外北风打着旋从街上刮过，店门上挂着的棉制门帘被风打得噼噗直响，抓药的小伙计两手交叉揣在袖筒里缩着脖子等生意。突然，棉门帘被掀开，隔着掀开门帘的一角可以看到门外停着一部油光锃亮的黑色吉普，一个四十岁左右的中年人挟一股寒风进来。中年人身材中等，微胖，戴一副墨镜。小伙计忙迎上前去：

"请问先生抓什么药？"

中年人递给小伙计一张药方。

药方上只写了古里古怪一句话：楚虽三户，亡秦必……

小伙计望望药方，又望望来人，大感不解："先生……本店没有……"

中年人朝里边扬了扬下巴："有。我要的只你们店有。老板呢？"

小伙计一步三回头，放心不下地拿了药方进到里屋去，不一会儿便拿了中年人那张药方出来，只见在那句古里古怪的话下又添了一行古里古怪的话：

"山盟虽在，锦书难托……"

小伙计彻底傻在屋当中。

药店里间门开了，走出一位一米八多的瘦高男人。男人不大的眼睛眯缝着，目光如两把利刃射向中年人，随即没有一丝犹豫地，用暗哑低沉的声音呼道：

"莫大哥！"

被称作"莫大哥"的中年人摘下墨镜，朗声笑了起来。

若干年后我看到了这两句古里古怪的话语，最初时我也陷入了和小伙计同样的迷惑，但旋即我搞懂了它们的寓意。

"楚虽三户，亡秦必……"差一个"楚"字，那正是爷爷那个姓在古时被分封的地方。而"山盟虽在，锦书难托……"是陆游《钗头凤》中的一句词，按这词后面所缺的那三个字是"莫！莫！莫！"谜底恰是爷爷和莫雄两个人的姓。

这并非地下党人的接头暗语，更不是专属莫雄和爷爷之间的暗号。由于我们从小接触的特定文化环境以及电影戏剧方面提供给我们的概念，我们以为地下党接头总要使用什么暗语，实际上那只是一种幼稚而危险的游戏，极易被泄露和破译，它和大部队中使用频率很高的"口令"不同。这两句古怪的话和它们的谜底，不过是莫雄和爷爷动用自己的心智即兴开了一个玩笑罢了。

早在这之前的两三年，莫雄和爷爷就认识了。莫雄是通过他在粤军的旧部、师政治部主任刘哑佛和爷爷、严希纯、卢志英这群共产党人认识并交上朋友的。从此，莫雄就成为特科的重点工作对象。刘哑佛们成了莫雄家中的常客，他们和莫雄一起谈国事、论政治，还谈苏俄，谈马克思。莫雄四十年后在回忆录中这样谈到对爷爷他们的印象："这些革命同志对我都很尊重。他们生气勃勃，给人一种坚强勇锐的印象，与国民党政府人员的作风迥然不同……我与他们大有相识恨晚之感。"不久，莫雄提出加入共产党的请求，特科慎重地将他的请求转给了中央。很快，李克农托严希纯带话给莫雄说："莫先生是革命的老前辈，孙先生的忠实信徒，请求加入共产党我们是很欢迎的。但考虑到莫先生在国民党上层资历老、社交广，为方便工作起见，以暂不入党为宜。今后凡对党有利的事情，望能在力所能及的情况下给予帮助，能做到这样，我们就满意了。革命成功后，党随时迎接你回来。"

应该说，李克农在说这番话时是非常真诚的。

莫雄抵达上海的第二天晚上，在自己家里举办了一次家宴。客人到齐后，莫雄屏退左右，掩上门。

莫雄取出五张纸摊开在桌上。那正是杨永泰带给他的那五张纸——两张委任状，两张组织表，一张三千大洋的支票。

在座的除莫雄外，其余四人都是中共地下党员。看着这五张纸，他们什么话都没有说。

莫雄说："我想，世上哪有这样便宜的事呢？把官送到手里，还把钱送来。蒋介石、杨永泰如此厚待我，无非想利用我在大革命时期的影响为他们卖命，这样的事我当然不能干。既然杨永泰要我自己组阁，我倒产生一个想法：让共产党来干！你们来干！"

莫雄用兴奋的眼光扫视着面前这四个人。

这四个人神情严肃，还是一句话也没说。

谁知道这是不是一个圈套呢？不错，"四一二"政变后莫雄曾经激烈地倾向过共产党，可那毕竟是几年前的事了，这些年风云变幻波诡云谲，多少人身上的颜色变来变去，谁知道他现在的真实面目和想法呢？除了这三千元大洋，他和蒋介石之间有没有更大的利益？轻信的教训太多了，几乎每天都在发生，血像河一样地淌着，彭湃对白鑫难道不是轻信吗？周恩来对顾顺章不是轻信吗？反之一样，徐恩曾对钱壮飞，吃的不也是轻信的亏吗？

共产党人的大脑在高速运转着。

莫雄一阵冲动：

"有些话憋在心里好久了,今天我要一吐为快!

"我是孙先生的忠实信徒和追随者,我相信孙先生的三大政策可以救国强国。如今孙先生去了,可他的事业还在。我也曾佩服过蒋介石,但'四一二'之后我的看法变了。蒋介石自称孙中山的信徒,做的却是叛徒的事。我若接受了蒋介石的委任,就是做刽子手去屠杀共产党,屠杀工农。我若出卖良心依了他们,我岂不是也成了孙中山的叛徒?"

莫雄说到气愤处猛击了一下桌子,震得杯盏都蹦跳起来。刘哑佛站起,叫了一声"莫大哥!"但他看了看其他三人,又坐下了。

爷爷、卢志英、严希纯皆脸色严峻,一言不发。如果他们做出决定,这将是一个重大的决定。这个即将来临的角色与钱壮飞不同。钱壮飞是只身入虎穴,周围没有一个人知道他的秘密,他居然得以伪装两年。莫雄现在要他们做出的决定,将是十几个人的集体,十几个清一色的共产党员组成一个孤岛样的集体,淹没在喧嚣的国民党的大海中,而且是在"四一二"后,在国共两党殊死搏杀的今天,这里面只要有一个人不坚定,有一个人动了另外的心思……但是,情势容不得他们犹豫。决心在四个共产党人脸上越来越明显。四双眼光碰撞交接的刹那,一桩重大的决心已下。

莫雄误会了。激奋使他的声音变了调:

"我这次到上海来,也是抱着掉头一试的危险。我原来只是想;既然有这个机会,我们一起做番事业。现在看来,既然各位有难处,"莫雄一一扫视着面前这四张面孔,"咱们也不必勉强。你们几位,有的我认识,有的是第一次见,这事做不成,咱们今晚分手,就权当谁也不认识谁,彼此不要坏了别人的生路,可好?"

莫雄说到动情处,泪光在眼眶中打转。

"干!"

"干!"

几乎是同时,这个字从四位共产党人口中吐出,声音虽然不大,却如同一声真正的霹雳。

在莫雄和共产党人的精心策划下,一个由莫雄挂帅,由十几名共产党人组成的江西第四区行政保安司令部成立了。除司令由莫雄担任外,其余人员从秘书、情报参谋到司令部参谋长、副司令,几乎全部由共产党人担任。从此,共产党人与莫雄开始了一段披肝沥胆、生死与共的合作，在政治舞台上上演了一幕雄伟悲壮的活剧。为此，在那以后的岁月里，他们每个人也无以逃遁地付出了极高的代价，直至生命。

"下这个决心是很难的，因为它与完全的隐蔽工作还不相同。有成功的可能，也有可能暴露，十几条同志的生命都在这一决心里面。"六十年后，我看到当年爷爷抵达延安后写给组织的自传中的这句话。这是爷爷当时的想法，后来的事实证明爷爷想得还是太简单了。他想到的只是"不成功"或者"暴露"的危险，想到的只是十几条生命的完结，却决然想不到比肉体生命复杂得多同时也宝贵得多的，是政治生命。他当然想不到这危险和代价会如同魔影一样吸附在他身上，整整追随了他四十年。从此，哪怕他在身为国民党的莫雄面前说得清他的共产党身份，却在他曾经挽救过的、他为之奋斗了一生的政党面前无论如何说不清他的"国民党身份"了。我真不知道，爷爷他们在下这个决心的时候如果能够预见到后来发生的一切，他们还有没有勇气下这个决心？

就我们所知道的事实是，他们做出了决定。

莫雄担任保安司令后，从江西省主席熊式辉那里接收了三个保安团，煞有介事地和红军"打"了几仗，结果自然是"击溃"了红军。司令部内部的地下党人与当地红军及苏维埃政权取得了联系，红军便悄然从莫雄管辖的区域内销声匿迹了。第四区司令部在德安，位于南浔铁路的中段，照蒋介石的说法，这里原本是红军活动"最猖獗"的地方，莫雄到职后不到六个月红军和苏维埃政权就告绝迹，蒋介石自然非常高兴，不但给莫雄"传令嘉奖"，嘉许为"考成第一"，而且在全党"通报表扬"，以要求所有地区向第四区看齐。

事情原本进行得很顺利，但后来却插进来一件意想不到的事。

蒋介石当然不会那么傻，把整个第四区扔给莫雄不管。不久，司令部来了一个名叫谢也夫的上校，他从南京直接带来了自己的任命：任命谢也夫为江西第四行政区督察署及保安司令部上校联络处长。所有人都明白，谢也夫是来监视他们的。

在蒋介石的体制内部始终存在着这样一种怪现象：有这么一种人，论年纪不大，论职务也不高，却飞扬跋扈目空一切，他们可以随意视察一个单位的任何一个部门，可以随意找任何人谈话，调任何一个人的档案，他们凌驾于所有人之上，包括他们所在单位的最高长官。他们只对本系统的长官负责，所有人都清楚他们的背后是谁，这也就是他们虽然年纪轻轻却能飞扬跋扈的原因。一个单位里有了这种人，日子便不会好过。谢也夫正是这么一种人。

　　谢也夫很快便对爷爷等人的身份产生了怀疑。这不奇怪。这种人的本能就是怀疑，何况爷爷他们的履历本身就语焉不详值得怀疑。按照谢也夫的逻辑，一切都是可疑的，包括莫雄，包括杨永泰，甚至包括蒋介石和陈立夫。陈立夫在训练他们的时候正是这样说的："你们要怀疑一切，包括我！"谢也夫们当下就从鼻子里向外冷笑，"你以为我们信任你吗？"谢也夫们当然也就是陈立夫们的逻辑常常使他们得到拯救，却最终毁了他们。现在，谢也夫想要做的是拯救第四区保安司令部。就谢也夫的逻辑和职责而言，他并没有错。

　　谢也夫先是跟随司令部出去参加了几次"剿匪"，没有发现什么破绽。接着他开始周旋于爷爷、卢志英和刘哑佛之间，开始提出一个又一个刁钻古怪的问题。比如，他会装作漫不经心地突然问爷爷："三年前你在上海的时候，《申报》和《大公报》好像还没有合并？"爷爷则慢悠悠地说："三年前我不在上海。"他会从这个人这里得到某一个"事实"，立刻拿到另一个人那里去证实。这些问题看起来很简单，全是些家长里短的小事，但实际上要想编得圆并且滴水不漏非常之难。它们会使人的神经始终处于高度紧张之中，即使在梦中也不敢松懈。而且最重要的是，你必须记住自己说过的每一句话，要知道这些话里许多本身就不是事实，是你的即兴发挥，而要记住那些从未发生过的事永远比编出它们来还要难。生活经验告诉我们，谎言被戳穿往往不在当时而在以后。爷爷他们只有靠每天晚上把自己编过的东西记在本子上来帮助自己记忆，比如"三〇,四，马尾，运货""前二，赣，柴胡"这些除了自己谁也看不明白的奇奇怪怪的东西。

　　再以后，谢也夫消失了两个月。他对莫雄请假时是这样说的，他需请一个月的长假回无锡料理一下家事，但实际上他去了整整两个月。大家彼此心照不宣，谢也夫是按照他自己和爷爷们寒暄得来的资料外调去了。在这两个月里，谢也夫一刻也没偷懒，他按图索骥地跑了一个又一个地方，把自己累了个贼死，在军统财务处报了一大堆花花绿绿的车票和住宿票，结果是一无所获。爷爷他们在编的时候有真有假，真的自然能让谢也夫看到，而假的谢也夫费尽心机打听到的时候已是此地空余黄鹤楼，而且空得有道理，空得不露一点痕迹。

　　谢也夫结束假期返回司令部后，有一个多月没再生什么事。但是，也就一个多月。

一天，司令部的人们纷纷传说谢也夫不知从哪儿弄来了一个女共产党，说是他要亲自审讯，就关在了爷爷和卢志英他们住的房间隔壁。有人看见了那个女共产党，脸白白的，瘦瘦的，像个学生。

晚上大概10点钟以后，司令部的人们都睡了，睡得足足的谢也夫带着几个打手进了审讯室。审讯开始了。

谢也夫使用了一切他所能想到的最残忍的手段。他吩咐打手们把女共产党员扒光衣服，用绳子拴住四肢吊在梁上，然后自己像欣赏一场什么有趣的游戏那样，靠坐在门口的一张扶手椅上，手握一把小巧的宜兴紫砂茶壶，一边啜着茶，一边欣赏着他的敌手的痛苦。他们将燃着的香烟一点一点地炙烤着女共产党员的皮肤，点着明火去烧她的头发，用铁丝穿过她的两个乳头，再用尖嘴钳将她的十个手指甲脚趾甲一个个拔下。谢也夫并不多提什么问题，他只是要折磨这个女人，要亲眼看到一个活生生的人怎么被一点点折磨而死，亲眼看一看生命的极限在哪里，看一看生命和活力在怎样的暴力摧残下一点点从人的身上退去，看看新鲜平滑的肉体怎样在利器的切戳下痉挛翻卷。这对许多人是一种乐趣，一种试验，这种人多半在幼时已经拿狗或者猫进行过这种试验，在他们嗜血的内心深处他们很想把猫换成人，但通常没有机会。政党力量之间的争斗为他们提供了这种机会，于是他们绝不放过。生与死，这一天地万物生命链条间原本最具权威、最神秘、为凡人无法预料及操纵而几乎只能由天意来决定的东西，突然间在他们手上变得举重若轻了。他们具有让一个人生或者死的权力，甚至具有决定这个人什么时候死，用什么方式死的权力，这样的游戏就太有趣了。

凄厉的长长的号叫时时从屋里传出，那声音简直不像人所能发出，倒更像是濒死的野兽发出的哭号。有好一阵没有什么动静，只听见泼水的声音和打手们下流的奸笑，然后突然间再次爆发一声无比冗长的惨叫。谢也夫玩累了，叫人送夜宵来，送饭的伙夫老边从审讯室出来后满面痉挛，他说那个女共产党员身上已没有一块好地方，两腿之间血肉模糊，屋里弥漫着血腥味和烧焦的皮肉味，老边也不管他什么谢也夫球也夫，站在院子当中大骂谢也夫"不是他娘下出来的"，骂完老边就吐了。

这个女共产党员不是什么重要人物，据说确实只是一个学生，入党不到一年，才十九岁。对于谢也夫这样的特务来说，这个女共产党员不具备什么审讯价值，顶多是策反和自首对象。显然，谢也夫的用意不在审讯而在别的什么目的上。他就是要折磨她，要让她叫，要让她的惨叫和呻吟声传遍司令部的每一个角落，然后他再到那些听到惨叫的人们脸上去一一寻找答案。

听得最清楚的当然是爷爷他们。

按照习惯的模式和理解，爷爷他们该出面了，像《英雄虎胆》里的侦察科长康泰那样。他们必应想出一个什么万全之策，既挽救了同志又保全了自己，如果实在难以两全，那他们则应该宁可牺牲自己也要挽救同志。可是没有。这两种方法他们一种也没有用。他们在做什么呢？卢志英、刘哑佛和爷爷整整一夜未睡，在隔壁房里喝酒玩牌，直到天明。他们甚至连伙夫老边都不如，他们既没吐也没哭，连骂一声都没骂。其间谢也夫到他们房间里去了两次，受到他们的热情挽留。谢也夫并且注意到，他们玩牌玩得很投入，一张牌也没有出错。

当我从《莫雄回忆录》及《关于1934年的德安行政专署》上读到这一段记载时，我无论如何也无法平静。当时暮色已降，房间内一片黑暗，我合上书，再也不愿重读，甚至不愿再去碰那段散发出血腥的文字。我感到胸口发闷，头也开始疼，四顾屋内，仿佛开始浮动着鬼魅的影子。我跳起来扔掉手中的书，抓起一件衣服跑出楼外，走到大街上。我并不知道跑到街上有什么意义，只知道我必须逃离那间屋子。平时喧闹的大街此时无比亲切，无处不散发并滚动着都市气息。街灯亮了，排成长龙的车河从我身边淌过。车河分成两道，一道金，一道红，金的滚滚而来，红的滚滚而去。雪铁龙、奔驰、凌志、本田，它们多漂亮多完美！它们的流线体形丰满圆润，颜色无比和谐，它们是人类对于美的理解的诠释和绝妙体现。它们无一不出自人类之手。你简直无法想明白究竟应该是它们以人类为自豪还是人类该以它们为自豪？可是能想象吗？同样是这副杰出的头脑和这双灵巧的手，当它们处在一个疯狂的时代，它们就会用大刀片去砍断人的胳膊，用点着的烟头去炙烤人的皮肤，用尖嘴钳拔去一个毫无反抗能力的人的指甲。我突然觉得自己简直是疯了，自己的脑子已经陷入一片混乱。晚风是多么和煦，带着一股股轻柔的音乐吹送到人的脸上，汉堡包和比萨饼的香气在空中飘浮，COCA-COLA 和 SIEMENS 广告牌红白交相辉映，让人犹如置身梦幻世界。我感谢它们，渴望拥抱它们，它们是我的救兵。可今天是怎么了？什么都没用，无论什么也无法将那股阴郁从我心中驱走，无论什么都不能把我从那道可怕的历史冰河中打捞出来。我的眼前始终浮现着那个年轻女共产党人的面孔，她从霓虹灯里跳出来，从车河里跳出来，从一切流泻着现代气息的事物中跳出来。她那时才十九岁，和她同时代的人现在大都死去了，活着的也已经很老很老，连比她晚生四十年的我们都已经过了四十岁，可她，永远只有十九岁了。爷爷他们，能救而没有救她，这合乎逻辑吗？这是真实的吗？是党性允许的吗？或者，是人性能容忍的吗？是一个正常人所能承受的吗？

遗憾的是，这是事实。

那个女共产党员在第二天天没亮的时候自尽身亡。

谢也夫们打累了，玩够了，将被他们打得稀烂的女共产党员扔在地上。他们走的时候拿走了一切刑具和能够帮人自杀的东西，因为他们并不急于结束这个女孩子的生命，也许他们原来打算在第二天的晚上还来继续他们的游戏。但是他们忽略了，在那间本来不是审讯室的屋里有一张床，床上有一顶蚊帐，那个女孩子在黎明前醒来后，把蚊帐撕成布条勒住了自己的脖子，就在床腿上吊死了。

十三

接着发生的，就是莫雄和爷爷他们在德安第四区保安司令部密室里商议的那件事了。

就在三叔公的尸首被悬上连城四面城墙后不久，蒋介石在庐山牯岭召开了一次绝密的军事会议。据教科书称，这次会议被称作"庐山牯岭军事会议"。在国民党的军事史上，这是一次极其重要的会议，在这次会议上，蒋介石采纳了德国军事顾问塞克特的"铁桶合围"战术并准备付诸实施。就共产党的政治角度而言，这是一个阴险的毒辣的战术，而就纯军事学角度来讲，它后来被证明是一个周密的、成功的、绝佳的战术。正是这个战术险些置中央红军于死地。

到1934年10月，第五次"围剿"与反"围剿"战役已经打了一年之久。红军打得很苦，根据地却越打越小。蒋介石打得也不轻松，原计划三个月内消灭红军，可现在打了整整一年，不但红军远远没有被灭光，除了瑞金之外，鄂豫皖、陕甘、湘鄂西到处都闹起了红军，那些久已图谋不轨的军阀异己也趁机闹起兵变和自治，而自己一百万军队被陷在赣东闽西这片大山里动弹不得，面对到处生起的匪患和异己只有徒叹奈何。即使面对瑞金这一块红军也是困难重重，党内国内压力甚大，舆论纷纷指责蒋介石不思抗日专事内战，拖久了也不是个办法，要摆脱这种尴尬局面只有速战速决。

10 月，初秋的庐山一片肃杀。山下山上的公路隘口处处站上了手持红绿两面小旗的士兵，一辆接一辆的道吉、别克和吉普在盘山公路上由低及高地爬升着，有序而紧张。远处，仍有从江北江南匆匆向山下赶过来的小车。山上，牯岭街心偌大一片坪场上早已黑压压停满了先到官员们的坐车和警车，维持秩序的军警们把哨子吹得震破耳膜，仍有许多车乱糟糟地被堵在路边，脾气大的官员们把车门甩得嘭嘭响，却顾不上和士兵们拌嘴，带着秘书警卫疾步赶去报到。

莫雄是下午 3 点睡过午觉才从德安出发赶来的。会议的最后报到期限是这日的晚上 7 时。从德安到庐山不过一小时多一点路程，但是夏天的大雨把道路冲坏了，到秋天还没有修补好，走走停停用了大约四个小时赶到山下，天已擦黑儿。上山又用了四十分钟，待赶到山上，莫雄的车已无处可停。

不用数，莫雄就知道现在山上大约有多少部车。参加会议的有江西、湖北、湖南、福建、山东五省主席、司令、军长、师长、高级参谋共计二百多人，以其中一百人每人两部车计算，也该停了不下三百部车，这还不算蒋介石自己的车和会议用车。仅仅从这片车，便可以看出这次会议的规模和重要性了。

莫雄以他一贯的优雅和沉稳，对每一个遇到的相识的人颔首微笑着，将戴着雪白手套的右手在帽檐上轻轻一碰以示意。笔挺的军服为他很好地遮掩了已微微发胖的体形，皮靴踩在石地上咯吱咯吱地响着，不急不缓，每一步间的误差不会大于零点一秒。不必看别的，只要从这皮靴声里，就可以听出穿皮靴的这个人全部的军人素质和养成。

这次会议开了整整一个星期。

蒋介石亲自为他的二百名高级部下们解说了将给党国带来新局面新前途的"铁桶围剿"计划。这是蒋介石从种种建议中筛选出来，由德国军事顾问塞克特设计并推荐的计划。二百名高级官员尤其是那些军官们个个腰板挺得笔直，精神抖擞地坐着，思路随着蒋介石手中那根制作精致的紫檀木棒在地图、沙盘、图表和数字之间游走。上苍的意图有时是那样不可捉摸，比如眼前这个满腹杀气的人，偏偏会为他配就一副吴越小生的俊俏面孔和一副吴侬软语的腔调，这使得他想做的和说出来的事物之间常常出现一种奇特的反差。连那个付诸实施后将杀人无限的"铁桶围剿"计划被他吴侬软语的腔调一解释，都似乎变成了一种纸上谈兵的有趣的游戏：

"我们准备用一百五十万军队，对以瑞金、于都、会昌、兴国为目标的匪区，在同一指定时间突然加以包围，形成一个以瑞金为中心，半径三百华里的严密的包围圈，在包围圈尚未完成之前，先以十二个师的兵力力牵制红军以迷惑他们，争取包围部署时间，包围圈一旦形成，十二个师立即撤出，同时切断一切交通，禁止任何人出入。"

蒋介石在讲到他的兵、他的炮、他的炸药和铁丝网时，语气依然亲切而柔和，仿佛所有这些都是他用纸折的玩具。他一边讲，一边在将领们身后走来走去，必要时，他会停下来，用手中的木杆点一下桌上的沙盘或者墙上的地图：

"包围形成之后，各部队依照命令，每日向中心推进一点七华里左右，逐步缩小包围圈。每推进一华里，布上一重铁丝网，每推进十华里，修筑一道碉堡线，碉堡的设置使得它们的火力能构成极为密集的交叉火力网。这样……"

蒋介石丢下教鞭，清了清嗓子，声音顿时清晰有力了许多：

"计划每月向纵深推进五十华里，六个月进逼瑞金，那时候，瑞金四周将有三百道铁丝网，三十重碉堡线，每重碉堡线之间敷设碉堡群及地雷，如遇突然情况，则立即用军用卡车调动部队。顺便告诉大家，美制军用新卡车一千辆，已经于上个月底全部运到。"

蒋介石双手扶案，眼里闪着兴奋的光：

"同志们，对这样一个计划，还有什么疑问吗？"

只听座间轰的一声，二百名高级官员兴奋莫名，齐刷刷地鼓起掌来。他们满面红光，一边鼓掌一边左顾右盼大声地说着什么，而彼此在说些什么谁也听不见。人就是这样，有些时候他们并不需要真听见什么，他们只是需要兴奋，需要说罢了。有一个结论是不需要说出来大家全明白的，那就是"这下子共产党算完蛋了！"

有人大声提问："委员长！部队什么时候开始行动？"

蒋介石抬起双手，向下压了压，又压了压，连压几次，沸腾的声浪才算平息。蒋介石恢复了他亲切柔和的奉化溪口音调：

"事实上，这次军事行动的准备已经开始了。大家是否注意到，各部队整训已经相继完毕，南昌、德安、龙岩已经运去了大批新铁丝网，剿共部队的装备已经大大改善。可是这次，"蒋介石习惯性地稍作停顿，以便可以观察他的听众的神态，"我们的对手愚蠢得厉害，直到现在他们还在搞什么短促突击，搞什么阵地战、堡垒战。好啊！你搞啊！你那几个人几把大刀，搞得动我一百五十万大军？这不是拿着鸡蛋去砸石头？"蒋介石做了一个掷鸡蛋的动作，"这样愚蠢的事，同志们，让我们想起了我们古代的一个什么成语？"

有人喊："以卵击石！"

"呵呵呵……"望着他的部下，蒋介石爽朗地笑了，像一个幽默亲切的国文教师。

七天后从山上下来，莫雄于掌灯时分回到德安。

莫雄径自走进自己的办公室。他没有吃饭，也没有开灯。他需要一个人静静地待上一会儿。

把这些告诉共产党人吗？那要冒杀头的危险，而且，不仅是自己的头，还要搭上全家的头。可是不告诉他们，事关的却是十几万人的性命！莫雄觉得从来没有这么难！

门开了。随着一声清脆的"报告"，走进一个人来，这人顺手打开了电灯。是主任秘书刘哑佛。

刘哑佛走到莫雄身边，低声通报："莫司令，卢参谋长他们来了。"

骤然明亮的灯光似乎代替莫雄下了决心，莫雄做了一个"请"的手势。

爷爷和卢志英从门外进来。看见莫雄的瞬间，他们都愣住了。

莫雄，这个戎马半生的老军人，见过数不清的死亡和鲜血的老军人，老泪纵横。

莫雄紧紧握住卢志英的手，声音颤抖地说："共产党这回算完了！"这正是庐山上那二百名高级官员在听完蒋介石的军事动员报告后得出的结论。

卢志英镇定地劝道："莫司令，慢慢讲。"

莫雄从身边取过几个沉重的牛皮纸口袋，足足有三四斤重，展开，全部是牯岭军事会议的文件，每件文件的右上方都打上了蓝色的"绝密"字样，并有编排的序号。

爷爷他们飞快地分头翻看这几大包仿佛从天而降的绝密文件，既万分激动，又万分紧张。他们眉头紧皱，只听见纸张翻动的哗哗声，除此之外，是莫雄一声接一声的长叹。一小时后，他们看完了全部文件。

三位共产党人站起身来，卢志英紧紧握着莫雄的手，低声但是动情地说：

"我们代表党谢谢你，莫司令，莫大哥！"

莫雄却摇着头，还是那句话："共产党这次算完了，红军没有希望了。"

卢志英拍拍莫雄的手，漾起嘴角那丝永恒的微笑："结果到底怎样，莫大哥，还不一定！"

三位共产党员从莫雄那里回到自己的房间，立即开始了行动，他们先把"铁桶围剿"计划的中心点以特急电报发往瑞金，然后分头将文件的详细内容用密语抄写到四本学生字典上。剩下的问题是，谁将情报送到瑞金去？

这一去几同赴死。从德安到瑞金，中间要经过多少道关卡？对瑞金的封锁实际上已经开始实施，几次"围剿"中与红军杀来杀去的白军杀红军早已杀红了眼，只要有一点破绽露出就将必死无疑。

然而死并不是最难的。这不是一份平常的情报，它关系到十几万人的生死，它要求万无一失。

三个共产党人争来抢去，像是争着去赴一个宴会。最后爷爷说话了。爷爷说，不要争了，这一带的地形我熟悉，语言我也熟悉，江西话客家话我都能讲，你们两个人一个安徽一个山东，口音上容易暴露，万一出了什么差池个人生死事小，党的生死事大。

爷爷的理由无懈可击。卢志英和刘哑佛没有再争执，他们只是默默地握住爷爷的手，像刚才握住莫雄的手那样。

三个战友默默注视着，像要把对方的模样牢牢嵌在自己记忆中那样。他们有一种预感，这是他们最后的一别。

他们默默地望着，再没说一句话。所有话语都在临别那一握中了。对莫雄他们可以说谢谢，对自己的同志还能说什么呢？

爷爷揣上四本字典，脱下军装换上长衫，打扮成一个教书先生模样，在天亮前上路了。这时距牯岭军事会议结束还不到七个小时。

从德安到瑞金，中间要经过永修、新建、南昌、丰城、崇仁、乐安、宁都、石城八个县市，几乎纵贯大半个江西，即使在大道通途的今天坐汽车也要走两天。一路上高山急流阻隔、狼虫虎豹出没、敌军关卡重重自不必说，单是靠一个人的两条腿在几天之内走完这将近两千里山路在今天就是一件难以想象的事情。这需要勇气、智慧、体力、毅力，具备了所有这一切还要加上一条：运气。缺一条，这件事就可能根本不会成功。

　　爷爷翻山涉水昼夜兼程，除了减得不能再减了的睡眠，不敢有一刻的停歇。30年代的江西新建，远不像现在这样人口稠密。现在的山上，连獐子和狼都很少见到了，那时的山上狼虫虎豹的家族都很兴旺。爷爷走在夜晚的山岭上，野兽的嗥叫就在周围此起彼伏，猛兽眼中独有的贪婪残忍的绿色荧光在山上到处飘动，有时它们似乎就在身边，喷吐着类似人的喘息，蚊蠓缠绕的嗡嗡叫声震耳欲聋。这些对于今天人们的恐怖，对于爷爷却是安全的标志，逢到走在这猛兽出没人迹罕至的山岭，爷爷就大步流星。

　　相反，每通过一座城关一道哨卡都要费去他许多时间。首先，他不能快走。快走就会带来麻烦，白军对那些急匆匆赶路的人总要首先产生怀疑，更何况，快走也不适合他的身份。他是一个教书先生，教书先生不会有什么急事，通常都是慢条斯理，一副手无缚鸡之力的样子，何况他这样一个赢弱文雅的教书先生呢？每当这时，他便心急如焚，总要在夜幕降临之后，用在山上的一夜疾走来弥补上白天耽误的时间。

　　越接近瑞金，他越感到自己的身份必须改变了。当初三个人共同决定他扮作教书先生，是因为他的气质最接近教书人。况且他无论如何不能扮成农民，一个操着浓重闽西客家腔的农民是没有理由出现在赣北德安的。但现在不同了。现在离瑞金越来越近，教书人的身份就显得越来越别扭。要知道，红军中凡有教书身份的，常常是大官，白军因此对知识分子身份的人格外注意。何况，经过几个昼夜的劳碌奔波，他的鞋已穿洞，衣服也被荆棘划破，一个衣衫破碎却拿着四本学生字典的教书人几乎等于将自己的可疑双手捧了去送给敌人。再者，瑞金离自己的老家已经很近，客家话在这一带山里是通用的，他没必要再保持自己的教书人身份了。

　　在宁都关卡遇到的麻烦促使爷爷迅速下了决心。

　　这天宁都关卡的盘查似乎格外严。在关卡前敌人要求行人一一打开自己的行李和挑子，遇上柴捆禾捆都要用刺刀捅过才放行，排队等待通过关卡的人很多，这些人几乎都是挑担的农民，爷爷的身份越发显得突出。爷爷注意到，离检查到他还有十几个人的时候，一个白军少尉就已经注意到了他。慌乱不会带给他任何帮助，爷爷沉下心来飞快地想了想，霎时间十几个方案在他脑中疾速通过。不行，这个办法不行。那样做也不合适。恰在这时，他听到了少尉军官和士兵的几句对话。

没有等轮到自己，爷爷就取下他随身携带的布袋，在里面翻来翻去地折腾起来。爷爷似乎焦急得很，一边翻，嘴里一边咝咝地痛苦地吸着气。

白军军官走过来，走到爷爷跟前，站住了。他倒要看看这个可疑的教书人想翻出点什么。

可爷爷什么都没翻出来。爷爷急了，索性十分磊落地将布袋拎了个底朝天，哗啦一声，布袋里所有的东西被一无遗漏地抖落到地上：毛巾、牙杯、牙刷、牙粉、四本学生字典，还有一个装着水的小瓶子。瓶子很小，一根小指头那般细。

爷爷拾起小瓶子，倒了一点水在自己牙上，然后尴尬地朝白军军官笑了笑，用地道的连城客家话说：

"牙痛不是病，痛死莫人问。"

爷爷这句话简直如同灵丹妙药，白军军官紧绷的面皮嘣一下就放松了。那军官果然换了一副温和的口气问：

"你是做么事的，到哪里去？"

爷爷故作惊喜状："哇呀，老总家是汀州？"

爷爷的样子做得像极，其实他在那白军少尉和士兵讲的头一句话中就已经清楚了白军军官的籍贯。

白军军官："你呢？连城？怎么跑到这边来？"闽西人对自己的客家口音格外敏感，尤其是在家乡之外。闽西客家人还有一个特点，就是极具团结精神，只要与对方不是对头，那就是朋友。

爷爷一边往布袋里捡回那些零碎，一边愁眉苦脸地回答军官的提问："莫讲了号，怎么跑到这边？连城那个地方你是晓得的，除了地瓜什么也莫，待得人住么？识些个字，在新建教书，家里又讲爷病，赶回连城去看看。做得贼死赚几个钱，全笃笃丢在路上！"

从新建回连城，宁都是必经关卡，爷爷就这么信口胡诌着，在白军军官眼皮子底下把那四本字典重又塞回了布袋。闽西客家无谓的抱团意识就是这样，让那个汀州籍的白军军官将一个即将到手的天大功劳白白给丢了。

过了宁都哨卡，爷爷决心立即改变身份。不能再侥幸了，你不能指望在下一个哨卡再遇到一个汀州籍的白军少尉。瑞金就在眼前了，必须万无一失。将自己变成一个什么人呢？

在翻过两座山后，爷爷快步走入一片密林。

　　爷爷靠坐在一株巨大的白皮桉下喘息了一会儿。连日来的奔波和缺食少觉使他多少有些支撑不住了。尤其糟糕的是，那个与生俱来伴随着他的痼疾也似乎有了开始发作的征兆。他对自己这个病太了解了，它如同一枚隐形炸弹，一个恶魔，平时潜伏在体内与你相安无事，一旦你受了劳累、紧张、强音强光还有许许多多说不清道不明的因素的刺激，它便如同火山地震般来一次发作，那时你头疼欲裂，求生不得求死不能，总要吞上一粒吗啡静静地躺上两天才能还阳。现在，爷爷已经感觉到了太阳穴两边在发紧，在咚咚地跳，那正是那个恶魔前来的咚咚的脚步声。一分钟也不能犹豫和歇息了，下面要做的事还有很多。

　　爷爷从布袋里摸出了那四本学生字典，从其中一本中间取出一张纸。这是一张专门做密录文件时用的薄纱纸。这是临行前和卢志英他们商量计划过的第二方案，若遇紧急情况，不能保证将文件全部内容交中央时，就将文件内容择概要密写到这张纸上，然后将四本字典扔掉。

　　爷爷从贴身衣服口袋中掏出一支比芦秆还细的短短的笔，飞快地将文件内容密录到薄纱纸上，接着，把薄纱纸叠成一寸大小，埋在自己鞋底。

　　忙完所有这些，爷爷从布袋里取出一块砖头。

　　他把砖头托在右手上掂了掂，仿佛在估计它的重量，又仿佛在估计着如果用它去砸什么的话，它是否足够坚硬。

　　然后他静静地听了一会儿。

　　他要确定四周无人。他下面要做的这件事太不合乎情理，所以必不能让常人看见。同时他的静听，又好像一个人在一桩将要遭受的已经预知的巨大痛苦面前，必得先为自己觅上一块无人打搅的清静的所在，以使自己在痛苦的昏迷之后可以安全地复苏，直到清醒。

　　爷爷撕破衣袖的边缝，从里面取出一粒吗啡干吞了下去。

　　爷爷托起砖头，缓缓向右前方伸出，然后猛地收回右臂，大张着嘴，将砖头狠狠地砸向自己的面门！

　　霎时鲜血迸溅，四颗门齿掉到地上。

　　坚硬如铁的爷爷也终于支撑不住，他双手抱紧自己的头颅，一声不响地倒了下去，匍匐在他那四颗原本鲜活的、深植在他血肉中的、属于他生命一部分的牙齿上。

　　两个时辰后，一个乞丐出现在梅江悬崖边。这个乞丐刚刚从一场巨大的痛苦中挣扎出来，他蓬头垢面，衣衫破碎，一面门歪斜青肿，嘴流血涎，丑陋不堪。乞丐将一个布袋投向江流最深处，然后向远方走去。这乞丐饿了就啃几口干粮，咀嚼时的表情使他更加面目狰狞，渴了就喝几口山泉，实在困了就倒在树下睡一会儿，每当他发现无人时就疾走如飞。

这封系着一个国民党员三个共产党员以及十几万红军生命的绝密情报，终于由爷爷亲手交到红军总政委、"最高三人团"成员之一的周恩来手中。10月21日，也就是庐山牯岭军事会议召开后不到一个星期，八万六千名中央红军赶在敌军"铁桶围剿"包围态势完成之前撤离了江西根据地大步向西，踏上两万五千里漫漫征途。

当后来我和哥哥们把这些往事当作故事一样讲给我的小侄儿侄女们听的时候，他们很新奇。他们跑到太爷爷的照片前细细端详了很久。

看不出来没牙呀！太爷爷的牙是后来装上去的假牙吧？

孩子们的问题总是很实在。说实话，爷爷从来没有提起过任何他的往事，关于他的一切我们原来也都不知道，当然我们也就无从得知后来爷爷对于他那四个缺了的门牙做过哪些治疗。当我们从各种资料、回忆录以及他在延安的自传中得知这些往事时，爷爷已去世多年。所以，我们无法回答孩子们的问题。

孩子们对于太爷爷有那样好的枪法感到满意，但对太爷爷一家伙敲掉自己四颗门牙的事实有点不以为然。我的最聪明的一个小侄女对着太爷爷的照片端详良久后突然说：我觉得太爷爷虽然聪明可是也有限，为什么一定要敲掉四颗门牙呢？要是我就敲一颗，顶多两颗，而且，绝不敲门牙！敲这儿。

小侄女咧开嘴，指着自己的虎牙。我当然明白她的心思，她是想在反正也保不住牙齿了的情况下不如顺便做一下畸牙矫正。长江后浪推前浪，你不能否认现在的孩子就是一代比一代聪明。

固然，作为聪明太爷爷的重孙女更聪明，也是情理之中的事。可是，我对小侄女说，就冲着你这份儿聪明，你就除了能坐在空调房间里吃吃冰激凌看看电视以外，什么也干不了，不信试试！

要理解爷爷那个时代的人当然不是一件容易的事情。

事实上，红军的突然转移，只是在蒋介石"铁桶"围剿计划完成之前跳出敌人合围突然西进，而实际上蒋介石的一百万军队已大部完成集结，进攻态势已经基本形成，因此，红军在长征之初打得异常艰苦。尤其是那场几天几夜的湘江血战，红军由八万人锐减至三万，担任全军总后卫的红三十四师全军覆没。

红军战士的尸体遍布山野大江。尸体拥塞处江流变缓江水变得血红。侥幸活着的受伤被俘的战士继而又被愚昧凶残的民团甚至群众所杀，他们每杀一个红军战士往往就是为了一根皮带或一个搪瓷缸。红三十四师师长陈树湘受伤被俘后，在押送途中撕开腹部伤口，用手绞断自己的肠子身亡。

五十年来，关于湘江战役的描写也被列为禁区。但是湘江记得这一切，活在湘江周围的人们记得这一切。这场血战终于在近年的文艺作品中得到了描写，人们知道了这场血战的空前惨烈残酷。而这场血战尤其使我震惊并且悲痛难抑的是：在湘江战役中全军覆没的红三十四师六千将士全为清一色的闽西子弟；这六千英魂中，连城子弟就有将近一千！

六千和一千。两个和我血肉相连的数字！当三十年后红安、金寨被人们自豪地称为"将军县"时，人们还没有意识到正是由于这场血战，中国失去了不止一个将军县！

浑身是血的红军涉过湘江，翻过老山界后，惊魂甫定。一位军内青年作家在他的描写湘江战役的小说中这样描述说，毛泽东这时面向东方大呼三声"阿弥陀佛"。毛泽东是否真的大呼了三声"阿弥陀佛"不得而知，但据资料载，毛泽东这时确确实实向身边的人说了一句话。毛泽东神情黯然地说："这三万人能活着出来，我们搞情报工作的同志是立了头功的。"

一支军队、一个政党，甚至是一个民族的一段历史，往往就是如此不可思议地由于一个偶然的因素而改写。对于历史，人们只注意到大人物们的一次决定或者一个行动，对于莫雄或者爷爷们这样的人物所起的作用往往会忽略不计。无论是在当时还是六十年后，有谁会想到一个叫什么什么的人，用他的四颗门牙挽救了一个军队、一个政党，同时也就挽救了一个国家？把四颗门牙同如此严肃的命题联系起来是何等犯忌？但是删去所有过程之后，只看原因和结果，结论常常就是这么简单。这时，我们不得不又一次想起那首关于马蹄铁和一个国家的儿歌。

十四

诗里有这样一句：

行行重行，风刀霜剑。满面尘灰，衫碎足烂。

这里有一个词,"尘灰"。为什么不叫"灰尘",而叫"尘灰"呢?这句话是在奇句位置上,不存在要做韵脚押韵的问题。

我们知道,就语法意义讲有一类偏正结构的词组,由修饰词加中心词构成,并且这种结构的规律总是修饰词在前,中心词在后,修饰成分后面可以加"的",例如:宽阔的广场、红色的花朵、出色的表演等。一般来说,"的"前面的修饰成分是可以用性质相同的词来替换的,比如上面三个词组分别可以换成"热闹的广场""白色的花朵""蹩脚的表演"等,而这个词的词性并不变,它们依然是广场、花朵和表演。

与偏正结构的词组同义,还有一种偏正结构的词,例如:彩旗、钢枪、公鸡、干菜、灰尘等,每一个词由两个词素组成,前一个是这个词的修饰成分,后一个是中心成分,这一类词在现代汉语中是大量存在的。和偏正结构的词组一样,这类词的修饰成分也是可以替换的,并且替换后的词词性不变,比如作为例词的几个词分别可以把修饰成分换成"红旗、气枪、母鸡、青菜、粉尘",但它们作为旗、枪、鸡、菜、尘的性质不变。

在客家方言里,大量偏正结构的词序是颠倒的,例如:

公鸡——鸡公　　热闹——闹热

母鸡——鸡嬷　　力气——气力

客人——人客　　灰尘——尘灰

干菜——菜干　　土地——地土

语法上把这种现象称作修饰成分后置。这种现象在古汉语中非常常见,比如白居易《卖炭翁》诗"满面尘灰烟火色,两鬓苍苍十指黑",苏轼《荔枝叹》中"十里一置飞尘灰,五里一堠兵火催",可见在中古汉语中"灰尘"都是被叫作"尘灰"的。

推而广之,如前面曾提到过的,这种修饰成分后置的情况在客家语言句子中也大量存在,有时是修饰成分后置,有时是宾语提前。修饰成分后置如:"多吃一点"叫作"食多滴子","再添点饭"叫作"食滴子添";宾语提前如:"给我吃饭"叫作"给饭我吃","给我气受"叫作"给气我受","给他一件衣服"叫作"分件衫他",等等。宾语提前实质上即是动词后置,因此也叫动宾颠倒,与偏正结构词序颠倒是同一性质的现象。

客家语言中还有一种现象需要注意,即客家语中存在的大量动词是现代汉语口语中所没有的，而这些现代口语中不存在的动词，绝大部分是古汉语中使用频率很高的词。在这首诗中有"剧猪"或"剧牛"一词，"剧"在古语中是"砍、杀"的意思，不了解这些动词，和客家人简直就无法对话。这一类词之多，需要专门的一篇文章来谈，比如：

走——行摘——抝找——寻
进——入挑选——择穿——著
游——泅喝——啜赶——趋

以肩挑物叫"荷"，身体向前叫"腆"，等等。这些词在现代汉语口语中已经基本死亡了，而在古语中是那样的普遍。《木兰辞》中有"脱我战时袍，著我旧时裳"，杜甫《重过何氏》中有"落日平台上，春风啜茗时"，刘禹锡诗"旧时王谢堂前燕，飞入寻常百姓家"，至于"行行重行行"翻译成今天的大白话就是"走走走啊走"。

客家话中还有一些有趣的词，你很难说清它的词性，比如客家人把"转过身来"说成是"车转身来"，"车"这个字与现代汉语中的"车"是全然不同的概念，它在这里纯粹成为一种动作的形态，比喻转身时像车轮那样转了个圈。在这里，它的词性近似于副词，在句中做状语。同样一个"转"字，在客家语中的意义与现代汉语中的词义也不尽相同，比如客家人把"他只听你的话"说成"只你话得他转"，这里的"转"是"听话""回心转意"的意思，并且，在这个直接宾语、间接宾语同时存在的复杂句子里，又出现了一个间接宾语和直接宾语颠倒的情况。

在客家方言里还有一个词特别值得一提，这是一个生命力极强的动词——"有"。"有"在句中的位置可以分为两类，一类放在动词前，这是大量存在的现象，比如：

你有吃过吗？
你有去上班吗？
店里新到了菜，你有买吗？
这些句子里的"有"并没有实际意义，似乎只是动词的引导词。
还有一类本身在句中做动词用，比如：
还是你有气力。
你家田有几大？

最有趣的，是这种现象与英语中的 "have" 一词完全对应。在英语中，"have" 在句中也同样分两类情况存在。

一是作为实义动词 "有" 在句中存在，比如：

Have you a pencil？（你有铅笔吗？）

Have you any breakfast？（你吃早饭了吗？）

同客家方言一样，还有一类，也是更普遍更大量存在的用法，是 "have" 作为助动词在句中使用，比如：

We had repaired the machine before you came.（你来之前我们已经把机器修好了。）

这和客家方言中 "有" 的用法不是完全一致吗？

至于在客家方言和英语中 "有" 这个词的使用为什么会出现如此惊人的一致，是我至今没有想明白的一个谜。也许，只能用尽管语言不同，人类的思维应该是大致相通的逻辑来解释？

总而言之，这非常有趣。

离我约好了要去拜访那个老太太的时间还有一个多小时，可以消消停停地在这里再坐上一会儿。这儿很不错，是一座五星级宾馆一层的咖啡厅。你可以要一些爱吃的西餐零点，也可以只要一杯咖啡或者茶，即使什么都不吃只在这里坐坐也是很舒服的。淡粉色花纹的地毯，镶着乳白色大理石板的四壁，古色古香的壁灯，都给人一种舒适轻松的情调。来这儿的人不多，大概都是冲着这份情调来的。隔壁位上有一个男人和一个女人，那男人不用说，肯定是哪家效益中等的公司的部门经理，刚刚学会了奢华，要了一大堆最难吃的东西放在面前。而那女的，也让人一眼就能看得出来，是个有几分姿色刚刚离开小城镇到大都市闯荡尚无太大战绩总算傍上了这么个准大款——至少她这么认为——的女人。这女人一脸俗气还未退尽，面部化妆很夸张，红红的指甲留得很夸张，抽烟的姿势也很夸张。我并不反对女人抽烟，如果真有什么烦心事小烟儿一抽那烦心事就没了该有多好。可惜据我观察，老女人抽烟大抵是由于心烦，年轻女人抽烟个顶个为了摆谱。你看女人抽烟，先要把指甲留起来，两指伸得直直地将烟一夹托住香腮，烟刚刚吸到嘴里就赶紧嘟圆了嘴往外一吐，别说沾着气管沾着肺，连牙都没沾着。可见女人吸烟绝不是为了尼古丁，没瘾。从本质上讲，女人吸烟不是身体需要，而是形体需要，她要的就是这个姿势，与男性同性恋者耳垂上的耳环和脖子上的项链同义，是个标识。女人抽烟实际是一种形体语言，它表示：我是个道德叛逆者，我敢于做一般女人不敢做的事。现在我在抽烟，也许我还可以尝试着做点儿别的……那女人面前放的是鲜榨西瓜汁，可她不时拿过男人的酒杯来抿一口，这个细节暴露了他们俩的关系。有杂志介绍说，如果一个女人和男人——当然，首先排除他们是夫妻——在社交场合不分彼此从对方的杯中喝取饮料或酒的话，基本可以肯定他们之间有性关系。这女人肯定没看过这本杂志。

我现在越来越发现了自己的虚伪。一方面我抨击那些生活奢靡的人，可另一方面在内心深处又喜爱这种情调的生活。这不等于奢靡——我总这样为自己解释着，从而为自己开脱。

透过明亮的落地大玻璃窗可以看到外面花园里有几只兔子在草地上溜达。尽管已近冬季，品种很好的据说是从北欧引进的外国草皮仍一片碧绿。兔子很大很白，在草地上硕大无比地蹦着，根本不怕人。两个刚刚会跑的外国小孩子一扭一扭地上了草坪，追着兔子要喂它们吃冰激凌。兔子正在犹豫。

"优裕的生活产生善良。"申建说。他显然是指这两个孩子。

"也产生堕落，"我喝了一口咖啡说，"还有邪恶。"我指的是那个抽烟的女人。

近来也不知是怎么了。我和申建总是高高兴兴一起出去吃饭，又总是还没吃到一半就开始争执。

我说："你总看到事物的光明一面。这说明你还太幼稚。"

申建说："你总看到事物的丑恶一面，这说明你心理有些阴暗。你对人不宽容。包括对你的爷爷。爷爷、奶奶、二奶奶之间的关系，远比你所能知道的要复杂。理由很简单，你能看到一个人的内心吗？他们之间的关系，也绝不是仅仅用道德、品格一类大而化之的标准和尺度就能衡量并确定的。爷爷是一个什么人？是一个把生命系在头发丝上的人。他们随时可能会死，随时可能在第二天结束生命，他们的神经极度坚硬同时极度紧张，女人是他们放松的一种方式——对不起，你也许不习惯这种赤裸裸的说法——在某种程度上女人还可能是一种掩护。这是最原始、最低级，但也许是最有效的一种方式。而同这种方式比较，爷爷的回报的确过于粗糙、实用以至于无情。可是也许该换个思路，如果爷爷不是这样果决和无情，如果他像一个有文化有教养的人那样卿卿我我儿女情长，他就可能什么也干不成，不要说他干了那么多杀头掉脑袋的事，在那种险恶的环境里就是什么都不干他连三个月也待不下去。这正是历史之于人的选择。当需要建设和完善一个社会时，历史会遴选那些有文化、有头脑的人作为社会精英，而当历史需要血与火的滋养、需要无数生命的牺牲才能推进一步的时候，它首先更需要那些感情粗糙单一、目标简单明确的赳赳武夫。从这个意义上说，湘江边上那支走投无路的几万人的军队，为什么后来能在短短十五年里就打败了拥有四百二十万军队的旧政权，很大程度上由于它的主要成分，正是千千万万爷爷这样丢却身家性命于不顾，一个心眼儿打天下的农民。

"还有，你只看到你爷爷对不起你奶奶的一面并把这看作是不道德，是喜新厌旧背信弃义，而你对你爷爷的一切指责只是源于你对你奶奶的一种多少包含着自私成分的反哺情感。你看不到人是复杂的、多面的。按照黑格尔的存在论，凡是存在的都是合理的，凡发生的事必有它的理由。可你替爷爷找过他的理由吗？爷爷出自什么地方？他出自闽西最深最僻的大山，那地方我也去过，就是在今天，如果有一个农民能够从那片山里走到外面的世界来都还是一件了不起的事情。爷爷是什么时候走出大山的？是七十年前。走出大山，就等于告别了一个旧时代，外面是那样一个多彩的、充满了希望、机会和诱惑的时代，爷爷有了新的观念、新的标准、新的追求，这难道不正常吗？你对你奶奶有感情，这完全可以理解，可是哪怕稍稍客观地想一想你就无法否认，奶奶对于爷爷来说，已经太陈旧了，太过时了，要爷爷硬回到奶奶身边，已经回不去了，就像那个女人，"申建也注意到了隔壁桌上那个抽烟的女人，"你没注意到她和那个男人刚才是从一辆宝马上下来的？她来自某个小镇，当她在都市里接触了宝马车、咖啡厅和鲜榨西瓜汁后，你再让她回到那个散发着陈腐垃圾味道的小镇，她还回得去吗？为了改变自己的生存状态去追求更加完美更有质量的生活，这是人的本能。这就如同现在满大街的安徽人、四川人、河南人从农村拥入城市寻找新的机会和新生活一样。同样，那么多的中国人、印度人、墨西哥人跑到美国去，不也是为了去一个他们认为更理想的地方寻找新的机会和新的生活吗？"

"可是，"我说，"后来呢？后来爷爷为什么再度抛弃了二奶奶？按照你的逻辑，所有喜新厌旧的人都可以为自己找到理由，而且还很堂皇。"

"当然不是。"申建说，"还是那句话，凡存在的，必有存在的理由。也许是出于寂寞，也许是孤独，也许是一时痛苦需要慰藉，或者，如同你希望的那种情形，是特科工作的需要？它同喜新厌旧不是同一含义，它们之间的根本区别在于：你是否已经找到了自己想要的。"

"什么意思？"我问。

"这就是说，有的人寻觅一生，更换了无数性伴侣，但始终没有找到自己所要找的那个人，他就一直寻觅下去。这种人其实是非常认真，认真得有点脱离实际。一旦他找到了自己想要的那个，他就会从此打住，彻底收心，从此专心一意与所爱的那个人厮守终生。这不同于喜新厌旧。喜新厌旧者，即使找到了自己满意的人，用不了多久又会移情别恋，永无止境。"

"简直一派胡言！"我忍不住低声叫道，"所有的喜新厌旧者都会拥戴你这种混账理论，并且声明自己是一个严肃的完美主义者。"

申建并不急："不排除这种可能。所以，究竟是完美主义者还是喜新厌旧的登徒子，唯有自己心知肚明，包括你爷爷。感情这东西，旁人是无权评判的。"

瞧他说了半天，他倒比我还理解我爷爷。说实话，我何尝不愿意把我爷爷往好处想。申建这家伙说的话，听上去歪，仔细琢磨琢磨常常挺有道理。

我是按照连城党史办同志提供的地址去想象这位老太太的家的。我想，假如这位老太太不特别的话，她的家应该跟我想象的差不离。

如果你熟悉这座城市，那么在这座城里只要人家告诉你说住在哪儿，你就应该对他家的状况猜个八九不离十。东单东四、西单西四和前门一带，是这座城市中剩下的为数不多的胡同区，里边大多数是胡同人家，至今还使用着半条胡同一座的旱厕所，但在这些胡同里亦不乏庭院深深的四合院豪宅；天桥、安定门一带是原来的贫民区，相当于上海的棚户区，现在正在改造；东边大北窑一带是工业区，北部现在盖起了亚运村、汇园公寓等高级商住楼，它和东北部连成一片成为这座城市中五星级饭店最集中的地方，是老外和高级华人喜欢租住和活动的区域；至于西城，是政府官员的居住区，除了大众已经知道的南沙沟、木樨地22号、24号楼外还有几处隐秘的所在，这些院落从外面望去并不扎眼，不过是些普普通通的灰砖楼或塔楼，但从宽大的塑钢窗和进进出出的奥迪车就可以大致猜出里面住的是些什么人。老太太家住木樨地24号楼，由此可见，老太太或老太太的丈夫至少应该是相当于副部级的高级政府官员。

按照地址，我和申建——申建执意提出要和我一起去看望一下老太太，老太太姓林，他为我对他描述的细妹的情形所打动——一起登上了八层。为了消食，我们是爬楼梯上去的。

来开门的，正是林老太太本人。

尽管事先我已进行了种种想象，包括考虑到年龄、职务、地域差别甚至饮食状况种种因素，我还是对眼前这位老太太和细妹之间的强烈反差感到不可理解。

坐在我对面沙发上的，是一个典型的官太太。直率，热情，粗鲁专制，笑声洪亮，完全不关心对方谈话的思路和逻辑，她们总是兴致勃勃无前因后果地告诉你她最近碰到的一两件事，或因愤怒而大加讨伐，或因高兴而赞不绝口，但你通常直到最后也没听明白她说的那件事到底是怎么回事。她再不就给你大讲她的小孙子，那个在你面前走来走去显然超肥既不可爱又毫无教养的小家伙是如何聪明和讨人喜欢，仿佛全世界的人都有义务和她一起发自内心地热爱她的后代。我尤其无法想象的是面前这个腰围活像一张圆桌的老太太怎么可能在六十年前身体纤细柔软得像一根藤蔓？当然，无论谁都会说你以六十年流逝的时光这样去要求一个女人未免太不公正、太残酷了。可是，一个人即使必须改变就有理由变得这样面目全非吗？

我偷瞧了一眼申建，他脸上亦有一种被欺骗了的愤慨。可是责任该由我来负吗？

当我婉转地提到了我的来意，说出了那份资料的文件名时，老太太突然以与她的身材体重完全不协调的敏捷身手噌地站起来，从身后的书架上准确地抽出了那份资料——那份资料的线索是连城党史办的同志为我提供的，他们说由于当时没有复印机，他们手里只有一份，被这位回乡探亲的林老太太借走了，林老太太留下了地址，却没有及时归还资料。

老太太大概从来没想过有什么人特别是年轻人会突然对这样一份枯燥的老古董产生兴趣，这使她兴奋莫名：

"你们年轻人该好好看看，好好看看这样的材料。"在我答应复印后立刻归还的再三保证下，老太太郑重地将资料送到我手里，"好好看看我们的前辈是如何打江山的，看看今天的幸福生活是如何来之不易的！"

老太太满嘴广播和电视里的词儿。不管怎么说，面对两个突然对历史、对他们在逝去年代里发生的事情感兴趣的年轻人，老太太一下热情迸发，这使得我们和她之间的距离感瞬间得以消弭。

我觉得我有了提问题的胆量。

"林阿姨，"我举起刚刚拿到的这份资料，"这资料里讲的连城出去的那个老共产党员，就是当年在上海做特科的那个人。您听说过他吗？"

老太太眼神倏地一亮，像燃起一簇火苗："听说？怎么是听说？我们过去很熟呢！"

"那您也认识他的妻子啦——那个他在家乡的老婆？"

我特意没有说明我和那个人以及那个人在家乡的老婆的关系。我担心扯出太多枝蔓。

"怎么不认识？他家乡那个老婆是童养媳，我们叫细辛臼的。"

"细辛臼！"简直无法想象我听到这个称呼时产生的那种激动，在这座城市里懂得使用这个称呼的人除了已经去世的奶奶，也许只有我们俩了。而现在我居然和她面对面地坐在了一起，这几乎等同于地球、太阳和月球连成一线的概率。我再次偷瞧了一眼申建，他的脸上一点儿表情都没有。这个号称的古汉语专业研究生、客家研究专家，显然，在他的词库里没有这个词。

"那么阿姨，您是否知道30年代初，他家乡那个细辛臼老婆是为什么到上海去的吗？那时候在上海还有他家的什么人？"

老太太摇摇头："这个我就说不清楚了，因为自从他们离开了冠豸山，我们就再没见过面。"

我的胆子越来越大："林阿姨，如果我分析得不错的话，您应该是在1934年10月，在第五次反'围剿'战役之后随中央红军一起撤出苏区的？"

林老太太头向后一仰，靠在沙发上长吐了一口气："是啊，1934年10月，已经过去多久啦……"

"那么，您是应该知道老家人传说的那个故事了？连城战役时红三十四师的一个营长，被敌人大卸几块挂在连城城头上，他的头在三天后被人盗走了。据说，盗头的人是他家原来的细妹，细辛臼……"

老太太仍靠在沙发上，眼神中那簇火苗倏地熄灭了，好像能够穿透六十年云雾那样目光迷离地望着前方，又好像是在费力地回忆，许久才说："你们真相信有那个故事吗？依我看，那个故事是编的。"

老太太没有再说下去，就闭上了眼睛，那意思是说你们可以走了。老太太既没为我证实那个故事的真伪，也没告诉我细妹究竟是谁。申建一个劲儿向我使眼色，但我没有再问下去。我低下头，再一次看了看老太太给我的那份资料：《莫雄回忆录》。当时我并不清楚这份资料对我的全部意义。

十五

在上海，两个女人苦苦地等着爷爷回来。这两个女人，一个是带着八岁的每的奶奶，一个是带着三岁的叔叔的二奶奶。在写下"二奶奶"这个称谓时，我颇费了一番踌躇，我不清楚我对她是否形成了某种程度的冒犯。尽管在中国，自古以来各个阶层都有这种或者接近这种性质的称谓，但在一个以推翻封建统治为目标，以共产主义为信仰的家庭里，是否允许有这个称谓就不是一个简单的问题了，这能否上升到政策、党性甚至法律的高度，是一个我至今想不明白的问题。如果你认为允许，党性会出来指责；如果你认为不允许，它却作为一种事实存在。撇开如此严重的问题去谈，我想我必须战战兢兢地做一声明，我还得继续使用这一称谓，因为后面不仅有二奶奶的问题，还将出现第三个奶奶的问题。在这里，二奶奶、三奶奶的叫法完全不是出于在家庭中排座次的计谋，纯粹为了行文的方便和人物关系的清晰。

奶奶和二奶奶不会知道，爷爷是不会回来了。爷爷自离开上海和莫雄去了德安，就再也没有回来找过她们。就像他曾经把奶奶扔在了老家一样，他又一次地把奶奶连同二奶奶一齐扔在了上海，然后"鳌鱼脱却金钩去"，摇头摆尾不复回。

在奶奶有限的语言储库中自然不会有"鳌鱼脱却金钩去"这样深奥的语句，但爷爷的此番离去已经明显地透着这个意思，奶奶心里是清楚的。奶奶太了解爷爷了。看着成天哭天抹泪愁眉不展的二奶奶，奶奶最初在心里是得意的。

哼，你也会尝到这个男人的滋味！奶奶在心里恶狠狠地笑道。

从一来到上海，奶奶和二奶奶的关系就像两只来自不同山林却被人硬关进一个笼子里的母狐那样紧张。尽管双方都屏住呼吸贴住笼边溜来走去，将那紧张压在心底，却明白彼此早晚要有一场大战。这场战斗之所以迟迟没有到来，完全是由于作为客家妇女的奶奶在恪守妇道方面的后天修养，以及作为细辛臼的奶奶在爷爷面前从小养成的逆来顺受的惯性。可是正如我们所知道的那样，只要矛盾的双方存在，矛盾就一定会爆发。要来的，迟早总要来。

一天，爷爷拿回两根据说是朋友送的上好人参，要奶奶拿了去炖鸡。奶奶带着每跑了许多的路，才买回一只黑色的老母鸡。"一黑二花三黄四白"，这是我从小就从奶奶那里学来的又一个真理。这就是说，鸡肉的鲜美程度与鸡的毛色有着直接的关系。黑颜色的鸡肉味最为鲜美，花鸡黄鸡次之，白鸡为最差。奶奶用了足足一个下午的时间才炖好了一锅参鸡汤。这本来是一件好事，晚上吃饭时，却因为这锅鸡汤引发了一场积蓄已久的战争。

爷爷一边自己喝着汤，一边用筷子在汤里挑来拣去，将鸡肉大块大块夹在那女人碗里。其实爷爷完全没有必要这么做，因为即使他不夹，那女人也已经自己在吃了。她吃得理直气壮，理所当然，并且除了爷爷，再不会有第三个人会去同她抢。平日饭桌上有了什么像样点的好菜，奶奶按照老家的规矩从不伸筷，尽管这菜由她买由她洗由她做，她也绝不会越雷池一步，并且连带着她的女儿每。无须任何人告诉每应该怎么做，每早从奶奶那里继承了这一切。每只是埋着头静静地吃饭，同往常不同的是，那天每一筷子菜也不吃，既不去夹鸡肉，也不碰青菜，只将白白的米饭一口一口扒到嘴里。这也许是这个孩子表达内心不满的最激烈的一种方式了。但那天奶奶的心情与以往不同。按说女人不上桌，不夹菜，这是老家的规矩，奶奶心里不该不平和，但现在的情形毕竟不同。第一，这不是老家，是在上海，老家的许多规矩早就被破了。在老家，有男人给女人夹菜的么？第二，就算这些规矩都没破，那好，自己是女人，女人不能伸筷子，那女人不也一样是女人么？第三，那女人吃得，每为什么就吃不得？每虽然不是男孩子，总是一个孩子吧？每是我的孩子，难道就不是你桐崽的孩子么？你怎么就能做得出？

奶奶当然明白，爷爷的举动实质上与吃无关，只是借此表达他对这女人抑制不住的喜爱罢了。并且那天晚上的事情还远不止这么简单。按照爷爷平日里的习惯，一般也是从不给任何人夹菜的，但那天晚上的气氛有点不同。那天晚上的气氛很微妙。灯在饭桌上方发出微妙的金光，照在爷爷略显兴奋的脸上，爷爷一边不住地往那女人碗里夹肉，一边用充满热情的目光不断在那女人脸上扫来扫去。那眼光像两只温柔的手，将那女人的鹅蛋脸上下左右来回摩挲了一个够。这一切都准确地落在了奶奶的眼里。我们在前面说过，奶奶虽然不识字，但奶奶的悟性和敏感绝不在任何人之下。

奶奶越想越气，一时头昏，突然就冒出一个惊世骇俗的大胆举动。奶奶果敢地伸出筷子，从鸡汤里夹出一根指头那样粗细的鸡肉放到了每的碗里。

这个举动显然触动了那女人的某种特权，当然，那女人同时捕捉到的是奶奶满含挑战意味的信息。那女人脸一沉，收起筷子齐齐放在桌上，起身走向里屋。

爷爷喝道："干么事？"

女人回转身来，明是说给爷爷暗是说给奶奶："没办法吃了。"

奶奶心火上攻，一股浊气在胸中陡地腾起。嫌么事？嫌我们脏？嫌我们脏为么事还吃我们做的饭？呸！我们还未曾嫌你！奶奶忍无可忍，冲着里屋大骂一声：

"啊呸！"

按说这事到这儿也就算扯直了，虽说奶奶对那女人进行了公开辱骂，那女人也对奶奶和每表示了公然蔑视，应该算是针尖对麦芒，半斤对八两，更何况还有吓得呆在一边连饭都不敢再吃一口的每，那鸡肉连沾都没敢沾到。爷爷如果聪明，在两个女人之间装聋作哑也就算了，但爷爷不会让事情就这样过去。

爷爷像一只被激怒的豹子凶狠地挺直了腰身，扬起手来将手中的筷子狠狠砸向奶奶。奶奶躲闪不及，筷子正戳在奶奶脸上。奶奶"唔"的一声捂住脸，将身子痛苦地弯下去。爷爷余怒未尽，一拳砸在桌上，杯盏纷纷跳起而后跌落翻倒。每吓坏了，"哇"地尖叫起来抱住奶奶。铁青着脸的爷爷脚一抬，踹倒凳子摔门而去。

里屋传来那女人骄横抑扬的哭声，仿佛在这场争斗中遭受了最大委屈的是她。

奶奶的手许久许久没有从捂住的脸上拿下来，只有眼泪从指缝间点点滴落。一双筷子并没有多少分量，比起在老家那些日子里奶奶头上身上曾经挨过的扁担和铁勺的重量实在算不上什么，可奶奶的痛楚却要大得多，大得令她无法承受。

它不是痛在脸上，是在心上。

因此，对于爷爷的不归，奶奶在一开始心里感到的确是一股说不出的快意，这股快意甚至使她的呼吸都因此顺畅了许多。对于奶奶来说，既然她自己无法对这个女人施以什么像样的报复，那么无论来自什么方向、以什么方式出现的对这女人的伤害就都是她所乐意看到的。"那死人，不会车转来啦！"奶奶常常这么骂上爷爷两句，实际上是说给二奶奶听。

二奶奶便忍不住抽泣起来。二奶奶现在憔悴得像路边一朵被碾碎的花，头发散乱，泪囊红肿，前一段在奶奶的服侍下保养得那样好的一脸水色也早已消失得无影无踪。这个可怜的女人，毕竟还年轻，刚刚尝到一点被男人娇宠的滋味，突然间这个男人就将她甩下而且有可能再不会回来，一种无依无靠的巨大恐怖顿时吞没了她。从预感到爷爷不会再回来那个时候起，二奶奶就收起了脸上的骄矜，将身上那些红的绿的青的绸缎旗袍统统脱下收好，换上一件半旧的布旗袍，开始自己洗自己的衣服，吃奶奶做的饭也不再挑三拣四了。

恒顺泰早关了门。两个女人都不会写字，便去求隔壁妇科诊所的周大夫写了一张"内部整茸，暂停营业"的纸来贴在门外。开始时还有人会时不时来敲敲门，后来就再没人来了。

恒顺泰里一派衰败气象。奶奶找了一些报纸来把中药柜子盖住，那些盖不到的角角落落里全都落满了尘灰。头两个月里奶奶还常常打扫一下尘灰，后来没心思了，便由着尘灰越积越厚，走进店里，一股土味呛鼻。

奶奶和二奶奶现在时常饿肚子。爷爷走的时候放了一些钱在家里，没过多久就用掉了。最初的时候曾经有人来送过两回钱，后来就再没人来了。两次送钱来的人都是在夜里，并不讲自己是谁，而且总是匆匆交了钱连门都不进就重新没入浓黑的夜暗。这两笔钱数目都不多，紧巴巴地用也就能捱个把月。第二次来人走时留了一句话：实在不行了，你们可以把中药卖掉，但房子不能卖。

出头露面的都是奶奶。一听到来人二奶奶就往自己屋里缩。只会等吃！每当这时，奶奶就从鼻子里冷笑两声，从心里鄙夷她。

那样了解爷爷的奶奶都有些奇怪了。这个死人，谁都拴不住他！如果说自己是他的童养媳妇，该被他瞧不起，该被他丢废纸一样地丢掉，那这个女人呢？这个又嫩又鲜水色又好的女人是他自己找了来的，他也舍得说丢就丢吗？这个死人，心肠真正是比铁还硬。

第二次来人送的那点点钱很快也用完了。上海这个地方比不得老家，除了吃空气不要钱，什么都要钱。除了自己吃的喝的要用钱，奶奶最怕的是有人敲门，一敲门准是收钱，而且一开口就要那样多，听得人怕，像是从手里抢钱。真正吃饭吃菜倒吃不了多少钱，况且吃好吃差在自己掌握，怕就怕来人收钱。奶奶不识字，开门一见到那些花花绿绿的收费条子头就晕了，谁知道那些条子是真的是假的？有没有被人骗了也不晓得。到后来奶奶学聪明了，凡有人来收钱奶奶就说："我没有钱，等我男人回来再讲吧。"奶奶在说"等我男人"这几个字时说得字正腔圆理直气壮，这话与其说是说给敲门收钱的人听的，不如说是说给缩在屋里那个女人听的更准确。

可再往后就不是对付收费的敲门人的问题了，她们遇到了如何对付自己肚皮的问题。大小四个人，每天要吃饭，即使从三顿减到两顿，又从两顿减到一顿，这一顿终是减不掉的。四个人里三个人是等吃的，唯一一个会做事的奶奶却又不知道到哪里去弄钱。

奶奶几次动了卖中药的念头，但一想到"那个死人"——她的男人，她就把这念头按下了。一种很复杂的想法在奶奶的脑海中上下盘旋。她担心那死人说不定什么时候就会回来，如果她把药全卖了，那死人指靠什么去做呢？同时，她的内心深处还埋藏着这样一个念头，那死人回来的时候让他看看，在最难的时候正是自己，他的老婆他的童养媳妇替他撑住了这一切。而她，那个"小"——老家人对小老婆的蔑称——又是怎样只知道哭哭啼啼，是个一点用也没有的废物的。前面说过，奶奶是一个心高气傲的人，用奶奶自己的话说"我们可怜就可怜在不识字"，如果给她文化和机会，她一定不会是一个普通的女人。

可惜，现实完全不考虑奶奶的心高气傲，更不会留给奶奶一个表现的机会。每天早上，有时还不到早上，半夜里叔叔就饿得哭。每当然也饿，但每是一个非常懂事的孩子，她知道自己的母亲难，才只有八岁的孩子，就知道抑制自己的欲望和情绪。她从来不哭，只是静静地坐在床上，大睁着懂事的眼睛细细留心周围的一切。只是有一次在晚上，每轻声问过奶奶："姆，我们为么事不回老家？老家的地瓜几甜呢！"奶奶知道每是饿坏了，抚着每的头说："等你爷一回我们就回。"每就乖乖地睡了。当叔叔哭的时候，每常常会从床上溜下来，走到叔叔床边，用她瘦瘦的手去拍拍叔叔的头，并小声地用唱歌一样的声音说"不哭不哭，等下姆买米糕我们吃号"。说来也怪，叔叔哭起来二奶奶哄也哄不住，可只要每的小手一碰到叔叔，一听到每唱歌一样的声音，叔叔立时就不哭了。常常叔叔的哭声止住了，他的母亲还在那里抽搭搭地吸鼻子。

对于每和叔叔的接触，奶奶一开始是严令禁止的。奶奶认为自己的女儿接触了那个"小"的孩子，实际上就等于向"小"宣告了自己的投降。一旦察觉每溜向"小"那边的企图，奶奶就威严地拖着长腔呼一声"木——每"，每立刻乖乖地溜回来，回到奶奶身边。可孩子毕竟是孩子。在这座冰冷无聊的房子里，一个八岁和一个三岁的孩子，他们没有任何地方可去，没有幼儿园或学校可上，没有书可读，没有人讲故事给他们听，大人间莫名其妙的对立和敌视他们完全搞不懂，可他们之间却有着多少心有灵犀的乐趣。为了窗户上一只爬来爬去爬不上去的小虫，他们都会咯咯笑上半天。每天早上 7 点钟准时有一个卖馄饨的挑子从门外经过，卖馄饨的拖着嗓子叫"买馄饨！"上海话将这三个字念成"麻吻登"。每当早上 7 点钟这声音一起，两个孩子便会同时爆发出一阵大笑，从那笑声里能够听得出每已经体味出一种语言的妙趣。叔叔其实什么都不懂，但叔叔却笑得格外卖力，在叔叔夸张的笑声里显然就有了一种胁从的味道。两个女人各自骂一句"发疯啊"便再也无可奈何，她们不能总为这事责打自己的孩子，两个孩子间的交往便在这笑声里成了自然而然的事实。

可是有一天早上，卖馄饨的喊破了嗓子，也没有听到孩子们的笑声。这笑声似乎已成了家中定时的钟表，到时候不响，便让人觉出不对头来。莫不是他们都睡死过去了没有听到？在前院忙活的奶奶进屋去看孩子，没有，他们没有睡着，每站在叔叔的床边，惊恐地望着在床上痉挛弯曲的叔叔。二奶奶坐在叔叔身边，见了奶奶欲言又止，好一会儿才吐出两个字："饿的。"

奶奶把 38 码的大脚一踔，转身就走。

奶奶走进前面的中药铺子，将盖在药柜上的报纸统统扯下来，然后提来一桶清水，将所有的药柜从上到下擦拭干净。把中药铺子收拾一新后，奶奶出了门。奶奶决心卖掉这些中药。

结果只有一个，奶奶大大地上了一当。

上海这个地方，挤满了从四面八方拥来做发财梦的人。他们中间有老谋深算的商人，有做本薄利微生意的小贩，有靠单纯出卖体力的穷汉，也有仅靠两张嘴皮买空卖空的骗子。流氓地痞毒菌一样四处滋生，每个人眼睛都只牢牢盯住一样东西——钱，盯得直要滴出血来。奶奶这样一个目不识丁淳朴忠厚的农妇找上门去和人家谈生意，除了上当，还能有什么别的结果吗？

奶奶在集市上转了一个上午。奶奶不懂送上门来不是买卖的道理，不懂得至少要先找一个经纪人，答应好给经纪人多少比例分成之后，要像阔太太一样地坐在家里等，等着经纪人带着买主找上门来，等着经纪人像抬轿子一样把价钱抬得高高，直到抬得高出水面多少之后由买主拦腰向下杀一刀，几番厮杀后才能定夺。奶奶对所有这些都不懂，就敢一个人跑到集市上去转，正可谓初生牛犊不怕虎。

奶奶找了一个穿着农民衣衫、看上去不像阔佬的嘴巴子很甜的人来看货——她对那些做生意的阔佬奶奶有一种骨子里的警惕。"做生意的人，心不黑发达不起来的"，这是奶奶对于商人的看法。同样是发起家来的人，奶奶对从事农业活动的地主和商人的看法不尽相同。对于农民，奶奶有一种天然的亲和。因此，一个商人如果穿上农民衫，在奶奶这样的人面前便是一种很好的伪装。奶奶很诚心地对那个穿农民衣衫的人说，由于她的男人不在，家里急等钱用，实在没办法了才打算卖药的，否则她的药一两也不会卖。奶奶以为这样一说穿农民衣衫的人便会不好意思少付给她钱，殊不知这纯粹是以一颗天真善良的连城农民之心度上海地痞无赖之腹，除了把自己的底牌在人家面前摊得一清二楚之外没有任何意义。

"我包不会让您吃亏的，太太。"穿农民衫的人从一进门嘴巴就没有停，"谁家还没有一点难处呀，见了难处再捅人家一刀那还算人吗太太？"

穿农民衫的人讲一口苏北腔的北平话，由此可见他也该算是一个有阅历的人。他不断地说着，像一只鼓噪的夏蛙："上海滩上谁不认识我？谁不知道我人老实眼力好，价钱公道分量也给得足？找到我，太太，您真是找对了太太。"

穿农民衫的人一格一格地拉开抽屉看药，奶奶为他搬了条长凳，由着他爬高上低。看着看着，穿农民衫的人开始摇头了：

"太太，您这药出不了手。您男人真是做药的吗？""做药的"，意思是指"干药材生意这行的"，上海人管干哪行的叫"做"哪行的。反正爷爷不在，穿农民衫的人就把爷爷可劲儿地贬损了一番，"不行啊，太太，这药我不能买了。您知道，买了窝在我手里，我怎么办哪？"

穿农民衫的人说着就要从站着的长凳上下来，奶奶急急拦住他：

"先生，你再好好看看，我知道，有些药很值钱的呢，比如天麻……"

"喊！您说什么太太？天麻？"穿农民衫的人登时就从长凳上跳了下来。当然不是奶奶说错了，奶奶就是说长白人参或者云南蛤蚧他也一样会从长凳上跳下来。"您知道不太太？出天麻的地方现在全闹红匪，天麻一包一包都堆在当地里烂，一块大洋买一车皮您知道不？太太，说您不懂吧您不服气，您这药，大多数只能当垃圾处理了。这么着吧，我也是看您等钱急用，好歹给您十块大洋，卖得出去的我拿走，卖不出去的，您自个儿拿簸箕撮了倒了吧！"

让穿农民衫的人这么一说奶奶整个儿傻了。奶奶没有别的办法。明明知道这个人在坑她，可再去找一个人来说不定比这个人更坏。而且，十块大洋，这对奶奶她们来说实在太重要了！

穿农民衫的人可一点不急，他坐在被奶奶擦去了尘灰的桌旁，二郎腿一跷一跷的："怎么样？想好了没有？我可没时间多等太太。我赶回去还有别的事。"

奶奶心一横："你拿去吧，统统拿去，给十五块。"

穿农民衫的人干笑了两声："咳！咳！好！太太，您痛快，我也痛快！就十五块！"

穿农民衫的人将十五块银圆数出，摞在桌上，冲着门外吆喝了一声。两个显然是他的帮工的大汉，三下五除二，把恒顺泰里所有的中药，上柜放在抽屉里的，没上柜堆在墙角的，包括被穿农民衫的人称之为"垃圾"的，统统搬了个精光。

奶奶手里捏住十五块银圆，坐在桌旁，紧紧地闭住眼。她不想看，不想亲眼看见一个家就这样被人搬空。虽然她说不出什么道理来，但她心里明明白白的，一个那么大的药店，真的就值十五块银圆吗？这伙人，分明是强盗，那个穿着农民衫的人，心和阔佬一样的黑！而她，则相当于一个引狼入室的人，把这伙素不相识的人从外面请进来，然后当着她的面把家给抢了。

恒顺泰彻底倒闭之后，奶奶明白了，她们再没有什么退路。十五块银圆只能救一时之急，如果他们不想被饿死，只有出去找活干。

奶奶找到了恒顺泰旁边那家姓周的大夫，说明了自己的想法。奶奶这次总算没有找错人，周大夫很热情地留下了她，让她帮着干些杂活。去周大夫那里看妇科病、生孩子的人很多，她非常需要一个人帮她洗那些妇科用的单子、垫子以及生孩子弄污了的血布。这活儿很累很重，因为单子和血布很大，泡透了水很沉，洗干净后还要烫、晒、熨平。这活儿不是所有人都能干下来的，怕吃苦不行，不怕吃苦没力气也不行，因此周大夫原来找的帮手都不太理想。奶奶是个能吃苦又不怕做事的人，很快，周大夫就离不开奶奶了。

我小时候常听奶奶说起这个周大夫。奶奶说周大夫人很好，对人豪爽大方，又有技术，在那一带很有名，找她看病的人很多，因此她应该是有钱的，只是不知道她为什么一辈子都没有结婚。她的脾气很大，手下的两个护士常常被她训哭，但她对病人却特别好。

"那死人在的时候，她常介绍一些病人到我们店里来抓药，那死人跑掉后，她留下我在她那里干活，那是一个好人。"奶奶说到她的时候总是叹息不止，"她好像也是共产党。"奶奶说到这里时会突然压低声音，其实这时解放已经好多年了，奶奶仍像在做地下工作的时候似的，怕被人听了去。

这样的日子没有过多久。

奶奶不知道外面的世界已经有了多大的变化。奶奶不出门，也不识字，当然不会晓得现在上海大大小小的报纸登满了"江西红匪全部剿灭"，"国军作战神勇，剿匪大获全胜"的文章。在红军全部撤离苏区之后，上海地下党也再次遭到清洗和破坏，而且由于没有了钱壮飞们，这一次的破坏更加彻底。

上海城内白天黑夜警车凄厉，大搜捕在即。

这一次，奶奶事先没有得到一点警报。也许这是组织上的一次疏忽，由于爷爷早已离开上海，人们没有想到危险同样会威胁到他留在家里的亲属。还有一点也许纯粹是我的猜测，即爷爷并没有把奶奶、二奶奶以及她们的孩子作为他的亲属郑重其事地托付给组织或任何一个他信得过的人。如果爷爷早一点想到这些，哪怕只稍稍为奶奶她们做一些安排与设想，哪怕就让奶奶她们各自回到老家，奶奶也就能躲过后来的那场横祸。可是爷爷没有，在他离开上海赴德安后的这么长时间里，他连一封信也没有给奶奶写过。在爷爷一生的概念中，女人就是女人，女人从来就是这样无足轻重的，不需要为她们设想什么，当然更谈不上对她们照顾、体贴和关心。女人就像一个茶杯，平时不需要对它特别关注，只在口渴的时候使用它一下罢了。是啊，一个人仅仅为了口渴的时候使用一下茶杯，就得没完没了地体贴和照顾这个茶杯么？太可笑了！然而，正是由于爷爷的疏忽和漫不经心，灾难无可避免地落到了奶奶和每的头上。

那是一个上午。

二奶奶恰巧带着叔叔出门去了，据说是去找她的一个浙江同乡给介绍工作。家里只有奶奶和每。

奶奶正在给每梳头。每已经八岁了，八岁的小姑娘开始知道爱美，每拒绝奶奶再把她的头梳成八年一贯制的娃娃头。

"姆呃，梳两条辫子给我吧？"每央求着。

奶奶一天到晚做多少事，累得要死，也没有心情，便斥道："不要那样妖呢！这么短的头，如何梳得辫子起？"

"嗯……"每扭动着身子，打开瘦瘦的小手掌，里面已经有两根她不知道从哪里捡来的圆圆的猴皮筋。

奶奶叹口气，用那把缺了齿的木梳在每头上重重刮着。每不怕疼，想象着自己即将变了的头型甜甜地笑着，任奶奶用她的头发撒气。

奶奶刚刚把每的头发拢顺，门突然被"咚咚"地敲响了，那声音很粗野，很蛮横，就是敲自己家的门也不会比这更理直气壮。

奶奶急忙跑去开了门，哗啦一下，闪进十几个穿着黑衣服，手持短枪的男人。

奶奶立刻意识到这不是自己人。自己人总是悄悄来悄悄走，敲门的声音绝不会这样恶。

每呆呆地坐在床边板凳上，还保持着梳头时的姿势。

"你男人呢？"

"我正要问你们呢。"奶奶冷静地答道。

"问我们？我们正在找他！"

"我也正在找他。"

"知道你男人是共产党吗？"

"是怎样，不是又怎样？和我一个不识字的女人有哪样关系？"

奶奶就是这样回答来人的问话的。后来在狱中，在每一次的审问中她都是这样回答的。我在一份资料上看到人们评价了奶奶的这次被捕，说她在狱中面对敌人大义凛然坚强不屈。这样评价奶奶我想是过奖了，因为奶奶不止一次地对我描述过她的那一段狱中生活，关于那段生活我知道得很详细。奶奶的以上对话很可以被看作是大义凛然，但其实还不是一回事。一个人，认准了一种信仰和主义，为坚持和捍卫这信仰或主义威武不屈可以称作大义凛然，可奶奶其实连她的男人终身为之奋斗的那个主义究竟是些什么她都不知道。她只是一个普通的不识字的劳动妇女，没有任何人教过她在这种时候应该怎么说怎么做，她只是凭着自己当时的感觉即兴地应对罢了。奶奶的这种机智准确的即兴应答贯穿了她的一生。不仅是对敌人，就是后来对付我们五个孙子的胡搅蛮缠，对付"文革"中街道革命老太太的穷追猛打，她也一如既往地果断机智，一般人从她的话里是讨不到什么便宜的。

事实证明，奶奶的这种回答在当时是最正确最明智的回答。奶奶的回答常常是两可的、反问的，它们既是一种事实，又都没有接触到事情的本质，同时也不会造成新的麻烦。一味地否认和拒绝回答并不是明智的做法，如果奶奶从一开始就坚持"不""不是""不知道"的话，只要一个"是"的证据出现，就会立刻陷入被动。

来人说："好吧，跟我们走一趟。"

奶奶明白，这一定是去坐牢了。奶奶虽然不识字，不会读书看报，但既做了共产党的妻子，看也看得多了，听也听得多了，一听这话，奶奶立刻就明白了。

奶奶问："孩子怎么办？"

来人说："一起走。"

每也听懂了来人的话，急急跑过来抓住奶奶的手："姆！"

奶奶问："这样小的孩子，也要一起坐牢？"

来人说："一起去。"

奶奶狠狠心，拉起每的手。奶奶当时的想法是，每还只有那样小，一个八岁的孩子，托给谁她也不放心，既然牢里允许带，那就干脆带了走，孩子跟着自己，自己才放心。这也许是所有母亲的想法。

可后来的事实证明，奶奶的这个想法是大错特错了。可怜的八岁的每，先是毁于爷爷的漫不经心，继而毁于奶奶的失误。

奶奶牵着每走出来，门外停了一辆黑色的囚车。

囚车边人已围了一大圈。人们看到从房里带出来的是一个女人，而且还有那样小一个孩子跟着，纷纷发出惋惜的惊叹。奶奶的心狂跳起来。她从来没有成为这么多人注视的中心。但她有一种天生的镇静。我又没有犯罪，她想，不怕！奶奶抱起每，先把她塞上囚车，然后自己跟着登了上去。

车门沉重地关上了。车身启动，警笛尖厉地响起来，人们陡然散开。

奶奶紧紧抱住每，脸上的表情平静而麻木。每轻轻揉了揉奶奶，奶奶居然没有察觉。每再一次用力揉了揉奶奶，奶奶总算感觉到什么，木木地望着她。每张开她一直紧握成拳的一只手，手心里是那两根没有来得及扎上的猴皮筋。她没有忘记带上它们。

每冲奶奶甜甜一笑，这是在提醒母亲不要忘了她们刚才没有做完的事。这个可怜的孩子，她不知道死神已经张开狞厉的爪，在她的头顶翱翔了。

每是那样地乖，那样地对周围的一切全然无知无觉。虽然贫穷，但她无忧无虑；虽然没有过什么享受，却有着无尽的母爱。如今，这一切都要随着她跨上囚车而结束了。我因此而想到一只小羊——

一只吃奶的小羊，雪白的柔嫩的脖子转动着，大睁着一双好奇的眼睛打量面前的世界。天蓝蓝的，绿草一望无垠，清清的小河从身边流过，世界多好！母亲说有狼，可是，狼是什么？它在哪儿呢？小羊蹦跳着，因为太快活。它时时低下头去嗅一嗅青草。青草很香，散发出一股诱人的味道，可是它还不会吃草，草对它来说太硬了。它只吃母亲的奶，母亲走到哪儿，它跟到哪儿。后来，人们要吃烤小羊，就牵了它走。它仍垂着头，迈着碎碎的步子，跟着去了……

那就是每。

我后来终于知道了关于每的全部故事。奶奶很忙，而且并不善于组织一个完整的故事，因此严格地说，每的故事不是奶奶讲给我听的，而是我自己把那些在无数个夜晚听来的如同断线般的只言碎语一片片连缀而成的。

每和奶奶一起被关进上海提篮桥监狱。在狱中，奶奶没有受刑，也没有被看守打骂，只是不断地被提审，审来审去的内容与逮捕奶奶时的问答差不太多。这一次的牢狱之灾似乎是专门冲着每去的。

每在狱里得了一种怪病。

八岁的每，背上开始长疮，一种很毒的疮。开始是肿、痛，后来便流黄水，再后来便化脓，化脓之后开始烂，越烂越深。

"姆呃，痛呀！给我治吧，我会死的！"

每天天恐怖地哭叫哀求。

八岁正是最怕死的年龄。一个人在五岁之前活得浑浑噩噩，不知死为何物，以为死不过是一个人睡着了不再醒来；一个人活到七八十岁，经历和洞悉了人生轮回的全部奥秘之后，也就真正视死如归如眠了。唯有每这样大小的孩子，充满诱惑的生活刚刚在他们面前展开，死自然是那样的神秘和可怕。奶奶怎样安慰劝解都没有用，每认定了自己会死。世界上人那样多，为什么一定要轮到每去死？世界这样大，一定有办法可以救每，为什么没有人来救她？这不仅仅是奶奶，也是每的想法。

奶奶想尽了办法，可奶奶又能想出什么办法？奶奶先是天天砸门，隔着门哀求放她们出去。奶奶认为只要出去了就有办法。可是没有人理睬她。奶奶继而以自己那点可怜的医术亲自为每治疗。奶奶虽粗通中药，但对西医的无菌操作几乎没有概念。一个目不识丁的女人，一个女犯人，她最信赖的便是盐水和花椒水。一个好心的看守趁着没人注意偷偷为奶奶搞来了盐、花椒和一把小小的剪刀，奶奶就用盐水和花椒水为每冲洗伤口，冲洗之后，还要用剪刀剪去伤口周围的腐肉。冲洗一次，无异于上一次刑，冲洗一次，每流的泪水会比盐水还多。

每的伤口越烂越大，最后烂到碗口那么大，再最后，烂到了脊椎。

"白生生的骨头啊……白生生……"奶奶一说到这里，声音就变得模糊不清。而我每一次听到这里，就觉得自己的脊椎也在隐隐作痛。

"姆呃，痛啊！"

每后来不再喊让奶奶给她治了。她突然发现她的母亲并不是万能的。母亲治不了，别人又不放她们出去治，她只有等死了。八岁的孩子明白了这点。她不再喊"治"了，那是个没用的字眼。她只喊痛。

再后来，每连痛也不喊了，她只是哭叫，像一只快要被人踩死的小猫那样号叫。半夜里只要每号叫的时候，四面牢房便一片躁动：

"作孽呀，这样大点的孩子！"

"你男人犯了什么罪，要你们母女连坐？"

"怕是前世没修什么阴德吧！"

奶奶只觉得恐惧。她也信命。她相信一定是前世哪个祖上作了孽，这辈子才会有那样多的罪来让她受。吃不完的苦受不完的累，男人扔下她不要，儿子离开她下落不明，而且连失三女。前两个女的死她悲痛之外并没有感到恐惧，因为她自己做过童养媳，她清楚那是做童养媳的女孩子再正常不过的命运，在老家山里像那样死去的女孩子实在太多了。可是每不同，每是她一手带起来的，每不该像她的姐姐们那样命薄。可现在，眼看每也要即将离她而去，这不该啊！命，一定是命！奶奶想到这里，一种强烈的恐惧便牢牢攫住她的心，使她几至无法呼吸。她觉得冥冥之中有一股人所无法抵御的力，正从她的手中将她小女儿的生命之丝一点点抽去。她徒劳地看着每像一条被捕上岸的鱼在她身上扭来扭去，除了和每一样痛哭外，无计可施。

"每呀，好女！"

奶奶觉得自己心上的肉正在被人一点点地挖空。

这个悲惨的故事我已经熟得几乎能背下来，但小时候我一直在想：每得的到底是一种什么病？或者说究竟什么病会有这样可怕？若干年后在军队里学了医，我才知道每得的病名叫气性坏疽，它和奶奶的命没有任何关系，完全是监狱里恶劣的环境所致。这是一种极其凶险的病，如果得不到及时治疗它能将人活活烂死。但是治疗起来也很简单，青霉素就是它的克星。在我的抽屉里有许多瓶生病打针剩下的青霉素，我觉得扔了可惜，就一瓶瓶留在了那里，至少也有二十瓶吧。不必多，只要拿出五瓶，就可以换回一个可爱健康的每了。

当然，也不是所有得了气性坏疽病无药可治的人都注定要死，这取决于个人的机体抵抗力，重要的是要有阳光、干燥的环境、新鲜空气以及营养……这一切，每当然都不可能有。每所拥有的，只是阴暗、潮湿、霉菌、臭虫、尿、汗和血混杂在一起的污浊的空气……这就注定了，每只有一点点烂下去。

在每之前的许多年，那些白皮肤的人们就已经十分地懂得了阳光的宝贵，他们非常看重并且懂得利用阳光的保健和治疗作用。他们知道，这种作用是任何药物所无法替代的。因此，许多著名的海边修起了一座比一座豪华的日光浴场，在那里阳光按平方米收费。消费日光的人们每年在适当的季节里阖家迁徙，如候鸟般拥向海滨，在沙滩上最大限度地裸露出他们凡可裸露的部分，以便使自己能够恣意地享用阳光。

东西方对于阳光的理解并不完全相同，在白皮肤的人们争先恐后地拥向日光浴场的时候，东方则刚刚兴起了"避暑"的时髦，南昌以北一百多公里的庐山上那些花木掩映的繁多别墅，就是为它们的主人躲避夏日里过剩的阳光而修葺的。

没有人会把这些多余的阳光拿来分一点点给每。

牢房里有一扇天窗，恰如一方手帕大小，于是地上便有了手帕大小的一片阳光。同牢的女犯个个叮怜这个烂了脊背的小女孩，于是这片阳光全部给了每。毛茸茸的金色手帕长了脚似的在地上一寸寸移动着，移到谁那里，谁便无言地挪开。一个瘦小的脊背从早到晚对着这片手帕大小的阳光，那脊背不足手帕的一半宽，而那脊背上有一个比脊背小不了多少的深洞。没过多久，这小小的脊背已再也直不起来，便只能由母亲捧着她去晒。

奶奶捧着每，如圣母捧着圣婴。

五个月后，她们出来了。像抓她们进去时没有讲任何理由一样，放她们出来也没有讲任何理由。

奶奶没有地方可去。爷爷没有了，恒顺泰没有了，没有一个亲人，偌大一

141

个上海，已经没有她们的立锥之地。

八岁的每，病得脖子都抬不起来了。不能让她死在这里。要死，我们也回家去死。奶奶在心里对每说。

奶奶恨上海，对这个充满了高楼大厦和光怪陆离东西的城市她心里充满了仇恨。天下的一切罪恶和污泥浊水都在这里，她奇怪自己当初怎么会那样兴冲冲地把每带到这里来。如果说以前对男人的薄情还只是想象的话，正是在这里，她亲眼看见自己男人是怎样怀抱着别的女人，当着这个女人的面把她的尊严撕得粉碎，然后把那个女人连同他们的孩子一起甩给她再一次逃之夭夭。正是在这里，她被那些穿农民衫的、穿黑衣服的人一点点逼上绝路；也正是在这里，她眼睁睁看着自己唯一的骨肉被一口口吞噬了。

奶奶恨这个地方，恨入骨髓。

回去，我们回去。奶奶对每说。

奶奶从周大夫那里借了点钱——说是借，其实双方都明白奶奶是没有能力偿还的，即使回去以后弄到钱，奶奶也不晓得如何寄还给周大夫——托人买了票，当然，托的还是周大夫。奶奶便带着每回去了。

当年是怎样来，现在依然怎样回。一切都没有变。海还是那样大，火轮还是那样脏，所不同的只是奶奶和每。来的时候每是那样活泼健康的一个孩子，在奶奶身边跑来跑去，对一切都充满好奇，回去的时候，每已经病弱得无法站立，只能躺在奶奶的怀里望着海和天空，眼神里充满沧桑。

奶奶还像在牢里那样，从早到晚把每抱在手上。只要有可能，她就用脸紧紧地贴在每冰凉的脸上，似乎这样可以让每减少一些痛苦，也可以让每在自己身边多留上几天。

在船上，见到每的人无不大吃一惊。

他们以为奶奶怀抱的是一个死孩子。每的脸变得那样小，那样黄，裹在一床薄被里的身体缩小得如同婴儿。胳膊和腿看不到，但可以看到露在袖管外面的手瘦成了一双鸡爪。每已经不再哭叫，她只是昏睡。她的身体烫得如同一节火炭，这证明她机体内残存的生命仍在与病毒做着最后的顽强的抵抗。在昏睡中她偶尔会皱起眉头发出一两声轻微的呻吟，只有这时人们才看出原来这孩子还活着。每一个从奶奶身边经过的人都用一种同情和惊恐的眼神看一眼每，女人们严令自己的孩子和每保持一丈以上的距离，如果有哪个抑制不住好奇的孩子跑到奶奶身边来看了每，便立刻会受到他的母亲的责骂。

没有人问一句这孩子多大或是得了什么病，因为人们认定抱这孩子的女人非疯即傻。奶奶看着走来走去的人们也从不主动与任何人说话。本来，交际就是幸福过剩的产物，对奶奶这样一个又穷又倒霉的女人来说，沉默是她最好的选择。奶奶用一条薄被包着每坐在甲板船舷边一把木椅上。从上了船，奶奶就是这个姿势，没有听见她说过一句话，甚至，没人见她吃过什么东西。在从上海到厦门再到漳州的三天三夜的火轮上，奶奶没有吃一口东西。

在船上，奶奶和每其实有过一次谈话。

那是一个早上，太阳刚刚从海面上升起，海面上一片金红，太阳在船的左舷，恰恰在奶奶和每面对的方向。奶奶用一条薄被包住每坐在甲板上，身边正好一个人也没有。

奶奶看见每睁开了眼睛。其实每的眼睛已经睁开好一会儿了。每已经病成那样，眼睛却还是那样好看，大大深深的像两汪湖水。

"女，你在想么事？"奶奶轻声问每。

每仿佛什么也没听见。她仿佛一直在看着什么。奶奶顺着每的视线向前方追去，每似乎是在看海，看海上飞翔的鸥鸟和海面上升起的太阳。

每突然轻声地念起了她的那首儿歌：

"月光姆，过连城。连城外，挠韭菜……"

奶奶怕清晨的风吹着了每，将被掖了掖，和每一起轻声念起来：

"韭菜心，好弯针。弯针眼，做把伞……"

这首儿歌很长，每居然能和奶奶把它一气念完。念完后，每幸福地笑了。初升的太阳照在每的脸上，照出了她额上沁出的针眼一般细密的汗珠，每在念这首儿歌的时候似乎使出了平生力气。每的眼里跳跃着两颗太阳，像两粒宝石在闪光。

每对奶奶说："姆，要是世界上只有我们两个，要是我们住在海边，或者要是我们就住在冠豸山，哪里也不去，就好了。""或者"这样的话，是每在上海学到的新词。

奶奶问："为么事？"奶奶问过这话自己立刻就后悔了。因为她心里已经掠过一阵令人心痛的预感，她知道每接下去会要说什么。每要说的话两个人彼此都明白，但她不想让每说出来。可是每已经说出来了。

每说："我们哪里都不去，我就不会死了。"

尽管心里清楚，听到这话奶奶心上还是像被人重重地敲了一锤，奶奶轻斥说：

"我女讲得么话！你年纪小小怎么会死！"

奶奶讲这话时声音在发颤，她已经做不到每那样的镇静。

每说："姆，可是我知道，我就快死了。"

八岁的孩子，已经这样冷静地确认了自己的死。奶奶再也忍不住，伏在每的被子上抽泣起来。

老家等待她们的也是一片凄凉。因为很快冬天就来了。

祖屋里已经没有一个人，老人们在这些年里都已故去。山笋从屋外长进了屋里，从灶边床下戳出来。

在我的老家，冬天的概念完全不像北方人想象的那样。在北方人的想象中，比南京上海还要南的我的老家即使在冬天也该是风和日丽万木葱茏，我的几个福州朋友声称他们没有见过雪，可是奶奶说，比福州还南的我的老家几乎年年冬天都要下雪，山上山下一片雪白，连山上的水田也像北方一样会结一层薄薄的冰。

奶奶和每回到家那年的冬天格外冷。关键是，家里一粒米也没有。

出去借米也不容易借得到。回去不久，奶奶就彻底打碎自尊过起了乞讨的日子。尽管几乎所有的人都在背后指指戳戳，说看看，这就是硬要跑出去山外的结果，不但钱没有赚到，回来还变成了乞婆，奶奶依然要出去讨。没有办法，家里没有米也没有钱，等到田里生出米来最快也是要到明年的事，这一年，成了奶奶一生中最难的一年。

奶奶天天出去。那样冷的天，家家的米都已经吃完了，哪有多下的给你？何况有谁会把米借给一个没有能力还的女人？奶奶天天出去，有时要翻几座山，路走得越来越远，却常常空着手回来。

每也奇怪，什么都不想，只是想吃粥，一天叫到晚，姆呃姆呃，把碗粥我吃吧。也奇怪，只要一碗粥吃下去，每的精神就好些，痛得也不那么凶了。

每死的那天，奶奶没有要到米。

那天从半夜里每就吵着要吃粥。"姆呃，把碗粥我吃吧，把碗粥我吃吧。"奶奶说，"女，我上山拗两条冬笋你吃哇？"每两条眼泪水就流下来了。天天这样，吵得奶奶心也烦，奶奶劝也无用，急也无用，就说，"女，你逼死我吧！"每立刻便不吵了。

过了好一会儿，每突然静静地说："姆，你莫要烦我，我吃下这碗粥就走了，再不会烦你。"

奶奶听得心惊，一把捧住每的脸："女，乖女，你讲得么事话？姆会烦你？姆自己去死也不会叫你死，乖女，等姆去讨米来煮粥你吃，姆就去，你等着姆，等着姆号？"

那天的雪好大，山上山下全都下白。米一样白的雪一粒一粒铺满山路。奶奶悲哀地走着，她没有讨到米。人们见到她远远地便把门关上，像撞到讨债鬼。

走到自己家那三分水田边，奶奶呆呆地站下。这水田里是可以长出很多米的，奶奶是种田的一把好手，可是现在那水上结了薄薄一层冰，不要说米了，连根草也长不出来。奶奶绝望地看着结冰的水田，她的心比冰田还要冷。

回到家时，每已经冰冰凉了。

奶奶每当讲到这里时便开始语无伦次：

"我哪里晓得每就是那天会死？要是晓得我就是变牛变猪在地下滚，把头磕烂也要为她讨一碗米。哪天没有粥，那天总要让她有碗粥吃。每身上的骨头戳人。每在手上有多重？没有一个月的猪崽重，两只胳膊伸出来，真真两支蜡烛一样细……"

温坊的人们听说每走了，陆续到祖屋来。说起来这也是老家的一个规矩，谁家有人走了，村人们总要到一下，一来看看有什么事情要相帮，二来劝慰一下死者的亲人。

可是人们很快发现，奶奶不需要任何人的劝慰。奶奶只一个人呆呆坐在每的床边，一声不哭，一句话不讲，任谁来劝谁来说，只是一动不动，不许人们动每的任何东西，更不许人们把每入殓。人们愁眉苦脸站在一旁：按规矩未出嫁的女死在家里，不过当天就必须抬出去埋的。有胆子大的劝道：桐崽嫂，细妹走了，留在屋头不好……奶奶就会猛地扭过脸来，恶狠狠地骂一句：

"有么事不好？自己的女！我就要留在屋头，留跟我一辈子！"

村人们骇了，说奶奶被鬼撞了，发起了痧，总要想个什么法子才好。村人们悄悄请了道士来，悄悄在奶奶祖屋外做起了法术，想使奶奶清醒过来。

奶奶仍坐在每的身边一动不动。

145

村人们听说每死的那天是没有吃到粥空着肚子走的，也正是因为这个奶奶心里的结化不开，那些当初不肯借米给奶奶的人便急急从自家米缸里挖出一碗两碗米来送到奶奶面前，说是煮粥送给妹妹路上吃，实际话里话外都是要每不要来缠他们的意思。

奶奶面前一下子有了好几碗米，还有些菜、果、肉、油，都是送亲人上路做祭饭必要用的东西。所有的东西都没有落在奶奶眼里，只有那些白生生的米叫奶奶越看心越痛：不是没有米吗？不是没有米吗？今天就是有再多的米又有么什用？如果是在昨天，有一把把子米，每就不会走，每就现在都还会在，会在自己身边，会用轻轻的甜甜的声音和自己讲话，会叫姆呃、姆呃。

奶奶望着这些米，嘴唇开始哆嗦，两行热泪顺着鼻梁两侧缓缓地淌下来。这时天已经黑了。

也许正是这两行眼泪使奶奶醒了过来。奶奶从每的尸身边站起，开始了活动。前来为奶奶帮忙的温坊的五婶目睹了奶奶的一系列古怪举动。

奶奶先打来一盆水，放到灶上烧热，然后细细地为每擦脸、擦手、擦身。奶奶擦得那样小心那样细，好像是在擦洗一个刚刚出生的婴儿。每冰冷坚硬的身体在温水的浸润下似乎变得柔软了。擦到每的手时，奶奶好像事先知道里面藏了什么东西似的，把每紧紧攥着的一只小小拳头打开——里面是两根圆圆的猴皮筋，那是几个月来，每在极度的痛苦中也没有撒手丢掉的一个小姑娘的爱物。

奶奶细细地为每擦脸，梳头，然后用那两根皮筋在每的头顶两侧一左一右扎了两根羊犄角小辫。为了这个奇特的发式，五婶摇摇头，这可不是我们这里作兴梳的头，何况并没有每原来的娃娃头好，看来桐崽嫂真正是伤疯了心，五婶暗想。五婶还注意到，奶奶在为每擦脸时，在每的额头上有一块像只咧开的小嘴一样的疤。奶奶的手在抚摸那块疤的时候颤抖得厉害。奶奶抚摸着那块疤，抚摸了好久好久。

这些都还不算奇怪的，奇怪的是奶奶的祭饭。负有责任的五婶一再提醒奶奶：每是要吃粥没有吃到走的，村人们既然拿了这多米来，说什么也要为每做碗浓浓的粥啊！可五婶好说歹说，奶奶却像是聋了似的只顾做着自己想做的事。

奶奶先把那些米用水浸在瓦盆里，然后端了一盆水到院子里，把舂米的石臼洗净。奶奶把米一把一把抓到石臼里，用木杵打起来。几年不在家乡了，奶奶舂米仍然舂得很有劲：一下一下，咚咚咚的，在半夜的深山里听起来很响。

奶奶把舂好的碎米放到锅屉子里，像蒸米饭那样全部蒸熟之后，把村人们送来的油全部倒进了锅。奶奶烧起了油锅。

奶奶坐在灶前，不断地往灶膛里加柴，火已经烧得那样猛那样旺，她仍不住手，直到油像水那样在锅里沸腾起来。火光映着奶奶痴痴呆呆的脸，像一尊死板呆滞的红脸木塑，五婶看得心里好怕。奶奶把蒸熟的米切成一块块方方的丢到锅里去炸。五婶觉得奶奶真是疯了，这算是么事祭饭？人真是不能出去，出去回来的人个个都变成这样古里古怪，把老家的规矩丢得干干净净！五婶想想，好歹奶奶没有问她讨过米，就由着她疯去吧。

终于，奶奶的祭饭做完了。是一盘炸成金黄的香味四溢的米糕。这时，已是交天光的时刻了。

奶奶把米糕端到每的床前，端端正正摆到地下，这才开口说话。奶奶对每说：

"每，乖女！姆米糕做好了。姆做米糕做了一夜，你看姆是不是怕烦？姆知道你心里最想的是么事，你心里一直想的是米糕。你懂事，从来不吵我要吃，你说你要吃粥，那是你怕我烦。乖女，今天你吃吧，吃，吃得饱饱好走路，今天以后，姆再也陪不到你……了……"

奶奶一边说，一边手指颤颤地摸着每冰凉的小脸，突然，奶奶的手再次触到了每额头上那个像咧开的嘴一样的疤。如同一道电流通遍奶奶全身，奶奶猛一抖，陡然像头母狼一样发出一声长嗥，哭喊终于像山洪暴发一样冲出身体，冲出喉咙：

"天对我不公啊！为么事一个一个把我的崽都收去啊？我只有这一个女么什还要拿起她走！我没有男人没有雄崽，只这一个女了呀！我不要男人不要雄崽么什么什都不要只要这一个女呀……"

奶奶哭得晕过去，醒过来又哭，哭得又晕过去，醒过来又哭，任谁来也劝不住。奶奶的哭声一定是这个山村有史以来最凄惨悲壮的一次歌哭，因为据五婶后来说，那天临天光时整个温坊的人们都被奶奶的哭声骇醒了，人们纷纷披衣打开门走到院子里，朝哭声传来的方向张望。几个刚刚嫁到温坊来的媳妇听说是哪家死了女儿哭成这样觉得几奇，悄悄议论着说只知道有雄崽男孙死了真哭，没听说有哪家死了细妹还真伤心的，这不是几奇么？

那是在我知道了每的故事之后的一个寒冷冬天的上午，我走到父亲跟前说：

"爸爸，我想看看每的照片。"

"谁？"父亲连头都没抬，他很忙。

我知道解释清楚这一切有相当的难度。我因此而咽了口唾沫，抬头看了一眼窗外，琢磨这话该怎么说。这是个晴朗的日子，阳光是金色的，院子里的楼群镶上了一层金色的外壳。隔着玻璃窗感觉不到户外的寒意，你几乎会以为这不是冬天。在这样的日子里人们是不大会想起那些不愉快的事情的。我还是决心一试。

我说："每，你忘了，就是姑姑啊！"

"谁？"父亲抬起头来，但显然更糊涂了。

"哼，就是你的妹妹！"

很显然，他已经把每忘了。我气愤起来。每为他们吃了那么多苦，每几乎是因为他们才死的，他们却早把她忘了，忘得干干净净。我为每感到委屈，感到不公平。

但是后来父亲还是把每的照片找了出来。

我抱着那本厚厚的砖一般沉重的相簿，独自找到一处背人的地方打开。

我的心一下便沉了下去。

这就是那帧照片了。

照片早已黄成土褐色，四周的边磨得起了毛，上面只有两个人：奶奶和每。奶奶穿着一件土里土气的旗袍，整个旗袍从花色到款式都与奶奶那张典型的连城客家妇女的脸极不谐调。但每不同。每身上的一切，尽管透着明显的那个时代的气息，在今天看来你仍会觉得她那样可爱、纯朴，无一处不谐调、不动人。

在奶奶和每即将离开上海前夕，在每即将离开人世之前，周大夫带她们去照了这张照片。

奶奶没有夸张——母亲的五个孩子，奶奶的五个孙子，没有一个比每漂亮。

一件可身的小旗袍罩住她孱弱的身子，极度的虚弱已经使她立不起来了，柔柔地斜靠在奶奶身上。留至眉间与耳根的齐齐的娃娃发，括住一张恬静清秀的脸，鼻子高挺，面颊瘦削，小而圆的嘴，嘴角紧抿着，像有无数话要说却又咬住不说……不，我看了许久，她的完美不仅在于这些。是另外一些什么东西使她看上去让人心悸。是什么呢？是气质、气韵？可一个从大山里出来的、冠豸山下吃地瓜长大的没有念过一天书的女孩子，也会有气质吗？

她眼波一动，我看出来了。

是眼睛。一双那样大的眼睛，离远了看脸上似乎只剩下两颗黑洞一样大而深的眼睛，郁郁地望住你，由里向外流泻着一股深刻的哀伤。那里面有着太多的东西。那不是一双八岁孩子的眼，那是一双渴望生命而又清楚地知道死之将至的成年人才有的眼，只有经历过大摧残大折磨的人生的人才会有的那样一双眼。

我的心像被一只有力的大手攥住，越攥越紧，紧得发痛。我对她说：每，这就是你吗？

好些个夜晚，我在梦里见到了她。我总是说：每，这就是你吗？我向她伸出手去，她却郁郁地望着我，一步步后退，一直退到黑暗里去。

那些日子我总在心里为每哭泣。我对她说："每，你实在太可怜了，难道我就真的一点点都不能帮助你吗？"

我突然明白了一切，明白了为什么事隔那么多年之久每仍是奶奶心中一块不容侵犯的圣地，明白了我的无端的嫉妒与辱骂对奶奶形成了何等的伤害，同时明白了为什么只要我一生病奶奶就会那样惊恐万分。

我又发烧了，烧得稀里糊涂。这时我便看见各种各样奇形怪状的东西，有的是形体，有的是线条，有的是绿色、黑色或者蓝色。我便开始说一些我自己都不明白的东西。

奶奶听见我总在说每，她觉得是每的魔魇迫着我了，于是她虚张声势地在屋子里四下扑打，嘴巴里还"去！去！"地恐吓着，仿佛屋里四角真的隐藏着什么觊觎我的鬼怪。我从床上跳下来抓住奶奶的手说：别吓她！别赶她走！让她留在这儿！

然后就到了那个晚上。

是个和每死的那个日子一样寒冷的冬夜。窗外慢慢地落着雪，米一样白的雪铺满了世界，天地一片银白。

我本来一直睡得很甜，却不知为什么在半夜突然醒了过来，而且醒得十分透彻。我叫奶奶，没人答应，伸手去摸，奶奶不在。这时我听到了一阵清晰的响动：

窸窸哗哗，窸窸哗——

开始我没在意，只是静静地躺着，静静地听。但我突然想起了那一个夜晚奶奶对她的外甥女所讲的故事，于是我抬起头来——

我看见了每。

是每。

每就站在进门左手的墙壁里，用那双流泻着无尽忧伤的大眼郁郁地望着我，将身子斜倚在墙里。她周身透明，像山中石涧间一条小小的青鱼，骨、肉、血管清晰可见。背上那个碗口大的洞，从正面看去就像长在她的胸上。

她绝对没有八岁。她的小小的心脏也是青色的，才只有杏子那么大，在瘦小的胸腔里无力地搏动着。外面在下雪，她的青布旗袍显得格外单薄，像层纱一捅就会破。两只枯瘦的胳膊正如奶奶所说，细得像两根白蜡，而她旗袍下露出的两条小腿也不过比白蜡粗一点点。我诧异这样细小的脚如何能跟住相比之下显得那么宽大且又从不系扣的鞋，在夜空中飞行而不会将鞋失落？她的两只小手冰凌一样僵硬而透明，一股寒气正由她的双手向屋里四下弥散开来，一会儿便从四面八方重重包裹住我。那是一股入骨穿髓的冷，我的牙齿禁不住咯咯打起颤来。但我不怕。因为我知道，那是每。

我想坐起来，但我不能。

我想说，每，你的孤魂自那个寒冷的日子离开你的身体，就这样日日月月年年到处游荡着吗？从天上游到地下，从南方游到北方，你不累吗？在这样的雪夜里飘飞，你不冷吗？为什么不能留下来和我们在一起？

可我说不出来。

每就那样郁郁地望着我，清澈而透明的躯体冰一样不断发散着寒气，这寒气似乎在消耗着她，如热消耗着煤。那躯体越来越透明，越来越淡，似乎要化在黑暗里了。

我怕！怕每走，怕再也无缘与她相见。我挣扎着坐起来，用尽全身力气，居然响亮地挤出一个字：

"每！——"

随着这一声喊，每开始迅速地融化了。她透明的躯体自下而上依次隐没在墙角的黑暗中，先是脚，然后是腿，然后是躯干、上肢，只一会儿，那个青杏一样的心脏和碗口大小的伤洞也不见了。最后隐去的，是那双流泻着无尽忧伤的郁郁的眼睛。

每！我哭了。我知道我们是无法留住你的！

吃早饭的时候我问："妈妈,你真的不相信这世界上有鬼吗?"

十六

要注意这样几个提法:

客家话;广东客家话,闽西客家话;再具体些的叫法还有长汀客家话、梅县客家话、凉水客家话、四县客家话,或者说长汀客话、梅县客话、连城客话。

这就是说,同是客家话,具体讲起来又有区别。在客家语言研究专著里,常常将有代表意义的几处客家话用地名作为定语冠之。比如梅县客家话,自是专指广东梅县地区的客话;长汀客家话,是闽西长汀、连城、上杭、武平、永定等地客家话的代表;四县客家话,是广东五华、焦岭、兴宁、平远四县客家话的简称;凉水客家话,是四川成都附近凉水井客家话的简称等等。

同样都是客家话,除了词汇、语法、发音大致相通之外,不同地区的客家话又有许多区别。这很容易理解。客家居住地都是大山,交通阻隔,交往困难,而交通正是语言交流和趋同的最重要的因素和条件。这就很可以理解为什么同在一江上下游的四川和湖北相隔千里语音语调基本趋同,而客家山区往往隔几座大山便语言不通,人们交往只好被迫使用普通话。这也正是为什么福建始终是全国普通话普及最广最彻底的省份的原因。

即使在客家里,连城的大山也算大山之中的大山。

这里不妨录罗美珍《客家方言》中的一段文字作为佐证:

客方言词汇的地缘性色彩很强烈,这也是造成客方言内部歧异的重要因素,也是客话之间不能通话的重要原因之一。如纯客县连城,县内方言复杂,往往隔座山或者隔条河方言就很难沟通,过去老一辈的商人或工匠因外出来往频繁,迫使他们要操双言交际,但妇孺能操双言者甚少,因此,就是在本县内交际亦有困难。如官话"蚯蚓",连城城关叫"黄犬",文亨叫"尿犬",新泉叫"蠕犬"。官话"虹",连城城关叫"天弓",文亨叫"天龙神",四堡乡叫"弓把雨"。

例如连城,隔座山就是一种话,而且县内乡内竟不能通话,同县客家人通话要使用国语,语音内部差异很大。有的学者将入声有无作为客话分区的一个主要条件,事实上,这个条件不适用于给客话做大的分区标准,如汀州片长汀话五个声调,连城话城关五个声调,姑田赖源六个声调,文亨、新泉、四堡则有七个声调……

　　文亨、四堡、新泉、姑田都是连城县内的镇或乡。连城地域的特殊性决定了连城客话的特殊性。而我之所以对这段文字如此感兴趣，是因为我发现不止我一个人注意到了这点，把这段文字抄录于前，自然也就有了拉同盟军的意思。山高地僻的连城就是这样成为一座语言的冷库，那些上古中古的汉语一经采撷放进去速冻之后，取出来的时候仍新鲜得青翠欲滴。这也就是为什么乔纳找到的那首《迁徙诗》能够几百上千年没有走样，在连城得以保存的一个原因。

　　了解这一现象的意义在于，历史上对于客家话的研究历来以广东梅县客家话为代表，却忽略了对汀州客家话的研究，而包括长汀、连城、上杭、武平、永定的汀州客家区域，是客家形成的走廊，也有史家称之为"摇篮"。汀州客家话比起其他地方的客家话要复杂得多，而这种地域性差异恰恰反映了整个客家话乃至客家族群产生、形成、发展、定型的历史走向。因此，对于汀州客家话的研究，具有极其重要的意义。

　　不知道别人是不是碰到过这种事，有些怪事在我这里经常发生。事后一看明明白白，可这些明明白白的事当时硬是会从你眼皮子底下溜走。有些资料你踏破铁鞋找不来，可后来一看它们早就在你案头上放着，甚至你早就翻过它们。它们之所以引起你的注意，是由于得到了别人的提醒。

　　那天在24号楼林老太太家，林老太太特别向我提到了一个人的名字。林老太太刚说出口，那名字便在我的脑中电光石火般一闪。我立即想到，我在从连城抱回北京的那一大堆资料中见到过这个名字，但由于当时我对所有发生过的事件还一无所知，很难给这些杂乱的资料归位，这个名字便从我面前一滑就过去了，我当时完全没有注意到它。

　　事后想想，我当时怎么会这么迟钝呢？怎么会没有注意到呢？我是知道这个名字的呀！关键是，我是多么需要这份资料。

　　正是在这份资料中，我知道了爷爷的恒顺泰开在上海的哪条路上，我知道了奶奶大约是在哪年到的上海，并且知道了离恒顺泰不远的那家妇科门诊的主人周大夫的真实身份：果然与奶奶的猜测相去不远，周大夫的确是共产党员，但她与爷爷的组织关系和联络人不是一条线，因此，在她和爷爷奶奶之间形成了一种默契合作却始终不清楚对方真实身份的奇特的关系。周大夫在材料中是这样回忆的：

他（引者注：指爷爷）的身份我只是猜出来的。

他经常介绍一些苏区来的红军同志到我这里治病，这些病人有的和我熟了，曾透露过自己的真实身份。

三十年代初我有一次因有事要去常州，他劝我这个星期不要出门。不久，报纸上就披露了由南京开往上海的火车在镇江被颠覆、死伤不少人的消息。事后我曾到他家谈过此事，他说，据说蒋介石原定乘这列火车去上海，临时改期了。我猜测这是他们策动的一次刺杀事件，但当时我的确很震惊，因为我觉得即使是为了刺杀蒋介石而误伤了这许多无辜的生命，不也实在与黑社会势力无异，实在太残忍了吗？

爷爷——共产党——黑社会——暗杀，天哪，这都是些什么联想？

爷爷明明是共产党，怎么能把他们与黑社会联系起来？这个政党的旗帜的颜色，属于这支政党的军队的颜色，统统是用那样一种颜色来代表——血的颜色，红色。可现在，周大夫居然要往里面加一抹黑色。多么不谐调的颜色！我想起了小时候美术课上，美术老师曾经教我们如何调色。年轻漂亮的美术老师这样示范道："蓝色加黄色，是绿色；红色加黄色，是橘红色；红色加上黑色呢？"美术老师一边示范一边说，"千万不要多，只加上一点点，神奇的效果出现了：是紫色……"现在，在爷爷的红色里，被加入了一抹神秘的黑色。爷爷的颜色发生了变化。可这些仅仅是联想吗？它们是不是事实呢？我想这周大夫如果是一个国民党，编造这些可能还有点意义，可她也是个共产党啊，如果不是事实，她编出来干吗呢？对她有什么好处吗？

更有意思的是——简直令人无法想象：在这份资料的结尾，注明了资料的出处。"文革"中红卫兵分别找到了周大夫和奶奶，把与她们两人的谈话记录加以分析对照，最后整理出了这份材料。两个同样说不清爷爷的人合起来说清了这一段的爷爷。这实在是一件失之东隅收之桑榆的事，不知这是否可以看作是那场"革命"歪打正着的贡献。

这使我产生出一种强烈的想要见见周大夫的愿望，对于爷爷奶奶那一段的生活，毫无疑问她是最具权威的见证人。更重要的是，我想知道的更多一些，那些被党史和各种资料认为没有价值的东西，恰恰是我最渴望知道的。我想知道二奶奶是怎样到爷爷那里去的，明明有了二奶奶爷爷为什么还要再把奶奶从老家弄到上海从而造成了奶奶对爷爷那样深的仇隙。所有这些在资料里都讳莫如深只字不提。但我想，所有这些大概都装在周大夫的肚子里。

我按照林老太太为我提供的全部线索开始了我的计划。我利用一次出差的机会到了上海，只用一天时间办完了所有要办的公事，第二天便开始了寻找周大夫的行动。我先找到市政协——周大夫是全国政协委员并市政协常委，她和林老太太正是在政协会上认识并成为朋友的——打听到了周大夫退休后的家。在淮海中路 1536 号，我找到了周大夫一直居住的小三居单元，可我足足按了五分钟门铃也没见有人来开门。我当然不会如此轻易言败。在费了九牛二虎之力之后，我从周大夫的一个多疑的邻居那里打听出了周大夫的新去向——在我打听的全过程中该邻居没让我进门，隔着一道安全门外加两条防盗链，在门缝中她查验了我的身份证、工作证外加机票和保险之后，才取出写在一张小条上的周大夫的地址让我抄下——那是周大夫侄子的地址，周大夫去她侄子家了。

我怀着一种别扭的感觉下了楼。我想按说特务从这个国家销声匿迹多少年了，可怎么如今人人却都变得像特务一样了呢？

已是接近吃晚饭的时间了。周大夫侄子家在徐家汇以东一个新建的小区，如果"打的"去也不过二十分钟，这个时候正是人家吃晚饭和看新闻的时间，也是登门造访最不合适的时间。我必须把晚上 7 点半之前这一个多钟头想法打发掉。于是我就近找了一家肯德基，像小孩子那样胡乱吃了一顿，便在上海街头漫无目的地转了起来。

我从这条街走到那条街，从东西向的街穿到南北向的街上，向徐家汇方向溜达。近处远处到处都有高楼拔地而起，一幢接一幢，每幢风格不同却又全都妙不可言。霓虹灯在楼上街头迷离闪烁，气象万千，绝对称得上数一数二的东方大都市。同样都是在这二十年才起步，拿上海和我所居住的那座城市相比，如果说上海俨然是一位雍容华贵美妇人的话，那座城市就是一个无论如何脱不去俗气的村妞。没办法，再多钱扔进去都白搭，整座城市设计和规划的观念不行，每一幢楼设计的水准也不行。你能从满眼俗不可耐的楼群中看出这个城市规划者和管理者的水准。上海就完全不同，不知这与几十年殖民地的熏陶和训练有没有什么关系？

和那些高楼大厦形成鲜明对照，近处临街的房子许多还很破旧。这些房子多是上下两至三层的老房，下面是店，上面住人，没有阳台，衣服用竹竿搭着从窗里伸出去。这些房子也许是五六十年代造的吧？或者兴许是三四十年代的房子也说不定。不知怎么我突然想起了三十年代初大睁着好奇的眼睛、梳着娃娃头，天天徜徉在上海街头的每。每应该是走在哪一条街上呢？也许在隔几十条街的远处，也许就走在这里，走在我脚下的这条街上。卖米糕的人早不见了，行人路上的砖石也早该换过了几次，但每的魂灵应该仍在这里，每的憧憬、向往，每的一呼一吸的芬芳的气息，每的小旗袍发出的窸窸窣窣的声响，就滞留和伫驻在这些古老房子的木隙和砖缝中。冬天的上海，天气阴晦而湿冷，前两天刚下过冻雨，空气中充满了排不出去的湿重的水汽。过惯了北方冬天暖气融融日子的人，在这低了差不多十个纬度的南方反而会受冻不住。走不一会儿我便感到手脚麻木，在北方足以过冬的毛衣和呢外套，此刻穿在身上竟如纸做的一般，被风一吹便穿透了。

我正欲拐进一家商店取暖，突然看到了什么。

我看到两个乞丐。

在商店门外的梧桐树下，站着一大一小两个乞丐。大的看上去是母亲，四十岁左右，脸色红胖很有光泽。小的女孩子才六七岁，骨瘦皮黄，眼睛大大的，被母亲教着向每一个行人伸出细细的手。

我小的时候行乞是被严令禁止的，理由是：一，有损共和国形象；二，不劳动者不得食，行乞肯定因为无食，而无食者盖不劳也，这是那个时候我们的逻辑。因此在我印象中乞丐本来就少，即使在天灾人祸并发的那几年，街头也几乎见不到乞丐，偶有的一两个乞丐比地下工作者的行动还诡秘。奶奶每见到乞丐是必要掏出一两毛钱叫我给出去的，每当我回家将这一点泄露给母亲，奶奶则必会遭到一回指斥。其实我也不是有意非要让奶奶难堪，更不屑担任叛徒的角色，我只是每次都好奇，想看看奶奶和母亲在这种问题上什么时候能够统一起来。因为只要她们一天不统一，我的脑子就会多混乱一天。回想那些日子，除了号称天灾人祸那几年，不知真是太平盛世还是虚假繁荣，反正在我下乡和当兵的宁夏、河南都很少见到乞丐。如今不同了，明明粮食早已过关，乞丐却成帮结伙，在首都和上海最繁华的街头堂而皇之地招摇过市，且有不少恶丐，名为行乞实偷实抢。奇怪的是今天的政府并不过分禁止，这能否被看作政府和社会趋向开明的一页风景就不得而知了。关于乞丐骗人的传说之多几乎要超过乞丐本身，以至于一个人无论在何种情况下，只要是流露着真诚施舍给路边乞丐几枚小钱，必会被周围人看作是幼稚或者虚伪。因此，每当我摸出几个零钱欲放到老乞、盲乞、残乞手中或者瓦罐里的时候，必要对周围略观察几眼，一般总要在无人时才肯，免得被人背后讥笑了去。这大概也是我人活得不够潇洒、不够磊落的佐证之一，却始终改正不了。可是今天，看到面前这一大一小两个乞丐，我却有点走不动了。

我并不是钱多得没地方花的富翁，也不是一个无原则的人，我的原则是只对那些丧失了或者还不具备劳动能力的人尽可能给一点小小的赞助。我不大赞成那种"别看这些要饭的，个个都比你有钱"的告诫，因为我觉得如果一个人由于丧失了劳动能力，只能靠出卖尊严求得生存的时候，他就已经具有了得到回报的权利。在我看来，出卖尊严是人之最大的不幸。但只要这乞丐年轻，可以劳动，我便不肯提供这种赞助，尽管这种一角两角的赞助微不足道。原因是同样的：一个宁肯不要尊严也不肯劳动的人，是不该受到鼓励的。按照这个原则，眼前这一大一小两个乞丐，都不是我提供赞助的对象。

但是仿佛鬼使神差，我第一次，在完全不顾忌周围人左顾右盼的情况下，径直走到她们母女跟前，掏出一张百元的纸币放到那小姑娘手里。我知道我这样做非常可笑，可笑到连小姑娘和她的母亲都会认为她们的施主神经不大对头，否则为什么当母亲的连声"谢谢"都不还给我，就慌里慌张拉起小姑娘溜进了小巷深处。

理由自然是明白的。从那小姑娘大而忧郁的眼神里，我看到了每。没错，每此刻正附体在那女孩身上，透过女孩的眼睛望着我。我是想通过这种方式，在六十年来存在于我和每之间的巨大不平衡之间找到一点点平衡。

晚上整8点，出租车停在徐家汇东北一幢崭新的公寓式楼前。我抱着一大束刚刚在花店买的鲜花走上电梯。

总算找到了她。我想。找她的过程够写一部"寻找周大夫"的书了，如今叫这种题目的书很多。

我设想开门的应该是一个五六十岁的壮年男子或者略小于他的同龄妻子，结果都不是。门开了，把门的是一个不到三十岁的年轻人。年轻人自称是周大夫侄子的儿子。

"周大夫周老太太呢？"我充满希望小心翼翼地问。

"你是她什么人？"

年轻人并没有直接回答我的问题而是反问我，也许，这是所有上海人面对陌生人的一种方式？

这问题并不好回答。当我委婉地告诉他我是他父亲的姑妈的战友的孙女时，连我自己都怀疑这种回答究竟是不是想让人家相信。但很快，以我一副典型北方人的憨相——上海人通常总这么看待上海以外的人，我的诚恳态度以及我手上那一大抱肯定不是诈骗来的鲜花使他迅速对我有了一种起码的信任。他告诉我，他的姑婆不在这儿，在医院里。

我大失所望："请问在哪家医院？我可以去看望她吗？"

年轻人："不必了，她已经去世了。"

我的心一紧："什么时候？"

"前天上午。"

前天上午？那正是我乘飞机往上海赶的时候。当我的飞机高高飞翔在云层上的时候，这位老人的灵魂正脱离她的肉体向着云层之外无限透明的天穹飞升。由于还要等几个从外地赶来吊唁的亲属，所以她的躯壳留在医院等着料理后事。

我把花留给了那个年轻人，没有再提出到医院去看一下的要求。

没有留在这里的必要了。但我没有马上叫车去机场。

我重新回到街上，一个人垂头丧气地走着，心里说不出的沮丧。天很冷。沮丧加上冷气的侵袭使我的头开始一阵阵发紧。

天上又下起了雨，柏油路上湿漉漉的，车灯和街灯的影子在覆满了水的地上扩大了一倍，给人的感觉却是寂寞和沮丧扩大了一倍。新的牛皮靴踏在水里吱吱喳喳地响，出租车从我身边一辆辆驶过，性急的司机有意减慢速度揿响喇叭提醒我注意，然后猛踩油门愤愤而去。我不想搭理他们。我就想一个人。

我为什么不早几天来呢？哪怕就早来两天，一天？我就这样一边责怪着自己，一边在冷雨中的上海街头踽踽独行。我这时候的状况真有点和钻牛角尖差不多，完全不想一想我对自己的责怪究竟是否公正。想想吧，如果老人早在一个月前就已进入弥留状态昏迷不醒，那么我即使早来两天又于事何补？那时我就会为新的后悔所纠缠，为什么我不早来一个月？要知道，很可能早在一两年前老人就已然回归到出生时的状态，生活在完全的自我世界之中，把过去的一切全忘怀了。

街上有不少打着伞的行人或情侣与我相对而过，霓虹灯在雨中怪异地闪烁，这个当年号称东方巴黎的城市就是在最疲惫的时候也不会完全安静下来。没有人会知道我心里在想什么，没人知道。一个我从未谋面的老太太的去世会给我带来这样强烈的失意和伤感，而这老太太不过是在六十年前和我的亲人们发生过某种联系。人们全有自己的事，你费尽心机想了解和打听的那些事和他们一点关系也没有。六十年前的事算什么？就是三十年前那场遍及全国的关系到每一个人荣辱进退、生死存亡的轰轰烈烈的"革命"又给今天三十岁以下的人留下了多少印象？难怪那位至聪至慧的老夫子会留下如此洞察深刻的句子："逝者如斯夫，不舍昼夜"，他老人家在两千年前就把这些全看透了。

我突然对自己的自责有了一种新的认识。不必去追悔周老太太的去世，你必须清醒地意识到，一代人的历史已经结束。历史正是这样像水一样地流过去了，从容而迅捷，无言而残酷。多少故事都是这样随着一代代人的逝去而销声匿迹，那些曾经发生过的事情、事件的真相，那些制造和参与这些事件的人物的真实面目，也许永远也辨认不清了。我们现在听到和看到的历史，究竟有多少是真的，多少是被人演绎过的？多少在当时就被掩盖和谋杀了？多少事在刚刚发生过一个小时后就已经永远不可能有人说清，何况那些已经过了十年、二十年、半个世纪的事情？事件的制造者个个有自己的私欲和阴谋，演绎者个个有自己的理解和用心，而听众永远说什么信什么，像羊群一样盲从天真。你谁都不能怪，只能怪自己意识到这点时已经太晚了。当亲人们都在的时候，你意识不到这点。祖父和父亲，他们就像生命之途上为我们挡住死亡的两道门，把死亡与我们远远隔开。有他们在，你会觉得死亡离你远着哪！而生命如同花不完的金钱可以大把地挥霍，你游泳，爬山，旅行，看朋友，忙着和情人约会，去银行或者证券部，唯独没有时间去了解一下祖父和父亲，心想日子还有很长。祖父去世了，你曾经感到过一丝恐慌，但很快随着父亲的镇静平静了下来。你想，不要紧，父亲还在，而且还很健康，祖父的故事都装在父亲的口袋里哪，总有时间去了解的。你仍然每天都很忙，你有许多的工夫忙自己那些自以为很有意义的事，却没有工夫回家，没有工夫静静地听父亲说上两个小时的话。父亲想你了，但他很要强，不大愿意流露出想看看你的意思，只说家里有你爱吃的荔枝或者大闸蟹，而你通常会很不耐烦，一下便洞穿了父亲的小诡计，于是便推说现在很忙，荔枝你自己吃吧，免得放坏了。你甚至没有工夫去体会一下父亲的失望和伤感，你认为自己干的事比什么都重要。直到突然有一天，父亲也倒下了，当父亲和祖父这两道屏壁全部坍塌之后，死亡突然如此真切地逼近到你面前。这时你才知道，你应该早做的那件最有意义的事情，永远也做不成了。

是的，永远。无法弥补便意味着永远。

机场里面乱糟糟的。

由于北方大面积降雪，往北去的飞机全压在虹桥机场飞不出去，往北去的旅客自然也就全被压在了候机室里，想找一个座位都很困难。

我在一个年近五十岁的胖子身边发现了一个空座位，可那上面正舒舒服服地躺着他的提箱。我上前说服他。还算不错，他把提箱挪开了。这年头别指望祖国处处有亲人，能被说服就算是好人。连日来的奔波和焦虑在这乱哄哄的机场里一下子全泛了上来，我觉得疲劳、乏力，更糟糕的是，我觉得那个要命的头疼又快要来了。

半夜里发放了一次盒饭。小姐们表情僵硬毫无歉意地再次表示了飞机因气象延误不能准时离港请大家耐心等候的歉意，人们嗡嗡地表达着不满，有人挤到前面去问准确时间，毫无收获地愤愤而回。有人发牢骚，像这种天气国外就照飞国内为什么不能飞！一直在我旁边假寐的胖子突然炸雷般地吼了一声："废话少说！赔款！"方圆几十米的人都吓一跳，我的头皮也跟着紧了一下。这家伙，平时准是个韬光养晦的主儿，我心中暗忖。

第二天一早7点登上飞机，但这并没有使我获得解脱，在我落座低头去系安全带的那一刻，我的魔鬼降临了。剧烈的头疼使我的双眼视力模糊，而这模糊回过头来更加剧了我的头疼。我坐不住了，想吐，并且最糟糕的是这次出差我忘记了带药。到达目的地还要一个小时，从机场回家在这样的雪天里即使最顺利也要一小时，也就是说我还要有至少两个小时才能得到起码的治疗，而现在我必须像一个在无法麻醉的情况下坚持把手术做完的病人那样，靠意志和毅力干忍着疼痛。我的头顶正好有一面电视屏幕，里边传出咚咚的厮打声。我闭着眼睛强忍着头顶上的噪音，脑中出现的却是爷爷谢也夫和白鑫厮打的画面。我知道我已经糊涂了。稍微清醒的时候我就在想：下了飞机我怎么办？

当然，下了飞机可以打的，可是行李呢？我头痛得站都已经站不住哪还有力气管它们？打的要不要排队？我能否说服所有急着离开机场的人让我先走？还有，最重要的是，有没有"的"？北方铺天盖地的大雪，通常这种情况下出租都在家里"趴窝"，如果没有出租呢？

就在我昏头胀脑心乱如麻时，飞机落了地。

果然不出我所料。当我一手撑住头，一手拖着行李箱像个受伤的美国大兵那样走出出站口，走出自动门时，只见天地一片洁白。雪虽住了，但三四寸厚的雪几乎把所有的出租都挡在了家里。出租停车站和机场班车站人山人海，昨天被分别憋在南方各个机场候机室里的人今天加在一块儿全被憋在这儿了。我去跟谁说？谁肯帮助我？

一阵恶心，我踉踉跄跄跑到车道外面想吐。突然，看到前面白得晃眼的雪地上站了一个穿着黑呢大衣的人，那人冲我笑着，无比亲切。我擦擦眼睛：是他？

没错，是他。申建。

"你怎么会在这儿？"我使出最后一点力气，问。

"接你。"他指指身边那辆银灰色本田。

"你怎么知道我坐哪趟航班，什么时候到？"我觉得我就要哭了。

"只要想知道，就能够知道。"

天哪！我脑子里只剩下一道最简单的算式：即使打听到了这趟航班，它也整整晚点了十二个钟头！

十七

爷爷回到莫雄那里的时候，莫雄已经调任贵州省第四区行政督察专员兼保安司令，专员公署设在毕节。

正如钱壮飞之于徐恩曾一样，莫雄之于蒋介石实在是一个命定的劫数。当蒋介石制订"铁桶围剿"计划的时候，莫雄到了德安，得以有资格参加了庐山牯岭军事会议，拿到了全部"围剿"计划；当红军西进，红一、红二方面军陆续进入云贵，需经毕节北上入川时，莫雄偏偏又调到了毕节。为莫雄安排这两个职务的不是别人，正是几欲置红军于死地而不得的蒋介石，而由于莫雄的存在，红军两度死里逃生。六十年后回头看这一切，谁能说不是冥冥中有一个什么神秘力量在主宰着这一切？它搅乱了蒋介石的判断和思维，从而使莫雄的设想成为可能，从而改变了红军的命运，也从而注定了后来蒋家王朝的灭亡。

莫雄自然是带着德安公署的原班人马进驻毕节的，因此，爷爷和卢志英也在1934年的12月份随莫雄部到了毕节。

他们每天都在焦急地等待着红军的消息。由于中央根据地的消失，所有情报工作和交通都转入了地下，关于红军的消息，只能从蒋介石的报纸上才能知道一些。蒋介石的报纸除了在语气上有些胜兵必骄的吹牛外，基本上都是事实。这个时候蒋介石的仗差不多都打胜了，当然用不着瞎编。爷爷他们在报纸上看到"赤匪葬身湘江"的报道后，就再也没有红军的消息了。

过了湘江的中央红军日夜兼程，放弃了原准备到湘西和红二、六军团会合的计划，于次年1月到达遵义。蒋介石看出红军北上企图，亦将三十万大军火速西调。红军四渡赤水，转战滇黔然后再度入川，顽强北上；红二、六军团则在一年后出湘西，经湘中入黔东，于1936年初进至黔西的大定和毕节。白军紧紧尾随红军，寻找机会与红军决战；红军则在摆脱敌军的苦战中彼此寻找着兄弟军团。红白两军彼此均摸不清对方作战企图和去向，一时间扑朔迷离。

正是在这时，莫雄收到了贺龙派人送来的信。贺龙与莫雄早在大革命时期就已相识，并曾经一同在张发奎的第四军任过职，但通信时已好几年没有来往了。贺龙在信中直言，要莫雄想办法让红二、六军团通过毕节。贺龙在信中对莫雄能以此等语气直言，一来确可看出贺龙与莫雄之间私交甚笃，反过来说，则可看出红军当时处境之险恶，贺龙这时并不清楚莫雄的真实面目，但仍孤注一掷，生死成败在此一赌。

莫雄和共产党人再次成功地合演了一幕双簧：莫雄在台前虚张声势，共产党人在背后暗度陈仓。关于这一次的合作，全部资料只有一百零九字，原文照抄如下：

> 莫雄接到贺龙信后觉得很难办，经与卢志英等地下党员商议，决定：让×××去娄山关附近给莫雄发一份假电报，佯说"红军决定北上娄山关，现大军云集娄山关边缘"。莫雄接到电报后，将毕节部队全部调出城外，向娄山关进发，而红军得以安全通过毕节，渡赤水河入四川。

文中的×××，即爷爷的名字。

后来事情的发展果真就是这样。莫雄将这一"情报"报告了蒋介石，蒋介石果然调动部队——当然，包括莫雄的部队向娄山关进发。而红二、六军团未发一枪一弹，迅速通过毕节，神不知鬼不觉，渡过赤水河进入四川，这时，蒋介石还在娄山关信心十足地守株待兔呢。

至此，在第五次反"围剿"战役之中爷爷、卢志英和莫雄的全部活动到此结束，三人也就此分手。爷爷和莫雄的再次见面是在二十二年后，而与卢志英自此分手后就永世未见了。莫雄终于引起了蒋介石的怀疑，就在红军通过毕节不到一个星期，莫雄在南京被捕。爷爷不久也遭逮捕，卢志英则于1949年大军渡江前夕就义于南京雨花台。

从娄山关返回毕节时，爷爷已经发觉了气味不对。司令部似乎停止了运转，内外皆无人走动，所有岗哨也都不再是熟悉的面孔。果然，第二天便传来命莫雄飞往南京的命令。莫雄只身前往南京，一下飞机便被军法处扣押。

为了慎重起见，在爷爷从娄山关返回毕节，莫雄离开毕节前这一段时间，他们基本停止了任何活动包括见面。现在莫雄既已暴露，爷爷和卢志英等共产党人只有迅速撤出毕节。

莫雄被捕的罪名是"通共"，所有人都认为莫雄暴露了，包括莫雄自己。蒋介石得知红军一弹未发通过毕节自然极为恼火，但导致莫雄被捕的真正原因却并不是这件事。真正的原因，莫雄自己也是在被捕一百五十天之后才搞清楚。

1935年11月1日，国民党四届六中全会在南京召开，代表在中山陵照相时，汪精卫被南京晨光通讯社记者孙凤鸣开枪击中，此即后来被称之为"刺杀六中全会首脑"的事件，汪精卫身中两枪。据说刺客本来刺杀的目标是蒋介石，蒋介石在临拍照前突然改变主意不拍了，结果又一次大难不死。大难不死的蒋介石遂下令严查主谋及与凶手有关的一切人员。与这次刺杀行动有关的一个人叫李怀诚，是莫雄手下一个共产党员参谋黄甦书的朋友。是时黄甦书并不知道发生了六中全会刺杀事件，恰好去上海李怀诚家找李，被埋伏在李家的国民党特务逮了个正着。又是一个碰巧，这个参谋身上正巧带有莫雄为其他事情写的信件，于是，莫雄以"通共"和"涉嫌刺杀"罪被逮捕。

爷爷离开毕节回到上海，找到了他的单线联系人"老刘"。按照地下工作规则，在莫雄暴露之后，爷爷已不适宜留在这个战线继续工作，他应该像以往大多数遇到这种情况的同志那样迅速转移到苏区。但也许是形势紧急，也许是秘密战线的破坏严重透支，找不到可以代替爷爷的人，在爷爷抵达上海的第三天，即被秘密派往南昌。爷爷是否曾经想过这样做不合适，是否曾经想过向组织上指出这一点，我们不得而知，但以我对爷爷的了解，他不会向组织上提出一个字的异议。在他看来，即使组织是错误的，组织也有组织上错误的理由。在组织面前，他永远是一只驯顺的山羊。紧接着发生的事实证明，这的确是个错误的决定。正是这个错误，使组织险些遭受重大损失，也使爷爷彻底结束了他的特科生涯。

爷爷的任务是爆破南浔铁路、德安铁路桥、南昌机场和油库。

这个时候，除中央红军已经于 1935 年 11 月初先期到达陕北与红十五军团会师外，红二、六军团和红四方面军尚无比艰难地前进在各自的行军路线上。上百万敌军围追堵截所需要的武器、弹药、粮食正通过南浔铁路供给线每天源源不断地从沿海运往内陆南方各省。炸掉它，使它瘫痪，是刻不容缓的任务，中央特科做出了决定。

当爷爷还在毕节的时候，特科在上海成立的一个爆破训练班已经训练完毕，并在南昌设立了一个出售爆破品的商店。爷爷的任务是：从上海带两名爆破训练班的骨干一起坐船去南昌，在南昌还将有十几个队员陆续集中，然后从那个名曰爆破品商店实则是地下交通站的联络点领取炸药，即开始实施破袭。

出发的那天上午，"老刘"把两名爆破队员领到爷爷住的上海大饭店，交给了爷爷。"老刘"对这两名分别为李姓和马姓的年轻人这样介绍爷爷说：

"这是我一位可靠的朋友，他正好去南昌办事，南昌地面上他很熟，到时候他会为你们找一个住处并且会帮你们买东西。"

"老刘"没有对这两个年轻人说爷爷是共产党员，而只说是他的"朋友"。这里我们必须再强调一次，这是特科的一条铁律，除了单线联系的人之外，永远不向任何人公开自己的真实身份，哪怕对方是你的亲爹亲儿子，哪怕对方已经对你猜了个八九不离十。事实一再证明，这条铁律是何等正确。正是这条铁律，在接着到来的那个生死关头挽救了爷爷。

爷爷接过这两个人，让"老刘"放心。"老刘"则是爷爷对他的单线联系上级的称呼。

爷爷带着这两名队员出发了。这两个年轻人，姓李的年轻些，看上去也才只有十八九岁，人很热情，一笑脸上有一个小小的酒靥。姓马的则话不多，有些木讷。出了门，姓李的小伙子笑着对爷爷说："您是老革命了吧？多教我们几手，我们跟着您一定好好干！"爷爷沉着脸，什么话都没有说。

爷爷和两名年轻队员于当日中午分别登上由上海开往南昌的轮船。轮船沿长江逆流缓缓而上，江边景致一如以往，只在船驶离十六码头时可以看到江边有一片林立的高楼，白白黄黄煞是好看。但那都不是中国人自己的楼，那多是外国人开的银行，海市蜃楼般耸立在江边只一瞬便消失了，代之而扑入眼帘的是数不尽的黑压压的破烂工棚和民房，伴随着一股股恶臭充塞着人的鼻腔和视野。混浊的江水打着黑黄色的漩涡被甩在船后，一个接一个消失了。

船停靠在南京下关码头时，爷爷似乎凭着直觉觉察出了不祥。

上下乘客的时间已经过去了十多分钟，船还没有开的意思。爷爷本能地觉得这船的不开与自己有着某种联系。爷爷从他坐的一等舱的舷窗向码头望去，只见码头上有几个国民党特务头戴的黑礼帽在人群中醒目地攒动。

爷爷立刻意识到，出事了。他迅速将自己的行李收拾好，静坐在属于自己的舱位上，脑中迅疾闪过各种应对的可能。

但是，都不可能，只有坐着。这是在船上，出口只有一个，藏是藏不住的，逃就更愚蠢，除了暴露自己没有任何意义。

果然，没出五分钟，两个身穿黑色便衣的人来到爷爷身边，在查验了爷爷的证件之后，让爷爷跟着他们下了船。

爷爷提着行李，镇静地跟在这两人身后往外走。周围熟悉这班船时刻表的正在骂娘的乘客，见到这番情景明白了一切，立刻敛声屏息。

"我讲是有原因的，瞧！"

"又抓了一个共产党！"

"又要有人掉脑袋了。"

"这年头哪来这么多共产党，报纸上不是讲江西湖南那边都杀光了吗？"

这回该到头了。

爷爷在提着自己的行李走下客船时，肯定正是这样想的。

特务们把爷爷带上了一辆停靠在码头外的黑色汽车。爷爷坐下，发现姓李的队员也在车上。这个年轻人一定是第一次经历这种场面，此时面色如土，脸上的酒靥也消失了，但神情还算镇定。

车开了。姓马的队员没有上来。

姓马的不是国民党特务，就是临时叛变了。爷爷迅速做出了判断。

爷爷的囚车在南京城里七拐八拐，驶进一座看上去像是曾属于一位富豪的公馆。爷爷和姓李的队员被同时带进一间屋子里。

敌人先是将爷爷和姓李的队员一起审。主审的人是一个戴着金丝眼镜的文质彬彬的中年人。中年人先是提了几个问题，爷爷和姓李的年轻人一问三不知，并且一口咬定他们彼此不认识。

这样审了大约有两个多小时，中年人不耐烦了，突然一拍桌子喝道：

"你们不要装了！装下去对大家没有好处！"中年人命令把姓李的队员拉下去。

这时已是深夜，正是魔鬼和一切魍魉精力最足的时候。月亮悬挂在天上，清冷的月光衬得南京城愈加死寂黑暗。在这所房子里到处传出打人的吼声和被上刑人的惨叫，听不出哪一声惨叫是那个姓李的队员发出来的。

爷爷镇定地坐着，脸上没有一丝表情。现在，冠豸山下那张瘦削俊气的长脸已经变宽，并且布满硬硬的胡髭。如果说在原来那张年轻的脸上除冷漠之外就很难找得到别的什么表情的话，那么在这张中年人的脸上就更别想看出任何能够暴露这个人内心想法的东西了。分属于两个营垒的两个中年人就这么默默地坐着，没有一句话，却在心里进行着最激烈的较量。时间一分一秒地过去，两个汗流满颊的打手拖进一个血肉模糊的人来，向爷爷面前的地下一丢，如同丢下一条被宰过后剥了皮的狗。

不过一个多时辰，一个活生生的人就变成了这个样子。他究竟说了还是没说？如果说了，他说了些什么？爷爷心里想着各种可能。

"我已经说过了，这个人我不认识。"爷爷还是那句话。

戴金丝眼镜的中年人隔着眼镜片冷冷地盯着爷爷，没有跳起来。爷爷心里明白了，这个小伙子，是个好样的，他什么也没说。

敌人没有马上再审爷爷，而是把他单独关在一间屋里。屋里面有沙发、床和桌子，每天送来的饭菜质量也不错。

爷爷分析，敌人目前肯定不知道自己的真实身份，这个时候只有一个办法，就是硬顶。爷爷在屋里走来走去，没有事儿的时候，就从他住的那间屋子的窗里向外眺望。从这扇窗子向外望，可以看到这所豪宅的大门，还可以看到门外大约小半条街，街上人来人往卖菜说话的声音都依稀听得到。

每天都有人来和爷爷谈话，并且每次谈话都换一个人。谈的内容无非是你的情况我们早就掌握了，你是共产党一个方面的负责人，只要你交代出你的上级、你的同级和下级的姓名地址，你这次去南昌的真实目的，就可以保证你今后的生活、工作和个人前途，还可以见到陈立夫。

爷爷每次都假作认真听，假作被打动了的样子，但回答时故意稀里糊涂，有意把共产党和国民党混为一谈，杜月笙、陈立夫是谁也分不清，总而言之，他是一个只知道做生意赚钱的商人，完全不懂什么是政治。

在表面的稀里糊涂中，爷爷心中掌握的情况却越来越清楚。他从特务们的不断"谈话"中听出来，目前敌人仅仅掌握他去南昌这一件事的疑点，对他和莫雄一起在德安和毕节的行动完全没有提及，如果这样，事情就好对付得多。

一天傍晚，爷爷在凭窗眺望时，发现了一张熟悉的面孔——

在这幢豪宅的大门口，三三两两聚了一些人。从时间上看，正是吃过晚饭闲聊的时候。爷爷突然发现，在这些人里有那个姓马的爆破人员的面孔，这个人完全一改和爷爷在一起时的木讷表情，正在油滑地说着什么，引得旁边一个漂亮女人嘎嘎大笑。看样子，马姓队员和那女人正在调情。

果然是他。爷爷证实了自己的判断，这个人是奸细。

准确地说，这个人是叛徒。

在前面我们提到过有一个叫谢也夫的人，这个人和爷爷与莫雄之间的较量并没有结束。莫雄和爷爷一直是谢也夫怀疑的对象。为什么爷爷总在莫雄的办公室出出进进？庐山牯岭军事会议之后爷爷名为"探家"而消失的那二十多天究竟去了什么地方？所有这些都落在谢也夫的眼里，但是，谢也夫依然没有什么证据，只是怀疑。谢也夫的怀疑直达陈立夫和蒋介石。我们知道莫雄已经被押，但是仅仅凭这些怀疑，谢也夫还不足以与莫雄和蒋介石之间弥久根深的交情相抗衡。据莫雄在回忆录里讲，即使在他被关押的日子里，军法处也一直对他非常客气，住的地方像公寓，只是不让出去。军法处对他一次也没有提审，倒是蒋介石像见老朋友那样地见了他一次，并没提什么具体问题，只是责备他不该头脑糊涂被人利用。更何况还有杨永泰、陈诚、张发奎几员大将联合起来一致保他，不要说谢也夫这样的小泥鳅了，一般人谁扳得动他？只要莫雄这棵大树不倒，谢也夫对卢志英和爷爷就一时奈何不得。但谢也夫不甘心，他没有放弃，跟踪爷爷从毕节一直到上海，前几次都让爷爷从眼皮子底下溜过去了，现在他到底要看看爷爷是个什么人。从上海大饭店出来的时候起，爷爷他们三人就被跟踪了。谢也夫先挑中马姓的年轻爆破队员下了手，这个刚刚毕业于同济大学，曾经担任过同大学生会总干事、入党不到三个月的地下党员，在上海到南京的江轮上，仅仅凭着特务几句血淋淋的话，没让自己的皮肉筋骨吃一点苦，便在短短几个小时之内改变了自己的政治信仰。

自在窗中窥见了马姓特务的面孔,爷爷迅速调整了自己的思路和对策。显然,敌人已经掌握了去南昌行动的目的,现在硬顶绝对不是办法,敌人之所以还没有对自己下毒手,肯定是希望通过自己能钓更多的鱼。但如果这样继续拖下去,拖得敌人认为没有希望了,情况会迅速改变。

怎么办?

爷爷躺在床上,在黑暗中苦苦思索着。生与死的选择如此沉重而紧迫地直逼到他面前。死吗?如果需要,他可以去死。他已经见过太多的死亡,对比这世界上许多更为残忍的事物,死也许不是最可怕的。可是,为什么首先想到死?因为死是最容易的吗?自己死了,"老刘"怎么办?和"老刘"有关系的那一大批人怎么办?为什么不能不死?死只需要勇气就够了,活着并且要让别人也活着,就不仅仅是只有勇气便可以做到的事,它需要智慧、判断、感觉、当机立断的决心以及快速应变的能力等等。

当敌人第二天再出现在爷爷面前时,爷爷已经准备好了另外一套方案。马姓特务果然露面了。

"谈话"像以往一样枯燥而紧张地进行着。爷爷看似漫不经心,却如同一只蹲伏在草中随时准备起跳扑向目标的青蛙,只等猎物闪现的那一个稍纵即逝的时机。那个时机果然来了。

戴金丝眼镜的中年特务说:"你不用再绕了,其实我们什么都掌握了。你不是商人,你是共产党。"

爷爷一直在等着这句话。但爷爷慢条斯理地说:"证据呢?证人呢?你们总不能想讲什么讲什么。"

中年特务:"当然有证人。我早就告诉过你我有证人,你偏嘴硬。好吧,今天就叫证人证给你看看。"

爷爷的心狂跳起来。他能置人于死地还是让人置他于死地,就看这一下子了。但他的表情依然是冷静的,犹如冬季里结冰的湖水。

马姓特务:"算了,大哥,不要硬顶了,我们的事他们都知道了。"

爷爷脸上一阵尴尬,那是一个一直在说谎突然谎言被戳穿了的人才会有的尴尬表情。敌人想,爷爷上套了。而事实上是,敌人上套了。这场对话的内容,包括这个尴尬表情都在爷爷昨夜的设计之中。

爷爷沉默良久,突然对马姓特务说:"你们的事难为了我。"

　　这是一句扭转乾坤的话！就这一句话将爷爷、马姓特务之间的身份、位置、合作关系在陡然间来了个调换！这是一句天才绝顶的话，它既没有暴露自己，又为今后的回旋留下了充分余地，整个危局便在这一句话中全部逆转。

　　敌人特别是马姓特务霎时被打蒙了。爷爷的回答竟是这样一句话，这是他们绝对没有想到的。

　　马姓特务面红耳赤："我们的事？谁们的事？"

　　爷爷："你们共产党的事。"

　　马姓特务急不择言："你不是共产党？你不是共产党为什么老刘会把我们交给你？"

　　爷爷："这么说你是共产党？你以为我是你们的人？我是为朋友老刘办事讲义气，这也算是共产党？"

　　马姓特务的面肌和手因痉挛而哆嗦起来，居然一时说不出话。

　　这一次的审讯和对质就到这里匆匆结束。敌人突然感到事情变得棘手，他们需要调整一下自己的思路。

　　爷爷在当天夜里详细地将自己已经说过的话梳理一遍，并且把每一句编造出来的谎言输入自己的大脑，按照自己设计的思路向下拓展，同时考虑敌人下一步审讯可能提出的种种问题。他没有一分钟敢让自己彻底陷入深睡，生怕自己在睡梦中说出不该说的东西。

　　在后来的审讯中，爷爷便按照这个身份为自己描画了这样一幅图像：自己不是共产党，早就是国民党，在德安公署干过一段时间，但对国民党现状不满——这是特科人员被俘后常使用的一种手段，对现状不满是被允许的，他们有时甚至会反问审讯的人："你对现状难道满意吗？"——因此很消沉，早已不关心政治，一心只想做生意赚钱，但现在生意很难做，生活上时有困难，曾经得到过朋友"老刘"的资助，所以常常受托帮朋友一些忙。这次去南昌亦是受"老刘"之托，主要是因为自己在南昌地面上熟，"老刘"讲好帮他带两个人去南昌，安排好吃住，帮助提些货后就回来。爷爷并且讲出了到南昌准备住宿的旅店的名字，那旅店是在上海时就已订好的。

　　爷爷这番合情合理的交代果然使特务们很信服。突然有一天，戴金丝眼镜的中年特务通知爷爷，让爷爷跟他们到南昌走一趟。这个时候，距爷爷离开上海已整整十天。

这正在爷爷的估计之中。爷爷估计只要他讲出一些无足轻重但却是真实的细节，就必会有这一趟南昌之行，从而使敌人暂时放松对上海方面的注意。敌人在没有钓到鱼之前，无论对自己还是对上海方面都暂时不会下手，这样就能为上海地下党获得相机行事的机会和时间，而上海方面获得情报后又会通知南昌地下党，到那个时候再寻找机会。退一步说，即使到那个时候已无法脱身而牺牲，也就死而无憾了。

后来发生的一切果然全部如爷爷的设想，一步一步实现了。

在去南昌的前一天晚上，就在爷爷准备睡觉的时候，突然闯进来几个特务，把枪拍在桌上冲着爷爷大声咆哮："你他妈的别装蒜了！以前说的那些全是假话，你以为你把我们耍了？告诉你，今天晚上再不讲实话就把你毙了！"

爷爷冷笑两声，看着特务们闹。在特务们刚刚打开门时，爷爷就闻出一股强烈的酒气。他知道这是又一次诈骗，最低档的诈骗，可惜有不少没有经验的人就会在这种诈唬中暴露自己，丢了性命，但是用这种办法来对付爷爷，可就差得太远了。爷爷抄着手，靠墙站着，愣是一句话不说。特务们闹着叫着，渐渐没了力气，突然发现自己收不了场了。还是爷爷丢给了他们一个台阶下："好了好了，明天还要赶路，快回去早点睡吧！"特务们像进来时候一样突然地又离去了。

喝醉了酒，跑到这里来闹，以为可以闹出个名堂！爷爷从鼻子里哼了一声，睡了。

第二天，五名特务押着爷爷和马姓特务一齐登上了由南京开往南昌的江轮。一路上，爷爷都在思考着如何通知上海地下党。

爷爷先用密写药水将规定的密语写在随身行李中的一张明信片上，再用普通的自来水笔在明信片上写下正常的通信用语，然后带在身边等候机会。

爷爷发现最有机会的地方是厕所。船刚刚开始航行时，每次爷爷上厕所都有特务跟着，爷爷也因此在船上成了一个醒目而特殊的人。渐渐地特务们就不再跟着了。本来嘛，这么小只船，这么大一条江，又是在江上航行，爷爷就是想跑又能跑到哪儿去呢？借着一次上厕所的机会，爷爷把明信片托给一个看上去很面善的人说："我现在有难，拜托朋友你下船时把这封写给家里人的信帮我丢在信筒里，你就是大恩大德了。"爷爷准确地抓住了当时不少人们同情共产党人的心理，孤注一掷。事后很快知道，这个不知名的好心人下船后真的替爷爷寄出了这封信，而且这封信准确地寄到了上海地下党同志的手里。

　　到了南昌，特务们偕同爷爷住进了一个小旅馆。第二天，爷爷带着特务们去看了他交代的几个点：一个买东西的小店，原计划住的那个旅店，等等。特务们翻查了旅店登记簿，果然有十多天前上海方面预订的房间。这样，爷爷进一步取得了特务们的信任。

　　现在，特务们和爷爷的"任务"就是在南昌等着上海方面更大更多的鱼儿上钩了。

　　特务们轮流值班，没过几天便放松了警惕，他们根本没有想到，爷爷已经收到了上海方面给他的指示。指示是化名叫"小张"的同志亲自从上海带来的。上海方面收到了爷爷的告急请示后，立即布置了一系列工作：一、所有与爷爷有关系的人和联络点全部转移；二、此次破袭行动取消；三、由"小张"亲自带着党组织的指示到南昌设法交给爷爷并负责组织对爷爷的营救。

　　"小张"来到南昌，很快便找到了爷爷被囚禁的旅馆。"小张"扮成普通住店的旅客，想办法把写在纸条上的党组织的指示塞给了爷爷。

　　党组织指示爷爷，既已暴露，尽快寻找机会逃跑。

　　得到了上级指示，爷爷心里有底了。从这样一个小旅店里逃跑对他来说不该算太大的难事。南昌是他最熟悉的城市，他不仅熟知这里的每一条街巷，而且知道不少地下工作的联络点。爷爷借着敌人的疏忽，在一个傍晚逃跑出来。他先跑到德安专署驻南昌办事处，等天黑透后乘上"小张"弄的车，藏到一个事先安排好的地下党员家中。那天夜里南昌城整夜警车长鸣，疲惫不堪的爷爷听着警车的尖叫一忽儿回到现实一忽儿陷入昏睡。三天之后，爷爷在"小张"帮助下装扮成一个商人于星夜出了南昌城，在天亮之前过赣江乘上汽车，再换乘火车辗转走株萍粤汉线到达河南信阳，下车后步行到罗山县一位姓黄的地下党员家。几天后，又由河南南下到汉口，从汉口乘日轮回到上海。爷爷这条既费钱又费事的路线也是同"小张"事先商量好的，只有这样，才能避开南浔、九江、上海线上特务的搜捕和注意，也才能既脱身，又不至于把"火"引向上海。

　　爷爷回到上海，在"小张"帮助下与"老刘"接上了关系。党组织为他安排了一个隐蔽的住处，一住就是一个月，一步也不能出门。一个月后，"老刘"同他谈了话，告诉他党组织已确认他这次被捕后表现出色，以自己的机智沉着既保全了组织，也保全了自己，同时，组织上认为他已不适宜继续留在白区工作，同意他于近日内尽快去延安。

就这样，爷爷取道香港、北平、山西、西安，于 1936 年底辗转到达延安。

当爷爷在延安方面专门派来迎接他的同志的带领下，走在绵亘起伏的黄黄的山峁上时，他听到一支苍凉高亢的信天游从山梁那边飘过来：

> 共产党红军天心顺，
> 普天下的受苦人都归了红军……

爷爷不禁站住了。

不一样了，太不一样了！在歌子里，在蓝天白云下就可以这样公开地唱共产党了！爷爷——这个在死亡、鲜血、酷刑面前从不皱一下眉头的铁汉，眼窝竟然湿润了。

下　部

北方

一

　　爷爷在延安阳光明媚的春天里自由地到处走动。延安的生活是紧张的清苦的，但那是另外一种紧张，不伤神经和肉体的紧张，是一种苦中有乐有甜甚至有享受的清苦。爷爷如逢时雨如沐春风，整个身心得到舒展。

　　爷爷曾去瓦窑堡向周恩来汇报了几年来的工作，周恩来和邓颖超愉快地回忆起十年前在广州和爷爷见面的情景。爷爷提醒周恩来说："我们上一次的见面可不是在广州。"周恩来怔住了。爷爷说："你忘了，两年以前，我受卢志英、刘哑佛同志委托，在瑞金亲手将'铁桶围剿'计划交给你……"周恩来立刻记起，哈哈大笑："记得记得！那时你的胡子，"周恩来比了一下，"这么长！"

　　爷爷到延安后，把一切事情都放下，埋起头来大睡了三天。他后来不止一次地对别人说起过：在一个安全的、确信周围肯定一点危险也不会有的环境里什么也不想地大睡上三天，是世界上最幸福的事。

　　爷爷的这种感受不能称之为独特，但绝对可以称之为准确。

　　关于爷爷这一次的被捕经历，在他到延安后不久写给组织的一份洋洋几万字的《自传》中记述得颇为详细。这份《自传》是我所搜集到的关于爷爷的最具价值也最具权威的资料之一。在这份《自传》中，我第一次知道了爷爷离开大山的原因，是由于和他的继母的一次恶吵。他去过上海、北平，并且下过南洋，他曾经一度幻想过把外面世界的文明带回山村，为此他曾带回去过一架照相机，结果并没有为当地群众理解。再度离开山村之后，他参加了北伐，继而又加入了共产党。在这份《自传》中，爷爷特别详细交代了这次的被捕经过，甚至写到了他当时真实的心理活动和分析，正因为如此，我们才有可能看到前面那一章。不知为什么，读着这份《自传》，我感到导致爷爷这次脱险的原因很多。爷爷的临危不乱，每一次的准确判断、清醒及其应对机智当然是最重要的原因，马姓叛徒的幼稚和缺乏经验当然也是不可忽略的原因之一，但即使有如此多的理由，我也仍认为爷爷的脱险有天意在里面。设想一下，如果谢也夫们纠缠的不是爷爷与叛徒马去南昌这件事，而是换个思路死死盯住德安和毕节不放，那爷爷纵有天大本事也断然无法自圆其说。谢也夫恰恰放了爷爷最担心的这两件事，换句话说，谢也夫最缺乏自信的这两件事正是爷爷最致命的两件事，才使爷爷侥幸躲过了这场杀身之祸。是谁使爷爷头脑如此清醒而使谢也夫们逻辑混乱头脑发昏？这难道不是一种天意？否则一个人能在如此重重危险之中顺利脱险就似乎有些无法理解了。随着我对爷爷和爷爷战友的了解愈多，这一感觉也就愈强烈，爷爷的战友们或前或后或早或迟几乎都牺牲了，而爷爷除了付出四颗门牙之外居然毫发未损地活过了1949年，不能不被看作是一种奇迹。这奇迹很容易被人换一种思路来考虑，也就难怪在二十年后的那场"革命"中，仅凭这一点爷爷就很难从革命小将们的火眼金睛底下再度逃遁。

奶奶每天天不亮就起来搓麻线。

奶奶坐在一条小矮凳上，把半片青瓦扣在膝头，身边放上一小瓦盆清水。奶奶先抽出两根长长细细的麻丝，蘸上清水，搭在瓦片上，食指按住一根，拇指公按住一根，在瓦片上轻轻一搓，两根麻丝各滚各的，沿一个方向均匀滚动，突然手指一抬，两根麻丝便跳到一起扭起来，用手稍加整理，一节麻线就搓好了。每根麻线的尾部再搭上两根新的麻丝，麻线就会无休止地长下去，长到你要它有多长它就可以有多长，用来纳鞋底是再好不过了。

奶奶做鞋是一把好手。我们小时候还不时兴买鞋穿，只有很讲究很有钱的人家才买布鞋来穿，一般人家都是自己做鞋。那个年代，会不会做鞋大概是衡量一个女人够不够一个好媳妇或者好母亲的标志。如果谁家孩子脚上穿一双做得粗糙而又蹩脚的鞋，那么他的母亲一定被人看不起，哪怕她长得再好看都没有用。反过来说一个女人哪怕长得再丑，但她若做得一手好饭好菜、好衣好裤特别是好鞋——很明显在所有这些技术里做鞋的难度是最大的——便会被人们

交口称赞为"好媳妇""好母亲"而得到极高的荣誉。那个年代的人们自有那个
年代的审美准则。而奶奶做的鞋无论在数量还是在质量上都堪称机关大院第一。
我们家孩子多，兄弟姐妹五个脚上的鞋全得奶奶亲手做，以一个孩子一年至少
消费一双单鞋一双棉鞋计算，奶奶一年至少要做十双鞋，这还不算她自己脚上
穿的和偶尔给父母亲做的鞋。我们每个孩子伸出脚去，脚上的鞋都是那么朴实
好看，白色的底，黑布或黑灯芯绒面，头圆圆的，没有一处由于绱鞋时的粗心
凸出来或者凹下去。奶奶做的鞋如果可以用打分来表示的话，每一双都可以打
在 90 分至 95 分之间，真正称得上是精品的不多。奶奶不是做不出更精致的鞋，
而是没有时间。十年磨一剑算不得真本事——要知道，奶奶是在以一个月一至
两双的速度生产着这些鞋，她没有时间把它们弄得精而又精好上加好，也不可
能像许多媳妇们那样在鞋里再绣上各种花色的鞋垫，她的标准是朴实大方、不
失水准即可。小时候我对奶奶的印象主要就是和做鞋连在一起的，对奶奶做鞋
的程序我了然于心。奶奶先用糨糊——顺便说一下，糨糊也是奶奶自己用白面
打的，味道香香的很好喝，小时候我不知道偷喝过多少粘鞋底的糨糊——把旧
布一层一层粘在一起，粘成两至三毫米厚，晾干，照纸鞋样子大小剪下来，为
了好看，鞋底的上下两层用新白布包起来，然后就可以用自己搓的麻线一针一
针纳鞋底了。纳鞋底有几样不可少的工具：一把锥子，一根粗大的针，一个顶
针和一把咬线的钳子。奶奶纳鞋底的样子非常好看，那是一整套为我所迷恋的
富有韵律的程序：先用锥子在鞋底上戳个洞，然后将穿有麻线的大针从洞中穿
过，针脚很有讲究，下一行的针脚绝不可与上一行排齐，一定是品字形交错排
开，麻线很长，奶奶通常要两臂伸平拉一下、两下甚至二三四下才能拉到头。
奶奶曾给我讲过一个懒厂婆的故事，说是一个懒媳妇懒得往针上纫线，就把做
鞋的麻线留得长长的，结果她拉呀拉呀，一针还没缝完就把自己累死了。这样
一个故事居然使我印象深刻，以至直到现在我缝被子纫线都不愿把线纫得太长，
免得像懒尸婆那样出什么意外。拉到头的线要用咬线钳子夹住，使劲拉一拉，
线才能上得紧。奶奶常常用劲过大，线就被拉断了，这是很让人沮丧的事，因
为断线部分和新上的线之间很不容易打结衔接，更重要的是会影响鞋底的美观。
在做完所有这些后，奶奶通常要将那根针举到头顶，把针尖在她白发缕缕的鬓
边由前向后蹭上两下，据说这样蹭过之后的针尖会变得锋利无比，通常要费很
大劲才能扎透的东西，用蹭过头皮的针一扎就透。

奶奶白天坐在窗前夜里坐在灯下纳鞋底的这整套程序为我所深深迷恋。

我小的时候胆子很小，一步也不愿离开奶奶，奶奶的事情偏偏又比谁的都多。只要奶奶一操起笸箩里的鞋底，我就知道奶奶至少可以，有十分钟到半个小时的时间坐在床上不动，那时候我就猫一样地凑上去，静静地躺在奶奶腿边，看着她一针一针地纳鞋底，听她讲着那些永远也讲不完的老家的故事。

有时奶奶一不留神，针尖戳破了指头，我会惊得心都揪起来，奶奶却总是不慌不忙地用另一只手紧紧捏住戳破的指头，把血从伤口里挤出来。血滴越聚越大，最后凝成一粒红豆大小，止住了。奶奶说，这是有毒的血，挤出来就不要紧了，并且总要在现身说法之后一再叮嘱，以后碰到类似情况均要如此效仿方可无虞。望着奶奶循环往复永远不变的姿势，听着奶奶略带倦意的嘤嘤的声音，我总是一会儿便睡着了，唯有耳边还响着奶奶扯麻线的呼啦呼啦的声音，那声音让人觉得是那样宁静，那样安全。不论我的心情多么焦虑，屋外的气候多么恶劣，只要看到奶奶神情安详地在一针针地纳鞋底，我的心立即就会平静下来，天大的事情也没有什么了不起：瞧，奶奶还在纳鞋底哪！

不知道哥哥姐姐们对奶奶的鞋有什么想法，我对奶奶的鞋感情至深。鞋这东西，你再珍爱它，总不能不穿着它在地上走，泥里土里哪儿都得去。太小时候的事记不得了，只记得稍稍懂事后每当穿上奶奶做的新鞋，总要有一阵子舍不得往地上踩，好像那是把奶奶的心血、奶奶的慈爱踩在地上了似的。"文革"下乡前我对奶奶说，奶奶你再给我做双鞋好吗？那个时候，人们已经开始时兴穿买来的黑布鞋而不大瞧得上家做的土布鞋了，因此奶奶非常吃惊。那是下乡时我对奶奶提的唯一一个要求。当时我有一种很悲凉的感觉，总觉得这一去不知何年才能回来，即使多少年后自己回来了奶奶是否还能等到我，都是说不清的事了，让奶奶做双鞋，心中暗存的是一个念头：留一件奶奶亲手做的东西做纪念。奶奶一没钱二没什么像样的东西，不能向她提过分的要求，所以我就提出了要双鞋。

奶奶果真为我做了双鞋。是单系扣的，里外全用的新布。这是我认识奶奶以来奶奶做得最漂亮的一双鞋，真正可以算得上精品。那时奶奶从别人家奶奶那里学会了一种绱鞋的新技术，把暗绱改为明绱，也就是绱过鞋面后针脚全部留在外面。这种绱鞋法对做鞋的技术要求更高，奶奶的这双鞋，露在外面的一圈针脚每针间的距离像是用卡尺测量过一般精确，就是买来的鞋也不会比它更漂亮了。奶奶做这双鞋时心情沉重，足足做了有一个多月。这双代表了奶奶做鞋技术最高水准的鞋，从此成为我最珍惜的爱物，我没舍得穿它踩过一回地，只穿着在床上走过两回，穿过后又收好，用毛巾包着压在我木箱的最底层。多少年来，多少珍贵的东西都丢掉或者淘汰了，它却始终不离不弃，一直带在我身边。

可是五十多年前在冠豸山下祖屋里搓麻线的奶奶，搓了这么多的麻线却不是为了做鞋，——祖屋里空荡荡的只奶奶一人，奶奶做鞋给谁穿呢？

再没有人需要奶奶做鞋给他穿了。丈夫丢下她走了，儿子不知流落到哪里去了，三个女儿一个接一个死了，留下她一个孤人又能穿得了多少鞋？

可奶奶还是不停地搓麻线，一来搓出线可以卖，二来反正无事可做，祖屋都荒了，猪不喂了，豆腐也不磨了，那三分种吃的地用不了奶奶多少精力，人没有事坐在那里不动就要想，想多了心里就要难过，搓搓麻线心里到底可以好过些。

那是奶奶一生中最苦的一段日子。

一个人再苦，有盼头就熬得住苦。王宝钏守寒窑一十八载，那是她确信丈夫爱她，哪怕地老天荒丈夫总要回来的。可如果薛仁贵像爷爷似的把对王宝钏的厌烦日里夜里挂在嘴上写在脸上，王宝钏还守得住十八载吗？只怕八载也守不住，不自杀也改嫁了。丈夫变了心也有熬得住的，那是有儿有女的女人，哪怕吃糠咽菜熬他个六月雪飘黄河水断，谁晓得就不会熬得儿子中个状元女儿嫁个金龟婿，熬得儿女孝顺孙儿绕膝呢？那都有盼头。可奶奶现在还指望什么呢？奶奶现在是个孤人了。

"孤人"是老家的一个叫法，成为孤人的人在老家那一带是最被人瞧不起的。被丈夫遗弃的女人有，无儿无女的女人有，那都不算最惨，只有被丈夫遗弃或死了丈夫又无儿无女的女人才可以被称作"孤人"。一个人一定是前世作了孽这辈子又没有修才会成为孤人。一个人一旦做了孤人，用不到别人讲，他自己就会抬不起头来，骂人骂得最难听最恶毒的话就是咒人家"做个孤人"，类似北方人骂"断子绝孙"，一旦骂出了这话，就意味着你和这个人永远决裂。

前面说过奶奶是一个非常要强的人，奶奶并不因为自己成了孤人就在人前不敢抬头。奶奶上山挑柴和下地做田照样抬头挺胸快走如飞，只是她从此再不与人交往。有天大的难处她都自己扛着，从不求任何人。她不再讲话，而且也不再流泪。哭每的那一次也许是奶奶这一生中最后一次在人前的恸哭，这以后再难再苦，没人见到奶奶掉过一滴眼泪。我想这主要不是由于奶奶坚强，而是在奶奶后来的生活中再没有遇到比每的死更致命的打击了。一个人的一生中，最深的爱只有一次，最剧的痛也只有一次，经历过这些之后，后面的爱或者痛就变得平淡了。而每的死所造成的剧痛，对奶奶而言是无法逾越的。

奶奶对爷爷的仇恨正是在这个时候到达了顶点。

这个死人，还有没有一点点人心？每是我的女，难道就和他没有一点点干系？那样好的一个乖女，那样的想活，那样的心里明明白白，就看着她一点点烂死，看着她一点点饿死，哭呀喊呀通通没有用。不要他看，不要他管，寄一点点钱来是不是可以？既然不管她的死她的活，为什么开始要生她下来？生她下来到世上就是要她来受罪么？真真恨他！恨他到死！奶奶在心里日日夜夜地冲着爷爷咒骂呼喊。

我想奶奶对爷爷的仇恨是有充分理由的。有一件事始终萦绕在我心中挥之不去，那就是爷爷对每的死该不该负有一定责任？我曾在关于爷爷的一份资料中看到这样的一段记载，时间大约在红军长征前后，爷爷在上海和他的单线联系人同时也是他的领导"老刘"有过一次见面。爷爷将自己积蓄下的十几块大洋全部交了党费，"老刘"当时认为他的家庭很困难，不忍收下这笔钱，但爷爷表示"现在正是组织上最困难的时候"，坚决让组织上收下了这笔钱。放下这段资料我的心情很复杂，但更多的是沉重。因为我知道，那正是奶奶和每最艰难的一段日子。不能以战火频仍无法联系为理由，事实上在那个年代尽管邮路不畅仍有许多人与自己的亲人保持着联系，何况奶奶和每的地址爷爷是清楚的。爷爷的这十几块大洋不要说全部，只要从这里面仅仅拿出几块给奶奶，是不是就一定办不到？要知道奶奶只要有了这点钱就可以去买药，去买米，而吃了米的每身体就有可能会一天天地好起来，就不一定会死，那么作为奶奶的丈夫、每的父亲的爷爷，除了需要对他的组织表达一种忠诚之外，有没有义务在他女儿身上展示一种起码的人性？按照对一般人的道德要求"幼吾幼以及人之幼"，为什么反过来"幼人幼以及吾之幼"反而做不到了呢？这似乎是常常出现在这个组织的人们身上一种奇怪的不近人情的逻辑。照我看，一个对自己骨肉亲人都缺乏起码人性的人，你就很可以怀疑他那颗公天下私小我属于人类的大爱之心究竟是真是假，是不是掺了点什么。说爷爷虚假自私、沽名钓誉或许是言重了，但如果说他对他的家人、他的骨肉欠了一笔永世难赎的债务，我想无论如何也不过分。也正是在这点上，我理解为什么奶奶对爷爷有了一种不可饶恕的仇恨。

奶奶就这样孤苦地活着。除了一张破竹床和清锅冷灶三分薄田什么也没有。曾有一个远房亲戚过来威胁奶奶交出祖屋和薄田，说是家里没有男人的孤人已经没有资格住在这里，奶奶什么都不讲，只是握紧扁担眼中射出凛冽的光。那亲戚从头到脚长得像只山獐，一把骨头瘦得烧不开一锅水，自忖不是奶奶的对手，缩头缩脑退了回去。山上的祖坟被还乡团带人来刨了个底朝天，阿公阿婆装尸骨的瓮也被砸了个粉碎。村里的流氓无赖常常在半夜溜去敲奶奶祖屋的门，下流话讲得人都臊死，奶奶既不呼救也不讨饶，只是攥紧一把柴刀站在门后，随时准备与破门而入的无赖同归于尽。

奶奶一边搓麻线一边思索着自己的悲惨命运，她认为造成这一切的正是爷爷。正是这个人的无情无义，害得她成了一个人人可以欺负凌辱的孤人。想自己从生下就被给到他家里，从小就是做不完的事，吃不完的苦，伺候他的爷哀吃睡，受他一家的打骂，长到十七岁和这个人圆房，儿女都生得有，第一胎就给他生了个雄崽，有哪一样对他不起呢？他却为什么要这样心狠，不但自己扔了她走，还要把儿子从她身边拿走，他真是拿得干干净净，一点也不留给她，最后，连一点点面子都不肯给她。村里人到处在讲，"她男人不要她了"，"她男人在外面讨了小了"，这些议论鸡瘟一样在冠豸山下到处流传，她统统都听到了，但她顽强地抵御着这些流言。有人问起她一概说，男人可能死了，也可能活着，就算是死了，她也一定要见到他的坟才算数。这是她唯一的面子，也是她去上海前唯一的希望。

用来骗别人的东西终究骗不过自己。自从在上海见到了那个女人，奶奶对爷爷的一切便彻底绝望，照这里无数苦命的女人们的通常做法，奶奶这时应该投河或者爬上冠豸山跳崖了，除了捱那永无止境的苦日子和屈辱，活着对她已没有任何意义。但奶奶没有死。并不是她比别的女人格外坚强，而是在她心中依然跳动着一丝微弱的希望。

支撑奶奶活下去的唯一希望，是父亲，她唯一的儿子下落不明。既然下落不明，就有两种可能，一是死了，一是还活着。她寄希望于后者。只要儿子活着，他不会同他老子一样，他总会要来找我。老天总不会把我的东西全部拿走吧？它总该留一点点给我。这是奶奶夜夜在心头对自己说的一句话。

奶奶有几次梦到了儿子，儿子高了，大了，脸上长出了胡髭，胳膊也粗壮了。儿子还像小时候那样，轻轻地敲门，轻轻地叫："姆，我回来了。"儿子后面还跟了一个年轻漂亮的女人，女人后面又跟了一大群孩子，叽叽喳喳像鸭鹅。儿子说："姆，我回来了，这是我的老婆，这是我的崽。"儿子的崽长得让人好欢喜，雄崽个个像儿子小时候，妹崽个个像每，奶奶在梦里笑得醒转来。唉！儿子，儿子是多好的一个儿子，从不发火，那样心善，那样不像他的父亲，记得儿子小时候，每当她挨了家娘的打骂伤心落泪，他总会偷偷摸到身边讲："姆，莫难过，等我长大了接起你走。"

奶奶只要想到这里，就心头一热。

一天天刚过午，早早锁好门在屋里搓麻线的奶奶忽然真的听到了敲门声。

笃。笃笃。

声音很小，很轻，好像还有些犹犹豫豫，跟奶奶在梦里听到的一样。

奶奶的心突然一阵狂跳，猛地站起来，头竟一阵晕。她摸到门边，隔着门问外面：

"是哪个？"

敲门声中断了。门外没有应声。

奶奶立刻想到了村里的流氓，尤其是头发都掉光了的罗圈子。

罗圈子的黄脸老婆早在两年前就死了，死得说不出的蹊跷。罗圈子前几年不知怎么撞到了好运，突然间发起了财。有人说是他黄脸老婆连城家里的秘财落到了他手里，有人说是他做白军的儿子搞来的不义之财，也有人说是他的红军儿子做了大官。可是又都不像，因为这两个儿子自从走掉就再也没有回冠豸山来过。自从罗圈子发了财，他家里就开始闹事，先是每天晚上两公婆没完没了地吵骂，每次骂到后来便是罗圈子打老婆打得哇哇叫，没过多久罗圈子老婆就疯了，见人两眼直直的，什么话也不讲。这还不算最奇，最奇的是只要哪天天色不对冠豸山变得血红，罗圈子老婆就杀人一样又哭又喊，听得人好怕。罗圈子从连城县里请来了木匠泥水工，盖起了一幢新土楼。土楼落成的当天晚上，罗圈子老婆就用绳子自己吊死在新楼的窗上了。村人们都认为罗圈子的钱财来路不正，不然家里不会这么不安宁。自那以后，罗圈子就剩下一个人过。倒不是罗圈子愿意一个人过，关键是人人都嫌他，没有人家愿意和他结亲，哪怕最穷的人家也不肯把女嫁给他。村人们传说罗圈子老婆是被罗圈子害死的，不管是谁家只要把女嫁给罗圈子，罗圈子老婆是一定要来找她讨债的，并且一定会连带害她的全家。这样，没过多久，罗圈子就像是犯了鸦片瘾的烟鬼，见了女人像见了鸦片一样垂涎三尺眼冒邪火，连六七十岁的婆婆见了他都嫌得急急避开。

会不会又是罗圈子搞的鬼？奶奶警惕地抄起立在门边的扁担。笃笃。敲门声又响起。

"哪个？讲！不讲我就开门打！"

"我。"

声音很小，听起来像个女人。女人？哪个女人会来看我一个晦气的孤人？

奶奶放下扁担打开门：

是二奶奶。二奶奶抱着叔叔，肩上还斜挎一个大包袱，面无人色地站在门外。

奶奶不禁大吃一惊。

二奶奶自奶奶和每坐牢之后就不知了去向。

我从没有听奶奶详细讲过二奶奶这一段的生活，原因我想主要是因为奶奶根本就说不出个所以然。关于这一段日子里的二奶奶和叔叔的遭遇，我曾经向许多人打听过，包括向二奶奶的孙子、我叔叔的孩子问起过。遗憾的是，他们没有一个人比我知道得更多。直到这时我才发现，人们对他们前人的漠不关心远比我们想象的要严重。

事实上，在奶奶和每被捕之后，由于生活无着，二奶奶立刻就陷入了彻底的绝望。据说二奶奶曾去找过她的一个浙江同乡，但这同乡究竟是否收留了她，收留了多久，是否给她介绍了工作以及向她索要了些什么样的回报就更无从得知了。在上海后来的那段日子里，无论怎样，是寄人篱下也好，自食其力也好，总之二奶奶开始劳动了。

劳动对于二奶奶并不是一件容易的事情。设想一下，一个带着孩子，不但没有文化而且没有任何能力，穿着旗袍，拐着曾经裹过后来又放开了的小脚的女人，在失业大军人潮滚滚的上海她还能干什么？二奶奶什么都干过，可又什么都干不成，据说最绝望的时候她去揽了一个给人刷马桶的苦差。刷马桶，这也是上海长达一个多世纪的一道生活风景。上海大多数的里弄人家都没有卫生设施，没有抽水马桶，没有下水道，一家人便溲都在屋里的一只马桶里，第二天一早各家各户的人们排着长队在一个统一的时间里倾倒洗刷。这一风景一直延续到近些年甚至至今，只是范围越来越小乃至即将消失不见了。这样，在上半个世纪上海就有一个专门的职业应运而生：刷马桶的。刷马桶的都是那些最穷最没地位的中老年妇女，她们通常腰弯背驼，脸如皱布，嗅觉迟钝，手脚因痛风而痉挛成鸡爪状，她们家里穷得没米下锅，但绝不可能找到任何一个像样的工作，只有刷马桶适合她们。她们不怕被人认出来，反正她们的面目通常都丑陋得十分接近，为了一顿饭的报酬她们得把排满半条街的脏污的马桶刷洗得光亮如初。冬天里她们佝偻着身子，用冻成胡萝卜般粗肿的手指抓住刷把，一个一个将那些臭气熏天、夹杂着经血和粪便的马桶刷洗干净，再一个个放回原处。常有恶女人，仗着自己付出了一个铜子儿的钱，挑剔着这里那里刷得不干净，逼着她们重刷，她们点头遵嘱从不辩嘴，急忙地使出全身力气。她们的破棉衣被溅到身上的尿水洇透，冻得浑身哆嗦，心中却暗暗祈祷着冬日的严寒尽可能再持久些，这样她们才有可能多刷一些马桶，因为这道生意只在冬天越冷的时候才越好做。

我真无法想象二奶奶曾经去为人家刷过马桶。如此看来她并不是一个只知道剥削别人劳动却不肯付出的人，而且一旦付出居然就付出得这样彻底，连带着体力和尊严一并出卖。但我紧接着又想，也许情况之于二奶奶根本就没有这么复杂，这是无法选择的选择。除了这种简单的只需支付体力的工作她能胜任之外，其他任何事情她都不会做。二奶奶和那些刷马桶的老妇们的唯一区别是头上包了一块破旧的头巾，将眉眼尽量遮盖，而三岁的叔叔则坐在一边的马路牙子上，就合着新鲜粪尿的刺鼻呛味啃食着半个冻得邦邦硬的馒头，用好奇的眼光打量着他母亲身旁那些数不清的排成长队的马桶，心中惊异着人类怎么能够制造出如此无穷无尽的秽物？

上海街头出现了一个牵着幼儿的女人，女人吃力地挪动着小脚，用刷马桶挣来的一个个铜子儿为自己和她的幼儿买一些能够果腹的东西。女人早已没有了先前鲜亮的水色，面容憔悴而且黄瘦，原先饱胀的胸脯如今也干瘪了，她的那个幼儿也就因此而先天不足。再到后来，女人刷马桶的差事也被人挤掉了，和所有职业一样，刷马桶这行同样竞争激烈。女人一定是在万般无奈的情况下，才想到了冠豸山——这个她曾经听她的男人说起过的地方。总而言之，当二奶奶抱着叔叔突然出现在奶奶面前时，奶奶的确大吃一惊：她已经几乎认不出面前这个女人了。

奶奶的第一个反应是本能的排斥。

这个女人，她来做么事？她是谁？她以为她是谁？她以为她现在穿得破破烂烂面黄肌瘦她就不是原先那个水色很好、抱着一个吃奶婴儿、仗着男人欢喜就乜斜着眼睛看人的女人了么？她以为那个男人不在眼前人家就会忘记掉她和那个男人一起做的好事了么？她脸皮怎么会那样厚，居然摸得到这里来？

奶奶一面想着，一面在不知不觉中把下巴扬得越来越高。

奶奶突然明白。原来，她是来找那个死人的。对了！她和自己一样，找不到那个男人了，就以为回到那个男人的祖屋来终究会找得到或者等得到那个男人。原来她是这样想的，这个猪嬷！

奶奶冷冷地说："那死人不在这里，这是我的家！"奶奶特地强调了一下"我"字。

女人腿一弯，扑通一声跪下。女人的嘴哆嗦着，涕泪随之汹涌而出。

"……我们不找他……我就是来找你，找妹妹……"女人再也说不出一句话。

妹妹，是二奶奶在上海时对每的称呼。

不提每还好，提到每，奶奶在上海所受的一切悲苦与屈辱霎时涌到眼前，那个丑恶的、叫人恨的、吞吃了每的地方，那里的一切，哪一样不和这个女人连在一起？就连每的死，这个女人也有份！奶奶把头别向一边，根本不想跟她谈每。这个女人，她不配。

女人看上去并不在乎奶奶的想法和态度，突然明白过来什么似的，猛拉一把站着的叔叔，将叔叔亦按跪在自己身边的地上。叔叔瞪起亮亮的眼睛，怯生生地望着奶奶，那眼睛大大的，蓝蓝的，里面有两粒小小的火苗一闪。奶奶心中一动，那两粒火苗，和自己雄崽的一样，和每的一样，怎么会那样相同？

奶奶猛一跺脚，车转身回到里屋。不！她不能！她不愿意让这个女人看到她的内心。

奶奶大口地透着气，胸膛剧烈地起伏着，一种说不清楚的恨与气交织的东西糅在一起，乱麻一样堵在她心口。跪，让他们跪去！没有哪个请他们跪，是他们自己欢喜这样。哪有这样便宜的事，拿刀子戳过了人，事后找了来，跪一

185

下，过去的事就不讲了么？就过去了么？

奶奶坐在里屋竹床上，任由二奶奶和叔叔跪在外面。

太阳渐渐地西斜了。二奶奶和叔叔的影子越来越长，一直爬过外屋，爬过门坎，爬进里屋奶奶的床上。

奶奶仍然一声不响。

二奶奶也一声不响。

两个女人，像两支有韧性的军队，在沉默中列阵对峙。这两支军队之所以没有交锋，是由于其中一支迫切寻求和解，一退再退。

打破沉默的是叔叔。一路的劳累加上饥饿，四岁的叔叔终于跪不住了，他几次想从地上爬起来，都被二奶奶一把按住。叔叔终于忍不住，嘴一咧，啊啊地哀哭起来。

奶奶的防线在叔叔的哭声中彻底坍塌。

奶奶其实从来就不具备什么像样的防线，而二奶奶也绝不像奶奶讲的那样，是个什么也做不成的"废人"。就凭二奶奶一个人抱着孩子拖着行李跑了那么远的路从上海摸到这穷乡僻壤、语言不通的大山里来这一点，就足以证明她具有相当的胆量和能力。但这还不是最主要的，最主要的是她远比奶奶有心计。她是属于那样一种一定要依附于某个人才能生存的人，当她有爷爷可以依附的时候，她可以倚仗爷爷凌驾于奶奶之上，而当爷爷弃她而去不得不依附于奶奶时，她可以立即将自己的地位和心态调整到奶奶之下。她远比奶奶善于揣摩周围人的心理，善于察言观色，需铁则刚，需水则柔。奶奶则不同，奶奶除了从童年时就培养起来的对爷爷的逆来顺受之外，是一个喜怒忧伤皆形于色的人。奶奶没有城府，丝毫不会掩饰，奶奶的全部本事即使在一个生人面前也不会超出两个星期便被人摸得清清楚楚，何况奶奶和二奶奶曾经有过将近一年的共同生活？只凭着在上海爷爷走后那一段日子里，为了恒顺泰里四个人的四张嘴奶奶日夜奔波操劳的事实，就给处在绝境中的二奶奶提供了转而依附奶奶的充分根据。恪守妇道、视礼教传统重于感情和尊严的奶奶不但能接收他们，而且能容忍他们，这是二奶奶对奶奶的基本分析。脸色总要给一些，难听话也总要骂一些，但所有这些和生存比较起来，就未免太微不足道了。只要自己甘居人下，尊奶奶为长，奶奶是会把自己和叔叔这副沉重的担子挑起在她宽厚的肩膀上的。对于这一点，二奶奶心里有数。

叔叔可怜巴巴的哭声传到屋里，奶奶的心全乱了。奶奶在想，做的什么孽哟，天下的大人！奶奶在想，这孩子瘦瘦脸上的那双眼，多像每的那双！奶奶又想，从这座祖屋里出来的孩子，为什么个个要跟着大人吃苦？就算大人错了，他们有什么错？奶奶突然从心里涌出一股对这孩子的内疚。这孩子的可怜虽然不是她造成的，是所有那些混账大人造成的，她的男人是混账，这女人是混账，可她依然跟着感到内疚。这个可怜的长得像每的孩子需要疼爱！奶奶是女人，女人永远需要爱着什么，佑护什么，这是她们的天性。就算面前跪着的这个女人再不是东西，这孩子毕竟是我们家的骨血，我们家的孩子难道注定要一个个死绝吗？

即使到了如此地步，奶奶对这间祖屋、这个家庭仍然有一股驱之不去的使命感，平时它埋藏在奶奶的血液里，它的突然被唤醒，是由于这孩子的哭声。

奶奶从里屋走出，看也没看二奶奶一眼，径直走到叔叔面前，把叔叔从地下拉起来。可怜的四岁的孩子，在地上跪的时间过久，腿竟抖抖地站不起来了。奶奶扯起自己的衣襟，一把擦去叔叔脸上的泪水，然后将几根糯糯的地瓜干塞给叔叔。叔叔看看奶奶，再看看二奶奶，哽咽着，竟不敢伸手去接，反而躲进二奶奶怀中。

二奶奶再次富有含意地推搡叔叔，叔叔躲在二奶奶怀里，头也不抬地叫了一声：

"妈妈。"

"叫姆。"奶奶板着面孔，威严地纠正说。

奶奶比过去更劳累了。

每天天不亮，奶奶就要起床，上山去砍柴，挑柴，卜河去挑水，回转家磨豆腐。吃过早饭，奶奶先要挑一挑豆腐去集上卖，有时还卖柴，然后车转回家下地种田。奶奶的地是山坳角里三分又薄又瘦的水田，晒不到太阳，田里的水又冷，稻很不爱长，连男人也不大愿意种的。可是一家三口等着这三分地上长出的吃，奶奶不但要种，而且要让它尽量长好，栽秧、薅草、浇肥，不知要比别人多下多少气力到田里面。除此之外，奶奶又重新喂起了猪。就这样一天忙到黑，常常连搓麻线的工夫都不见得有了。

前面已经说过，二奶奶是个什么事也不会做的人。二奶奶究竟为什么什么事也不会做，是她天生就笨学不会呢还是她根本就不想做事或是有病不能做事，没有人能搞得清。甚至没有人能说清楚她的出身和身份，连奶奶也说不清。说她是苦出身吧，她成天穿一件旗袍，一双小脚锥子一样，不要说做田挑水了，连山路都走不稳，除了在家带带自己的崽，么事也做不成。说她是有钱人家的小姐吧，她和奶奶一样，一个字也识不得，见人怯头土脸，一副没见过世面的样子。至今在老家人的传说中，关于二奶奶只有这么几句，说是她从上海来到大山里时还穿着旗袍，小脚，别的再没什么内容了，我估计这恰恰与二奶奶当年的活动状态有关。自上海来到老家后，她就把自己一头关在祖屋里，大门不出二门不迈，真正是足不出户貌不示人，吃、住、睡一切活动只在山上这几栋黑黝黝的祖屋里。至于那几件旗袍，绝不是她不肯随俗或丢弃曾经富有的象征，而恰恰相反，那是她为数不多的几件衣服唯一的款式。奶奶和她都没有能力为她更换全部家乡的行头，直到很长时间以后她先是换上了一件斜襟布衣，继而为自己做了一条裤脚肥大的黑裤，再后来她学会了搓麻线、做鞋，最终才变成了一个彻头彻尾的闽西客家妇女。二奶奶当时的这种状态，自然也就导致了关于她的传说在老家几乎等同于零。同时她的这种状态，自然也就导致了和在上海时一样她什么也不会做，也就什么也不用做，从而顺利地完成了从原来的依附于爷爷转为完全地依附于奶奶的过渡。

不可思议的是，奶奶要做许多事，要一个人养活三个人，她的精神状态反而比以前好了起来。每天泥里水里地做，不但没有把她压垮，反而像是给她注入一股活力。奶奶像驴子一样地推磨磨豆腐，挑起堆成小山一样的柴垛疾步如飞，村人们都惊诧于她像男人一样能做。我想，这道理也许很简单。人天生是习惯于群居的动物，本能地惧怕孤独和寂寞，二奶奶和叔叔的到来在给她带来麻烦和负担的同时，也给她空寂的心灵填入了一股充实。还有不可忽视的一点，便是这个祖屋里有了叔叔。千万不可小看这个点点大的孩子，他使这个濒于灭绝的家庭有了质的变化。在客家的观念里，嫡生和庶生的孩子固然有别，但在传宗接代继承香火这一意义上是相同的。叔叔的到来，彻底去除了奶奶作为"孤人"的屈辱身份。更何况，和大人不同，孩子永远是可爱的呢？

在和叔叔有限的几次接触中，我一点也没有发现奶奶和叔叔的母亲之间曾有过的不愉快。一点也没有。我觉得奶奶和叔叔之间相处得非常融洽，甚至超过奶奶和我们。他们之间有一个得天独厚的东西我们没有，那就是他们的语言，他们只要一使用这种语言聊起天来，便立刻沉入只属于他们两人独有的世界中去了。叔叔当着我们的面，像父亲一样毫不生分地叫奶奶"妈妈"，背着我们却叫奶奶"姆"。叔叔扶奶奶上下楼，为奶奶打洗脚水，远比我们家的人都做得亲切自然。我想，这和他们之间曾有过的那一段相依为命的日子肯定有着绝对关系。叔叔知道奶奶稀罕老家大山里的香菇，每年一定要给奶奶寄上一斤半斤来，这些香菇都是叔叔一个一个从山上采摘来的。那时候香菇是很贵很稀罕的东西，远不像今天这样什么东西都能够人工栽培弄得满天下都是，那时候的香菇是真正野生的。采摘香菇极为危险，常常要爬到悬崖或者危树上去才能采到，原因很简单，晒干的香菇可以拿到县上土特产收购站去卖钱，好摘的地方香菇早被人采光了。奶奶每次收到叔叔寄来的香菇，总要打开包裹一个个翻看着这些香菇说，这都是你叔叔拿命换来的呢！奶奶不止一次地向我们夸过叔叔，说叔叔心好，胆子小，对她像对亲生母亲一样孝顺。奶奶说到叔叔时，那表情仿佛叔叔就是她亲生的一样。

奶奶的善良天性在这里充分地流泻出来。她心甘情愿地消耗着自己，为人吃苦，撑持着早已不成其为家的这个残破的不正常的家，使它同一切家庭一样进入正常运转。不仅对叔叔，奶奶与二奶奶之间也进入到两人关系史上的最好阶段。以我对奶奶的性格的了解，在最初阶段里二奶奶的日子肯定不会好过，奶奶一定会常常说出一些使她听了不受用的话。比如在舂米的时候奶奶会说："怎么会食得那样快？嘴多和嘴少就是不一样。"奶奶命二奶奶去灶边烧火，二奶奶面露难色说不会时奶奶会毫不客气地说："谁天生来就会？想做就会做，会食就会做！"饭做好了，如果二奶奶没有眼力见儿不晓得帮着盛饭端饭的话，奶奶会把盛了稀饭的碗在桌上蹾得咚咚响地骂说："要人家做，还要人家喂么！"所有这些骂人话或者类似的句型，在我们小时候听得简直耳朵都磨出茧子了，可我们不怕，因为我们知道奶奶正是通常人们所说的那种"刀子嘴豆腐心"，她骂归骂，做归做，而我们睡归睡，玩归玩，该给我们吃的东西到时候一样也少不了。我相信二奶奶对奶奶的观察力绝不会在我们之下，因此她比我们更快地就摸透了奶奶的脾气和方式，率领着叔叔在奶奶的祖屋里活得越来越坦然。二奶奶就这样不费一枪一弹地攻下了奶奶貌似坚硬的城池。表面上奶奶成了赢家，而实际上奶奶心甘情愿地做了奴仆，二奶奶才是不折不扣的真正赢家。

奶奶和二奶奶居然成了朋友。女人们之间通常总是这样，当她们不再是敌人了的时候，她们很快就成了朋友，或者情形正好相反，当她们不再是朋友了的时候，她们就立即成了敌人，很少有中间状态。奶奶和二奶奶这时候正处在前面那种情形。她们开始交谈做女人的种种体会，包括怎样生育孩子和如何对付男人，再到后来，她们渐渐地有了一个共同的话题，就是骂爷爷那个死人。

这个话题是在几次惊心动魄的惊吓之后被提出来的。二奶奶的到来，使空寂清冷的祖屋由一个人变成了三个人，晚上流氓无赖隔窗隔门的恐吓滋扰非但没有停止反而加剧了起来，这多半是由二奶奶和她那身令人想入非非的旗袍引出来的麻烦。我们知道旗袍作为满族服装的改良版有着许多的动人之处，它可以使女性身材的凹凸曲线得到尽可能完美的勾勒和表现，更不必说它的斜开衩部分所具有的将两根雪白的女人大腿欲藏不藏欲遮还露的功用了。旗袍是一种用心险恶的服装，之于女人它是一种展示，之于男人它则是一种诱惑。麻烦正是从这里开始的，自从见到和知道了二奶奶的到来，有好一段时间，村人们的议论总是从二奶奶的旗袍开始，而最终又总是在旗袍的开衩部分含有几分邪恶地结束。无奈二奶奶从不出门，几个烂崽丰富的想象和淫荡的目光也就总是无从着落。

屋外又开始了那些可怕的声响，并且听起来往往不止一个人，淫秽的话语，令人毛骨悚然的威胁，总在头顶窗外响动。

二奶奶怕极了。二奶奶和奶奶原本是分开屋睡的，现在二奶奶把自己连被子带叔叔一齐搬到了奶奶房里。即使是这样，每当那些动静闹起来的时候，二奶奶仍要怕得簌簌地抖。

奶奶雄赳赳地喊："怕！怕么事！未必就真敢拆我的屋？"

奶奶这话听上去是喊给二奶奶，实际当然是喊给屋上的人听的。

屋外阴森森地回话了："你这几根破椽子破梁经得起老子踹么？乖乖门打开，免得惹老子气时脚一踹，那时你们到哪里去躲？"

奶奶把脚一跺，声音更响了几分："罗圈子你不要吃得那样雄！你以为我不晓得你是谁？有本事你就拆，只要你不怕明天到'公用'屋里去讲！有本事你去杀白兵，没本事抓个红兵伤兵来杀，欺负我们两子大婆算屁本事！"

"骚鸡嫲，不要装得那样像！你男人死都死撇了，臭都臭撇了，还守他么事尸么事魂？"

奶奶斩钉截铁地表达着自己的决心："罗圈子，我男人死未死撇不是你晓得的，你山未出过一步水未走过一条，你晓得屁！什么时候男人的尸我收了男人的坟我看到，我才死心！到那时我嫁蛤蟆嫁虾公也轮不到你！"

奶奶昏天黑地地骂，屋外也昏天黑地地骂，但屋外骂归骂，渐渐地气势就小了下去。奶奶提起了"公用"，罗圈子不能不怕。前面我们曾经讲到过"公用"的威望和权力，罗圈子若是果真地把事闹大闹到"公用"那里去，"公用"是要管的，到时候"公用"弄一群男丁来把罗圈子绑起卸下一只胳膊一条腿也不是没有可能。所以罗圈子嘴上凶，到底没敢动奶奶的祖屋一下。

奶奶也一样，嘴里抬出了"公用"做后台，心里到底是没有底的，因此奶奶在骂的时候，手里一直紧紧捏住那根扁担，时刻准备一旦罗圈子破门就以死相拼。奶奶曾经讲过，一个人死都不怕，也就没什么好怕的了。类似的话一位非凡的领袖人物也讲过，一字不识的奶奶能讲出和领袖同样的话，可见奶奶慧根之深。

但是该发生的事迟早总要发生，二奶奶旗袍的诱惑终于大过了"公用"的权威。

一日，奶奶一早挑了柴担出门，准备赶到集上去卖。奶奶挑了如山的一担柴，打了赤脚在山道上急急地赶路。从温坊到集上有二十多里山路，不急走，一来一回是赶不回来吃午饭的。可是仿佛天意似的——又是一个天意——似乎天意要告诉奶奶家里会出事，竟然淅淅沥沥地下起了雨。奶奶犹豫了。下了雨柴就要被浇湿，湿柴是卖不出好价钱的，与其今天挑一担湿柴去卖，不如转过明天天好了再去。奶奶从五里外的山路上又踅了回来。

奶奶还没有走到祖屋外的禾坪，就已经听到了屋里的异常响动。奶奶丢下柴担，抽出扁担，甩动着她那双38码的大脚咚咚咚地就闯进屋里。

果然是罗圈子。

罗圈子扑在二奶奶身上，秃得没有一根头发的汗津津的秃头顶上被二奶奶抓得满是血印，二奶奶的嘴被一块擦灶的破抹布塞得严严实实，呜呜地喊不出声来，旗袍又妨碍了她的战斗力，这时正处在劣势。二奶奶的旗袍已经从开衩那里被撕开，不但露出了她的全部大腿，而且露出了部分腰以上的部位。二奶奶的双手被牢牢地抓在罗圈子手中，只剩下头发被揉搓得如同一堆乱草的头在床上剧烈地摇着，以躲避罗圈子因兴奋而大喘着粗气的嘴。

在奶奶闯进来的一刻，罗圈子已迅速跳起，但依然没有躲过奶奶有力的一击。奶奶挥起那双从五岁起就一刻没有停止过劳作的有力的手臂，重重地将扁担抢在罗圈子瘦骨嶙峋的腰脊上，只听到"哇！——"一声惨叫，罗圈子便像只蜥蜴那样从屋里飞了出去。奶奶没有罢休，追到门口，冲着罗圈子的背影杀猪一样地叫骂：

"不要脸的猪公，跑到我屋头吃食！下次再敢来连脚杆一起打断！"

二奶奶早已吐出了嘴里的抹布，这时候呜呜地哭起来，委屈得很。奶奶怒冲冲走上前去，一把扯破了二奶奶的旗袍：

"哭！哭有么什用场！男人哪个不骚，躲还躲不及，偏偏往屋里引！看你穿得个么事人人鬼鬼样！在这样大山里穿么事旗袍！自己身上不骚，引不来臭男人！"

奶奶借着骂男人的机会捎带着把二奶奶痛快淋漓骂了一通儿，这场狂风暴雨才算停歇。新做一身衣服是不现实的，在奶奶的命令与指导下，二奶奶终于把她所有的旗袍进行了一番改造：所有的旗袍全部从腰间剪断，腰以下缝制成大裤衩子，也就是如今城里人夏季最时兴的"短裤"，腰以上改造成汗背心，能装袖子的就用旧布装上两只袖子。二奶奶一把鼻涕一把泪，一句话也不敢反驳地在奶奶的数落下，笨手笨脚为自己赶制出几套不伦不类的行头。

奶奶像个叱咤风云的男人，里里外外地支撑和保卫着这个家。两个女人苦苦挣扎着，用拼命的劳作来维持着自己的生命，用艰难的抗争捍卫着自己的贞操，共同捍卫着她们丈夫的尊严。

而她们的丈夫，我的爷爷呢？

此时，爷爷在延安，优哉游哉地和我的第三个奶奶结了婚。

就在奶奶和二奶奶为了爷爷共同拼死捍卫她们的尊严和贞操的时候，爷爷和第三个奶奶——以下简称三奶奶——正在延安一口被白垩水粉刷得洁白如昼的窑洞里共同憧憬和规划着他们的未来。

"你应该给我生孩子。生一堆孩子。"爷爷半开玩笑半认真地对二十五岁的新娘说。在环境稍事安全和安定之后，爷爷开始考虑孩子的问题。

"不。"二十五岁的年轻新娘回答得很干脆。她接着说，她从那么远的地方跑到根据地跑到延安来，是来参加革命的，是来抗日的，不是来生孩子的。

二十五岁的年轻新娘很有主见。她是一个完全崭新的女性，念过整整十二年书。她戴着一副秀气的眼镜，眼睛在镜片后面显得黑而深沉。也许正是这对被镜片半遮半盖的眼睛迷住了爷爷，爷爷击败了众多追求者才得以和她一起进入这间被白垩水粉刷过的小屋。

爷爷大约是有生以来第一次被女人反驳顶撞非但没有恼火，反而觉出一种说不出的舒坦，一种喝醉了酒飘飘然的感觉。想想看，戴眼镜的女人啊！

爷爷和戴眼镜的女人之间的感觉从一开始就完全不同于与奶奶和二奶奶之间的感觉，为此爷爷觉得痴迷，觉得陶醉。原来在感情生活中，男人不一定总要事事占上风。女人应该有点自己的想法。戴眼镜的女人就更可以有自己的想法而不一定完全听命于男人，结果呢，感觉的确很不错。

爷爷这时的确有点得意忘形。我常常想，爷爷在做所有这一切的时候，心里会不会突然掠过一丝对奶奶和二奶奶的挂念和歉疚？是否想过她们还在？她们的孩子，当然也就是他的孩子，父亲、叔叔，还有那几个虽说命贱但毕竟是一条条小生命的父亲的妹妹们，尤其是那个眼睛黑黑大大最会唱歌的小小的每，是否都还活着？可是没有人知道，爷爷是否曾经哪怕有一次想到过这些。

但有一点我们是知道的，就是爷爷在向组织上申请与三奶奶即那个二十五岁的戴眼镜的姑娘结婚的时候，在向组织上谈及他以往的婚姻时是这样说的：

过去曾有过一次包办的婚姻，与包办婚姻的配偶即奶奶曾育有子女，经战乱分离，至今已多年没有音讯，早已无任何关系。

至于二奶奶，爷爷连提都没有提一个字。也就是说，二奶奶作为一个人，一个爷爷曾经的配偶，在历史上根本就不曾存在过。

爷爷对于与奶奶的关系的这段冷静简洁的交代，从字面上讲可以说都是事实。爷爷与奶奶的结合的确是包办婚姻，的确经战乱分离已经多年没有音讯，而且，的确与奶奶已无任何关系。可是，这些就是事实了吗？

事实是，奶奶带着每返回老家后，为了等到早已负了心的爷爷，即使女儿惨死，即使自己穷困得几乎活不下去，即使被罗圈子们欺侮到无法忍受，也没有离开过老家一步，为的就是有朝一日爷爷寻找她们的时候，她还在。如果爷爷愿意找到她们，或者爷爷哪怕稍稍有一点想寻找她们的诚意，就应该能够和她们取得联系。事实上在那个战乱的年代，尽管邮路堵塞得厉害，却也有不少人始终与家乡和亲人保持着联系，关键是有没有诚意，是否做了努力。奶奶正是靠着这种几乎毫无希望的希望支持，才得以年复一年地枯守在爷爷的家乡，在无边的贫困和绝境中咬牙活了下来。

相形之下，爷爷对奶奶的努力有多少？我们看不到这样的努力。我们看到的只是爷爷对奶奶的排斥和忘却。奶奶对爷爷的期冀与爷爷对奶奶的排斥恰成强烈的对比，奶奶对爷爷的期冀有多深，爷爷对奶奶的排斥与轻视就有多深。在感情中谁爱得深谁就是弱者，这永远是一个真理，也是奶奶和爷爷的故事给我们的启示。我们只能得出这样的结论：爷爷并没有对组织上讲实话。爷爷并不是不知道奶奶在哪儿，也不是无法和奶奶取得联系，他只是不想跟她取得联系罢了。这是一个让人不愿意接受的事实，然而，就是这样。

爷爷以"包办婚姻"为由，堂而皇之地一刀斩断了与奶奶的关系。

二

从机场回来的那天，申建把我一直送回了家。

他本来要送我去医院的，我坚决不肯。我说，没有一个医生比我自己更了解我的病。我要回家，我说。我只想尽快回到家里，尽快吃上两片索米痛和两片安定，尽快躺下，把屋子里的窗帘全拉上，躲避开一切光线和噪音，好好地睡上一大觉。我很想感激申建，但我现在的样子狼狈到了极点。我很清楚，只要我吃上药以后大睡上一觉，把头痛睡过去，便立刻会像好人一样，到那时神清气爽地再去感激申建，不是更好？

申建执意要留下来陪我，他说我这样子他不放心。我说，为了接我你已经整整十几个小时没有睡觉，千万不要再为了我耽误休息和工作。更何况我现在没别的事只是生病，病长在我身上，也只能从我身上一点点地好，你留在这儿帮不上什么忙。

申建像是没听见我的话，径自拿起暖瓶，大概是想给我倒水，掂了掂，见暖瓶没水，又熟门熟路地走到厨房，打着了煤气烧水。

我的居室虽不大，但实用，是那种新款的两房一厅的设计，一大一小两个房间，一间客厅。反正家里没别人，几个房间任我支配，大房间做了书房，小房间是卧室。客厅很大，足有三十四五平方米，是我平时主要的活动区域，里面有一圈沙发，一排落地半截柜，上面有电视音响，还有一个博古柜，里面供着我喜爱的东西：两个水晶花瓶，一个脱胎漆器瓶，一个木雕的巴西龟，等等。这套房子是丈夫出国前特意买下来留给我的，就算他在所有方面都对不起我，仅仅为此我也该感激他。一个人在这世界上能有一个属于自己的舒适又实用的窝并不容易。

　　申建烧好开水，又从磁化水瓶中兑了一些凉水在我的水杯中，看着我把四颗药片吞了下去。

　　我说，好了，剩下的就是等着药片起作用了，你回去吧。

　　申建还是那句话，他不放心。

　　我强装笑脸笑了一下：

　　"有什么不放心的？我平时生病还不都是一个人挺过来了？要都像你以为的那么娇气早死几回了。"

　　申建还是不肯。申建用那样一种眼神望着我，在那眼神里我好像是一个不会照料自己的刚出生不久的婴儿，又好像是一只受苦的迷了路的羊。那眼神望得我心神不宁。所以，我必须让他走。说实话，尽管不得不承认我挺喜欢他，但有些不该发生的事情就应该让它永远不要发生。于是我说：

　　"等到药劲儿上来了，我要大睡一觉，时间大约需要七到八小时，那时候我不希望有任何人在我身边。如果你真的体谅我你就回去，不然我睡也睡不安心。"

　　申建突然伸出手来摸了摸我的额头，然后叹口气说：

　　"好吧，那我就走了。等你醒过来，给我打电话。不过……我还是不放心。"

　　说完他真的走了。我听到他走出我的卧室，穿过客厅，开了大门，出去了。

　　门被"哐"一声带上。好了，屋里复归平静。

　　额头上还留着被申建的手触摸过的感觉。那手是温温的，带着男人骨节粗大的手指的硬度。药物这么快就起了作用，我开始感到头晕，感到周身变得绵软，在向天上飞去，天上有云，四周都是云，我躺在云上，疼痛减轻了，心里感到一阵轻松。在失去意识前的一刹那，我对自己说：他多叫笑呀，还伸手试试我的额头发不发烧，要知道头疼和发烧根本就是两回事。

　　我不知道自己究竟睡了多久，只知道在这个长长的睡眠当中我曾经醒过来两三次，但很快就又睡过去了。随着头疼的减轻，紧张和焦虑也渐渐远去，每一次醒来后清醒的时间都比上一次延长。最后一次醒来时，我觉得自己神清气爽，完全恢复了。我不想睡了。

　　从窗帘缝里可以判断出，天早就黑了，而且从四周寂静的程度判断，甚至早就已经过了吃晚饭的时间。

　　像以往那样，头疼虽然过去了，身上还没有力气。我又开始了躺在床上的胡思乱想。

　　不得不承认，尽管我表面上做得循规蹈矩礼数周全，可这会儿我心里正在想申建。确实在想申建。女人是太容易被感动的一类品种，幸亏大多数的男人不知道这一点。有时只是一件很小的事情就能让女人感动：结婚纪念日里一枚小小的戒指——哪怕是伊泰莲娜的假首饰，情人节里一枝两块钱的玫瑰花，甚至雨地里头顶上伸过来的一把伞或者病中电话里的一声问候。当然，这里有的可能是爱，有的可纯粹是在学雷锋，却也会让女人们误解为"爱"而大感其动。碰上这种事对男人们来说可真是挺麻烦的，所以最好的办法是别轻易去碰女人那根敏感的神经。可一个人在如此大的雪中为了等候接一架因气候延误而没有准确消息的航班整整十几个小时没有休息，只因为那架航班上有你这样一件事，毕竟不能跟一枝玫瑰花相提并论，更何况这又是一个无论从哪方面看都相当不错的男人呢？

　　这个人浑身充满朝气和生命力，幽默，睿智，做事果决，还有，善解人意，有钱，大方。这里面任何一条都足以叫女人心动，而所有这些在这个男人身上是叠加的。你说不清他是哪里人。他长得像北方人，却有着南方人的狡猾和精明；和美国人比起来，他比天真单纯的美国人懂得算计和思考；和中国人比起来，他又比刻板狭隘的中国人较少拘束和迂腐。他是那样一种人——杂交人，我忘记是在哪篇报纸上曾经看到过这个提法，那篇文章的确是这么说的：杂交人，介乎于大陆中国人和美国人之间的杂交人。现在有一批这样的人。这种人特别地能奋斗，能创业，能成功，几个月一次横穿太平洋的十几小时的飞行拓宽了他们的眼界、见识和思路，地球在他们的眼中变得很小，他们在几个小时之内看到太阳从西边落下去又从东边升起来，上万公里的距离在他们不过是打个盹儿。他们对东方和西方同样地熟悉，他们发现在东方和西方有那么多的事可干，有那么多的缝隙可钻，要做的事情实在是太多了！因此他们通常非常忙，忙到上一小时和你约定的约会可能到下一小时就不得不取消，而且取消得叫你一点没脾气，因为他们通常是夹了一大串英文向你道歉，让你感到他们忙得都忘记了你是个中国人。他们发现东西方的东西来回一倒腾就能增值，于是他们就忙着做这些事情，把中国的小塑胶玩具、打火机、绢画倒腾出去，再把阿拉斯加深海鱼油和卵磷脂倒腾进来，可供倒腾的东西很多，包括文化。他们获取利润的资本是东西方彼此的生疏和隔阂。和他们比起来，不要说东方足不出城不出国的人是真正意义上的盲者，连西方那些曾经做过访欧访亚访非旅行的人们在他们面前也不过是些没有见过世面的稚童，旅游爱好者们看到的只是人类的皮毛，远不如杂交人看人类看地球来得深刻。杂交人看地球的角度不同。他们不是仰起头来惊叹乞力马扎罗和尼亚加拉瀑布的雄壮和美丽，他们俯瞰地球，从政治、经济、文化、商业各个角度去看地球，研究地球。地球不过是他们利用的一个工具，如同小时候母亲给他们买的电动玩具车、老师交给他们做实验用的烧瓶一样。世界在他们面前敞开了门户，只要他们想做事而不仅仅是好奇，他们的成功概率就远远高于东西方的普通人。

我曾经很不喜欢这种人。我觉得他们就像一群毫无自尊而又自大的人满世界招摇撞骗。他们瞧不上自己的祖国可又不愿建设她，瞧人家美国建设好了便死乞白赖非去人家那儿混一个身份，混上了身份又回到自己贫穷的祖国母亲这儿摆谱，仗着出了几年国学了一口洋泾浜英语充起假洋鬼子，到合资公司高级会馆里到处混还混进了电视，这些人表面上全是这瞧不上那也瞧不上跟多大的款似的，其实你一接触个个全唯利是图死抠门儿，恨不得跟老爸出去吃顿饭都Go Dutch（各付各的）！

所以刚认识申建的时候我非常警惕，可现在是怎么回事了呢？从什么时候我对这个人的警惕变成了一种好感，继而变成欣赏，再继而又变成，怎么说呢？类似一种不真不假的情人关系？我想，这大概皆来自一种寂寞吧？我不否认，我和这个人走到这一步，与他本身的魅力有关系，但同时有我自身的原因。我想一个重要的原因就是寂寞。

想想看，跟申建的认识就是始于寂寞，后来哪一次的约会又不是出于寂寞呢？丈夫去美国已经四年，连儿子也已经离开了两年，家里只有我自己。当初我坚决不同意儿子走，我担心去了那个地方会毁了儿子也毁了我和儿子的感情，但丈夫的态度和我一样坚决。丈夫和我进行了一次很严肃的谈话：儿子已经到了入学年龄，如果他不能在一受教育的时候就接触到地道的英语，他将来就永远是一个半吊子美国人，你就不怕他将来怪你吗？在他将来为这事责怪你的时候你能对他说仅仅是由于你舍不得他吗？结果是我只有放儿子去。儿子走后的两年是怎样的两年？整整几个月我的心没着没落，一有空手就想抓电话，见到所有儿子玩过的穿过的东西都要掉泪，没办法，我把它们统统锁进了壁橱。晚上躺在床上，想到儿子皮肤上香甜的奶味，想到儿子细微的令人发痒的鼻息再不能在我脸上扫来扫去我就心痛难抑。可是自上一次丈夫带八岁的儿子回来，我看到儿子面对着这个决定了他肤色、民族和国籍的国家满眼充满了陌生和嫌恶，有一次他甚至惊恐地从公共厕所逃了出来时，我知道他再也不会回来了。果然从那以后直到现在，他们再没有回来过。

寂寞到底是一种什么东西，竟能使人产生如此大的变化？它改变你的情绪、爱好、思想、性格，甚至改变你的——品格。也许，寂寞并没有什么错，错只错在当我们不寂寞的时候，我们对它的了解和理解太少了。

我突然想到了爷爷。既然我们自己的寂寞不可逾越，又凭什么要求爷爷不能有不可逾越的东西呢？那东西也可能是寂寞，也可能是别的什么，总之，靠一个人的力量无法战胜它。

我爬起来，披上衣服去卫生间。我得好好洗个澡，让自己清醒和振作一下，然后再给申建拨电话。

推开通往客厅的门，一个人猛地从沙发上坐起。我"啊"的一声大叫，心脏在爆裂般地跳动几下之后几乎停掉！

这是怎么回事，又是申建！

申建满面歉意地跳起来，连声问是否吓坏了我。

我毫不客气地："是的！可是……你是怎么进来的？"

申建顽皮地笑笑："怎么不问问我原来是怎么出去的？如果当初我就没有从大门出去，那么进到客厅里来是很容易的。"

"怎么？"我又一次惊叫，"你没有走？一直就睡在沙发上？"

"没办法，你那么坚决地要我走，可我实在不放心，只能略施小计。"他苦笑说。

"怎么个施法？"

"这很简单，"他像兔子一样三步两步蹿到门边，把门拉开，"哐"的一声关上，然后轻手轻脚回到沙发边，朝我摊开双手，"就行了。"

"天哪！"我由衷地恐怖道，"假使你是一个凶杀犯，而我却在那里昏睡不醒……"

申建愁眉紧锁："是啊！正是这点使我的担心也更多了一层，特别是假使那个罪犯不只是想凶杀，还有其他企图的话……"

我嗔怪道："你可真坏……"

申建："杂志上是这么说的：如果一个女人骂一个男人'你真坏'，她心里其实想说的是'你真好'……"

我上前去揪申建的耳朵，申建却就势捉住我的手把我拖进怀里，接着是一个长长的吻。这个吻可真长，长得像有半个世纪。我们彼此寻找并体验着对方和自己的感觉，那是一种既熟悉又陌生同时由于陌生而导致新鲜的复杂的感觉。尽管在我的心里有一个声音一直在警告我说，不行，这不行，我却没有推拒。直到我憋得受不了了。我有些伤风，鼻子不大通气，到后来我感到再这样下去自己就要窒息而死了。

我猛地推开申建，像刚刚在水下潜了二百米那样跳上岸来大口地喘着气。申建看了看腕上的表，说：

"现在咱们的晚饭怎么办？已经是晚上8点了。"

"你说吧，怎么都行。"我带着十二分信赖望着他，"出去吃，我这样子不太合适；如果自己做，冰箱里倒是有鸡蛋和肉，厨房有方便面……"

申建："你对比萨饼有没有兴趣？"

"还行。"

"那好，"申建说，"我已经订了一个比萨外卖，现在就可以打电话叫他们送来了。"

申建坐在沙发里不动，用他的手机拨电话。看着他那副麻利干练的劲头，我不禁想，和这种人在一起真是乐趣无穷，他永远叫你出乎意料，永远为你把一切都安排妥当，凡事根本用不着你操心。这和丈夫完全是两样。但这念头刚刚从我脑子里冒出来便立刻被一位哲人朋友的警告打断：当这人没有成为你的丈夫或妻子时，你看到的只是他或她的优点。男人和女人之间就是这样，总是先发现优点，然后在一起，然后就发现缺点，然后就分手。

我们围坐在茶几边，一边用刀叉切割着比萨，一边喝着饮料一边闲聊，那晚上我们聊了很多。

话题是从我去上海扯起来的。

申建认为我根本就不该去上海，不该去找什么周大夫。他认为处理历史问题不必太认真太拘泥，只要大的问题清楚了，小的细枝末节应以模糊论为原则，否则越搅，历史的水越浑。

我不同意。我说我只是想知道爷爷究竟是一个什么样的人。爷爷究竟做了些什么？为什么要这样做？隐藏在做这些事情后面的动因是什么？……

"我指的正是这点。"申建毫不客气地打断我，"为什么非要知道这些不可呢？这正是中国人和美国人的区别。美国人之所以活得轻松活得潇洒，很少拘泥和束缚，正是由于他们不太纠缠历史，他们对于自己和别人的过去并不十分看重，而更着眼于现在和将来。中国人相反，中国人对于自己现在的落后并不十分计较，却对于曾经辉煌的过去格外看重，哪怕是历史上一个小小的细节也不放过。你叫住一个美国人，问他他爷爷的爷爷是做什么的他肯定会非常奇怪，一方面他会想你问这个干什么，另一方面他也实在说不清。你叫住一个中国人可就不同了，任何一个中国人都可以给你抱出他们家的家谱，从他上溯几十世，哪一世配什么夫人生有几支都记载得清清楚楚。我一个朋友最近告诉我说，他经过长时间考证，终于搞清楚了原来他们家祖上曾是商朝一个高干子弟。我讽刺他说，你怎么不再往前考证了？再往前查那个高干子弟他爷爷或者祖爷爷可能又是一个渔夫或者泥腿子了。所有人考证自己的祖先似乎都有一个约定俗成的规矩：考证到最有地位、最煊赫、官最大的那一代就打住，没听说谁考证出自己祖上是个泥腿子就打住的，细究起来是因为所有人都有一个潜藏的心理：我们祖上曾经阔过。其实曾经阔过又怎样？天下任何一家祖上都可能曾经阔过，也可能曾经穷过，泥腿子的后代做了大官，大官的后代又做了泥腿子，偌大一个舞台，不就是乱纷纷你方唱罢我登场吗？从西方的现代价值观看来，我不管你过去是否阔过，只看现在，哪怕你原来是个乞丐，现在成功了，我就承认你。但中国人不这么看，他看重的就是'我们祖上曾经阔过'，既然我们曾经阔过，我就永远高你一头，永远比你强，永远安于现状，这真是一种非常可笑的心理，这种心理一旦扩张为一种民族心理，这个民族就完了。"

我说："听你的话怎么有点儿像恩格斯批判杜林似的？恩格斯讲得全对，对极了，可是根本没弄明白人家杜林是怎么想的。我的情况跟你说的并不相同。我考证半天考证到了冠豸山，考证的恰恰是我们当泥腿子的祖上。我想我的考证是有意义的，一个我原来不熟悉的、隔膜的、有成见的爷爷，越来越丰满地站在我面前，尽管我现在还没有完全看懂他，但我想我毕竟越来越接近了真实的他。"

"如果我是你，"申建说，"我就不管爷爷是否曾经有过这样那样的感情生活，更不会去管他在这些事情里曾经是怎样想的，只凭他当年有那样的眼光和魄力从大山里坚决地走出来，从而带给你的父亲、带给你们今天的一切这一点，你们就该对他顶礼膜拜！如果你不介意的话，我想问你几个问题，"申建吃完饼，把刀叉全部放回到盘子里，"这不牵涉任何个人隐私，纯粹为了研究问题，你是否同意？"

"同意。"

"你丈夫的出身是什么？或者说，他的父亲是做什么的？"

"湖北一个民办教师。"

"你为什么不出国？"

我犹疑了一下，但既有言在先，还是照直回答："一方面条件并不完全具备。另一方面，也算是主要方面吧……我没有太强烈的出国欲望。我觉得在国内就这样，挺好。别人是别人，我是我，我就是这块儿地上长的庄稼。"

申建像一个演讲癖上来了的人，开始兴奋："你看看你的周围，那些工作勤奋、吃苦耐劳、善于钻营投机，为了达到一个目的无所不用其极的人，是不是个个都是出身卑微、来自小地方的人？是？而那些出身优越的人，是不是大多得过且过、倦怠慵懒，不思上进却又牢骚满腹，是不是？是？好了，结论出来了：泥腿子的后代变成大官，大官的后代变成泥腿子，这几乎是一个规律。人都要往高处走，这是一种本能，泥腿子的后代要改变现状，要往高处走，怎么办？只能靠奋斗。在大官的后代那里和泥腿子的后代那里，同样一个环境里的同样一份工作，在前者的眼里不过是一种他本不屑却又无可奈何的生活方式，他们并不珍惜，丢了就丢了，丢了再换一个，而在后者的眼里所有这一切则是竞争，是生存，不是鱼死就是网破。你别看他嘴里讲的是奉献，是事业，其实他眼睛里只盯着一样，就是官和权，只要能打败对手升上去，能达到目的，让他管孙女叫妈都行。这样两种完全不同的精神状态在同一种环境里竞争，泥腿子的后代不升上去才怪，天理不容！古时候有一句话，叫作'君子之泽五世而斩'，一个何等准确残酷的预言！可那早就是滴漏夜长的古代神话了，随着竞争时代的发展，这个预言所揭示的周期缩得越来越短，哪里等得到五世？三世，二世，甚至当世就斩的，有的是。多少自以为是的贵胄子弟，十年二十年前还跟着父亲的专车出入禁城要地，如今已经混得不如一个合资公司的蓝领，明明寒酸得不敢随便走进任何一家星级饭店，却偏偏还死不肯放下早就瘦死的骆驼架子，左边骂着取消他家专车秘书的人是白眼儿狼过河拆桥，右边骂着那些开着自己的车拿着大哥大的人是暴发户，心里还不明白自己早就被淘汰出局了。弱肉强食，优胜劣汰，这个时代就是这么残酷！"

　　申建像个激动的哲学家在我面前走来走去，突然他站下，定定地望着我：

　　"你想我干吗扯这么多？从我们手上这首诗看，你的祖先跋山涉水历尽艰辛才找到冠豸山这么个与世隔绝的地方住下来，为什么？为了生存。你爷爷那一辈人又用了同样的艰辛才从大山里面走出来，为了什么？也是为了生存。为了他的后代，他的后代的后代过上你现在过的这种日子，他们付出了太多的代价。还有，你丈夫，还有我，还有我们这整整一代人，为什么要放弃国内的安定生活跑到美国去打天下？从某种意义上说还不是同样为了生存、为了活得更好？可我们不能再像我们的父辈和祖辈那样为一桩夙愿的实现付出那样多等待那样久了。如果一个人的付出和得到总是成正比的话，他就等于什么也没有得到。就说你爷爷，他奋斗了一辈子，在他的事业和感情生活上扣除他的支出看他的收获，不但收支相抵而且接近负数，你能认为他是成功者吗？按照最小耗费原则，一个人只能以最小的付出换取最大的收益，才有可能尽快地建造和完善自己的人生。"

　　"怎么才能使自己付出的最小？"

　　"走捷径。凡事尽可能地走捷径。"

　　"怎么个走法？"

　　"你是学古汉语的，应该知道古时候的终南山，'翩然一只云中鹤，飞去飞来宰相家'，那是一种捷径，做官的捷径。还有很多捷径，比如做学问的捷径，就像你在国内一个研究单位里熬，从二十几岁做助理研究员熬起，越往高级职称上走路越窄，熬到四十岁了还没拿下来副高。一个人到四十岁了还拿不下副高你说这个人还有什么前途？而且为了拿下这个本来就该属于你的没什么实质意义的东西你还要和人家争个你死我活不共戴天，干吗不换个思路呢？比如我，我在国内上的工农兵大学，这个学历在国内根本狗屁不是，可是到了美国人家搞不清这和正规大学本科有什么区别，你在美国拿了硕士博士再回国内来可就不同了，拿了美国的学历到国内来做些专题研究课题，比如目前我们搞的这首客家迁徙诗，论文完成了带回美国去，你就成了客家文化研究的专家，这样，在四十到四十五岁之间你就可望成为美国某所大学古汉语专业的教授。这就是捷径。"

"可是，"我仍有些不明白，我早说过了，这个古汉语博士是个除了古汉语之外无所不知的家伙，关于那首迁徙诗，我觉得他根本什么都没有弄懂，"你那么有把握，你能把迁徙诗弄成一篇够水准的论文？"

他的表情比我还奇怪："这非常简单，你、我、乔纳，我们三人共同完成这篇论文。你用你的名义在国内发表，可以解决你在文研所的职称；我用我的名义在国外发表，可以拿下古汉语教授；至于乔纳，他也可以用它来得到他所想要的东西，比如，古汉语专家。"

我睁圆眼睛："这也行？"

申建倒好了两杯王朝干红葡萄酒，递给我一杯，没等我反应过来就"叮"地和我碰了一下："来，为最小耗费原则，干杯！"

那天晚上我们喝了好多酒。正因为那天晚上我们喝了很多酒，在别人看来所有可能发生的事那天晚上都没有发生。后来我想，真该感谢那瓶憨厚实在的王朝老干红。

三

当爷爷骑在一匹高头大骡上随着十万大军告别延安挺进东北的时候，正是南方最黑暗的岁月。

爷爷自十年前成功地摆脱了军统特务的追捕到达延安，便从此摆脱了噩梦一样的生活，从此可以公开自己的身份，自己的观点，再不必担心有人盯梢跟踪，不必常常在半夜梦中惊醒，听楼梯或门外若有似无的脚步声，不必担心今天还是一个生龙活虎的人，明天便被绞索棍棒变成一团肉酱。对比白区残酷的斗争生活，根据地的日子实在是太舒心了，对这一点，不是根据地的每一个人都能理解的。没有尝过缺氧滋味的人，当然不会认为自由呼吸就是幸福。

和爷爷同生共死过的那群战友不是个个都有爷爷这份幸运。事实上，他们之中的大多数人都没有熬到自由呼吸的那一天。

就在爷爷坐在高头大骡上顺畅地呼吸着向东方进军的时候，他的亲密战友、在蒋介石庐山军事会议后与爷爷一起冒着九死一生危险抄送情报的卢志英，由于叛徒张莲舫的出卖，此时正被关押在南京宪兵司令部受尽折磨，一同被关押的还有他的妻子和九岁的儿子。

仿佛天意似的——我不得不再一次提到了天意——在我准备写这部小说的

前年，一个菊黄蟹肥的季节，我有了一个去南京学习的意外机会。我之所以称这个机会为天意，是因为如果不是这次学习，我将永远不可能再有这样一个去雨花台找到如此之多资料的机会。在那次学习期间，善解人意的校方利用每一个周末组织学员游玩，去了中山陵、燕子矶、长江大桥，还专门安排了一次购物，我却从始至终没有参加一次集体行动，鬼迷心窍般一趟趟往雨花台烈士陵园跑。我在烈士遗像前一张张细细地看过去，看每个人的照片，还看他们的生平简介，在小小的简易玻璃书橱前一本一本地翻阅资料。看管资料和卖书的小姐从一开始的不耐烦到最后变为热心为我提供帮助，原因很简单，她看出了我的诚意。没有人比我参观得更细了。我说过，我并不喜欢甚至惧怕阴气森森的东西，而在这巨大的、厚厚的花岗石材料建成的建筑里面充塞和飘荡着的恰恰是这些阴气森森夹杂着血腥气味的东西，和秋菊灿烂阳光明媚的户外景致相比，里面的氛围真有点像是地狱。可我不能从这里面走出去，我只有几天的宝贵时间。外面不时有笑语传进来。阳光下，有孩子在嬉戏奔跑，还有披着洁白婚纱的新娘新郎在这里拍照。游客如织，人们为自己的旅游表上又增加了一个新的景点而满意。没错，这里不过是一个景点，一个和黄山、漓江、西湖、张家界性质上没有什么不同的旅游景点，人们费了好大劲儿跑到这里，多半都只到那两尊抽象化了的烈士雕像前站一站，和石像一起拍张照便满意离去，日后把照片拿给别人看时可以说：瞧，这是雨花台，我去过了。如此而已。至于那一间又一间充满血腥气味的展室，人们是不大去的。本来嘛，日子都过得挺好的，干吗老要搅得心情不愉快呢？

那么，我老到这儿来又是干什么呢？难道我看了这满屋子的照片和刑具心情会愉快吗？可我一次又一次地到这儿来，着了魔似的，把每一个周末都用上了，盯住那些让人看了难受的东西看了又看。我觉得我是被一种魔力驱使着到这儿来的。

我顺着墙上那些黑白照片一张张看过去。他们全那么年轻，在这里你看不到一张浮肿肥胖的脸，没有一张照片能让你联想到"老态龙钟""脑满肠肥"或者类似的成语。你尤其不忍看他们的年龄，他们中的绝大多数是在十八九岁上在这个地方结束了他们的生命。我脚下的每一块砖下，都有可能浸润着曾经滋养过他们生命的鲜血。

终于，我找到了他，爷爷的战友。他在雨花台烈士纪念馆东面一间展室东南角一副大大的镜框里，文静从容地瞧着我。在我看到他的那一霎，他漾起嘴角那丝永恒的微笑对我说：瞧，你总算找到了，我一直在这儿等你。

我走上前用手轻轻抚了抚镜框，我也对他说了句话。我说：正因为我知道您在这儿，所以我才会每个周末都跑到这里来。我总算找到了您。

卢志英是在 1947 年 3 月被捕的，被捕前的身份是中共上海特派员，与他一起涉嫌被捕的有上百人，据说中统为了抓捕与此案有关的人，私人汽车公司的车全被特务包光了。他先是被关在上海亚尔培路 2 号国民党中统局上海分部，后被押解苏州，最后于 1947 年 10 月被押解至南京，关在宪兵司令部。在狱中他受尽酷刑，敌人给他上电椅、火烧、绞头、灌辣椒水，坐老虎凳从一块砖一直加至七块砖，直到把他的腿弄折，即使这样还嫌不够，敌人甚至用打气筒往他的肛门里打气，直到他的肚子胀成一面鼓，险些被折磨死。据许多难友回忆，他是上刑上得最多最重的一个，但敌人从他身上却没有得到一点想得到的东西。敌人无奈，便把他的妻子和九岁的儿子也一起抓来。

在南京秋天的那些日子里，我在雨花台居然买到了有关卢志英烈士的资料和卢志英的儿子卢大容日后根据那段不堪回首的日子写的一部书，名为《和爸爸一起坐牢的日子》。

在这部真实朴素的作品里，卢大容以一个九岁孩子的全部敏感、不解和恐惧，描述了那个魔魇般的年代：

每天晚上，吵闹得很，不容易睡着。只听到楼梯上，上上下下的人很多，汽车进进出出，一片喇叭声，还有看守的特务忙着开门、锁门的声音。远远地还有人说话："上面上刑了。"接着，传来了特务的吆喝声，接连的、沉重的打耳光的声音，人跌在地下的声音，挺惨的叫声……忽然，静下来了。妈妈紧紧地搂着我和军战（引者注：军战是卢志英的侄子），怕我们受了惊。突然，又传来了一阵尖叫声。这声音又尖厉又凄惨。接着，变成了模糊的、断断续续的呻吟声。特务失去了人性似的在狂喊："你招不招？"啪啪啪，一阵拷打的响声，又一阵又尖又惨的叫声，以后就没有这些响声了，只听到一块块的砖头"砰砰"地掉在地上。拷打常常整夜地进行。天亮的时候，就可以看到受过刑的人从楼上给拖下来。

楼下审讯大厅有六根大红柱子，地上铺着大块红砖。我听难友们说过，这大红砖底下还有深井呢！整座古庙的红砖地面底下共有深井三十二口。在日本

下部　北方

鬼子侵占我国的时候，这儿原是日本特务机关，专门残害爱国者。现在这儿又成了国民党的特务机关，一到阴雨天，深井里散发出一阵阵的怪味，大红砖上印出斑斑血迹……

在我住的宾馆的席梦思床上，我读着这些恐怖的文字。学员们都出去玩了，长长一条走廊静寂无声。我惧怕书中那些阴森可怖的章节，每当这时，我会小心地用手捏住书页的白边，尽量不让手指接触到那些可怕的段落，仿佛构成那些段落的不再是铅排墨印的方形汉字，而是血、肉和书中那些恐怖真实的东西本身。我飞快地把这些章节读过去，然后飞快地掩上书，绝不愿第二遍再去碰它们。

也许，这就叫作不堪回首。不愿意回想，不愿意重复，不愿意再看一眼。不愿意。

我一本接一本地阅读着这些资料，速度飞快。在那些日子里，我满脑子翻腾的都是这些血腥文字描述出来的血腥事实，——白天、夜晚，在现实里、在梦境中，那些可怕的事实在我面前交替出现。

挺进东北的队伍浩荡向前，打四平，围锦州，围沈阳，紧接着，这支队伍挥戈南下，战北平、天津。这支队伍越来越浩荡、雄壮，横扫千军锐不可当，很快这支军队便麇集于长江之北，虎视江南，军号声声，战旗猎猎，大决战在即。

爷爷的战友就牺牲在渡江的炮声沉闷地响起在江北的时候。

一天晚上，卢志英被特务点名带出。早在这之前，卢志英已经意识到了自己将要牺牲，他提前托人捎信给妻子，信上写着"胜利在望，死而无怨"。临离开囚室前，他将自己围着的一条围巾和一个小铅笔头通过囚室的墙洞塞给了另一囚室的难友，给难友们留作纪念。接过小笔头的难友是一个年轻的女学生，她忍不住咬住被头痛哭失声。

特务把卢志英带出牢房，最后问了他一遍："怎么样？有没有改变？"实际上特务们自己都清楚，这种问题已毫无意义。这就像一场角斗斗到最后，观众都已经走光，胜负已无任何意义，剩下的只是一个面子。特务们要的就是一个面子。恰在这时从江北传来隆隆的炮声，卢志英昂起头，漾起嘴角那丝永恒的微笑，问："怎么，还需要我的回答吗？"特务们用粗木棍将卢志英打昏，然后将他塞进麻袋拖上汽车，拉到雨花台活埋了。

卢大容一直不知道自己父亲的下落，直到50年代初，他仍以为父亲还活着，只是被弄到台湾去了。父亲是那样地爱他，每次回家不管时间多晚，总要用胡碴子刺一刺大容的小脸蛋。他和母亲苦苦等待着父亲的音讯，期望着有一天父亲能像以往那样无数次化险为夷，在人们已经绝望的时候突然出现！直到母亲接到华东公安部的通知说抓到了杀害父亲的刽子手，才知道父亲早已在三年前牺牲于雨花台。卢大容和母亲一起在雨花台的一座小山上，从三具尸骨的牙齿上辨认出了自己的父亲。当时，卢大容痛哭了！因为直到这时，他才确知自己已经永远失去了亲爱的父亲。

如果不是在宾馆里，我会和卢大容一起失声痛哭。那个晚上，我久久地无法入睡，想象着五十年前在那个距离我现在不远的有着诗一样美丽名字的杀人魔场上发生的一切。我分不清是在梦境还是在真实中，我看到那个十二岁的悲痛难抑的男孩，亲手将一枚国际和平奖章别放在一具棺柩中的笔挺的衣服上，这衣服下不是一个人，甚至连一具尸首都不是，只是一副森森白骨。然后，这具棺柩被缓缓盖上了。我接着又看到一个周身透明的病弱得几乎走不动路的八岁女孩柔若无骨般从远方黑暗中飘来，她飘飘走走，走走飘飘，走到十二岁男孩的面前，拉着那男孩的手一同走了。他们的手同是那样细那样瘦，那是因为他们同样由于他们父亲的缘故小小年纪就在监狱里受尽折磨。

第二天，我没有参加学习，鬼使神差一般最后一次来到雨花台。这一天的雨花台不再阳光灿烂，而是雨花飞飞秋意缠绵。我再一次将那些照片从头到尾看了一遍。除了卢志英，他们和我没有关系吗？不，他们全和我有关系。我一个一个默念着他们的名字前去，像要将他们一个个刻在心里。他们是那样年轻，目光炯炯，脸颊颧骨棱角分明。他们永远停留在了那个年轻的时光。我突然懂得了永生的意义。一个人只要不死，总要从年轻走向衰老，先是脸上皱纹满布，接着神志呆痴，老态龙钟。谁不渴望永远年轻？然而只有死亡，才能将生命年轻的一刻固定。永生的代价多么昂贵！永生，原来是用死亡换来的。

卢志英和爷爷，每和卢大容，他们之中，哪一个人生，哪一个人死，都是那样的偶然。由于一个偶然的原因，卢志英就可能不会被捕而活够天年，而同样由于一个偶然的原因，爷爷就有可能先被老虎凳弄折双腿，再被木棍打昏后活埋。卢志英的命运，实际是全体白区党员的命运。爷爷和卢大容，能够活到1949年活到解放，已是偶然中的偶然。

不久，南京解放，上海解放，全国解放。很快，中国政权便以南京政权迁往一座小小的海岛而宣告易主。湘江边那支血迹斑斑形容憔悴的军队，终于在短短十五年时间里拿下了天下。

随着所有这一切的改变，奶奶的命运亦开始奇迹般变化。

奶奶第二次走出大山。上一次走出大山是由于她的男人，这一次是由于她的儿子。她的儿子果然没有死并且在新生的政权里工作，而且工作的地点和她的男人当年接她出来的地点一样，也是在上海。

奶奶抱着她的朴素的布包袱踏进儿子在上海的家门时，感受到的是与第一次来上海时完全不同的氛围。

这是一种浓烈的、充满新生活躁动的、生机勃勃的氛围！

神话般地，在绿茵如毡的草坪上，四个大小差不多的雄崽和细妹在玩耍翻滚，纵情尖叫。他们看上去一个个都被粮食和蔬果塞得滚瓜溜圆精气十足。他们好像在抢夺一只皮球，尖叫着吵闹着，四张红红的小嘴一张一合像是四支专会制造噪音的小喇叭，那让不相干的人听了心烦的嘈杂声浪却叫奶奶听了心花怒放！他们是我的哥哥姐姐们。

奶奶眼一热，土布包袱掉在草地上。孙子啊，这些都是我的孙子们哪！已经做了十几年孤人的奶奶，说什么也没有想到，她失踪了那么多年的儿子居然真的还活着，而且居然自己讨到了媳妇，最重要的是，居然一口气就为她生出了这么多虎头虎脑的孙子！在老家，这是最最争气、最最要紧的大事呀！

奶奶霎时觉得加在她身上所有的苦都没有白吃，真给她等到了这一天，真正应了她赌咒发誓时说的那句话：我总要看到我儿子的坟我才死心！她坚持住了，没有垮掉，果然，她的现世报好运就要到了！

四

毫无疑问，"罂"这个字，与罂粟花的"罂"是同一个字，但意思却完全不同。不错，这个罂正是申建远涉重洋在爱丽丝岛上见到的那种罂，也正是申建变换了各种角度拍摄下来的那种罂。

《迁徙诗》里有这样一句："先人骨骸，置罂置肩。"这正暗合了客家的一个风俗。

客家丧葬风俗里，"金斗罂"是一个非常特殊的、有别于汉族其他人群的风俗，而且有它十分明显的历史原因和文化原因。客家早年背井离乡准备离开世代祖居之地时，家产、田亩、金银细软统统可以舍弃不要，唯先祖的遗骨是不可丢弃的。于是客家在迁徙前，把先祖的遗骨从棺中取出洗净，慎重装入坛中，背在背上或肩上随之迁徙，待寻到安全理想的栖身之地后，再择吉日重新安葬。有些迁徙的客家长久找不到固定的居住地，在一个地方住上十几年甚至几十年又迁往另一个地方，就会出现先人骸骨被葬上三四次甚至更多次的现象，这种二次入葬或者多次入葬的习俗就被称为"金斗罂"。对于汉族其他种群来说，掘墓刨坟开棺曝骨是大不敬的忤逆行为，但在客家的概念中却完全不同。

客家定居之后，"金斗罂"已失去这种习俗最初的本意，在一个地方已定居了上百年甚至几百年的客家，已完全没有了把祖先遗骨从墓中取出背在肩上的必要，却一代又一代机械地重复着这个习俗，过程变成了固定的程序。

按照这个习俗，老人们去后，先要土葬一次，这第一次入棺入土的柩葬多半是暂时性的，隔三五年便要请人破墓开棺，把先人遗骨从棺中取出，依照脚、腿、胸、手、头的顺序依次装入高三尺、直径一至两尺的大瓮，放置一至两年后，再选好吉址择吉日重新入葬。这一次的柩葬与第一次完全不同。首先要请风水先生选好祖坟的墓址。客家人认为祖坟墓址的好坏，与后代的荣辱兴衰有着直接关系，因此万不可草率。祖坟的墓址通常要合"龙""局""水"三个标准："龙"指山岭的脉络，要奔腾有气势，发脉要雄壮，收脉要丰满；"局"指墓址周围的环衬，即现代人说的"背景"，墓址背部要靠山，成为墓厝的拱卫，而墓址前面要宽敞，最好从墓址开始由高而低向前下方倾斜，有"俯瞰"天下的气势，便含了帝王陵寝君临天下的意思在里面；"水"指墓址前面必须要有水，水不可直冲墓宅，但又不可无水，所以水道最好回环抱绕。最重要的是水脉不可阻塞，要出青山不回头一路流向大江大河，这家的事业才能发达兴旺、一路亨通。"龙""局""水"各主一路，"龙"主官位功名，"局"主命运顺畅，"水"主财路发达，这三样缺一就不完美，由此可见选一个好的墓址有多难。许多客家人若选不好墓址是宁可将先人遗骨放在"金罂"里经年数载，也绝不草草入葬的。因此在客家居住地的荒山野外甚至道旁树下，常可见到这种盛满人骨的巨瓮，这在别的汉人居住区是很少见到的，反过来说，这种奇特的现象可以看作客家居住地的一个标志。

从辞典上看，"罂"和"瓮"作为两种盛东西的器皿是有区别的，"罂"是肚大口小的瓶子，一般不盛东西，而"瓮"是腹部较大的盛东西的陶器。从形状上看，它们差不多，但从质地上讲一为瓷制一为陶制，从容积上讲瓷也比罂大得多。事实上我们在客家居住地所见到的"罂"几乎都是陶瓷。叫"罂"只是一种习惯罢了。从"罂"的称呼上可以想见，客家在最初迁徙的时候那样沉重的陶瓷自然是背不动的，不得不将先祖的遗骨分装在一些体积较小的瓷瓶里，加上迁徙的客家大多是有钱人家，这种罂瓶原本就是家中的花瓶或供瓶，待于几百年后，多数客家已接近赤贫，但这一习俗沿袭相传，在收殓先人遗骨时，不可能去买昂贵且不实用的瓷罂，只能代之以便宜实用甚至自制的陶瓷。因此，"金斗罂"只是一个徒有虚名的叫法罢了。有些人家会把存放先人骨殖的金罂涂上各种颜色，比如金色代表发财，含一个"金"字；黄色代表做官，暗含一个"皇"字。

　　墓址选好后，客家人要极其郑重、极其小心地进行第二次也就是正式的土葬。这一次的土葬，可以将金罂中的遗骨移入棺中土葬，也可以不移，直接将金罂加以墓围，与入棺土葬的意义是一样的。墓外一般还要修一座墓厝，类似却又不同于北方的棚，有点像拆去一面南墙尚余东西北三面墙的北方小小的平顶房。制棺修墓的费用一般由同一先人的几房后代各家分摊，实在掏不出钱的可以出工，以力抵钱。这一次修墓最重要的仪式是上梁，这也是整个丧葬仪式中最重要的一项。首先是上梁日子的确定。死者身后往往不止一个子嗣，后代分成几房，几房下又各分几支、十几支，上梁的日子和时辰对这一房这几支有利，却可能对另一房另几支有害。按照规矩，上梁的日子必须要合全部几房几支的八字，这就非常的困难。有时为了要等一个合适的日子，可能要等一年两年甚至几年。一旦上梁的日子和时辰确定，后面的事情就相对地容易多了，到了上梁的日子，几房几支都要来人，吹吹打打，杀猪宰羊，祭祀牺牲，要摆上十几桌的酒席，村里凡有点关系的邻里都要请到。梁被抬起的那一刻，几挂鞭炮同时炸响，那是这个家族的一件大事，也是乡间一个不凡的日子。

　　客家的土葬既如此繁费复杂，就不是每一家每一位死者后代都能负担得起的，没有钱或没有子嗣的人的尸骨也可能自放进金罂后就永远那样伫立在风雨中，成为客家人所称的"野骨"了。

　　从这个意义上说，一个人装入金罂的遗骨如果得不到安葬，那么只有两个原因：一个是他或她是没有子嗣的"孤人"；再就是他或她虽有子嗣，但这些后人们穷得连葬先人们的钱都掏不起。对于一个客家人来说，无论是这两个原因中的哪一个，都是同样大失脸面的事。

<h1 style="text-align:center">五</h1>

人的生活是可以在一天之内彻底改变的。许多人认为这只是神话，就像普希金讲的那个渔夫和金鱼的虚构故事一样。而现在奶奶比任何人都真切地感受到了这个神话的真实。

奶奶在到达上海几年之后，又随着我父母进入北方的另一座大城市。这座城市的霓虹灯没有上海那样多，街巷也没有上海那样曲折，但整座城市比上海更庄严、更寥廓，更具帝王气派。这座城市的风比上海硬，没有上海的风那样柔软缠绵，呼吸起来却比上海的风更让人觉得舒畅，进到肺里凉沁沁的，一下子通到肺底。

父亲母亲的事情很多，常常整日整夜甚至几天几个月地不回家，便把整个家一股脑儿地丢给奶奶一个人去照管。奶奶像一只尽心尽责的勤劳的老母鸡，率领着五只精力充沛、东奔西跑的鸡崽充满信心和乐趣地生活着。

奶奶仍旧保持着她在大山里的习惯，每天早上 5 点钟准时起床，没有手表也不用闹钟，奶奶到时候准醒，正负误差不会超过五分钟。

奶奶醒来后第一件事是先去厨房，将那只做饭用的炉子从厨房拎到院子里来生火。那只炉子笨重无比，是 50 年代一般人家通常使用的那种煤炉，生铁铸的。我和哥哥曾试图去抬过那炉子，结果由于用力不匀砸了脚，而奶奶拎起那炉子轻巧得如同拎一只猫。奶奶的力气之大由此可以想见。

院子里有一棵硕大无比的臭椿树，奶奶就在臭椿树下生炉子。

臭椿树长得比我们住的两层小楼高出许多，枝条繁茂浓荫如盖，树身要三四个孩子手拉手才能合围。春天是这棵树一年里最美丽的时期。早上还没起床，臭椿树摇曳的影子就在窗帘上抖动，树上无数的鸟啁啾不已。听着鸟们的叽喳，奶奶总是这样对我破译说："它们在商量：今天去哪里食？"一会儿，像商量好了似的鸟们突然全飞走了，树上安静下来，奶奶又会说："好了，好了，找到食的地方了。"春末夏初时满树会开出一簇簇白白的小花，这花说不上香，却绝不难闻，有一种浓郁特殊的气味。如果你熟悉了这种气味，你就能从上百种花香里一下子把它挑出来。与臭椿花开同时，树干上会飞来一种叫作"花大姐"的虫，翅上有花纹，张开翅膀类似蝴蝶，收拢翅膀类似蚂蚱，一点也不吓人，是我们百玩不厌的爱物。夏初天乍热起时，奶奶会在臭椿树下铺一个草席，让我睡在上面，她则坐在一边纳鞋底。树荫下凉风习习，臭椿花香似有若无，一股股从脸前流过，那真是再惬意不过的享受。如果我们去问上一百个人，恐怕有九十九个人会说喜欢香椿树，因为香椿芽好吃，但即使只剩下我一个人，我也要说我喜欢臭椿树，也许就因为我家院子里有这么一棵臭椿树，它曾带给我们那么多乐趣。

奶奶每天早上把炉子提到院子里，就在臭椿树下开始忙活。奶奶翻出几块木墩，提一把斧子，总是三下五除二，就劈出足够生火用的柴，奶奶用报纸、柴和煤，在十分钟之内便能点燃熊熊一炉火，然后全家人早餐吃的稀饭、牛奶、馒头便依次在这炉子上被奶奶弄出来。这个时候，如果是在冬天天还没完全亮，总是奶奶已经弄好了一大桌饭食，父亲母亲才起身在楼上刷牙漱口，大声地清嗓子，而且这时保姆常常也才醒来，没有一个保姆会像奶奶那样掏出百分之二百的力气去干。——顺便说一下，家里是请了保姆的，但她们的主要工作是带孩子，只在有空时顺带做做家务。

我印象里早饭桌上从来就没有见过奶奶。也许是在我们开饭之前，也许是之后，她自己三口两口就把早饭对付完了。我们吃早饭时，奶奶不是打扫房间就是在院子里扫地，再或者就是一大早就提着菜篮子到菜市场买菜去了，这会儿正提着一大篮子菜回家来。

父亲每见到奶奶提这么多菜就会责怪奶奶，为什么不叫上我们中的一个跟着去提。奶奶每听到父亲的责怪便会以一种夸张的口气说：

"哈！叫他们？你自己早上去试试，叫醒转来哇？一个个死猪一样！"

奶奶的口气听上去像是在骂，却掩饰不住奶奶内心里一种说不出的快活。实际上这是对我们的一种夸奖，一种保护，一种溺爱。在奶奶看来，我们的事情就是只管睡，只管吃，把自己养得肥肥的，在她就是天大的乐趣。

奶奶并不是只会出傻力。她很快便托人为自己设计制作了一架竹制的推车，有把，有四只轮子，除去足够放菜的空间还有坐人的位子，这样她不仅在买菜时大大节省了自己的力气，还常常可以把我或者哥哥放在里面，一边推车一边同我们谈话。车子在坑洼不平的路上蹦跳地走着，缺了油的轮子吱吱叫，我们的脑勺儿被颠得生疼，牙齿磕得咯咯响，但一切都不妨碍用普通话的我们和用家乡话的奶奶毫无障碍地交谈，扯着那些奶奶和孙子间永远扯不完的话题。奶奶最多的话题就是将来你们长大了还会不会想奶奶啦，等到你们结婚了还会不会对奶奶好啦，将来如果你们爸爸妈妈都不要奶奶了你们还会要奶奶吗，等等等等。我们开始的回答总是很认真，用大喇叭一样的嗓门儿喊着："会！""要！"久而久之便渐渐地露出了漫不经心，胡乱地应承着，但越那样反而越显出答案的不容置疑，因此无论我们是认真也好还是漫不经心也好，奶奶对我们的回答总是非常满意的。

　　家里的伙食由于有了奶奶而永远让人充满欲望。奶奶是一个有实权的总管。父母亲每月发了工资后会把一笔钱——这笔钱对我们来说是绝密的经济情报——交到奶奶手里，然后他们就绝不再过问了。当时的物价不可思议地便宜，因此奶奶把这笔钱花得有声有色。奶奶肚子里有她自己制定的严格清晰的食谱，并且总是庄严地在头一天的晚饭桌上宣布：明天吃排骨。明天吃包子。明天吃红烧肉。弄得所有人整整一个晚上加第二天一个白天都兴奋不已。奶奶把荤的素的、常见的稀罕的、从老家带来的和从别人那里学来的种种食物科学搭配，而且严格按照时令节气让我们一样不漏地吃到属于相应节气里应该吃到的东西，比方腊八那天一定有腊八粥，正月十五一定有元宵，端午那天一定有粽子，而且所有这些一定不是买来的，而是奶奶亲手做的。为了做这些东西，奶奶总是提前多少天就在忙，缺一样配料或哪样配料不正宗在奶奶看来都是无法容忍的事情。比如腊八粥里必得有多少样豆，若缺了一样奶奶必会跑遍全城去寻找。又比如元宵馅里的猪油一定得是板油炼成，有时猪板油买不到，有人告诉奶奶可用肥肉炼的油代替，奶奶当面不说事后便会摇头说某某媳妇做的元宵万万吃不得。每到菊花黄时奶奶一定会提回一大兜螃蟹，蒸熟蘸了姜末醋吃，而每到冬季奶奶　定会买了昂贵的冬笋来烧香菇或者雪里蕻给我们吃。到了开春，笋变得又大又便宜时奶奶却告诉我们这时候的笋已经不能吃了，这是春笋，吃了麻嘴，对身体有害的。不知道奶奶是如何记住了我们每个人的生日。我们的生日自然是母亲告诉她的无疑，可奶奶目不识丁，又不能用笔记录下来，只靠听上一遍便要记住整整五个人的生辰毕竟不是一件容易的事，就连母亲自己也未必记得那么准确。不管怎样，我们所有人的生日奶奶都记住了，而且记得如此之牢。每到某个人生日的那天早上，奶奶一定会从开水壶中摸出两个鸡蛋给他，常常是这个人自己倒忘记了，看到奶奶手里那两个热滚滚的鸡蛋才惊喜地叫起来：今天是我生日！弄得另外几个孩子个个艳羡不已。必须承认，那个年代里的孩子对于鸡蛋是相当神往的。奶奶就是这样一丝不苟地十几年来年年如此，从没有哪一次由于她的疏忽而忘掉了某一个人的生日。奶奶就这样将父母每个月交到她手中的钱变成各种各样的美味佳肴填到五个食欲旺盛咕咕作响的肚子里去，五个肚子如同五只火炉，将各种食物煤一样地燃烧着，然后咔咔地节节拔高。

这就是奶奶，为了五只燃烧的火炉永不知疲倦的奶奶，像工蚁和工蜂一样永远忙忙碌碌把食物搬回家来的奶奶。除此之外，奶奶还要负责全家的卫生，负责洗涤父母的和那些不具备洗衣才能的孩子们的衣物，以及拆洗和缝补全家的被褥，——这里必须时时提醒注意的是，那个年代没有洗衣机。总算到了晚上，忙了一天的大人孩子都睡了，奶奶又搬出她的针线笸箩来，将一只梨子一样吊在空中的白炽灯泡拉低到她的头顶，开始在灯下为五个由于吃得太饱从而有足够精力把袜子和鞋踹出一个个破洞的我们补袜子和做鞋。看着笸箩里堆成小山一样的袜子，我在心里常常为奶奶感到惊奇，惊奇奶奶的耐心，惊奇奶奶的好脾气，因为我知道那堆破衣破袜子如同神话中的西西弗向山上推的石头一样，是永远做不完的活计。

我现在回头去想，奶奶在做所有这一切的时候，感到的不是疲惫，不是委屈，不是绝望，而是幸福，是真正的快乐。人就是这样怪，同样是这些事情，同样是这些活，若是把它们统统加在一个不相干的人身上，或者哪怕是一个以出卖劳力去做所有这一切以换取报酬的人身上，他肯定会把这些视为苦役而叫苦不迭。可换一个角度就完全不同了，奶奶在做这些的时候之所以快乐，那是因为这是她的家，她是在为她的儿子做，在为她的孙子做，在她受尽了人间所有的罪之后，由于坚守着自己的信念她终于得到了好报。她等来了这一天，这一天是她在无数个梦中憧憬过的。她从一个凄凉悲苦的孤人一夜之间变成了五个哇哇叫着满地乱跑的小孙儿们的奶奶，成了这个充满勃勃生机的家庭的一号女主人，那种感觉，无异于一个走投无路行将冻饿而死的穷汉突然被告知他一夜间成了富翁，奶奶那种幸福和欢乐是现代人难以理解和想象的。

简直就像奶奶所遭遇的一样，爷爷也得到了报应，只不过爷爷所得到的和奶奶所得到的完全不同。

爷爷和戴眼镜的三奶奶在度过了延安时期全新感受的最初那段日子之后，终于也合不来了。这一次的合不来责任究竟在爷爷还是在三奶奶，我们自然无从知晓，总之，爷爷和三奶奶是分居了。

如果爷爷和三奶奶在他们结合的最初几年里能够孕育出一堆或者哪怕只有一到两个孩子，这种分居倒也算不上什么可怕的事情。为了孩子，为了影响，为了个人前途或许还为了别的什么，两个早已互相感到乏味甚至相互厌恶的夫妻表面上相安无事、日复一日打发着平淡无聊的生活直到白头偕老的家庭天底下不是多得很吗？这种家庭里，孩子是一个重要因素，在这个家庭里进进出出的孩子，往往是这种死亡家庭关系的遮盖和掩护。

可是他们没有孩子，一个也没有，三奶奶没有要孩子。也许是戴眼镜的三奶奶根本就不想要孩子，也许是三奶奶对于是否要孩子以及什么时候要始终有自己明确的见解和思考，最终导致了他们想要也已经要不成，也许还有什么别的原因，总之，他们的确没有孩子，这就使得他们的分居显得格外冷清和尴尬。一个家庭里只有夫妻，夫妻之间不说话，那自然这个家庭里就再不会有什么声音了。想想吧，一幢上下两层的偌大房子里没有人声，没有话语，没有欢笑，这真是一件可怕的事情。尤其是在东北那样的地方——解放战争之后爷爷和三奶奶就留在了东北——漫漫长夜，只有窗外呼啸的北风的声音，屋里壁炉里发出木柴爆响的噼噼啪啪的声音，所有这些响动，如果没有人声加以相配，便只会显出愈加的冷清。而且这种生活使得爷爷和三奶奶在上级和同事面前肯定非常尴尬，怎么解释这一切呢？怎么说呢？

终于爷爷冒出了一个想法。这想法在他心中越来越强烈，于是有一天，他来到了我们住的这座城市。

奶奶见到爷爷的一霎，已经麻木的仇恨顿时在心头苏醒了。尽管这仇恨不像飓风，不像波涛，只像潜流在暗中涌动。

本来他们也许今生今世都不会再见面，那样，思念也罢，仇恨也罢，无从表示也无从发泄，也就什么事情都不会发生。可偏偏他们又见面了。

说不清楚这一切是否应归咎于命运。由于他们有一个共同的儿子，他们的见面就成为必然。写到这里我不禁想起《圣经》里的一句话："上帝就让奇迹出现……"又比如《天方夜谭》里人们常常使用的一句话："安拉啊！一切都在你的掌握之中！"所有这些都是人们对于命运无常以及天意不可捉摸的咏叹。爷爷、奶奶和父亲，他们本来已天各一方，就如同跑在三条道上的三驾车，如果这三条道永不交叉的话，他们即使沿着一个方向跑上一辈子，也永远不会见面。

命运使这些轨道发生了交叉，而且使他们的人生之车恰恰在发生交叉的地点同时到达，这就使他们的见面成为可能。

具体点说，如果不是爷爷找到了父亲，而父亲又找到了奶奶，爷爷和奶奶就永远不会再见。

先是爷爷听人说在华东见到了一个人，长得非常像他，爷爷便托他的老战友、时任皖北区党委书记的曾希圣帮助寻找他在战争年代失散多年的儿子。曾希圣把这事交给了他的下级、我的父亲去完成。由于爷爷在特科时早已改姓，父亲在战争年代中也早已更名，张三找李四就活活变成了王五找赵六，当然找不到。一年之后，在一个夜深人静的夜晚，白天忙了一天的曾希圣和父亲在灯下相对而坐，闲聊良久，曾希圣越看父亲越像他昔日做地下工作时的一个战友，于是又重提起爷爷托他找儿子之事。曾希圣说，我这位战友是闽西连城人。父亲说，我也是闽西连城人，父亲也是早年参加革命，也曾在上海做地下工作，现在也下落不明。曾希圣心中一动，问父亲：你看我像不像一个人？父亲亦心中一动，眼前浮现出在上海爷爷那里曾见过的一位蓄着大胡子的叔叔，便如实说了。曾希圣一拍大腿，嗨！我就是那个大胡子叔叔啊！你看我像不像？像不像？二十年了，还能像吗？爷爷就这样找到了父亲。这一段往事听上去简直就像是在编小说，可见小说永远不会比现实生活更精彩。

奶奶的被找到则是缘于另外一次偶然。

奶奶在解放前夕也已经离开了老家，究竟是什么原因使得奶奶和二奶奶在解放前夕分开了并且是奶奶而不是二奶奶终于离开了祖屋流落到了其他地方，我原来一直没有听谁讲起过。总之，由于奶奶的离开，父亲要找奶奶也是踏破铁鞋无觅处。恰巧华东机关有一个赴老区的慰问团，在闽西大山里走了一圈之后，有一天，在一个远离老家几百里的穷山坳召开忆苦会时，会上一个年近六十的闽西客家妇女引起了慰问团成员的注意。这位衣衫褴褛神思恍惚的女人说，在二十年里她失去了丈夫，又失去了儿子和女儿，先后失去了五位亲人，如今只剩下孤身一人。她的女儿是她眼睁睁看着死掉的，但她不知道她的丈夫和儿子究竟是死了还是活着，如果是死了，她一定要亲眼看到他们的坟才死心，否则她就要一直找下去。女人反复地讲着这些话，神情坚定而呆滞，人们有足够的理由认为她已经有点精神失常。慰问团成员记下了她的名字，答应帮助她寻找，她听后非常激动，跟在慰问团的汽车后面追了好远。女人对慰问团成员提供的她的丈夫和儿子的名字都是小名，不要说他们后来改的名字她不知道，连他们改名之前的大名她也说不清楚。由此我想到了契诃夫小说中那个让人伤心的孩子万卡，他在受尽折磨后给爷爷写了一封信，希望爷爷能前来拯救他脱离地狱，可他在给爷爷的信封上写下的地址是：乡下爷爷收。

所幸在奶奶提供的所有名字里，她自己的名字是正确的，这就使得找到她成为可能。这名字，后来被父亲见到了。

这段往事是在奶奶去世后父亲告诉我的。我固执地认为，这段往事正是奶奶离开祖屋和老家的原因。奶奶离开老家离开祖屋，独自在方圆几百公里的大山走了一年之久，是为了走遍天下寻找爷爷和父亲的下落，生要见人死要见尸，哪怕最后找到的只是他们的坟，这正是多少年来一直萦绕在奶奶心中的一个念头，也是支撑奶奶一直活着而没有倒下的唯一信念。可悲的是天下远比奶奶爬遍了的闽西大山要大得多，大到几乎不露声色便足以让她十几年的一切愿望和努力彻底落空，——如果老天不开眼或者不出现奇迹的话。

但奶奶还是被她的儿子找到了。先是被人接回了老家，然后跟着来人第二次出山来到了上海。

当奶奶从父母亲那里得知爷爷已经再度结婚的消息时，奶奶的表情是异常平静的。她既没有哭，也没有大喊大叫，没有一句谴责爷爷不道德行为的话，甚至没有向任何人诉说哪怕一句这些年来她为了爷爷所受的那些苦。仿佛这些早在她的意料之中，在她的猜测之中，父母亲的消息不过是对她的猜测做了一个证实罢了。奶奶的平静倒叫原本踌躇再三不知如何将这消息告知奶奶的母亲大吃一惊。为如何对奶奶公布这一残酷事实，父亲和母亲颇费了一番苦心，连着几个晚上讨论着究竟以怎样的方式委婉道出才能尽可能减少对奶奶的刺激和伤害。母亲认为自己称得上是一个有阅历、有见识的坚强女干部了，但没料到奶奶这样一个目不识丁没有受过任何教育的农村女人的坚强远在自己之上。"真没想到你们奶奶这么坚强。"母亲后来不止一次对我们评价说。但我想，这里面的原因绝对不是一个"坚强"就能说得清的。

母亲没有注意到一个细节。母亲因为很少同奶奶谈话，当然不会注意到这个细节，而这个细节后来被我注意到了，那就是奶奶从此绝口不提爷爷，如果实在避不过去，提到爷爷一律称"那死人"。

如此这般，当那一年的国庆节爷爷突然出现在我们家时，除了冷漠和仇恨，奶奶还能有什么别的反应呢？

爷爷这一次的进京是负有使命来的。国庆节前夕，应副总参谋长李克农上将之邀，爷爷先专程去广州接了莫雄，然后偕莫雄一道进京参加新中国七周年庆典。在看完了白天的游行和夜晚的礼花之后，爷爷和莫雄畅谈了一夜，第二天第三天，爷爷和莫雄分别参加了李克农的宴请和叶剑英元帅的家宴。席间，李克农频频举杯向莫雄致意，为二十年前莫雄的那桩英雄壮举代表党向莫雄表示感谢。莫雄说："现在，我以参加党为好了吧？继续留在党外好像没什么用了吧？"显然，莫雄二十年来始终记得当年李克农托严希纯转告给他的那句话——"为了方便起见，以不参加党为好。"莫雄现在以半开玩笑半认真的方式再度提出了自己的请求，但不知什么原因，莫雄后来一直到死，始终留在党外。

送走莫雄，爷爷来到父亲家。

毫无疑问，爷爷在来之前就已经知道了我们家的情况——那五个满地乱滚的虎虎有生气的小火炉子的情况。为此他进行了必要的准备。

当爷爷提着满满一兜花花绿绿的糖果，在离开了二十年之后重新出现在父亲面前的时候，他们彼此都感慨万分。爷爷早已不再是那个脸颊瘦长嘴角紧抿的青年，也不再是胡髭又黑又硬、永远阴沉着脸随时可能掏出枪来的杀气十足的中年男人，他变了，变得满头白发，脸上皱纹密布，虽说不上是慈眉善目，但绝找不到一丝英气、一丝杀气，他已经进入老年的行列了，只有眉毛下面那一双鹰目，还炯炯闪烁着当年的机警。和爷爷调换了位置的是父亲。父亲也早已不是当年那个能够被爷爷随意拎起扣进鸡笼的细崽和面皮光光的少年，而是一个身板壮实言谈稳健、有着五个孩子的成熟的父亲了。

两个男人彼此从对方眼中察觉出了自己巨大的变化，同时能够感觉出比外表变化更大的是彼此的内心。这种变化使得他们一时竟不知应该以一种什么方式对待对方，似乎是一种本能的提示，犹豫片刻之后，他们像同志那样握了握手。

爷爷像一个挽起裤脚准备涉水过河的人那样，试着小心翼翼地进入这个家庭。开始的相处并不难。年龄隔得越远，彼此间越是没有发生过任何关系的人，相处起来越是容易和简单，爷爷用他的那一兜糖果，很快取得了食欲旺盛的孙子们的初步信任。

和奶奶的相处也不难。奶奶照例每天早起，照例忙活她该忙的那些事，照例为一家老小的一日三餐煞费苦心，当然，其中也包括爷爷的一日三餐。只是，爷爷和奶奶既不住在一起，也从不说话，而那个时候我们年龄尚小，丝毫也没有看出来这里面有什么地方不对头。

在爷爷准备回东北之前，问题出来了。

爷爷提出要带上两个孙子和他一道回去，而父亲霎时间感到了为难。父亲当然不是舍不得。父亲有足足五个孩子，即使一下子去掉两个，也不过只少了五分之二，何况对于一个如此之大的家庭，少掉两张嘴无论如何算不上一件坏事。父亲顾虑的当然不是这些。他顾虑的是奶奶。

在我们这些孙子之间爷爷和奶奶的关系虽是秘密，但在父母亲那里他们的关系不好已是公开的事实。尽管爷爷和奶奶的关系究竟糟糕到什么程度——爷爷怎样一而再，再而三地蹂躏了奶奶的感情，特别是爷爷如何置每和奶奶的生死于不顾的种种事实和细节父母亲那时还并不完全知道——奶奶不是一个随意宣泄自己感情机密的人，但他们之间感情不好，抑或说根本没有感情的事实，却是成年人一眼就看得明白的。父亲母亲认为，爷爷在延安已娶了另外一个女人，这件事本身便是一个宣告，意味着爷爷已同他在老家的发妻即我的奶奶恩断义绝，那么奶奶对爷爷内心深处的怨愤自然是顺理成章的事。这样的情形在那个时代并非鲜见，作为后人或者旁人除了只能理解之外完全无奈。父母亲并不知道奶奶和爷爷之间的故事远远不止这么简单。

因此，这件事情也就自然而然使父亲感到了为难。抛却爷爷和奶奶孰对孰错，谁在道德上占据优势而谁处于劣势这点不论，仅就这两个人在他面前的身份——一个是他的生身父亲，一个是他的生身母亲——就足以使他左右为难。在感情上，父亲的天平自然是倾向奶奶一边，可他生身父亲提的要求也实在不算过分：不过是借他两个孩子解解闷儿，严格地说，这两个孩子在血缘上本来就是爷爷的嫡亲孙子，再亲不过的亲人，拒绝一个满头白发年已六十的老父亲、一个已经分离了二十年的亲人的这样一个小小要求，同样使父亲不忍。

事情之于我们变得越来越严重，每个人都似乎在与爷爷的对视中感觉出了点什么，尤其是我。爷爷的眼神似乎总在我的脑袋顶上盘旋。

爷爷对我的特别注意是有理由的，因为在这期间发生了一件事。关于这件事我从几个人那里各听到过一些说法，加上我自己的观察，我想它综合起来应该是这样的：

爷爷在父亲那里看到了一张照片。爷爷为什么会想起来去看照片，或者说他是如何看到的这张照片，这都是些无关紧要的细节，多半是他在家中闲坐无事，就信手翻看了父亲的相簿，也或许是他主动向父亲要了相簿来看，总之，他看到了那张照片。

他看到了每。

他看到了每出狱后和奶奶一起照的那张照片，那正是后来我看到过的那张照片。当他看到每歪斜着靠在奶奶身上的模样时，他大大地吃惊了。他似乎不能相信这个看上去病弱得几乎无法站立的孩子，就是他以前那个会用那样好听的声音唱歌并叫他"阿爷"的孩子，那个细妹，那个每。实际上他从一到我们家就试图了解每的情况，他问过父亲，可父亲只知道每已经死了，但究竟是怎么死的，父亲也说不清。

爷爷试着在奶奶面前晃来晃去，期冀着奶奶能够对他说点什么，而奶奶对他总是视而不见。奶奶在属于自己的领地里匆匆忙忙地走来走去，似乎一刻也没有空闲。奶奶提着水桶、装满了菜的篮子或是准备洗的衣服在爷爷面前威风凛凛地走过，似乎在说"我忙得很，你莫要来烦我！"奶奶冰冷的表情和威严气势分明是拒爷爷于千里之外，爷爷几度犹豫居然未敢开口。

一天，奶奶在楼上拖地板，而我和我最小的哥哥则正巧隐蔽在父亲宽大的书桌下，玩一种叫作"饲养员"的游戏。我们把厨房里的一些菜叶和葱皮搬到桌子下面，一个扮作饲养员一个扮作兔子，用面部和嘴的剧烈抖动来代表兔子的咀嚼。如此简陋可笑的游戏当时不知为什么那样令我们着迷，我们已经玩了许久却依然热情不减，每隔十分钟交换一次角色。平时总是这样，奶奶做奶奶的事，我们玩我们的，我们彼此互不打搅，只要我们不会让奶奶觉得太烦，奶奶通常是不会干涉我们的。突然，一个阴沉喑哑的声音打破了屋内的和谐。

"木——每是怎样死的？"

声音是从门边发出来的。

哥哥从桌子底下望出去，爷爷正站在门边。

奶奶没有回答爷爷的提问，依然在拖着地，只是把桌子椅子挪动得轰隆隆响，好像有意在和那些桌子椅子过不去。

"每是怎样死的？"

奶奶依然不回答，却把桌子椅子摔得更响。奶奶生气了，这是显而易见的，只是我们不明白，这样一个问题为什么会使奶奶生气。

爷爷第三次提出同样的问题。

只听见"咚"一声巨响，奶奶不知把什么摔在了地上，大声冲着爷爷吼道："被你害死的！"

"什么？"

"就是被你害死的！你不是要我们死么？好呀，她就死撒了！烂死了！饿死了！像目屎浪那样死撒了！"

我和哥哥吓得半死，缩在桌子底下一动不敢动。我们从来没有看见过奶奶这样大声地吼叫，究竟是一件什么事情才能惹得奶奶发这么大火呢？

爷爷的嘴角抽动了好几下，眼睛里射出两道怕人的光，好像要把奶奶抓住撕掉。这是哥哥后来告诉我的，爷爷的表情被藏在桌子下面的哥哥看了个一清二楚。

爷爷把门重重一摔，走了。门被摔得那样重，以致门被砸上之后，窗户还在沙沙地抖。

我们和窗户一样地抖着，由于害怕，还由于兴奋。原来大人们——具体点说是爷爷和奶奶，也会这样凶地吵架，这对我们是完全新鲜的事情。原来大人吵起架来也摔东西也摔门，跟小孩子一样，他们要是打起来会是个什么样子呢？至于他们吵的内容到底是些什么，倒不是我们太关心的。他们在为了一个"木——每"吵，这个"木——每"到底是人是猫还是狗，我们全然搞不清楚。没错，在我和哥哥的耳朵里，听到的正是"木——每"这个古怪的词。

那以后足有好几天，爷爷总是一个人阴沉着脸坐在他房间的椅子上，闭着眼睛想心事，像一尊没有活气的石雕。爷爷成了一个更不受欢迎的人。

本来他就不受欢迎，长着那样一张毫无生气的、除了严峻和冷漠之外找不出任何亲切内容的脸，就连叫我们过去给我们糖的时候都是一副狠巴巴的模样，谁会喜欢他呢？何况他还要跟奶奶吵架！

我们全都躲着他。

爷爷自己好像一点也没有意识到这点。那几天的沉默过去以后，他常常会叫一个孩子过去，伸出枯瘦的手来捏捏孩子的胳膊，摸摸背，好像在检验每一个孩子是否比过去长得胖了一点。他似乎特别喜欢叫我，一天里我总要被他叫上两三次，爷爷总在塞给我一把糖的时候，定定地盯住我看上半天，两道寒光一样的眼神令我从心里往外打战。

　　说来也奇怪，只要爷爷叫了我，没过几秒钟奶奶就会紧跟着叫起我来，简直像爷爷的回声那样准确。弄得我在两个人的呼叫声中跑来跑去，像一只无所适从的狗。奶奶在把我叫回去之后，并没有什么真正的事情，只是紧紧拉住我的手，之后她无论干什么，我都得被拉着跟她一起去干。后来我才隐约觉出了奶奶叫我其实什么事情都没有，就是要跟爷爷对着干。

　　我最小的哥哥这时也像堂吉诃德那样出现了。

　　每当爷爷把糖塞到我手里，我在向爷爷道过"谢谢"走出房门之后，哥哥一准儿适时地等在门外。

　　"猪脑子！我就知道跟你说了也白说，还谢！谢什么谢！我不是告诉过你了吗？"哥哥压低声音，鬼头鬼脑地四下望了望，"你知道爷爷是什么吗？爷爷是魔鬼变的！你没听奶奶成天骂他那死鬼那死鬼吗？他给咱们吃的就是为了把咱们养肥以后好把咱们吃掉。你还吃？还吃？还不吐出来！"

　　我的舌头就顿时僵住了。

　　那时哥哥不到六岁，正是在我心目中威望最高的年岁。他简直聪明极了，天底下的事没有他不知道的。让他这么一说，我的脑仁立刻咔啦啦倒转了一下：爷爷脸色铁青，鹰一样放光的眼睛，尖鼻子，白白的胡须参差不齐……天哪！

　　我的嘴越张越大，剩下的半颗糖犹犹豫豫滚到唇边。

　　"猪！还不快吐？吐！"

　　哥哥不嫌腌臜地把一只手伸到我颌下，另一只手在我脖后猛击一掌，那粒糖便啪一声，滚落到他掌心。

　　哥哥用黑而坚硬的小手在墙角迅速地刨起土来——顺便说一句，他的手常常兼有铲子、锤子、剪刀和锉等多种功能。此刻他活像只土拨鼠，一会儿就挖成一个大而深的坑。他把那些花花绿绿的软糖硬糖全扔了进去，背着我在上面撒了泡尿，然后把土埋好，又结结实实地用脚把地踩实。他起劲儿地蹦着，把自己像个夯似的砸着，仿佛夯实的不是糖，而是魔鬼的欲望。

　　这个家里的五个孙子和他们的奶奶，正是以这样一种情绪与爷爷暗中较着劲儿，因此，当爷爷提出带走两个孩子的要求时——这在任何家庭都不过是个小小不然的事情，却真把父母亲难住了。爷爷辞恳意切。爷爷的原话是这样的：

　　"我在东北闷得很，很想带两个小孩子过去陪陪我，由我供他们吃住和念书，一来我那里可以热闹些，二来也可以减轻你们的负担。"

爷爷的话于情于理都站得住脚，父亲再无拒绝的道理。既不能拒绝爷爷，又不能伤奶奶，父亲和母亲几经磋商的结果，决定先斩后奏秘密出行，等人走了，再慢慢做奶奶的工作。

深秋一个寒意料峭的早上，奶奶一大早出门买菜去了。父母亲将我和二哥收拾停当，只等车子一到，便把我们两人塞上车子和爷爷一道直奔火车站。没有一个孩子意识到生活即将会发生什么变化，只是不明白为什么我和二哥突然之间被穿得像两个圆圆的面包放在屋子中央，于是围着我们开始了追逐打闹，喧声震天。就在车子刚刚停在楼外，司机按响喇叭，屋内的父母亲抱起穿得滚圆的我和二哥走向门外的时候，手提着一篮子菜的奶奶威严地堵在了门口。

奶奶什么都知道。从几天来爷爷与父亲母亲自以为聪明的鬼鬼祟祟的言谈和神色里奶奶早已察觉了一切。前面我们早就说过，奶奶只是不识字，可她的聪明绝不输给爷爷和任何人。她心里一清二楚，只是不说罢了。她需要的是证据，就像此刻这样，在把包裹得严严实实的孩子和行李堵在家门与车门之间的人赃俱获的证据面前，奶奶的愤怒火山一样地爆发了，奶奶将那一篮子她本来就不想买的菜往地下一摔，一把将我拽在身边。奶奶的力气是那样大，几乎把我拽一个跟头。奶奶骂道：

"不给！再多也是我的孙子！再多我也养得起！那死人一个也别想拿走！"

奶奶在语气和归属关系上特地强调了"我的孙子"这几个字，并且使用了"一个也别想拿走"这样的词，仿佛这五个孙子不是有血有肉有呼吸有心跳的活人，只是几件东西，比如小瓷瓶小饭盒什么的，而奶奶对这几件东西，有着绝对的权力。那神态那气派，就像一个牧主面对着成千上万的羊说这是"我的羊"，一个百万富翁对着一堆发光的金钱说这是"我的钱"，一个国王对着山呼万岁的俯首人群说这是"我的子民"一样。奶奶对着五个嗷嗷叫的小生灵说这是"我的孙子"，那意味着奶奶对于这几件东西有着绝对的支配权和统治权。

这是一个胜利者的咆哮，是一座雄伟火山的突然爆发！在谁也没有察觉的情形下，奶奶和爷爷之间的地位已经起了天翻地覆般的变化，爷爷再也不能在奶奶面前随心所欲为所欲为了。这一群嗷嗷叫的生龙活虎的小生灵，是奶奶足以夸耀的、今生今世受用不尽的独占的资本，压根儿没爷爷什么份儿。

爷爷快快地一人回了东北。

这件事不论最终被解释成什么，它的实质是这样的：这回轮到奶奶把爷爷从这个家庭中剔除出去了。

最后到底还是有两个孩子去了东北，只不过把我换成了姐姐。这是一个中庸的结果，这个结果使得他们不是作为送给爷爷的礼物，而是作为旅游者，利用小学寒假的短短假期到东北爷爷那里玩了二十天。

孙子们并不永远是傻瓜。

自姐姐和二哥从东北回来，在孩子们中间关于爷爷便开始有了一些不着边际的议论和广播。爷爷从这时开始正式进入我们的生活，尽管他并不和我们住在一起。他成了我们茶余饭后议论的对象，一个影子家庭成员，一个谜。

姐姐和二哥临去东北前，对他们的这次远行颇有些兴奋难抑，他们想象着每天三顿土豆烧牛肉后是吃不完的糖果。土豆烧牛肉，这个菜谱是爷爷告诉他们的，在今天这是很普通的一道菜，而在那个年代这道菜相当于今天的龙虾或者象拔蚌，并不是轻易能够吃得到的。结果这个菜谱使得每一个不能到东北去的孩子感到了沮丧。送他们走的那天，留在家里的孩子望着姐姐和二哥蹦跳远去的背影，一股强烈的不平和失落感油然而生，这种失落感一直持续到他们重新从东北回来。

姐姐和二哥把他们小小的行囊往床上一丢，一副谢天谢地总算回来了的模样。

"土豆……"

"牛肉……"

我们挤上前去，迫不及待地想知道有关土豆和牛肉的一切细节。

"啊！总算回来了！"姐姐轻松地说，"再给我十盘土豆烧牛肉，我也不到东北去了！"

"爷爷是一个魔鬼变的……"二哥急着想告诉我们什么。

"去！"姐姐扒拉开二哥。姐姐认为任何重大消息的发布都应该也只能按照排行来，插嘴是最不能容忍的缺点之一。

"爷爷是一个魔鬼变的……"姐姐一字不差地将二哥的话重复了一遍，这样打开了她的话头。

东北很大，也很冷，雪比我们住的这座北方城市下得还要大，还要厚。那里的人都穿着高到膝盖的皮靴。树上结了很多冰花，当地人叫它们"冰凇"，亮晶晶毛茸茸的，很好看。有人洗了头，头发湿着就编了小辫出门，小辫一掰就折断了。还有冻掉鼻子和耳朵的事发生。那里的风刮起来满天满地像冒白烟。总之，东北很冷，很可怕。

在这种可怕的地方，孤零零地待在爷爷的房子里，简直就是可怕之外再加上一层可怕。爷爷的房子很大，楼上楼下净是空屋子，而爷爷总是一个人待在楼上他自己的房间里，让两个孩子自己留在楼下。每当北风在窗外呜呜响起，像狼在呜咽又像女人在笑，两个孩子就吓得瑟瑟发抖。在他们储备不多的大脑中，听到这种风声，就总是想起安徒生和格林童话里面那些冷若冰霜、面容狰狞可怖的魔鬼和女巫，似乎它们这会儿正骑在扫帚上驾着风专门冲着他们飞来。

从来就没有见过戴眼镜的三奶奶。她好像住在她所负责的一个什么单位的宿舍里，所以用不着到这里来。

每天晚上，爷爷会让他的警卫员叫两个孩子到楼上他的房间里去，而每一次的模式又是如此相同：两个孩子踩着咚咚作响的楼梯爬到楼上，进到爷爷屋里，爷爷永远坐在他那张宽大的写字台前，从没见他换过另外一种姿势。爷爷的房间只有一张床，一张写字台，由于家具奇少，便更显出房间的空旷和冷清。写字台上有一盏绿色的台灯，灯罩像一只扣转过来的空澡盆，那正是 50 年代中高级干部一人一盏的制式台灯。爷爷坐在写字台前，脸被绿色灯罩里斜射出来的光映成青绿色，影子长长地投射到身后墙上，像一片巨大魔影。爷爷没有任何表情，唯有鹰隼一样锐利的双眼射出两道白光，令两个孩子看了从心里战栗。

爷爷是比任何一个魔鬼都更可怕的鬼，——两个孩子不约而同得出这个结论。因为别的鬼和他们不发生关系，而这个鬼是和他们住在一幢屋子里的。

"拿去，一人两块。"爷爷总是弯腰从桌边的饼干桶里摸出几块糖，毫无表情地递给他们。这个饼十桶是整个房间最富有色彩同时也最具人情味的唯一物件，上面用各种鲜艳的颜色勾勒出一个幸福的四口之家：一个身穿天蓝西装的男人站着，一个穿着粉红旗袍、烫了发的女人坐在椅子上，还有一个男孩子一个女孩子坐在地下，女孩子的裙子喇叭花一样散开着，四个人每人手里拈一块苏打饼干。在我家里，在奶奶的钢丝床下，也有这样一个饼干桶，这大概是 50 年代最流行也最普通的一种饼干桶。那饼干桶总是激起我无限遐想，让人觉得如果我们家也能像他们家那样，有吃不完的饼干该多好。可惜不行，我们家孩子太多。这饼干桶有一点让人想不明白，解放好几年了怎么还会卖这种资产阶级生活方式十足的饼干桶呢？只能有一个解释，就是这种饼干桶是生产饼干的这家厂子解放前订做的，当时订得多了，解放后卖了好几年也没卖完。

"不要一下子吃完。"给过糖后，爷爷总要这样叮嘱一句。

两个孩子战战兢兢地答应着。

接着就是那套例行公事般的对话。

"作业做了吗？"

"做了。"

"这里好吗？"

"好。"

"嗯。下去睡吧。"

每天，这套模式就这样重复着。爷爷似乎格外珍惜自己的精神和语言，从不多说一个字，也不换着说点别的。

两个孩子如遇大赦般走出屋子，跑下楼梯，在楼梯上就开始了模仿爷爷的恶作剧：

"作业做了吗？"

"没做！"

"这里好吗？"

"不好！"

"嗯，下去睡吧——我要吃了你！"

于是一个伸出手爪，做出魔鬼吃人的样子，另一个则惊叫着逃窜，双双窜回自己住的房间。

两个孩子愤愤不平。既然叫他们来，就不该把他们扔在这儿不管，只给两块糖就把他们打发了，连话都懒得跟他们说。他们并不知道，对比他们父亲小时候，对比每，爷爷对待他们已经十足算得上一个脾气太好、太善良的长辈。他们不知道，这个世界上有些人身上是没有儿女情长这块元素的，对于他们的爷爷来说，这么多的话，还有这两块糖，已经实在是温情得无法再温情了。

原来爷爷是魔鬼，是一个专等着把小孩喂肥然后吃掉的魔鬼，伪装成我们家的爷爷来到人间。关于爷爷的可怕传说在孩子们中间流传着，姐姐和二哥为自己居然安全逃离东北而庆幸，而每一个孩子都在为爷爷的可能再次到来而担忧。爷爷给的任何东西都是不能吃的！大的孩子向小一点的警告道，谁吃了爷爷的东西变胖了，谁就会被爷爷吃掉。最可怕的是父母亲对于这一点居然毫无意识。至于奶奶，从感情上和我们站在一边是没有问题的，但如果把我们的判断和结论告诉她，她是否会赞成也仍然是个未知数。危险时刻存在着。

父亲和母亲做梦也不会想到，爷爷在他的嫡亲的孙儿孙女们眼里竟然是这么一副形象。今天细究起来，作为家长的奶奶和父母亲当然有不可推卸的责任，孩子们从他们那里没有听到过关于爷爷的任何好话，加上孩子们自己的简单观察和复杂想象，以爷爷那样一副冰冷可怖的面目，除了魔鬼，孩子们又能把他想象成什么呢？只有我的想法和他们略有不同。我当时在想，早在姐姐和二哥之前半年，我最小的哥哥就已经得出了"爷爷是魔鬼"的结论，可见他的聪明的确是在众人之上的。

无论是爷爷也好，是魔鬼也好，姐姐和二哥从东北一人穿回的一件水貂皮大衣是货真价实的。两件皮大衣一样的毛色金黄发亮，一样的柔软光滑，每件大衣还配有一顶尖尖的皮帽子，和大衣的毛色一模一样，可爱之至！这样漂亮的大衣，穿上去就使人有一种幸福感，姐姐和哥哥穿了它们去上学，立刻就成了明星。这样的两件大衣，着实令我们下面几个孩子艳羡不已。我们轮流地上去摩挲着，内心涌动着无法克制的渴望。

"不要摸！摸了毛很快就会掉的！"姐姐很内行地说，仿佛她已经穿了一辈子的皮大衣。

没办法，只有耐心地等待姐姐长大，皮衣变小，然后轮到我。

六

"蛇哥断路，身系两山，稚子幼女，绑缚至前。""蛇哥断路"一句，绝非危言耸听或文学夸张合理想象。闽地自古多狼虫虎豹，这从福建的简称"闽"这个字便可以看得出来，古人将吴越以南、梅岭以东的这片崇山峻岭称之为"闽"，不是没有道理的。《周礼·职方》中已有"七闽"之说，许慎《说文解字》关于"闽"这样解释："闽，为东南越蛇穜。"可以想象，闽地处于亚热带，自古多蛇。

上古和中古乃至近代闽地的狼虫虎豹究竟多到什么程度，没有直接的资料，但从老人口中知道，仅仅在六七十年以前，这里仍然是虎豹出没、巨蛇盘桓。小时候在奶奶的叙述中，这样的情景太多了。奶奶说常有家畜被虎叼走的事，有一次她正在屋里烧饭，忽听得屋外猪栏里猪哇哇滚叫，跑出去一看，一只老虎抃着一只猪正从她头顶山上走过。老虎还将猪放下站住和她对望了一会儿，就好像一个挑担人走得累了，放下担子歇一歇脚那样从容。"抃"这个字让奶奶这么一说，仿佛那老虎用手抓着猪似的，其实奶奶不是这意思，奶奶指的是老虎用嘴叼着猪。

祖屋就修在山上，老虎到家里来拖猪，根本用不着上山下山走街串巷那么麻烦，直接从茅草丛或者树棵子里钻出来就是了，叼住了猪鹅，也是出了畜栏便没入山中，对虎何其方便，对人却是何其危险！但"那老虎几善，从不害人"，奶奶总这么说。

至于蛇，那就更奇了。关于蛇的故事奶奶能讲那么多，而且每次都不同。有时早上起来，蛇从梁上吊下，像根带子似的，有时蛇会溜上人床，砍柴走在山上，常常见蛇闪电一样游走在小径、草尖、山涧之中。"蛇无脚，走得比什么都快，但这都还只是些蛇的徒子徒孙，大蛇如同孕妇一样，慵懒散漫，走得不那样快，静静地盘在岩上树上，甚至搭在相近两山之间的崖上，远远看去像一段横在两山之间的独木桥。

夏天的一天夜半，奶奶和她的一个婶婶带了柴刀上山去砍柴，在山上走得又累又热，便坐在一条倒在地下的大树上休息。山上这种倒下的大树很多，有些是病死的，有些是水冲的、雷劈的，砍柴人走累了便会坐了歇脚。奶奶在坐下的同时顺手将柴刀往树干上一劈。树干很凉，山里的夜风也冷，一会儿她们周身的汗就落得干干净净。歇得够了，起身的时候奶奶拔出柴刀来和婶婶继续赶路。天很快明了，待奶奶和她的婶婶一人身背一捆柴沿来路返回时，却发现在她们歇过脚的地方，那棵大树不见了，地下却留了一摊黑血。奶奶知道坏事了，她明白自己和婶婶刚刚坐过的那棵大树实际上是一条夜里出来纳凉的大蛇，可是大蛇无缘无故被她们当作凳子坐了不说，还无缘无故被奶奶剁了一刀。奶奶是非常迷信的，自认为得罪了蛇神，吓得和婶婶当时跪在地上朝着大山嘴巴里蛇神观音阿弥陀佛地胡扯了一大堆，到底也不知道是否取得了蛇神的谅解。

奶奶小时候还有一次和她的童养媳小玩伴误入了一个离家很远的山洞。奶奶她们进了洞，只觉得洞中有风，风凉森森的，像有吸力一样将她们引入洞的深处。在洞的深处她们听到一种比人的喘息大得多的呼吸声，而洞中风力的强弱与这呼吸声一致。她们怕极了，怕洞中有虎、豹或是其他什么猛兽，便试图走出洞去，但四五岁细妹缺乏营养的体重如叶片一样轻薄，竟被那股强大的吸力继续引向洞中，及至最前面的两个细妹看清了洞中盘着一条巨蛇，蛇头悠悠地抬着，竟有水桶那样粗大！细妹们惊叫起来，几个人手牵着手，用力攀着岩，费了很大劲才逃出那个可怕的山洞。在洞口，风声更大更强了，原来那洞像一把茶壶，洞大口小，吸力便是这样产生的。几个细妹吓得浑身被汗湿透，像从水里捞出来的一样。

　　小时候听了奶奶的这个故事觉得可怕极了，同时暗暗觉得奶奶多少有点夸张。及至后来大了，陆陆续续看了很多书和报道，才知道奶奶所言属实，何况奶奶本不是一个喜欢夸大的人。在许多童话和民间传说中都有巨蛇的记载，有些记载与奶奶所说的情形竟完全一致。我曾在几种书上看到过洞中有巨蛇，蛇能生风的传说。我们都知道，传说每每能在现实中找到依据。据说这种巨蛇往往需几十上百年才能长成，甚至有千年蛇精的传说。蛇能长寿当是不疑的事实，蛇冷血、冬眠，这些禀性与龟一致，但人们大多只知龟长寿，却不知蛇亦能长寿。《步出夏门行》中有这样两句："神龟虽寿，犹有竟时；腾蛇乘雾，终为土灰。"把神龟与神蛇放在一起做比兴，显然它们是一类的东西，可见曹孟德比今人对蛇的了解要多。神话中的精怪多由百年老蛇修炼而成，定是以古代多大蛇为事实根据，《聊斋》中那些妖媚惑人的蛇精蟒怪、西湖断桥边送伞报恩的白娘子和小青皆是古代有大蛇、蛇能长寿的明证。中国民间许多地方的百姓都把巨蛇当作神灵一样供奉，以致有献童男童女于"蛇神"的陋习。近年来随报刊媒介的丰富发达，关于巨蛇的报道居然越来越多，说得也越来越玄乎，之于我反倒不如奶奶的故事和民间传说更为可信。一来现在报刊以讹传讹、以假作真的劣迹太多，远不如几百年前乃至几十年前那些质朴原始的传说真实可信；二来现在地球上人满为患，哪里还有谷蛇们长到几十上百年的清静地方呢？大蛇们早在人口爆炸之初的四五十年代就被斩尽杀绝了。

　　我想，只有古代才能孕育出那样的大蛇，历史之轮前进到近代，也只有奶奶生活的客家深山里才还有可能残留着那样的大蛇，至于当代的今天，连那些残留的大蛇都不可能寻见了。1973年哥哥曾陪奶奶回了一趟老家，那时候回趟老家虽然比坐船走水路已经好得多，但仍远没有今天方便。虽然鹰厦铁路已经建好，但火车只通到永安，从永安下车坐长途车到连城，至于从连城到温坊的几十里山路，则只能靠肩挑扁担一步一步用脚板来量了。那时，哥哥惊异满目大山皆秃，山上没有一棵大树。更惊异的是奶奶。奶奶后来无数次悲恸地说：

"山上的树子都砍光了。再也没有那样大的树子，再也见不到那样大的蛇了。"连客家深山里的蛇子蛇孙都已经无处遁身，这真说不清究竟是蛇类的悲哀还是人类的悲哀了。

下午临下班的时候，接到了乔纳打来的电话。这个一向说话爽直随便的美国大孩子，突然间变得吞吞吐吐欲言又止。

我说："乔纳，你怎么了？"

乔纳委婉地告诉了我一件令他不太愉快的事。

申建在两天前去了一趟闽西，在乔纳下榻的连城大酒店找到乔纳，说是为了论文的事想实地考察一下闽西。乔纳热情地带他转遍了连城，申建对冠豸山和冠豸河赞不绝口，说是实在想象不出在如此深的大山里还有这样的人间仙境。乔纳一高兴，又带他去附近的长汀转了两天，让申建看到了客家的母亲河——汀江。

最后，乔纳带申建去了温坊的老阿伯家——就是提供《迁徙诗》的那个八十多岁的老阿伯。

乔纳和老阿伯已经是故交了，因此没费什么劲，老阿伯就从他家祖宗牌位下的供桌抽屉里取出了用油纸包好又夹在厚厚族谱中的那首模糊不清的诗。

申建取出相机，左一张右一张，像拍"靐"那样，从各个角度将那张珍贵的、起了毛边的、字迹不清的纸拍了个够，接着，为老阿伯和那张纸拍了个合影，然后，让乔纳为他、老阿伯和纸三者拍了个合影。申建风头十足地揽着老阿伯的肩膀，那神态仿佛老阿伯是他某项伟大计划的合作者。

最后，申建提出了一个让乔纳难堪，让老阿伯百思不得其解的要求，他要买下老阿伯那张字迹模糊不清的纸。申建费了很大的劲，才让老阿伯明白他要"买"下那张纸的意思。老阿伯的表情僵硬了。

申建的要求令乔纳很吃惊，同时也很生气。乔纳终于沉不住气了，一再用眼色向申建示意。申建总算没有使乔纳太难堪，两人一起回了酒店。但在当天的晚上，申建又一次去了温坊，这次是他自己去的。

老阿伯是个孤人，无儿无女，家里的祖屋已经很破旧，满室也没有什么像样的东西。申建先是提出给老阿伯二百块钱，老阿伯死活不肯卖，申建又提出给五百，七百，一直加到一千。老阿伯不说话了。

申建见老阿伯在犹豫，索性问："老阿伯，你喜不喜欢看电视？"老阿伯不语，申建说，"阿伯，我明天从连城买一台彩电来给你装在屋里，你每天不出门就可以看到电视，好不好？"

老阿伯突然一把拉住申建，面皮颤动地说："崽，看得出来，你是真真欢喜这件东西。我莫儿莫女一个孤人，八十多岁了，活不了几年了，这包东西就给你拿去，钱我是不会要的，一分都不要！"

老阿伯把被油纸包得好好的《迁徙诗》交给申建。老阿伯把这包东西交给申建时很伤感，像是交出了自己的细崽给一个陌生人。

申建第二天就离开了连城。这些事是乔纳再次去看望老阿伯时老阿伯告诉他的。

乔纳很愤怒，他在电话里这样对我说：

"如果能买，我早就买下来了，这不等于我未经老阿伯允许，就带去了一个觊觎他财产和隐私的人吗？这不等于我介绍了一个强盗到你家里，把你家里的东西抢走了吗？"

我安慰乔纳："你可能有点儿言重了。也许申建是好意？也许这东西保存在申建那里确实比留在老阿伯那里更安全也更有价值？或者，也许申建只是借来一用，用过后会还给老阿伯呢？"

"啊啊啊——"我仿佛看见乔纳在电话的那端不住地摇头，"你真是……真是太天真了。天真是一种难得的品格，只是，它有时会导致一个人受伤害。"

事实上我自己也不相信我为申建找出的那些理由，但我为什么要替他找理由，要替他开脱呢？我并不天真，以至我想有那样一种品格都已经无法再得。我想这可能是出于一种错觉，一种好感，它们与那场大雨、那场大雪、那次头疼，甚至与那扇开开又被轻轻关上的门有关。这件事他做得肯定不妥当，尤其是他不该伤害大孩子乔纳，但我想这并非他的本意，这只是他做事的风格。唉，这些半中国半美国的杂交品种！

申建倒是没有食言，他的确在连城百货商店为老阿伯订了一台18英寸日立彩电，在一个星期后送到老阿伯家。

七

个人生活不顺遂的爷爷，在工作上似乎也不顺遂。

爷爷和他幸存下来的为数不多的白区战友们，几乎没有一个能够进入关键岗位，也没有一个能升入高位。他们不是在计量局，就是在林业厅，而且一律是副职，至于组织、人事、公安、司法部门，是不会让他们进去的。那些资历比他们浅得多的"红区"干部一个个后来居上，先是做了他们的同事，再后来做了他们的领导。爷爷心知肚明却只能三缄其口。爷爷和他的战友们不是不敢说，而是党性已经把他们提纯到连说的想法都没有的程度了。

爷爷只能更加努力地工作，并且加紧地改造自己。他经常下乡，在乡下一待就是几个月，有时甚至待上半年，一年中在城里难得住上几天。他还深入矿区、工厂搞社会调查，把他所感受到的问题向省委报告。遇到出远差，爷爷从来不报销车票，那时没有飞机，出差一般都是坐火车，爷爷总是一下火车便把火车票撕掉了。同行的同事问他为什么不留着报销，他却说，一来国家还很困难，二来国家给自己这么高待遇，自己又没什么家庭负担，能为国家省一点就尽量省一点。爷爷还主动退出了组织上按红军待遇分给他的一套大房子，搬到一幢小些的房子里去住。处处想到组织，这是爷爷一贯的态度，更或许，爷爷是想通过这些表现来证实自己的忠诚。但爷爷不懂，这种做法并不一定使所有人感到愉快。

在一次检查有无贪污受贿多吃多占现象的机关干部民主生活会上，一位"红区"出身的局长旁若无人地说："许多问题咱们当初就考虑不到，比如报销车票问题啦，退房子问题啦，也难怪嘛，咱们就知道打仗，咱们考虑问题就是简单嘛，咱们红区来的干部头脑就是没那么复杂嘛！"这话听起来味道虽然不对，可也挑不出什么毛病。爷爷当然清楚，这位"红区"老弟心里实际说的是：白区来的人就是老奸巨猾。

爷爷什么都不会说。只是从那以后，本来话就格外少的爷爷，变得更加沉默了。

再到后来，连这样的职务也似乎容不下他们了。爷爷和他的战友们一个个变成了政协委员、参议员、参事，实际上是任何事也不需要他们参，不需要他们议。我在资料上看到爷爷的一个1925年入党，北伐时期就担任过师政治部主任职务的老战友，后来的职务居然是某省资料馆馆员，让人几乎无法相信。我将那个职务看了两遍，没错，是馆员。

接下来"文革"开始了。

爷爷在"文革"中受到摧残，以至于中风。

　　某一天，爷爷在他原机关一个干部的护送下于深夜来到我们居住的这座城市，并敲响了我们家的大门。半夜里不祥的敲门声惊醒了我们全家，当哥哥披衣打开大门的时候，我们委实吃了一惊，以为真的见到了鬼。

　　那是爷爷。

　　爷爷是一副什么样子啊！他的头发和胡子全白了，胡子拉碴的，留了有半尺多长，乱糟糟地缠在一起，肘部和膝盖的棉衣棉裤都烂得露出了棉花——那还是他"长征"时穿的棉衣裤。他的手神经质地哆嗦，腿也在哆嗦，好像随时双腿一软就会倒下。他的眼神里流露出一股乞丐的神色，特别是在见到奶奶的那一刻。

　　来人把他像卸一件包袱一样地卸在我们家椅子上便告辞出门了，我们既没有感到惊讶，也没向来人打问究竟。我们以平静的态度关上大门。不必问爷爷投奔我们的原因，我们理所当然地认为，爷爷的这一次投奔我们与大多数家庭遇到的情形一样：他在东北过不下去了，三奶奶和他之间已僵持到无法生活的地步；或者是他的病需要到这里来治疗，东北的副食供应使他无法忍受，等等。总之，他需要我们的帮助。就算他与奶奶之间已经一点关系都不复存在，就算他与我们之间曾经只是那样一种平淡甚至尴尬的关系，但既然他曾经生过我们的父亲，那么当他需要这种帮助时，我们就必须把这种帮助提供给他。

　　我们怎么都好说，关键是奶奶。这个时候距离上一次爷爷到我们家来，已经又是十年过去了。在这十年里，我们吃不准奶奶对爷爷的态度是否有了一些变化。他们之间的仇恨是平淡些了呢，还是更加不能相容？令我们感到惊奇的是奶奶的态度异常平和。

　　奶奶以一贯的宽容和大度收留了爷爷。奶奶甚至连问都没有问爷爷一句，便转身去为爷爷点火烧洗澡水，接着去为爷爷收拾床铺和房间。在爷爷饱睡了一夜之后，奶奶命令哥哥用理发推子为爷爷推去了他那一头的乱发和胡子，接着，又用最快速度买回来两丈青布，为爷爷重新缝制了一身崭新的棉衣棉裤，当然，絮的全是新棉花。至于爷爷那套长了虱子的破棉衣，奶奶叫哥哥用竹竿挑了弄到院子里去一把火烧掉了。仅仅一天工夫，奶奶就将爷爷拾掇得焕然一新。奶奶在做所有这些的时候，干脆利落指挥若定，绝对的大将风度。只是，与我们过去记忆中的一样，奶奶一句话也不跟爷爷说。

　　奶奶的这种态度既可以被理解为她不计前嫌，一如既往地履行她作为爷爷首任妻子的职责，是一种尽管受尽伤害却仍念旧情的表现，也可以被理解为爷爷在她心目中与所有到这个家庭中来并且需要帮助的客人一样毫无二致，无所谓仇恨，也无所谓热情。长大成人后的经验告诉我们，对于两个曾经有过夫妻关系的人来说，平淡恰恰是一种最大的轻视和绝情。但似乎这样的理解也跟奶奶的平淡挨不上。奶奶的平淡一言难尽。

这个时候的我们，已经具有了足够的观察与分析人物心理的能力。奶奶对爷爷的不理睬是真的，奶奶对爷爷的照顾也是真的，我们兄弟姐妹五个人观察了好久，也没把奶奶那潭深湖看透。

八

从东北来到北京家中的爷爷，和大家相处得并不愉快。

问题的中心还是爷爷。

有些人，如果你不跟他朝夕相处生活在一起，你将永远不知道他究竟是个什么样的人。爷爷就是这样，只在他最可怜最落魄的那几天着实地引起了我们的怜悯和同情，半个月后，一旦他还了阳，他身上原先固有的那些毛病就全跟着一样一样回来了。他很快地产生了错觉，把我们家当成了他自己的家，当成了连城冠豸山下那个家，当成了上海德润里 24 号的那个家。他认为无论在哪个家里，他都理所当然地应该是一家之主，是地位最高的那个人，是最有威仪的君主，而完全不考虑这个家庭的经济支柱是谁，不考虑他在这个家庭中以往的口碑如何，也不考虑他的这五个孙子是怎样地在一种宽松的民主氛围而不是封建压迫式的氛围中长大。他们藐视权威而热爱真理，如果你换一套思路，不是板着面孔把一副空架子端得十足，而是和他们平等相处，事情反而会好办得多。爷爷全然不管也不懂得这些，他像瘦得只剩一副骨头架子的堂吉诃德，可笑地挥舞着他毫无用处的长矛和家里大大小小的风车作战。矛盾自然而然就产生了。

不愉快是双方的。爷爷僵化教条的思维以及不负责任的指责，不可避免地受到我们的反抗。那种无休止的指责和对指责的反抗，令双方都感到别扭。

中风失语的爷爷，基本上丧失了说话的能力，但仍保持着思维的清醒。当他企图表达他的思维和想法的时候，他只能发出啊啊唔唔的声音和个别简单的单词。当这些都还不足以表达清楚他的意思的时候，他便借助一种特有的方式——手势和写字。

　　从东北来到家中没有几天的爷爷，在奶奶各种可口的饭菜汤煲的灌溉下很快便脱尽满面青绿的菜色而变得红光润泽精神焕发，让人不由不暗暗惊异于潜藏在爷爷身上那股顽强的生命力以及奶奶妙手回春的能力。刚刚恢复了元气的爷爷立刻便开始了在家里的到处走动和警官一样的梭巡。他举着拐杖在每一个人面前指指点点：

　　"你们这些……修正主义……唔唔唔……"

　　"你们这些……资产阶级……唔唔唔……"

　　爷爷满嘴的新名词和政治流行术语，不是骂这个人是资产阶级就是骂那个人是修正主义，可惜没有一句话能被他完整地表述出来，总是说到一半就唔唔地说不下去了，后半句便用簌簌发抖的拐杖头指定被他数落的那个人的鼻尖来代替。他腰弯背驼，腿脚发抖，对人能够形成多大威慑力可想而知，结果是非但没一个人惧怕他的数落，反而个个为他那副自恃一家之主的自大模样暗地里发笑。

　　爷爷要是光骂骂我们倒也罢了，可恨的是他还要在奶奶面前把架子拿得十足。爷爷完全意识不到这里不是连城老家，奶奶也早已不是他的奴仆，时光之轮已经向前滚了整整六七十年，社会已经进化到了今天，在我们眼里，奶奶才是一家之主和大慈大爱的真神，她老人家的话在我们全是金科玉律，而他，爷爷，不过是我们家的一个附庸，一个在落难时需要我们怜悯和帮助的乞丐和弱者。

　　爷爷当然不会意识到这一点。在他眼里，奶奶虽然早已不是当年那个可以被他家任何一个人打骂和呼来喝去的细辛臼，也不再是上海那个逆来顺受土里土气的乡下女人，但是理所当然地，他仍然是奶奶的主人，是奶奶的宗旨和纲领、灯塔和北斗，这难道还会有什么改变吗？不，一辈子也变不了，这是爷爷的逻辑。最让人无法理解的是，这好像也是奶奶的逻辑，奶奶偏偏默默地把这一切都接受了下来，连十年前那点脾气都消失得无影无踪了，这究竟是怎么回事呢？这究竟是奶奶那一贯的宽容大度，还是在这个人面前培养起来的一种不可救药的逆来顺受的奴性？这是我们无论如何想不明白的。

　　奶奶虽然在表面上和过去一样地不理睬爷爷，不跟爷爷说话，手上忙的却全是爷爷的活儿。奶奶和爷爷以一种独特的方式在交流。

　　奶奶叫哥哥吃饭，那意思就是告诉爷爷吃饭了。如果奶奶在喊了我的名字后说今天天气很暖和也没有风，她将要带我出去买菜，爷爷便会递过来一张字条，上面歪歪斜斜写着不易辨认的"鱼""羊""二斤"，或者别的诸如此类的什么东西，奶奶上街就无论走多远，也要把爷爷写下的这样东西买回来。

我总是很不服气，看到爷爷那副天经地义的样子，便想起奶奶给我讲过的爷爷的种种往事，便会对奶奶说：

"不给他买！他凭什么老想剥削咱们？"

这时奶奶就会跟上来恨恨地骂一句："那死人！"

你永远听不出奶奶这句话是什么意思。她是在骂爷爷吗？可过了一会儿她准会把爷爷想要的东西一点儿不落地全买回来，甚至有时她还会自作主张地把爷爷肯定爱吃却没有写上的东西也买回来，比如两块烤得又香又软的地瓜。那么这不是骂爷爷了？可你看奶奶的口气和表情分明是在骂人。

于是我在百思不得其解之后，把这看作是奶奶的一种义务，一种大度，一种胸怀。

奶奶在把两斤羊肉买回来以后细细洗净，然后放在砂锅中加上各种作料小火煨着。大山里的南方人很少吃羊肉，吃羊肉的本事是爷爷到北方之后学的。奶奶原来也并不会炖羊肉，第一次羊肉买回来之后是爷爷亲手配的料，奶奶只远远看上两眼便学会了，而后来奶奶每一次炖出来的羊肉都比爷爷炖得香。一小时后，砂锅里开始溢出羊肉的香味，再过一会儿，羊肉的香味便钻出厨房钻进书房和客厅，钻进每道门缝和抽屉缝，钻入每一个人的呼吸，附着在正在读的报纸和书页上。

想到中午的午饭，每个人都很激动。

离开饭还有半小时，奶奶还没有叫哥哥的名字，爷爷便在桌前理直气壮地坐定，把拐杖倚在墙上靠好，专心致志地等着什么了。奶奶将满满一砂锅羊肉端上来，重重地放到爷爷面前。奶奶放砂锅的声音明显地带着一种敌意，但这丝毫不会导致爷爷的心理失衡。

爷爷抓起汤匙，开始大口地喝汤，大声地嚼肉，吃得稀里呼噜山呼海啸，搅动着所有人的肠胃和神经。呼——哑！爷爷吧嗒了最后一下嘴，不到十分钟，喝完了最后一口汤。

在全体家庭成员的视觉和听觉里，爷爷以迅雷不及掩耳之势独独吞吃了两斤羊肉，一块也没给任何人留。爷爷把拐杖一拄，站起来，打着饱嗝没事儿人似的走了，留下一个空空的砂锅等着奶奶来洗。

哼！我恨恨地想。没给我们留倒也罢了，就当我们是一群没地位的徒子徒孙，可奶奶呢？钱是奶奶出的，羊肉是奶奶买的，奶奶炖的，奶奶为这锅羊肉忙了整整一个上午，居然一块也没给奶奶留，太过分了！你把奶奶扔到一边，一扔就是四十年，想跟哪个女人好就跟哪个女人好，就跟没奶奶这个人似的，现在你没办法了，又来找奶奶，不但要奶奶伺候，还要在奶奶面前把架子拿得十足，那四十年的账好像提都不用提就一笔勾销了。哼！想得太轻松了，勾销得了吗？奶奶好欺负，我们能让奶奶被欺负吗？

爷爷拄着拐杖心满意足地走出餐厅，并不知道几道狼一样凶狠的目光落在他的脊背上，那目光来自他的孙子们。

很快，我便发现我们和爷爷奶奶之间出现了一个莫名其妙的怪圈。

爷爷是奶奶的主人，对奶奶依然有着役使的权利，而奶奶是我们的主人。我们心疼奶奶，尽管我们不喜欢爷爷，却不得不主动为奶奶承担起一部分伺候爷爷的工作，比如，替爷爷端个饭，打个洗脚水什么的，但这并不等于我们对爷爷的怨愤就自动取消了。奶奶十几年来为我们勾勒的爷爷的形象已在我们心中根深蒂固，埋下了仇视和对抗的种子。这种子一经发芽长大，绝不会因为奶奶对爷爷态度的改变而改变生长方向。因此我们在为爷爷做所有这一切时都带有明显的情绪，我们在把饭碗和洗脚水放在爷爷面前时总要发出"咚"一声巨响，把爷爷和奶奶都吓一跳。

爷爷鼓着腮帮子说不出话来。奶奶看着我们阴沉的脸就知道我们气不顺，便骂：

"想做就做，不想做就不做！哪个求你做了？怪人！"

怪？才不怪哩！我们每个人都明白自己为什么这么怪。我们觉得我们才不怪呢，倒是奶奶自己怪。可是我们能跟奶奶这么说吗？

爷爷到我们家几个月之后，发生了这么一件事。

那是一个春天的上午，天气很好，阳光从玻璃窗外明媚地照射进来，一直照到了我的床上。昨夜刚刚下过一场透雨，春天里混杂着青草和泥土清香的小风穿过打开的阳台门钻进屋里，浓一阵淡一阵，搅动着人们对于春天的情思。当时我正斜靠在床帮上，背后垫了个枕头，半个身子浸在阳光里，半个身子裹在毛毯中。我在读书。

那段日子我读了许多许多的书。并不是我特别爱读书，只是因为那个时候除了读书就没有别的事可干。学校不上课了，到处都在打人斗人，所有的地方都贴满了大字报。在那场"革命"刚刚开始的时候，我曾经多么傻乎乎地高兴过一阵子！因为不用上学了，不用对付那些没完没了的考试了，不用每天早上披着星星出门晚上顶着月亮回家了，多么轻松多么带劲！但很快我就发现自己错了。临时地轻松上几天是每个学生都向往的，但当你突然发现天下越来越乱，你还什么都没学到呢却突然永远不能再上学了，学校并不是像当初停课时宣布的那样只停两到三个月的课，你将永远离开学校，离开你曾经那么厌烦的课桌椅，将收起你的书包走向不可知的社会时，你不能不感到极大的恐惧！我突然立刻就改变了对学习的厌倦态度，变得从未有过的渴望学习，渴望能有一天再背着书包顶着星星去上学。我像一只迷失了方向的麋鹿，在森林中惊恐地乱转，企图重新找到可以走出森林的那条路径。可是没有，哪儿都没有。回到学校是不可能了，于是我惊慌失措地借了一大堆有用没用的书，小说、历史、数学、化学，凡是印成铅字的东西我全看，越是别人说看不懂的东西我越看，就像跟谁较劲儿似的。我要跟命运抗争！我要用自己的事实证明，不上学也一样能学到知识！尽管我心里一点底儿也没有。我的学习没有系统也没有重点，但绝对地刻苦，除了三顿饭，从早上醒来一直看到半夜三更。后来我这一辈子读的书加起来也没那一段读的书多，怎么说呢？在那段时间里我生吞活剥咽下去的知识，可以超过后来任何一个大学生或者研究生。但我的这种积极的学习态度和精神，却受到了爷爷粗暴的指责。

也许是我躺在床上的时间过久了，也许是在老家山里长大的爷爷认为女孩子即便不能像细辛臼们那样一天苦做到晚，至少也不能成天这样睡着不做事。爷爷在屋里到处地巡视了一圈，在指责过了哥哥们的不劳动不工作之后，那根颤悠悠的拐杖头终于指到了我的鼻尖：

"……不……上学……不工作……"

"……修正主……义！唔……"

爷爷的指责霎时将我拉回到丑恶的现实中来。不上学？是我不想上学吗？我也想工作，可是谁让我工作？他难道没有看见我一天到晚都在读书吗？他难道不知道那时我正跋涉在日后足使我感到自豪的自学道路上吗？他当然不会知道，其实就连究竟什么是修正主义他都未必知道。

爷爷的粗暴指责将深埋在我心中十几年之久的对爷爷的仇恨一下子点燃了，

我以和爷爷同样的粗暴毫不客气地拨开指在我鼻尖的拐杖头，然后以一个比他整整年轻六十年的头脑所能想出的最刻毒的话语和一字不打磕绊的伶牙俐齿回敬他说：

"哼！我是修正主义？我修正了马列主义些什么了？我倒是知道您老人家把共产党的一夫一妻制修正得蛮不错的！嘿嘿……"

说完我还恶毒地冷笑了两声。如果不是奶奶突然间大吼了起来，我可能还会讲出些更难听的话。可是我的话被奶奶打断了：

"死人！哪个叫你那样恶！你讲的什么屁话！"

同时愣住的人有两个。

一个是爷爷。我的回击像一记闷棍打在爷爷头上，爷爷的眼睛瞬时变得混浊了，那眼神惶惑，不解，甚至有几分惊慌。按照爷爷的标准，也许根本意识不到他对我的指责构成了侵犯，比起当年他在大雨滂沱之下将父亲扣进鸡笼的野蛮和粗暴，这样不疼不痒的两句指责算得上什么？不就跟说话一样吗？结果他不仅遭到了极其恶毒的反抗，而且这反抗来自隔了他一辈的孙女，一个毛丫头，这事在当年的大山里简直是无法想象的。爷爷无法不感到惶惑。

另一个愣住的人是我。我像抱着一挺机关枪突突突地正在扫射却忽然遇上了一颗臭子儿似的卡了壳。我回过头来看了看奶奶，她老人家这是怎么啦？

最恨爷爷的人不是她吗？从没讲过爷爷一句好话的人不正是她吗？而我们最热爱最维护的人不也正是她吗？我完全是在按着她的意旨办事，怎么她自己突然就峰回路转大道向西了呢？这实在使我无法理解。这使我想起小时候孩子头儿组织我们打群架——对这一点我不讳言，虽然我是个女孩子但确实参加过打群架，谁叫我有那么多哥哥呢——一声"冲啊！"你实心实意地冲上去，被人打得头破血流，回头一看那孩子头儿却跑了。被出卖了，就是这么回事。

可我能说什么呢？我能再冲奶奶喊一顿吗？那是不可能的。我可以伤任何人，唯独不能伤奶奶，那个我从小就掏心掏肝给我吃的奶奶，至亲至爱的奶奶。奶奶天生就是我的克星。

这就是奶奶、爷爷和我们合伙编织的那个怪圈：爷爷心安理得地使用和享受着奶奶的劳动，对逝去四十年间欠下奶奶的债务装作充耳不闻；我们替奶奶向爷爷报仇，而奶奶却替爷爷挡我们的子弹。

最早从这个怪圈里跳出去的是爷爷。

　　有一天，爷爷突然提出他要回老家。他的这一决定是写在纸上正式向我们宣布的。

　　爷爷终于感觉出了他在这个家庭中的多余。他发现他的每一个孙子对他都怀有敌意，而且他同时发现所有孙子的背后站着的实际正是奶奶。尽管在我们做得过分的时候奶奶会假模假式地指责我们两句，但难道不正是她亲手在每一个孙子的心中播下了对爷爷仇恨的种子吗？她虽然在表面上对爷爷不计前嫌服侍周到，但那不过都是些表面文章罢了，那实际不过是一种不带任何感情色彩的义务，一种居高临下的宽容和怜悯，那根本不是感情，也代替不了感情。如此这般，爷爷继续在这个家庭里住下去还有什么味道呢？

　　我后来常常会想：爷爷需要感情吗？爷爷懂得感情吗？随着年龄和生活阅历的增长，随着我对爷爷的了解越来越多之后，我对于这点产生了越来越强的疑惑。小时候从奶奶对爷爷的描述中，我认为他是一个根本不需要感情的人，这显然是个误解——如果说他不需要感情，又怎么解释他是那么想弄几个孙子到他身边陪伴他？又怎么解释他身边换了一个又一个的那些女人们呢？现代的人们对于这一点解释得非常简单，他们把这些统统归结为一个字：欲。可我想问题绝不仅仅这么简单。问题自然是出在爷爷身上。爷爷是从那样深不可测的大山里走出来的人，正如他的先人们历尽磨难才从北方走进那些大山一样，爷爷同样历尽磨难才从大山里走了出来。走出大山，这是何等了不起的一步，就这一步，使爷爷和大山里的人们有了天与地的差别，一个崭新的世界在爷爷眼前铺开！然而，走出大山并不意味着就拥有了一切。爷爷尽管睿智英武一表人才，但他基本上还是一个农民，一个大山的儿子。大山给了他勇猛、顽强、粗犷，同时给了他愚昧、粗暴和简单。他的后天教养极其匮乏，和他的英俊外表如此不般配，这使得他作为一个人在精神上的发育极不完全。在他身上好像有两个人，这两个人是那样地截然不同，面对组织和面对女人时，这两个人轮流出现：面对组织，他是那样地忠诚英勇，信守诺言，从不讲任何代价与条件，即使组织叫他赴死，他也绝不会皱一下眉头。在组织面前，他是一只驯顺的羊。而面对女人，他是一个不折不扣的暴君，简单粗暴毫无信义，不讲道德心硬如铁。发育得不完全的爷爷就这样畸形地上路了。随着地位环境的不断改变，他更换了一个又一个女人，平心而论，他或许并不想换了又换，他或许也在寻找感情上的所爱，可他找不到。他不可能找到。欣赏他容忍他的女人，是他所不欣赏不能容忍的，而他所欣赏所容忍的女人，却由于很快发现了他外表与实际的差距而无法容忍他。结果就是，他在一生里不断地追求和更换女人，却没有一个女人能在他的生活中留住，——喜欢他的女人，他不喜欢；他喜欢的女人，不喜欢他。

这是爷爷的悲剧。一生中从不缺少女人，却始终没有真正拥有过一个女人。表面上他的女人走马灯似的更换，而实际上他的感情生活终生枯竭，内心充满孤独。更可悲的是，他对于这一点毫无意识。

九

从一首佚诗看温坊客家的迁徙。

客家是从北方南迁的汉民族，这点是没有疑义的，分歧最大的是时间。客家在历史上究竟有过几次大的南迁？最早的一次南迁始于什么时候？大多数研究者倾向于二次迁徙说，也就是第一次迁徙始于公元4世纪"五胡乱华"时期的东晋，第二次在金人南侵的北宋末年。但是反对者也不少，有人提出三次迁徙说、四次迁徙说、五次六次迁徙说，甚至有无数次迁徙说。无数次迁徙说者认为：客家的迁徙无分时期与时代，在历史上始终不断有自北往南迁，也有自南往北迁的，有自东往西迁也有自西往东迁的，照此说法，只要搬过一回家就可以算作客家，哪怕去年把户口从兰州迁到深圳今年就可以算作客家了，这实在有点不严肃。研究历史自然不能这么浮躁，准确的说法应该是：客家是移民，但移民只是客家形成的因素之一，不是全部的依据。客家的认定非常复杂，这里面包括了家谱族谱、信仰文化、习惯方言等一系列严谨的科学考察，而不仅是一张户籍卡。

无数次迁徙说不太严肃，而二次迁徙说又未免过于武断简单。正如客家的认定不能仅仅凭一张户籍卡一样，客家认定的尺度也不该仅仅是时间。按照二次迁徙的说法，温坊的客家最早也应该是在"五胡乱华"时的东晋由北南迁来的。这一点乍看上去也合理，因为温坊客家以现有的族谱可以从现在的四十一世追溯到一世，而一世存在的年代也确实在东晋之后。族谱上是这样记载的：始祖为辽西堂——专家考证，客家始祖皆为某某"堂"——考名曰四六郎，妣为温氏十娘，二世考名六十，妣为巫九娘……

这样就出现了一个问题，辽西堂之前呢？这个一世始祖总不能是凭空冒出来的吧？他又是从什么地方来的呢？我们总不能由于有了二次迁徙说，就把温坊的祖先锁定在一千五百年前这个时间段之内。温坊的祖先仍有祖先，他们是谁？甚至，关于辽西堂的资料就一定可靠吗？光是在考妣的名号上就存在那么多的疑点：他们只是一些由数字拼凑的符号，实际没有人知道他们真正的名字。在考证和查阅了大量的资料之后，我情愿更相信流传于温坊的一个传说。按照一个普遍认可的理论，一切传说都能在历史或现实中找到它们的对应物，而这个传说在一首佚诗中更得到了进一步完整的描述。

这首诗自首贯尾四字一句，两句一韵，从风格和形式上颇有些类似《诗经》，但它比《诗经》更通俗易懂，易念易记，从这个意义上讲，它很可能是一首童谣，出自这个家族早期一个知识分子之手。作者记录下这个家族自北南迁时所经历的种种苦难，并赋予它一种通俗易记的童谣形式得以代代诵咏，流传至今。从诗的内容来看，我们可以给它定名为《迁徙诗》。

这首诗是从温坊一位老者手中发掘出来的，由于年代久远，许多字已辨认不清。现根据本人对古代汉语特别是客家语言的研究，试将所缺之字填补之后抄录于下，以与后面的白话译文做一比较：

楚歌哀哀，天下归汉。赐项以刘，斩根锄蔓。

晦日暗月，秋雨缠缠。忽尔放晴，月光带阑。

公用伏地，目汁涟涟。五服族人，齐跪河塝。

劏猪劏牛，祭祖告天。先人骨殖，置罂置肩。

三步九徊，叩拜不还。一千人马，出琅玡山。

天目嶙峋，雁荡隘险。无天无日，米粮炊断。

山水突至，泥流盘盘。五百丁壮，十之去三。

盗匪悍恶，强索路钱。无钱以奉，女代车钿。

蛇哥断路，身系两山，稚子幼女，绑缚至前。

子哀呼地，子爷号天。飓风骤起，一忽不见。

行过武夷，山高水寒。官兵趋至，火明刀暗。

人众惶惶，顷刻走散。老媪幼仔，坠崖落涧。

崖下痨伯，咳血如溅。恐为贼察，众手相掩。

雷公震地，曝烺闪闪。暴雨滚沸，贼兵趋远。

　　放看旁伯，气绝涎断。祭至墈头，寄之流圳。

　　行行重行，风雪霜剑。满面尘灰，衫碎足烂。

　　是日断乌，行至山冠。公用仆匍，喙已不言。

　　众人抬之，手指南天。河溪灿灿，月光带阑……

　　后面的内容因原稿中断而无法得知。我们在将缺字做过填补之后，发现这首诗在温坊客家迁徙的研究上有着极为重要的意义。为研究方便，我们把这首诗译为白话简述如下，温坊客家的迁徙便全在其中了——

　　楚汉之争苦战经年，原来稳取天下的霸王因了他的妇人之仁与优柔寡断把个已经大半到手的天下送给了刘邦。待到兵败垓下，虞姬自尽，乌骓跳江，霸王乌江自刎，一代英雄灰飞烟灭。刘邦江山坐定之后又该如何呢？按照刘邦的逻辑，他不会视昔日敌人肉体的消亡为完事大吉，马上横戈钩心斗角数载，他太清楚这位前楚大将之后的精神魅力与感召力，也太清楚复仇的江东子弟一旦卷土重来时所爆发的洪水猛兽般的打击力量了，不，他绝不能有一丝一毫前敌人的妇人之仁与优柔寡断。可是，太史公给了我们这样一番描述："项王已死，楚地皆降汉，独鲁不下；汉乃引天下兵，欲屠之。为其守礼义为主死节，乃持项王头视鲁，鲁父兄乃降。始，楚怀王初封项籍为鲁公，及其死，鲁最后下；故以鲁公礼葬项王毂城。汉王为发哀，泣之而去。诸项氏枝属，汉王皆不诛。乃封项伯为射阳侯。桃侯、平皋侯、玄武侯，皆项氏，赐姓刘氏。"然而这段话可信吗？诚然，司马迁录史凛然公正以信为上，不为当权当朝者讳乃众所周知之事实，故《史记》被称为"信史"，自古为历代史家所尊崇，但这段史读来读去却总让人读出几分可疑。这里当然不敢有苛责太史公的意思，可里面一定有什么地方不对头。这听上去不像是真刘邦。什么是真刘邦？项羽"告汉王曰：'今不急下，吾烹太公。'汉王曰：'吾与项羽俱北面受命怀王，曰：约为兄弟。吾翁即若翁，必欲烹而翁，则幸分我一杯羹'。"此乃真刘邦。刘邦军霸上，让项伯给项羽带过话去："吾入关，秋毫不敢有所近，籍吏民，封府库，而待将军，所以遣将守关者，备他盗之出入与非常也。日夜望将军至，岂敢反乎！"此乃假刘邦。"项王谓汉王曰：'天下匈匈数岁者，徒以吾两人耳。愿与汉王挑战决雌雄，毋徒苦天下之民父子为也。'汉王笑答曰：'吾宁斗智，不能斗力。'"此乃真刘邦。"正月，诸侯及将相相与共请尊汉王为皇帝。汉王曰，'吾闻：帝，贤者有也。空言虚语，非所守也。吾不敢当帝位！'"此乃假刘邦。虚伪狡诈、背信弃义，表面的仁义及骨子里的残忍再加上流氓无赖，这才是刘邦。刘邦固然懂韬略，会作假，熟谙收买人心、欲取先予翻手云覆手雨那一套，可这些全是在得天下之前，一旦得了天下，当年为他取天下屡建奇功的将相诸侯不是一个一个都被杀了吗？就在同一年里，"春，淮阴侯韩信谋反关中，夷三族；夏，梁王彭越反，废迁蜀；复欲返，遂夷三族。七月，淮南王黥布反……斩布鄱阳"，短短几行几十个字，多少人头落地。为大汉开国建头功者尚如此，刘邦有什么理由非留着那些对他怀有深仇大恨的"项氏枝属"呢？这是其一。其二，"诸项氏枝属，汉王皆不诛。乃封项伯为射阳侯。桃侯、平皋侯、玄武侯，皆项氏，赐姓刘氏"。这是何等的奇耻大辱！这不等于跟诛杀一样吗？杀了也就杀了，杀了项氏，还要再加上一层耻辱，这是要比诛杀还要让人难于接受的事实！就算刘氏肯赐，项氏就一定肯受吗？

于是，就有了以下两种说法。一说太史公所记有误。这段故事发生在公元前206年，而司马迁于公元前104年始作《史记》，事情已经过去了一百多年，并且，说是不为当朝者讳，毕竟身为汉吏身受汉禄，写的又是汉代开国皇帝，溢美之处仍是时有所露，否则"龙形其上"，"赤帝之子斩白蛇"，"所居之处必有瑞气"等谬说又是从何而来呢？"项氏枝属"不仅未封侯，皆被诛杀了。至于桃侯、平皋侯、玄武侯等倒确是封了，只不过封的都是刘姓自己。还一说，刘邦赐刘姓于项，迫于形势，项氏忍辱接受了下来，却在暗中酝酿着一场悲壮的远行。

无论出于以上何种原因，总之，在一个月昏星稀之夜，一队人马悄悄隐入大山。

这支人马在离开故乡之前，杀猪宰牛，叩拜祭祀，泪流满面。不明就里的人以为他们在叩谢刘邦的封侯不杀之恩，岂不知他们是在对故土做一次最后的祭拜，从此他们将永世不还。他们还做了一个惊世骇俗的举动：把先祖的遗骨从沉睡了多年的土里刨出来，洗净之后连同刻有他们姓氏的祖宗牌位一齐装入罂瓶瓦罐，用布兜好背在背上，然后在全族最年长的"公用"的率领下，在一个深夜离开了故土琅邪。那天的晚上，月亮大而红亮，但在月亮周围笼罩着一圈神秘的月晕，似乎预示着这次远征的悲壮和前途莫测。

这支队伍男携女，老扶幼，昼伏夜行，出安徽，走天目，闯雁荡，下武夷，一路的艰难险恶难以言说。他们碰上过虎豹伤人，毒虫毙命，遇到大江阻隔，绝壁难攀。一次突发的泥石流，齐刷刷卷走十分之三人马，数不清的悍匪强盗掠抢钱财伤害性命。越往南方，路越艰险，异象也越多，他们曾遇巨蛇横亘在他们行进的唯一通路上，他们不得不把幼子幼女绑缚起来作为牺牲祭献给蛇神。孩子的父母哭得呼天抢地要随儿女一同前去，被众人死死按住，他们唯恐大人前去触怒了蛇神给全体人马带来厄运，一阵飞沙走石孩子不见了踪影，孩子母亲的头已在石上撞裂再也没有醒来。由于道路不明，他们有一次误进了有人居住的州府，官兵发现了他们的可疑行踪。尽管这时距他们离开故土逃亡已有相当长久的时间，但汉王对于这支逃亡队伍的追捕始终没有放松。打着松明火把连夜追捕的汉兵最后将他们逼至一座崖下，那些已经虚弱到极点的老媪幼童连惊带吓纷纷坠落崖涧，一时崖上涧底哭声震天惨号不断。剩下不多的几个人浑身哆嗦地藏在崖顶一座深洞里，一个喘息不定得了肺痨的老伯突然暴咳不止，已经离开的官兵又循着声音返回崖顶。众人以手死死掩住老伯之口，这时天降大雨，雷声隆隆，雨浇灭了官兵的火把，也掩盖了天地间的一切声音。官兵终于没有找到这个洞口，待官兵离去，老伯早已口流血涎气绝身亡。

就这样他们走，一直走。多少次他们走不动了，想停下来，但是看看身后的山，觉得还不够大，于是他们继续走。走。一直走到宁化、清流，还是走。再往前，终于见到了一片大山，这山大到终年雨雾不散，最高的那座山如万千怪兽聚成，远远看去如天柱撑住头顶苍穹。他们想，这样大的山，再不可能有什么危险能够追至这里了。这还不是主要原因。主要原因是，他们再没有力气向前走了。这个时候他们的首领，客家叫作"公用"的家族老人突然匍匐在地，他泪如泉涌却已说不出一句话，只将鸡爪一样枯瘦的手颤抖地指向那座大山，那座伫立在南天之下、天柱一般雄伟的大山。众人明白，那是"公用"的旨意，那座大山将是他们的归宿。他们埋葬了老人，向那座大山走去。

这时他们衣衫破碎，人形如鬼，一起出发的人已死去十之八九，所携之物一路上也早被掠掳干净。山谷中有一户温姓人家，因此这地方便以这家人的姓氏为名，叫作温坊。温姓夫妇好心收留了仅存的这几个人。在仅存的几个人中，只有一个男丁，才只有五六岁，便说好了给温姓人家放牛。男孩子聪明伶俐，吃着人家的饭心里很有数，除了放牛之外，打柴、做田、挑水，凡他能干的什么都干，与主人家一点不生分，于是十分得温姓夫妇喜爱。天底下的事怪得很，每日干菜薄粥，地瓜苦笋，干不完的脏活累活，却什么都挡不住生命的成长，及至男孩长到十七八岁，居然出落得隆鼻凤眼，英俊挺拔。恰恰温氏夫妇膝下也只一个女儿，虽然家贫，也是千娇万惯长大的，还没琢磨好嫁给谁，见到小伙子一表人才，又肯苦做，像个当得起家的人，温氏夫妇就有心招这个男孩入赘。温氏夫妇跑了好几架山，特意请了山外一个会推易经八卦的高人为两个孩子推了一卦，不想高人谓温氏夫妇曰："此亲万不可结。若结此亲，温氏必绝！"温氏夫妇听得狐疑满腹。不信，怕真给温家招来祸害；信吧，看看小伙子一副忠厚实诚模样，实在不像个能坏事的人。再问，原来女儿和男孩两个人心里互相早有了，女儿斩钉截铁，非小伙不嫁，善良的温氏夫妇只好正式给他俩成了亲，但事先说好，生下孩子全都姓温。

日子这么过了一天又一天，温氏夫妇老了，后来终于故去，小伙子夫妇也真是争气，连生十几个儿女，个个健壮活泼，自然全是姓温。日子要是就这么过下去当然也就没问题了，但是突然起了变化。有一天夜里，夜深人静之际突然下起了雷雨，天上风狂电闪，屋内烛光摇曳，这自然界中的搏杀使小伙子想起了人间的搏杀，小伙子——这会儿该是中年人了，将自己从老辈人那里听来的不凡身世告诉了妻子，那一番血腥的杀戮，那一番九死一生的迁徙，让温姓姑娘听得唏嘘不已。末了，中年人提出一个要求，为了自己艰辛跋涉的这一族不至灭种，为了给先祖留下一脉香火，在以后生下的儿子中，任温姓姑娘选一个姓小伙子家族的姓。温姓姑娘同意了。不久，妻子果然又娩下一个男孩，两人将孩子洗净哺好之后，先拜了姑娘的父母，恳请老人在天之灵不要责怪他们，然后拜了小伙子的先祖牌位——这牌位是那支人马历尽艰险从北方背过来的，所有的东西都丢失了，保住的唯有这个牌位——他们泪流满面，连连叩拜之后，将儿子高高举过头顶。这时他们感到，不，应该说是异常清楚地看到，一股青色凉风从窗外扑进屋内，游蛇般在屋内打了个转，又倏地从窗口出去了：温姓姑娘父母牌位前的烛火忽地灭掉了，而小伙子先祖牌位前面的火苗却欣喜地连跳几跳，就像牌位后面有一位什么人在听着似的。

以后发生的事情就更加奇怪。在温家，自从有了姓父姓的这个孩子，温姓孩子一个接一个死去了，每一个都是这样，先是精神委顿、浑身乏力，渐渐地不思饮食、昼夜昏睡，再后来就死去了。就像是一朵朵原本开得好好的花，在遭了什么打击之后渐渐枯萎了。他们的父母终日哭泣以泪洗面统统没用，眼见着自己辛辛苦苦哺育大的孩子一个个夭折了，唯独那个姓父姓的孩子却越长越苗壮，长到后来豹头虎眼，双目重瞳，十分了得，曾一个人上山打死过虎和豹子，及至后来结婚生子，生下的孩子也是一个比一个壮，上山打柴下水做田，从不知道什么叫累。温姓姑娘和小伙子意识到这点时已经晚了，温姓灭绝了，温坊从此易姓，父姓这一支蓬蓬勃勃繁衍起来，一房分成几房，一支又分成几支，一代一代传到现在，整个温坊黑压压三千户已皆为楚王之姓。

　　所有这些全落在一个人的眼里。这个人高踞于冠豸山之上，甚至还要高，在冠豸山的云层之上。他就是小伙子的先祖，跟着那支苦难的人马一直追随到这里。此刻，他满意地看着这一切，重瞳的双目圆睁，笑了。一切全是由他筹划操作。每逢雷雨交加的夜晚，你能听到冠豸山传来"轰——隆——"的声音，那声音实际是一种合唱，是跟随霸王横扫了半个中国的江东八千亡灵的合唱，仔细辨认它们是这样几个字："楚虽三户，亡秦必楚。"唱歌的这些亡灵们并不知道不仅秦早已亡了，连汉都亡了，汉之后又有三国、魏晋，多少朝代都已亡了，但他们依然热情不减地唱着这首歌。许多人都听到过这首歌。

　　放下文章之后申建好一阵子唏嘘不已。

　　我是在俱乐部的九楼上把文章拿给申建看的。在接到乔纳那个电话之后，我本不打算给申建看了，但申建从连城回来的第二天就主动给我打过来一个解释电话。电话里的申建非常诚恳，他说自从乔纳那里听说有这份原件后就一直寝食难安，一直担心着它的损坏和丢失。直到去温坊见到了老阿伯，他更证实了自己的担心。老阿伯无儿无女，八十多岁了，万一哪天突然故去谁会知道这份原件的下落？那么在这种情况下，把它保存在真正懂得它珍惜它的人手里，究竟有什么不对呢？

　　我对他的猜疑一下便释然了。是啊，有什么不对呢？听他诚恳的腔调，滴水不漏的逻辑，你很难不释然。再说，申建既聪明，又是学古汉语的，我也很想听听他的意见。于是，我还是把文章复印了一份。在全诗的白话译文后面，我又对诗中每一个疑难古字的古义、在诗中的意思和现代意义做了注释和引申。

　　申建读得很细，并且不时掏出笔来在本子上记一下，似乎文章里有些什么不断地刺激他产生了一些想法。最后，他提出要带回去再认真读一下。我没什么理由不同意。

　　申建为我和他各要了一杯咖啡，并且没忘记提醒小姐为我另加一杯糖水。

红色岁月　红色历程　红色史诗　红色经典

我们在一起只喝过一次咖啡，他就记住了我爱喝甜的。

我们面对面坐着。健身之后猛一松弛下来，人就容易变得慵懒。

"这真是一部了不起的迁徙史！"申建赞着，"一个死而复生的家族，一个了不起的族群！"

"是的，是非常了不起！"应该说我一直沉醉在这首诗中，我跟着这支人马和那一堆佶屈聱牙的字词在东南方的大山里转悠了好几个月，直到现在还没有从那种氛围里转出来。

"如果我是你，我要借助这部迁徙史展开这样一个论述——"申建伸出右手食指提醒我，"一部客家的迁徙史，几乎浓缩了客家的全部奋斗史。同温坊这支典型的客家族群一样，任何一支客家离开北方故土南下，不是为保全种群躲避灭国灭族的战祸，就是精忠大义不甘心于异族统治，或是逃避血腥的政治仇杀。无论出于何种原因，从本质上讲是一种无奈的选择，这就决定了客家在放弃故土被迫进入深山之后，并没有同时放弃自己的精神和理想。深藏于他们胸中的爱国报国之心与建功立业之志超出于任何一个族群之上，这就使得他们和任何一个族群相比，先天地占有了夺取成功的优势。"

申建说着说着，又停下来在本子上飞快地记了两笔。申建的情绪感染了我，我接过他的话头：

"正是由这点决定了，在贫瘠荒凉与世隔绝的大山里，即使他们穷得几乎无法生存，也从不放弃胸中的抱负。只要一有机会他们就会从大山里走出来，无论求学经商从政从军，无不勤奋苦斗，务求出人头地成功发达。客家的成功，是从他们一开始迁徙就注定了的。贫穷给了他们吃苦奋斗的秉性，家学渊源决定了他们对教育的重视，曾经煊赫的家世激发着他们的抱负和志向，群居艰苦的生活造就了他们团结协作的精神。这就不难解释，为什么每逢国家民族危难之际，客家人总站在前面，也不难解释为什么在各行各业耀眼的成功者中会有那么多的客家。"

我在说这话的时候，眼前浮动的是三叔公，是北伐军中那一百三十四个雄崽，是躺在湘江边的上千连城子弟，是爷爷。尽管他们的名字并不煊赫，但我在说"耀眼的成功者"的时候，首先是把他们算进去的。

"客家给我们的启发和借鉴是：必须成功！成功是唯一的标志。成者王侯败者寇，历史永远是如此无情。"

申建突然冒出这么一句。和申建谈话你常常会发现，你以为他和你说的是一回事，但实际并不是一回事。我想，申建所指的成功，和我心目中的成功可能不是一回事，照申建的标准，不要说三叔公这样的小人物算不上成功，连霸王都不一定算得上。

我问："你怎么看成功？什么算得上成功？项羽算不算一个成功者？"

他很干脆："当然不算。他是一个最大的输家。"

"读过《史记》的人，谁不说项羽是个大英雄？"

"大英雄又怎么样？把个大半到手的江山活活丢掉，还不算最大的输家？哪一部纪元表上有他一席之地？司马迁把他列入本纪，那完全是他个人偏爱，是感情代替政策。商纣王暴虐无道吧？隋炀帝荒淫无耻吧？宋高宗软弱无能吧？哪部纪年表又能落下他们？记住，你永远说不清楚历史，包括刘邦和项羽，他们的真实面目就是这样的吗？人们是从哪儿知道他们的？是从司马迁那儿来的。可司马迁自己就有偏见，他对项羽由佩服到同情，就把他写成力能拔山的盖世英雄，他不喜欢刘邦，就浓墨重笔写了刘邦的无赖，其实项羽无赖的地方和刘邦英雄的地方都让他回避了。刘邦真要是那么无赖无能怎么就让他得了天下？所以别说两千年前的事说不清，连六十年前、三十年前的事都说不清。你这一段弄了你爷爷那么多资料，你觉得现在能说清你爷爷了吗？你爷爷到底是个英雄，还是个背信弃义不讲道德的小人？我的原则是，永远不纠缠历史，只重视现在。任何一个人，你可以不断受挫，可以失败，可以韬光养晦，可以在最落魄的时候让人家把你的老爹做成肉羹，这些都不要紧，但有一条，最后你必须成功。就像客家，客家如果不是后来取得了那么多的成就，而是永远憋在大山里，它就是有再了不起的迁徙史，也不过是一群窝囊废！"

申建啜了口咖啡，往他的小本子上又记了记，抬起头来强调了一句：

"成功之后，一切都变得有意义。否则，一切都没有意义。这就仿佛卢梭，如果他没有成功，没人会去看他的《忏悔录》，他成功了，才连他放的一个屁都变得充满情趣和有意义。"

这个人的逻辑总是这样无懈可击，可听着又说不上哪儿不是味儿。那么，他错在哪儿了呢？或者说，他对在哪儿了呢？

同往常一样，申建开车送我回家。和他告别之后，我走进我住的那个单元。信报箱里有寄给我的一封信。

我习惯性地先看了看信封右下角上的地址。木樨地 24 号楼。是她？林老太太？

我飞快地上楼，进家，找出裁纸刀裁开信封，随着一封短信的抽出，从信封里掉出一张照片。我捡起来。天哪！正是那张照片——

照片发黄了。照片的中央是一个非常漂亮的小姑娘，大睁着惊愕的凤眼看着镜头，好像被什么东西吓住了，在她的旁边是一只鸭嬷，鸭嬷在走路，一只脚抬了起来，一只脚还留在地上。鸭嬷保持着这个姿势，一保持就是七十年，不知累也不累。

是她！是细妹！可那张照片不是被三叔公抢去烧掉了吗？我想，我明白了，这张照片爷爷一定洗了不止一张，而细妹在把照片交给三叔公的时候，做了一个大胆的藏有私心的保留。

我抑制着狂乱的心跳，展开信纸。那上面在称呼过我的名字之后只有简单的几行字——

我们的母亲于一星期前在复兴医院去世。弥留之际，她嘱我们务必把这张照片寄您，现遵嘱寄上。母亲已于去世后三天在八宝山火化。

对于母亲为什么要把照片寄给您并留有您的地址，我们不明白。如您也不明白，请将照片按信封上地址寄回。收到后也请回个电话给我们，免念。

最后是一个电话号码。

没有了。一个人也没有了。了解爷爷的最后一个人也去了。

我呆坐了好久，才拿起桌上的电话。

十

人就是这样一天天地老了。

你常常会在书上看到这样的描写，说谁谁谁发现自己一天天地在老，谁谁谁在一个早上发现自己老了，谁谁谁的头发在一个晚上全白了。不是有这样的诗句吗？"君不见高堂明镜悲白发，朝如青丝暮成雪。"开始的时候你常常会忽略这些描写，当你注意到这些描写的时候，你觉得它们纯粹是胡说八道夸大其词，不过是那些酸腐文人们使用的文学手段；再后来你才知道，前人的这些描写都是有道理的。人老起来的确是一下子的事，在一个早上醒来之后，发现自己鬓边突然像春天里的小草似的长满白发是完全可能的。难道你在自己身边没有碰上过这样的事吗？身边的一些人，你每次见他他都是老样子，可是突然有一天你再见到他的时候不认识了，他已经老得面目全非。年轻的时候人们不觉得，觉得岁月就跟别人钱袋里的钱那样禁花——人们永远觉得别人钱袋里的钱比自己钱袋里的钱禁花，这也是一个真理，待到发现青春已经不复存在老之将至时已经晚了。而且不老则已，一旦老起来便越来越快，犹如烂苹果的加速度，——苹果在开始烂的时候很慢，那个黑黑的小圆点要过好几天才扩大一圈，等到烂过了一半便不同了，烂过了一半的苹果会以加速度烂下去，三两天便烂得精光。

过了七十岁的爷爷，现在正以烂苹果式的加速度老下去。

爷爷走在老家的山上，温坊的村子里。现在他不但腰弯背驼，中风不语，连腿脚都已经基本不听使唤了。他现在不但无法控制它们，反过来还要被它们控制，比方说哪天阴天下雨它们不太痛快，爷爷就得老老实实地在床上躺上一天。无论他站着还是坐下，一双腿都像是出了毛病的手扶拖拉机排气管，突突突突地抖个不停。干枯的身体像一具骨骼标本，一米八一的身高压缩到了一米七一，现在不要说谢也夫或者哪个国民党特务，村里随便一个三岁的雄崽抢了他的拐杖跑掉，他也只有徒叹奈何。

整个温坊黑压压三千户人家，没有人知道这个满面皱纹佝偻着身体的老头儿年轻时曾有过一副何等英武的面孔，更不会有人知道这个腿脚不便的老头儿曾经是如何的睿智机敏，他不但能穿过一道道刀丛剑棘般险恶的封锁线而自己安然无恙，甚至在被敌人抓住关押之后还能从敌人眼皮子底下逃脱。人们不知道他的历史，也不知道他现在在什么地方干着什么工作，只知道他很有钱。他在村子里走着，见到哪个穿得破旧一点的孩子站在路旁，他就会摸出一块钱来给他。他把自己从北方带来的所有衣物和纸笔甚至手里提的箱子都一样样送了人，弄得自己只剩下一件破得送不出去的衬衣，晚上让人洗了白天接着穿。一个面泛黄疸的老汉挑了地瓜担子在山路边歇脚，准备把这担地瓜挑到朋口集上去卖掉，恰从这里经过的爷爷伸出拇指连比带画地向老汉表示，地瓜是他最喜欢的东西。这意见当然与老汉一拍即合，爷爷便摸出十块钱来递给老汉。老汉以为爷爷要买下整担地瓜，正在琢磨爷爷怎么拿，爷爷已经从担子上捡了两块地瓜走了。老汉喊着找他钱，他却像听不见似的，一瘸一拐地转过了山脚。这还不算，他拿出一万块钱来给温坊修了一条通向山外的能走汽车的路，接着又拿出一万块钱来给温坊买了发电机、电线和全部的电灯设备，居然让这个小小的山村在周围几县甚至县委都还没有用上电的60年代末期，就在夜晴的崇山峻岭中大放光明。两万块钱！这在那个时代对于全县都不啻一个天文数字。这样的壮举与今天无论哪个捐资几百上千万元修建一个学校一所医院的大款的善举相比都毫不逊色。

关于这个怪老头儿的种种传说，迅速地在温坊以及周围大山里蔓延。人们说，温坊有一个老头儿，出去了六十年，也不知做了多大的官，赚了多少的钱，现在老得话都不会讲了，心里却有数得很，回到山里来散银子那样，哗哗地掏钱。有人说，老头儿虽然在城里做了官，也已经又讨了老婆，——命薄的二奶奶早已死了，而关于奶奶的故事也早就没有谁还记得清，却过不惯城里的生活，否则的话，用惯了城里抽水马桶的人怎么还会想回到大山里来？在山里爬满蛆虫的厕所里怎么还下得去脚？还有人说，老头儿吃不惯城里的饭食，吃连城地瓜长大的人，哪里还吃得下外头的饭？到底还是连城的地瓜好吃。否则为什么老头儿回到温坊山里来，顿顿都要有地瓜？

为祖爷爷祖奶奶修墓厝的问题自然而然地出现了。

眼见爷爷在修公路安电灯这些公益事业上大把大把花钱的叔叔，对爷爷的做法感到了惶惑。这里必须插一句，二奶奶不在了，但二奶奶的儿子，我的叔叔，这时依然非常健康地活着，并且一直生活在老家的祖屋而没有从大山里走出去。前面说过，我曾经见到过这位叔叔。叔叔和父亲长得很不相像。叔叔瘦，父亲却胖，——父亲的肚子是身体诸部位中周长最长的部分。叔叔高，父亲矮，——兄弟俩不一样高本来也很正常，问题是叔叔和父亲身高不等得出奇，父亲只有一米六几，叔叔却差不多一米八○。这样两个身高在现代女人的择偶标准中是绝对不同的两个概念，一个可以认作出色的达标，另一个就得被归到半残疾里去。另外，父亲脸宽，叔叔却生就一张十分清秀的长脸。当然区别还有很多。父亲和叔叔的父亲是同一个人——爷爷，既是同一个人的两个儿子，差别何以如此之大？这个问题也曾让小时候的我们迷惑很久，后来才知道原来这原因很简单，因为他们的母亲不是同一个人。

父亲和叔叔出自不同女人的孕育，这两个女人是如此不同，父亲与叔叔的如同昼与夜的差别，自然就是可以理解的了。叔叔自从若干年前随着二奶奶从山外回来就始终没有离开过大山，因此命运在几十年的时光里把他塑造成了一个真正的农民，这就使得他除了与父亲有着截然不同的外表之外，他们命运及内心的区别更远远大于外表。叔叔种地、砍柴、挑谷、喂猪，一分钱一分钱地计算着过日子。他很少收到从遥远北方那两座城市寄给他的信，偶尔有从那里来的信，也总是在他连去三四封信后礼尚往来言辞平淡的回信，通常都是告诫他要安心务农，包括他的孩子，辈辈人都应安心在山里，切不可总是想着也要到城里来。他大概从来也没有见过二百块钱的票子摞在一起有多么厚，可是现在，爷爷当着他的面把两万块钱就这么连眼睛都不眨一下地扔出去了！叔叔感到了心痛，痛彻心扉地痛！

叔叔的心痛简直太可以被理解了，不要说叔叔，即便是我们在十年之后听说了爷爷的这次挥霍都感到了心痛。没法儿不心痛啊！就在爷爷大把大把撒钱的时候，我们有过多少由于没钱而从空中坠落的幻想！我们多想有一支漂亮的派克笔？多想有一副没有洞的不像捕虫网那样总是把球捕住的羽毛球拍子？尤其是二哥，多么想有一辆蓝色的凤头自行车？他的车技全城第一，可偏偏他的破自行车不争气，每当他想在男孩子们面前露一手的时候车镫子就掉了下来。但这都还是些奢侈的幻想，更加现实些的想法是我们多么希望能背上一个没有破洞的书包？穿上一条补丁不要太多的裤子？或者，吃饭的时候能够多炒上几个鸡蛋让我们一次吃个过瘾？能吃上一个完整的苹果而不是每次必须切成四瓣？……总之，想法还有很多，但都只是想想而已。我们很懂事，不会把这些想法说出来让父母和奶奶为难。但是，如果能有那两万块钱，情形就不同了。

两万块呀！

两万块是多少？是二十个一千，二百个一百，整整两千张十块钱！能让五个孩子快乐得精神失常的数字！

叔叔的想法一定也和我们一样。他理所当然地认为，既然爷爷这么有钱，总该先为自己家里做些事：祖屋应该翻修了，猪栏应该砌个新的。但是这些都还不算最最当紧，最最当紧的，是该将暴露在荒山野岭中几十年的祖爷爷祖奶奶的遗骨入土，然后建起一座墓厝来，像周围每一户人家做的那样。村里人都在骂了！叔叔告诉爷爷说。

叔叔的提议遭到了爷爷的"严词拒绝"。当然，爷爷不是用语言来拒绝的，爷爷在烂苹果的加速度中已经彻底地失去了语言能力，连断断续续几个字的发音能力都基本丧失了，爷爷的"严词拒绝"包括愤怒的呜呜声、狰狞的表情和类似杀人的手势，它们综合在一起的完整意思是：呸！

也许爷爷对于他的父母亲在他那么小的时候就不负责任地把他过继给了别人，以致他在别人家受尽白眼而终生不能原谅他的父母？或是由于只生不养造成爷爷对他亲生父母的隔膜？但后来我想，这样去考虑爷爷反而人为地把爷爷搞复杂了，实际上理由也许非常简单：在那个年代里，作为一个老共产党员的爷爷——当然也包括父亲和母亲——在修坟问题上表现出的无须商榷的否定态度是非常容易理解的，如果不是这样那就反而不可理解了。这就如同你不可以不爱国，你不可以偷窃，不可以说谎，不可以好逸恶劳一样，你不可以迷信。在他们看来，修坟等同于迷信。这是天经地义的，毋庸置疑的，除此之外，我找不出第二个理由。

爷爷抓出几张钱来揉成一团向地下狠狠一丢——当然，过后他或者叔叔是会把这几张钱捡起来展平收起来的——然后向叔叔吹胡子瞪眼地挥了几下拳头，表示这钱就是拿去丢掉，也不能做不符合党的政策的事。

叔叔自然是再不敢提第二遍要求，祖爷爷祖奶奶的坟就这么又搁了下来，再没有人提起。如同爷爷的一生都被蒙上一层迷雾一样，在这件事上爷爷的真实想法到底是什么依然没有人能够猜透。据叔叔的儿子后来告诉我，爷爷在以那样激烈的态度反对修墓厝之后，却一个人拄着拐杖歪歪斜斜去祖爷爷祖奶奶的金罂那里看了好几次。他用手扶着罂口，一站就是半天。

有一天，人们突然发现爷爷不见了。

叔叔这个时候恰恰去邻县亲戚家住了几天，并不在祖屋，因此爷爷的失踪有好几天没有被人发现。

最先发现爷爷不见的，是一个五岁的小雄崽。爷爷每天颤抖着双腿从小雄崽家门前过时，总要塞给他两块红心地瓜干。雄崽并不喜欢吃地瓜干，但爷爷一门心思地认为既是自己小时候爱吃的东西天下的孩子都必定爱吃。雄崽每天收了地瓜干去交给他的阿姆，他阿姆因此而攒了足足一篮子地瓜干，准备攒得再多一些拿了去喂猪的。爷爷还给过小雄崽好几个一块钱和水果糖，给小雄崽留下了深刻印象，坐在自家门边望爷爷便成了小雄崽每日的功课。小雄崽连着几日没见爷爷从门前过，便告诉了自己的阿姆，阿姆告诉了男人，男人又告诉了其他村人，村人们想想立刻都有感觉，是有好几日不见了这个怪老头儿。村人们先是觉得奇怪，后来越想便越觉问题严重，老头儿到底不是村里的普通人，万一出了什么大事，对县上也不好交代。于是村人们推举出了一名代表把这事报告给了县委，县委报告了地委，地委很快有指示下来，这老头儿可不是一般人物，县委必须立即派人去寻找。地委通知了县委，县委又通知了村上，于是立即成立了一个由地、县、村三级人员组成的寻人小组，通过一切关系分头寻找爷爷，同时向山里派出了几支由村人组成的寻人小分队，遍寻了山里的沟壑洞穴。

叔叔很快被人从邻县找回，带了一脸的恐慌和委屈。电报同时发往北方和爷爷有关系的两个城市，可是，和村人们的疑惑一样，没有人知道爷爷到底跑到哪儿去了。

当然不会有人猜得到。

爷爷一个人蹒跚地离开冠豸山，蹒跚地走到朋口，一个人颤巍巍地登上由长汀开往汕头的长途汽车，然后在汕头换乘上去广州的汽车。同当年一样，爷爷虽然已经老得讲不出话来，但对这一带交通地形了然于心。

爷爷手里拿着一个信封，信封的边边角角已经破损得起毛。爷爷把这破损的信封拿给许多人看，当然，十个人里面有九个人会拒绝他。他胡髭雪白，双腿突突发抖，眼球混浊，嘴巴里只能发出"啊啊"的声音，人们没有理由相信他是个正常人。爷爷在几乎没有任何人帮助的情况下，居然准确地找到了他所要找的地方，这显然应该归功于他当年干特科时打下的底子。

爷爷在辗转了几个地方之后，走进一家医院。医院的走廊和病房全都又黑又挤。在那个年代里需要医治的人很多，有因为各种各样疾病到医院里来的，有身体上的病，也有精神上的病，更多人因为打架受伤而来到医院。人们狂热地争吵以至斗殴，有人因打人而受伤，有人因被打而受伤，人们像"围剿"与反"围剿"中的白兵红兵一样杀得难解难分，即使血流满地仍格杀不止，直到奄奄一息被送进医院。爷爷从这些因各种原因来到医院的奇形怪状的人们中间穿过，终于来到他要找的那间病房。

病房的门被爷爷推开。病床上躺着一个形容枯槁的老头儿，比爷爷还老的老头儿。

这老头儿是莫雄。

在寻找爷爷的众多的人们中间，即使是最聪明最有想象力的人，也绝不会想到此时此刻，在广州这家医院的这间病房里，有他们到处找也找不到的爷爷。

这件事我是在爷爷去世之后许多年，在拥有了《莫雄回忆录》以后才知道的，按照这本书中人们的回忆，在那个年代爷爷和莫雄在广州有过一次见面。

见面的时候没有第三个人在场，所以没有人知道两个老头儿见面后是一种什么样的情景。

按照正常人的逻辑，他们两人见面后抱头痛哭了一场。他们太有理由哭了：首先他们为逝去的那段风雨无情的岁月而哭，为年龄而哭，为生死友情而哭，为那么多的战友都早已化作尘泥独独他们两个还活着而哭，为来日无多相逢难再而哭，为命运加在他们身上的不公而哭。和爷爷不同的是，莫雄虽然年长于爷爷，口却还能说。正是在这个时候，被称作"东南第一大特务"的莫雄对他的儿子们说："准备写一部回忆录吧，我口述，你们记。要让人们了解真实历史。不要在我死后，让子孙骂我是双手沾满人民鲜血的刽子手。我这里，"莫雄指心，"对得起人民，对得起共产党，对得起列祖列宗。"莫雄躺在病床上，见到爷爷像见到了党，像当年从庐山下来心乱如麻终于在德安公署见到了自己的同志，即使是坚硬如铁的汉子又怎么能不哭呢？

但他们也许根本没哭。因为按照正常人的逻辑去想象他们，本身就是一个错误。

他们不但没哭，甚至连话都没有说。他们像当年那样，无须语言，无须动作，只需互相望一眼就足够了。他们一言不发，只是默默相对而坐，那两张又皱又皱核桃皮一样老而变形的脸已经说明了一切。最后，他们把两双骨节僵硬而干枯的手搭在一起互相拍了拍，那意思是说："老伙计，闹闹哄哄折腾了几十年，这辈子就到这儿了，快完啦！咱们下辈子再见吧！"

之后。爷爷就走了。爷爷留给莫雄的，是一小袋上好的连城红心地瓜干。

就像是完成了一桩久萦于怀的夙愿。据说大限即到的人若是有什么夙愿尚未了结，一口气就会在人口里憋着含着，就会将死即死却总也不死，一旦这愿了结了，这口衔着的气吐出去了，人也就一下子完了。不知这说法有没有道理，总之，爷爷确实是在看过了莫雄回来后不久，就撒手西去了。

那一年的冬天真冷，非常冷。我们家的倒霉事总出在冬天。

爷爷的追悼会定在那年冬天的 12 月，在他生前工作过的东北的那座城市召开。

爷爷是在老家的大山里病倒的。在病入膏肓，已被确信为不能医治时，被送往东北他工作过的这座城市医治。因为按照那个年代的规定，他的医疗单位在东北。很快，他就在那里去世了。

我和最小的哥哥陪父母亲一同去了东北。

按说这事是根本轮不着我去的。我们家中长孙孙子一大堆，而我既非男孙，更非长孙，我只是个孙女，还是排末的，中国人挺讲究这规矩。当时为什么会让我去都已经想不起来了，我想这纯粹是个偶然，好像那时候我们家的长孙和孙子们天南地北的都不知道窜哪儿去了，而恰恰在那个时候我和哥哥从部队回来探家，于是就由我们顶上了长孙次孙的缺。

我这个最小的哥哥自二十年前把我和他自己从身为魔鬼的爷爷的觊觎下拯救出来后不到半年，就完全忘记了他对我的警告而开始大吃大喝，——按大人们的说法，他大概开始"抽条"了。小时候赶上了三年自然灾害，红薯叶子榆钱槐花塞了一肚子，一旦能敞开吃便再也控制不住，对魔鬼的恐惧终归抵不过强烈的饥饿感，每顿饭他都要把自己撑得几乎昏死过去，瘫在椅子上半个小时起不来。这样子地一路吃下去，他的前途自然是可堪忧虑的，结果是他自己很快地便膨胀成了他过去常用来形容我的那种东西：猪。开始我常常怀着一种怜悯望着撑得瘫倒在椅子上的哥哥，担心着不知哪一天的深夜在窗外一阵狼哭鬼叫之后他便消失得无影无踪，——要知道既然爷爷可能是吃小孩的魔鬼，那天底下这样的魔鬼就肯定不会只有爷爷一个。好在他居然一直安然无损，居然忽忽悠悠地最后长成一个身材挺拔面容俊秀的十八小伙儿，并且依然是聪明绝顶，凡事还添了点预见性。我在部队评上了五好战士，他在信中提醒我"木秀于林，风必摧之"，"福兮祸所伏，祸兮福所倚"，果然不久我便遭了小人暗算。我情绪低落时他又写信告诉我"文王拘而演周易，仲尼厄而著春秋"，"凡事大可不必喜怒形于色，炼玉须烧三月满，辨才有待七年期。处变而不惊，韬光养晦方成大器"，甲乙丙丁一通儿云山雾罩，我谨遵其嘱，果然不久便被提升为军官。我对我这位小哥的聪明才智哲人风范一度佩服到无以复加，但不知怎么回事，他自己到后来连个排长都没混上便被复了员。

"这回，该见到那个奶奶了。"

在我们把行李在宾馆里放下的当儿，小哥很有把握地说。

我在叫她"奶奶"这个词儿的时候迟疑了一下，——我们是当天晚上在宾馆见到她的。

叫她为"奶奶"，一则因为有母亲的命令，二则出于礼貌的约束。我们毕竟是被各种礼念教养熏陶训练了十几年的现代人。但我迟疑的那一下，却完全是出于我自己内心的复杂。从本心来讲，如果不是有以上两点原因的约束，在见到她的时候我宁肯把脸扭过去。尽管奶奶此刻在远离我们几千里之外的另一座城市，这里发生的一切她都不会知道，我依然不能背叛她。我固执地认为，如果我对另一个女人叫了"奶奶"，就是对我亲奶奶的背叛。现在的人们很少有我这么死心眼儿的了，哪怕一个毫不相干的人，只要对他们有蝇头那么大的小利，你让他叫爷叫亲爹他都干。可那时的我就是如此。记得当年看《沙家浜》，当看到剧终，阿庆嫂面对被惊得目瞪口呆的胡传魁字正腔圆一板一眼地挑明"我是中国共产党党员"时，我都有一种某某人背叛了某某人信任似的不自在，心里头"咯噔"一下。按说这情绪实在不对头。要知道胡传魁是敌人哪！对敌人尚且如此，何况对奶奶？现在想想，我们之所以被归为"客家"是有充分理由的，忠诚和不轻易改变信仰，是客家一个重要的秉性。我在叫她的时候之所以迟疑还有着另外一个原因，是因为她的外貌与我头脑中奶奶的概念相比，差距也太大。在我的概念中，奶奶，永远应该是脑后盘着一个规规矩矩的髻，一副乡下女人打扮的老年女人。而她不同。她穿一身青色咔叽布中山装，戴眼镜，留一头母亲那样的短发。在那个年代里，这样打扮的人是不大适合被称为"奶奶"的。如果我不认识她，走在大街上，如果不是在这样一个特定的场合，不是被命令，我是一定会管她叫"阿姨"而绝不会叫"奶奶"的。她不大讲话，也许是因为生疏，也许是她察觉到了出自我和哥哥的冷淡，——这警惕是双方的。她的脸上，一张作为南方人标志的微凸起的嘴总是沉默地闭着。一眼就可以看出，她属于朴素的、诚恳的、不事张扬的那种人，这种类型的人正是我所喜欢的。可在当时我并不喜欢她。

没有别的原因。因为她，我的奶奶不能来。

她无儿无女，当然也就无孙。这一点，我在事先早就知道。在见到了我和哥哥并接受了我们的称呼之后，她的眼睛为之一亮。我敏感地捕捉到了这个眼神，并且猜到了那里面为什么会为之一亮。我知道，我和哥哥尽管称不上沉鱼落雁、俊逸倜傥，但作为我们亲奶奶的孙子，作为两个具有标准身高的穿军装的军人，哼哈二将般地在奶奶的儿子儿媳妇身边那么一站，用"神气"两个字来形容总算不上过分。如果她，我指的是这里的奶奶，当年留下个一男半女的话，她的孙子孙女也该有我们这么高大了。我有意地使自己更神气一些。

最初见面的尴尬过去之后，我们吃饭、散步、谈话，我总是有意无意地提到奶奶，留在另一座城市里的我的亲奶奶。奶奶现在该吃饭了。奶奶现在该洗脚了。奶奶一个人在家没有人给她量血压怎么办？这儿的皮背心好像很便宜，回去时给奶奶买一件……每当这时妈妈便会在桌子底下给我一脚或狠狠瞪我一眼，我却装作没感觉。我那两天格外迟钝。我们全都不动声色。而过不了一会儿，我又会无意似的提到奶奶。而奶奶——这里果然出现了我一直担心的问题，在称谓上不可避免地开始出现了混乱。解决这个问题只能用一个办法，如果从现在起不特指"我的奶奶""亲奶奶"或"家里的奶奶"，那就是指在这里的这个奶奶。她始终不动声色。她的脸上没有任何承受不住或表示不满的表情。她只是默默地吃，默默地听，然后，默默地离开。

她还真行。我想。毕竟是经历过革命历练，枪林弹雨过来的。

我置母亲的一再叮嘱于不顾。临来前母亲就再三交代，由于关系复杂必须谨言慎行，我却无论如何克制不住深埋于心中十几年之久的类似复仇的心理冲动。我承认这心理委琐，不光彩，并且也不公正，可它存在。你可以批判它、攻击它甚至否认它，可无法取消它。就这样，连我自己都意识到了，我成为一个麻烦被母亲带到了这里。

晚上，东北的白毛风尖啸着在窗外呼叫起来的时候，长辈们聚集到客厅里去磋商一件大事。我和哥哥虽然没有资格参加，但事实上我们在隔壁听得一清二楚，因为那房子几乎不隔音。

他们讨论的核心是花圈上的署名问题。我们有那么多的奶奶，爷爷有那么多妻子，而且，关键是她们之中有两个现在都还活着。

"知道吗？奶奶哭了。"哥哥语调沉痛地告诉我。

不用问我也知道，哥哥指的是家里的奶奶，我的亲奶奶。只有亲奶奶才能使哥哥语调沉痛。我的心顿时像被什么东西狠狠地锉了一下。

奶奶在从父母亲那里得知爷爷去世的消息的时候，同往常谈到爷爷时一样，没有任何表情。她既没有表示震惊，也没有表示悲痛，只是，她再没有像以往那样在听到爷爷的名字时骂一声"那死人！"然后她该干什么干什么，干完所有她该干的事情之后，就转身到厨房里去了。奶奶的这个反应，好像她听到的消息并不是她的丈夫的去世，而是猪肉下月涨价或者银行利率下调，虽然这消息算不上好但也绝对犯不着难过。奶奶的反应既然是这样，本人连点悲痛的表示都没有，别人也就没有了任何安慰她的必要。这倒使所有人都感到了轻松。这意味着一切可以照常进行，而不必在这种原本很麻烦的事情上再搭太多精力。在所有家庭那里，老年丧偶都是一个使儿女们怵头的事。想想吧，儿女们既要承担自己那份悲痛，还得费出多得多的精力去抚慰留下的老人。遇上老人达观平和还好，若是遇上一个又哭又闹、乖戾狭隘恨不得全世界都得围着他转的老人，儿女岂不要被活活剥去一层皮？奶奶这倒好，不但不悲痛，连一滴眼泪一个要求都没有，只是谁都不理进了厨房。

厨房对于奶奶来说，犹如书房之于父亲，白宫之于总统，奶奶几乎大部分工作及其喜怒哀乐都在那里得到实现和化解。当奶奶把一盘盘美味佳肴从厨房里端出来摆在桌上时，那是她工作和存在价值的一种完美体现。厨房的锅碗瓢勺都是她倾诉和发泄的对象，当奶奶被哪个孙子气着了的时候，锅碗瓢勺们会代替她发出情绪般的响动；而奶奶高兴的时候，锅碗瓢勺们也会愉快的叮叮当当，悦耳动听。奶奶遇到了什么重大问题，总是第一个想到进厨房。当奶奶把厨房门重重一关的时候，那声音便犹如"游客止步"或者"仓库重地闲人免进"之类的告示，神圣而有警诫作用，不相干的人没事就最好别往里瞎闯。

可是那一天，奶奶自进了厨房把门关上之后，一直没有任何响动，锅碗瓢勺们安安静静地各自待在原来的地方，直到暮色笼罩，直到晚饭时间已过也没有挪动位置。那天的晚上，奶奶破天荒地第一次没有按时为全家做晚饭，甚至连通知一声都没有，这在以往是从来没有过的。奶奶即使是在发高烧起不来床的情况下，也是从来不误全家人开饭的。父母亲终于有了些担心，便叫哥哥去看看奶奶在厨房里做什么。

哥哥蹑手蹑脚走近厨房，隔着玻璃往里看，见奶奶一个人静静坐在黑暗中的小马扎上。听到厨房门外传进来的动静，奶奶撩起围裙擦了擦眼睛。哥哥听到从奶奶坐的地方传来一声想抑制但没有抑制住的啜泣。

就只这么一声啜泣，再没别的了。并且在那之后一个小时，奶奶开出了晚饭，质量和味道都一点不低于往日的水平。

换了在别人那里，这样一声轻微的啜泣简直不能算回事，连情绪都谈不上。

但现在哥哥却大惊失色，不知如何是好了。

哥哥从没有见过奶奶哭。不光是哥哥，我们谁都没见过。对付动不动就号啕大哭的人好办，你可以用同他一样激烈的方式去对待他，冲他喊叫，摇撼他，或者，陪着他一块儿哭，一块儿骂。可是，面对一个从来没哭过的人的眼泪和他压抑住的情绪你能怎么办呢？你的任何一点表示都可能比他还要惊慌失措。

哥哥是比我早一天从部队赶回家的，所以那一天的情景我没有看到。

我望着哥哥，什么也没说。尽管我没有面对奶奶，却和哥哥同样感到了一种说不出的难受，一种被什么堵住了的感觉，那东西堵在眼睛里、喉咙里、心里，那东西沉甸甸的，很重很重。

奶奶哭了？难道十几年来我们对奶奶和爷爷的理解完全错了？我们自以为那样了解他们，其实我们可能什么也不明白？我们曾经那样地替奶奶复仇，可我们做的究竟是不是奶奶要我们做的？世界上有那么多的人，数不清的人，这些人偶然相遇或者天天擦肩而过，却全然没有任何干系，但一个人一旦和另一个人缔结了某种关系，便爱也好恨也好，感情就像埋在地下的根纠纠葛葛一辈子也缠不清了吗？一个人可以一辈子恨一个人，但临到他死了还是会哭，难道直到这时候他才明白，他并不是真的恨那个人吗？可是反过来说，为一个人哭就一定是爱这个人吗？是恨是爱谁能说得清楚？人这东西真怪，怪得你永远无法说清。

我为奶奶的难过而难过，为奶奶觉得心里发堵。奶奶只能躲在厨房里一个人偷偷地哭，却不能到这里来，就是因为这里还有另一个奶奶。为着这个奶奶，奶奶六十年来就像一个没有名分的人那样活着，她在苦苦等待了四十年之后，终于连这样一个毫无意义徒有虚名的机会都没有给她。

几天来所有的忙碌都为着这一时刻，现在，这一刻到了。

灵堂中央躺着爷爷的遗体，上面覆盖着党旗。正面墙上一面高三尺宽两尺的镜框，里面固定着爷爷从壮年步入老年之前的某一个瞬间：瘦削，冷峻，嘴角抿着，眼神中透出两点不易察觉的狡黠。

那是爷爷吗？我有点吃惊，因为我从来没有注意过在爷爷的相貌中居然有过这样的瞬间，在这个瞬间里爷爷真正当得起英俊二字。

爷爷的遗像下面一排并列几个花圈，中间的那个花圈是我们家的，挽联落款上这样写着：

妻某某某　儿某某儿媳某某率众儿孙某某某某敬挽

妻某某某，是我亲奶奶的名字。

旁边一个花圈的落款写着：

战友某某敬挽。

那是我这里的奶奶的名字。

这便是昨晚客厅里那场磋商的结果了。我想起昨天晚上客厅里传出的这里的奶奶的声音：我还是以战友名义吧。

那声音异常沉静，像是在说一件最普通的事。吃饭了吗？吃了。没吃。就这么回事，不带任何感情成分。

我轻松地吐了口气，为我的奶奶，还为了些说不清道不明的东西。不管怎么说，如果奶奶知道了，她的名字此刻正被堂堂正正地以妻子名义写在花圈上摆在这里，这无论如何都该算是对那四十年苦苦等待的一点补偿。

人们已陆续到齐。

几乎全场人的注意力都集中在我们身上。这是我生平第一次以亲属的身份参加追悼会，仿佛自己是件出土于东汉年间的什么文物被摆在这儿让人参观似的，在众目睽睽之下浑身不自在。

我偏过头去看了看哥哥。他昨晚上把军装叠好在枕头底下压了整整一夜，今天效果极好。我突然发现哥哥是个蛮英俊蛮帅的小伙儿呢，而且不知道什么地方有点像……爷爷。此刻他正站在离爷爷最近的地方，把八十公斤重的身板儿挺得笔直，一脸肃杀之气。我想，他现在再也不会担心爷爷来吃他了。

不知为什么，我站在那儿就是悲痛不起来。我知道这不应该，很不应该，既不合常情也不合伦理。你是这个人的孙子，你就应该悲痛，哪怕你内心谈不上有什么真正的悲痛，但既然被作为一件展品摆在这里，你就有义务摆出悲痛的样子来让人们参观，这是一道程序，就像农村里的人们常做的那样，——如果为死者哭灵的阵容不够强大，还要花钱请一些不相干的人们来助阵。那些拿了钱被请来为死者哭灵的人们的悲痛都会比我显得更真挚一些，何况我是死去的这个人的亲孙女呢？这实在说不过去。我陡然发现感情这东西是无论如何掺不得假的，比方说我想我至少应该稍微有点表示，比方说试着流两滴眼泪？可是不行，那种感觉迟迟不来，甚至不如小时候一次考砸了的期中测验之后的悲伤，为此我甚至感到了一种恐慌。我突然怀疑我的这种对一切事物的冷漠，是不是也与躺在面前的这个人有着某种关系？如果真是这样的话，那就无药可救了。

接着，我对面前那片黑压压的人们的诚意产生了怀疑。爷爷生前绝不会有这么多的友好，因为爷爷真正的生前友好已经基本上都死光了。我当然清楚这些人大多数是各个单位组织起来到这里来凑数的，就像我曾经被凑过数去参加别人的追悼会一样。我想这些人们更多的是把这当成了一次聚会，平时这么多人要真聚到一块儿也不是太容易呢！我亲眼看见他们在进门的时候是如何的兴高采烈，他们握手作揖拍肩打背，响亮地说着话或吐痰，交换着太极莲花交谊舞扭秧歌的心得以及各种延年益寿的诀窍，询问着自己的儿子女婿在对方的部门里混得如何，然后从孙子的生辰八字一直扯到老伴儿的痔疮和脚癣。那些年轻点的，据说到这儿站上半小时回去一人补助十块，自然心情十分愉快，加上告别大厅地面质量很好，平滑而宽敞，有的脚下居然蹭起了舞步。真正面露悲色的是几个耄耋长者，但那悲痛多半也是为着自己，为自己说不定什么时候就会像面前这个人一样被造物者召回而惶惶。他们全和他们前来吊唁的这个人没一点儿关系。

可是我又凭什么要求他们有诚意呢？就连我自己，不也说不上有什么悲哀吗？我只是像一个局外人似的对另一些局外人的麻木不仁在心里感到愤慨。

奶奶呢？我忽然想起了这里的奶奶。

她在哪儿呢？她应该在哪儿呢？她总不会在宣布开始的一刹那猛不丁站到我们身边来吧？这可真不好说，谁能保证她在昨天晚上说的话不是权宜之计呢？利用死者大闹灵堂解决待遇、身份以及种种复杂名堂的事，不能说非常普遍，至少是毫不足怪的。许多人都明白，利用这种时机提出一些苛刻要求是一个绝好的机会，否则遗体就别想拉走别想火化，这个名堂她难道就不明白？我担心起来。

我的眼睛开始缓缓四下扫描。在一群上了年纪的官员们中间我发现了她。

她站在那儿，一身素服，黑衣黑裤。显然她没有哭，没有悲哀，干脆说，一丝表情也没有。与周围人唯一不同的是她不说话，不跟任何人说一句话。

战友就是战友。我放心了。战友就是这个样子。

她一动不动地站在那儿，非常安静，似乎已经陷入了自己的冥想世界。看上去她不会做出什么令我们大家都尴尬的事了。

　　其实每个人心里都明白，她完全可以堂而皇之地站到这里，甚至站到比父母亲还要靠前的位置上去。你最担心的一定是你最无奈的事。你没权利拒绝她站上来。在爷爷的众多女人中，她是唯一有证为凭的合法夫妻，是受法律保护的，这一点完全不以哪个人的爱憎为依据。这就是名分。没有名分是不行的，干什么都得有名分。你不是他儿子，你就没有权利在那个被称作父亲的人家登堂入室脱鞋上床，哪个亿万富翁死了，那钱一分也到不了你手里。没名分不行。那个每句话都被中国人奉为金科玉律的老夫子说得一点不错：名不正则言不顺，言不顺则事不成。两千五百年了还是这个理，别说名不正则言不顺，名不正连哭都不顺。现在，这个名分是属于她的，结结实实属于她的。前面已经说了，正因为这个名分属于她，我的亲奶奶四十年来才只能像一个没名分的人那样屈辱地活着，明明有一个男人，一个丈夫，有一个跟她共同生养了四个孩子的男人活在这世界上，奶奶在户口簿配偶一栏上却只能填"无"，连填"丧偶"的资格都没有。从这个意义上说，今天我们能够理直气壮站在党旗的最前面，完全是因了她的宽容大度，是她出让了自己的名分和权利。

　　按照投桃报李原则，我们是不是也该表示一种大度呢？可是，如果真要让她站在这里，就只能将我奶奶的名字一笔勾销。而如果否认了我的奶奶的存在的话，那我父亲，我母亲，我哥哥，我，以及我们家那一大堆未出面的孙子孙女们活活地杵在这儿算是怎么回事呢？

　　全让爷爷搅乱了。

　　他老人家此刻睡在那里倒十分安详，鲜红的党旗动也不动。

　　哀乐奏起来了。缓慢，悲伤，沉重。

　　哀乐声中，我仿佛看见一队黑衣人扶着一架灵柩。他们戴着铁制面具，穿着厚重的铁靴，踏着那乐曲向前。他们走得缓慢、悲伤、沉重。

　　哀乐如同引导泉流的水渠那样，从我心中陡然引出一股哀痛。我明白，这哀痛不是由于爷爷，而是由于哀乐本身。哀乐的功能就是专门营造死亡氛围，它用它沉痛的旋律牢牢抓住每一个人的神经，迫使人们把念头集中到一个主题上，这就是死。在哀乐营造的那样一种环境那样一种氛围下，很少有人能够做到不哭。人是一种太容易被感染的动物。

　　哀乐声中，一个陌生的声音讲起了爷爷。这个陌生声音对爷爷的了解居然远远超过作为爷爷家人的我们。陌生的声音告诉我们和人们说，爷爷将毕生的精力投入了中国人民的解放事业，他担负过许多重要的使命。由于他出色的情报工作，使党和红军避免遭受重大损失。他九死一生，多少次使组织化险为夷。他一生艰苦朴素平易近人……

那个陌生的声音里注满了感情，这感情打动了我。爷爷的一生被那声音罩上了一层神秘的色彩。从人们望着我们的眼神中，我解读出藏在里面的缕缕好奇和崇敬，这些普通的、不相干的人们此刻的感受，与我恰恰合拍。这些人们绝不会知道，在他们第一次听到这个人的传奇故事的时候，在他们面前站着的这个人的孙子孙女也是第一次听到。爷爷几乎被那个陌生的声音神化了。在哀乐声中，你甚至能体味到一种神圣——充满宗教意味的牺牲的神圣。

我抬起头来，看着墙上的这个人。他此刻也正盯着我，鹰一样犀利的目光中透出一丝温情，那是这个人眼神中从来没有过的。那丝温情扯着了我内心深处的什么东西，一股浓浓的旋流从心灵深层缓慢而有力地涌动起来，慢慢上升，升到眼眶那里时，它们湿润了。

哀乐奏到最高潮，一下下像砸在人心上。

爷爷最后一次被人抬起，来到那座巨大的里面喷燃着熊熊烈火的炉子面前。

透过缝隙，可以看到里面燃成白炽的火焰，一扇黑门将它们牢牢锁住。

每个人最终都将通过这扇门走向另一个世界。人们本能地拒绝和排斥进入这扇门。为了推迟进入这扇门的时间的到来，人们挖空心思，健身滋补苦练气功，把半生积蓄丢进制造长生不老药的骗子们的口袋。然而拒绝也好，恐惧也好，挖空心思滞留一些时辰也好，统统没用，那个时刻该到来的时候就会到来。而这座如同巨大天体中黑洞一般可怖的门，将以它无法抗拒的磁力将所有走到它脚下的人——吸入。

我们被允许隔着玻璃与爷爷最后一见。

党旗揭开，是爷爷雪白的头，脸是白的，头发胡须都是白的，白得像具蜡做的假人。

我已是许久许久没有见到他了。他不但完全不像遗像上的爷爷，几年以前总与我们怄气的那个爷爷也几乎消失得看不见了。他是那样苍老，仿佛在一条山路上跋涉了一生，早已走不动了，却还得走，粮食和水都没了，却还得走，直到口干舌焦筋疲力尽倒地而死。他的皮肤都干瘪了，面颊深深地陷下去。覆盖他骨骼的没有肉，只有这层皮。他一定是经受了很多痛苦才闭上眼睛的，这痛苦有的来自肉体，更多的则来自精神。他的妻子有两个还活在世上，儿孙们一大堆，在他去世前却没有人守在身边。他的一生看似浪漫却孤独到极点。我想到了在以往岁月中我对他的种种敌意和刻薄，便生出一种深切的悔恨，而且由于知道这悔恨已无法弥补时又转而成为一种巨大的悲痛。我后悔，后悔自己没能在他活着的时候待他哪怕稍微好一点。

你爱他也好，恨他也好，再过一刻，他便将从这个世界上真正地消失了，连具没有生命的尸体也不会留下。

喷吐着白炽火焰的黑门缓缓地打开了。

我捧着骨灰盒走进灵堂。爷爷的骨灰将暂时放在这里。骨灰最后安放在哪里，将遵照死者的意愿由他的亲人们执行。而爷爷对于自己的骨灰没有留下任何遗嘱。

一股温热透过盒子舔着手心，我有一种异样的感觉。我无法相信这就是爷爷。刚才那个身高一米八一的爷爷，只眨眼工夫便被全部浓缩在这只盒子里了吗？

骨灰盒是我们挑选的，楠木制作，上面还有贝壳拼镶的花纹。

父亲，母亲，哥哥和这里的奶奶，还有其他一些什么人跟在我的后面。拱形穹顶的骨灰存放室高而空旷。皮鞋敲击着水泥地面，笃笃地发出沉寂悠长的回响。

这里是人生最后的终点。

整整一面被划分成无数方格的墙壁已被先来者占满，密密麻麻有如佛龛。爷爷只能被放在最上一层了。

有人轰隆隆推来一架梯子。梯子是铁制的，能升能降，但支架和横踏都很窄，悠悠升上去足有三米多高。我得抱着盒子爬上去，把它放上最高一层。

脚一踏上去，梯子便发出咯吱咯吱的叫声。梯子已经很破旧，所有部位的螺丝都松了。我爬的姿势很有些笨拙，弯腰弓背，一副随时准备粉身碎骨的架势。说实话，我有点心虚，还有点恐高症，尤其是我对这梯子的牢固程度不太信任。我对梯子、扶手以及悬崖上敷设的栏杆永远有一种不信任，何况脚下是这样一架梯子。

总算爬上去了。梯子的顶部有块一尺见方的平板，我坐在上面稍事喘息，抑制了一下不太平稳的心跳，然后重新站起来，双手平举，把骨灰盒放进存放栏中。我看看下面的人们，大伙儿都没什么异议，这件事就算办完了。

像是乘着一条不熟悉的船驶过一条不熟悉的航道,现在总算靠了岸。大家终于松了一口气。人们开始慢慢向外走,并开始说一些与死亡无关的话题。

我却走得很快。

我急于走出这座灵堂。说不出为什么,我只是不喜欢这种地方。它太压抑、太幽深,充满一股阴晦的死亡之气。我走得很急,而且绝不左顾右盼。我只想出去,哪怕外面什么都没有,只有阳光。

就在这时,灵堂深处裂出一声骇人的长号。

我唰地转过身去,毛发耸立。我的第一个反应是谁在惨叫,但立刻明白了那声音不是叫,是哭。

一个全身黑衣黑裤的人像只猴子那样敏捷地攀上了铁梯,铁梯在剧烈的撞击下哐哐地摇撼起来,仿佛随时都会坍塌。那人毫不理会,径直爬到梯顶,伸出手去从墙上掏出那个刚刚被我放上去的余温尚存的骨灰盒,一屁股坐在梯子顶端号啕大哭。她哭得那样放肆,那样不管不顾,那样理直气壮,那样让人……揪心。

那人是奶奶,我的在这里的奶奶。

人们纷纷调头跑回去,将梯子团团围住,像围住一起车祸现场。我却没有再回去。

我想我比谁都更清楚这点。我知道人在悲伤压抑得太久之后的恸哭是最劝不得的,越劝就会哭得越厉害。我不会去劝她,我只想马上离开,我以比刚才更快的速度飞快地向相反方向跑去。我知道这是我可以不让她哭得更厉害的唯一方法。因为——我也哭了。

十一

梁缓缓地放上去了。

四个脱去了上衣的精壮小伙赤着臂,在一个中年汉子的指挥下合力抬着这根直径一尺半的粗大木梁。四个小伙随着口号声一齐使劲,那梁便稳稳地一点点升高,直到平平放在还没有上顶的墓厝两面墙的正中。小伙子们的力气用得如此均匀,你完全有理由相信,在抬着的梁上即使放上一碗水,也绝不会洒出一滴。

梁被架在墙上的同时,鞭炮噼里啪啦齐齐炸响。

客家的鞭炮本来就出了名的厉害，在这大山里声音更亮了几倍，炸鞭的回声从四面八方山壁直直弹射回来，像是万枪齐发。

祖爷爷的墓址选在山上。这山是冠豸山的一个侧峰，墓后枕着万木森森的青山，前面是清冽环绕的冠豸河。祖爷祖奶的遗骨连同金罂一起砌在墓中，墓外又围起了一座坚实牢固的厝。七十年了，一想到老人们终于可以躲开毒日的暴晒和风雨的侵袭，安安稳稳地在土中长眠，我的心便像泥土一样地踏实。

一股新鲜的松木香味从崭新的、被刨子刨得又光又平的梁上钻入我的肺腑，我第一次发现，松木的味道竟是这么美妙！我感到胸口有一股说不出的舒畅。

鞭炮声变得绵密起来，热情的乡亲们，他们放起鞭炮来就是这么不管不顾，这是他们贫穷日子里的一点简单的快乐，你绝不能责怪他们，也不可惊慌失措。我咧开嘴，傻乎乎地和他们一起笑着说着，尽管彼此谁也不知道对方在说些什么。我发现客家人的鞭炮比北方人的还勇猛和刚烈，五千多响一卷的鞭炮像一条条暴怒的巨蛇，同时在十几支竹竿上抖跳着咆哮着，把所有人的面孔和声音都淹没在它的烟尘和喧嚣中。你看不清任何一张脸，你也听不清任何一句话，你只能觉得这一片响鞭把七十年的往事全都抖响了，抖炸了，遥远又贴近，模糊又清晰。你的眼睛潮润了。这片土地上的人一下子全都拥到你面前，这其中有三叔公，有细妹，有每，有奶奶。但是爷爷，爷爷在哪儿？我四下寻觅着，最后，我仰起头来，在梁上，在一片耀眼的阳光瀑布般泼下的地方，我看到了一个身形瘦削腰背佝偻的老人，就在我不能确定那是不是爷爷时，更浓的烟团围拢上来，我被呛得说不出话也听不到别人的声音，甚至无法自如地呼吸。有那么一霎间，我觉得自己似乎已经融进了那群迎面向我走来的人们。

突然，如同一声霹雳，一枚单响的鞭炮脱离开竹竿飞溅过来在我耳边炸响。我不知道我是不是"啊"地叫了一声，因为就在它炸响的瞬间我什么都听不见了，只觉得鞭炮纸屑从天上纷纷坠落，撒了我一头一身。我的耳朵和脑袋嗡嗡作响，一时什么声音都消失了。我看见吹鼓手们鼓着腮帮子在吹，孩子们在叫，乔纳隔着两个人大声地对我喊着什么，可我只看见他的嘴巴像鱼的嘴那样开张关合，一个字也没有听见。

我想我确实被这声巨响震蒙了。有好一会儿我怀疑自己究竟还有没有可能从这种失聪状态中恢复过来，直到我听到了那丝声音。

我听到一线细若游丝的声音从远远天边传来。细细分辨，那声音有点类似江南的丝竹管弦，缓慢轻柔，飘逸空灵，丝丝缕缕若隐若现，伴随着这丝仙乐，伴随着尚未散尽的硝烟的气息和新鲜松木沁人心脾的香味，我突然有了一种感觉：始终盘踞在我头颅中的、像牡蛎吸附在礁石上一般牢固的头疼——它们是在从我上飞机的时候开始，在上山的路上一点点加重最终把我重重包围住的——正在潮水般一点点退去。真的，它们在退去。那声鞭炮仿佛炸开并疏通了我头脑中长期被堵塞的某一根血管或者某一个通道，使得血流变得顺畅，郁结已久的病气被冲散。它们退得那样快，只一会儿，我便感到神清气爽，像服过药以后大睡了一觉那样，甚至比服药的效果还要好。我完全恢复了，恢复到如同刚刚降生到这个世界上时的我，没有一丝痉挛，没有一处病痛，那样地舒展自如，完好如初。

我惊奇了。我知道发生在自己身上的变化不是一般的变化。它是一种奇异的变化，只有奇异的力量才能使人产生这种奇异的变化。我望着天空，望着周围的群山，我多想告诉奶奶，您讲的关于这片神奇大山的一切全是真的，不是迷信。真的，我就是证明。

是吃晚饭的时候了。

叔叔的儿子非要拉我去家里吃饭，说是他们为此已经准备了一天，不去是无论如何说不过去的。于是我拉了乔纳一起，去了仍然在山上的我家的祖屋。

只凭感觉我就能知道，老家同几十年前没有多大变化，眼前的一切和我凭着资料想象出来的几乎没有区别。祖屋还是爷爷奶奶在的时候的老样子，梁和木椽都已经破旧，漆早就剥落没了，所有的木头都已露出本色，木料上的纹路丝缕可见。烧火还是用灶，还是那样又大又黑的锅，炉膛里点的也还是柴，并且在天井里扣着的，仍是人窝头那样形状的鸡笼。鸡笼已经很旧了。当年用来扣父亲的就是这个鸡笼吗？我动情地想。于是，我从各个角度为鸡笼拍了许多照。

叔叔已经在前年就去世了，比父亲还早走了好几个月，他们是继爷爷之后的那一代人中最后走的人。现在祖屋里住着的是叔叔的儿子一家。只一会儿工夫，天井里就聚满了大大小小的孩子，圆睁着惊奇的眼睛看着我们。他们穿的衣服可能比每的那个时代好一些，但仍很破旧，我把带来的一些小玩意儿分发给他们，都是一些不值钱的东西，什么小手镯啦圆珠笔啦，但他们如获至宝地捧在手里，仿佛从我这里得到了什么天大的宝贝，眼睛里充满快活的光。他们看着我，充满钦佩和依恋，我心里却浮上一股说不出的难受。我本来该和他们一样，完全一样，可现在我似乎成了施主，高高在上。

餐桌上摆着几大盘典型的客家菜。烧笋干，白斩鸡，霉干菜烧肉和酸菜芋子。用不着叔叔的儿子做任何介绍，对这些菜我肯定比他还熟悉。令我惊异的只是远在几千里路之遥的北方，当年的奶奶就算有再熟练的烹饪技术，又到什么地方才能搞到地道的客家菜原料呢？那个时候在我们家的餐桌上，同样常常摆有烧笋干、白斩鸡和霉干菜烧肉，味道和叔叔家桌上摆的简直一模一样。只可惜在奶奶活着的时候我还没有和她探讨这个问题的意识。

因此尽管叔叔儿子家的餐桌极其简陋，菜上还停停飞飞着殷勤的苍蝇，我却一点没有介意和嫌恶的样子，面对着这几盘奶奶的客家菜我感到了无比亲切。重申一遍，我这既不是客气，也不是礼貌，而是发自内心。一个人只有爱上了什么，才会即使它有缺点也不会嫌弃它。在喝过两道又苦又涩的工夫茶后，乔纳顽皮地举起了筷子，考问我：

"这是什么？"

我佯装不知，反问：

"你说呢？"

"箸。念'助'，帮助的'助'。"

这个老外可真行！叔叔的儿子孙子们都惊奇地停下了手中的箸，他们没法儿不惊奇，一个外国人，不远万里来到中国，不但吃得下客家菜，还知道他们这里把筷子叫箸！

乔纳得意地两眼眯成一条线，我接着问他："你能在中古汉语中找到这个字吗？"

乔纳正准备把一根笋干送到大张成"O"字形的嘴里，听到我的问题，这个动作便僵固在那里了。

我小小地震了他一下："李白有一首《行路难》，'停杯投箸不能食……'"

乔纳一拍桌子，笋干掉在地上："'拔剑四顾心茫然！'"

叔叔的儿子更惊奇了，不知道我和这个老外在对什么暗号。

看着两根笔直的箸，我却想起一个两腿弯弯的人。

上次回来的时候我还不知道有这么一个人，而现在从资料上我对他已经很熟悉了。就是那个人，那个后来发家发起来却死了老婆的人，那个罗圈子。

没人知道罗圈子。叔叔家的孩子们听到这个叫法，都偷偷捂住嘴笑。他们觉得这个名字挺有趣，而他们更奇怪的是我，一个远在几千里之外的京城里的人，会打哪儿听说老家有个叫这么个古怪名字的人。

倒是请来帮助烧菜的一个远房婶婶，一边忙里忙外地端饭上菜，一边漫不经心地就把那个惊心动魄的故事讲给了我们。

"哈！亏你还能想起他！早几辈人怕都记不起那个孽种喽！"

"我不会忘。"我说。

"你不会忘就好，你三叔公知道了会在天上笑的。"远房婶婶夹了一大箸笋干堆在我本来已经冒尖的碗里，又说，"不过记不记得这孽种也莫相干了，他死都死掉四十多年了，我家雄崽就是那年生的，我记得最清楚。"

罗圈子在他的新土楼里一直住到了解放。1953 年镇反时，人们对三叔公的死提出了疑问，有人提出三叔公的死和罗圈子有关系，罗圈子跳脚指天地叫着冤枉，却依然被确定为镇反对象，加上他仗着有个儿子当白兵平时横行乡里无所不为，群众认为他属于罪大恶极之流应予枪决。罗圈子搬出了他当红兵的儿子，扬言谁敢动他一根头发小心当红兵的儿子回来要谁的命。县里也认为谨慎为好，特地派人去找到了他当过红兵的儿子。罗圈子当过红兵的儿子是时已在省里当了一名处长，分管着一个很有权力的部门，听到政府要对他父亲实行镇反的消息后，半晌没说话，只是临到最后他提出一个要求，枪毙那天允许他亲自到场。

枪毙罗圈子的那天，会场上人山人海，红旗招展口号喧天，温坊的人全去了。同时枪毙的，还有几个在第五次反"围剿"失败中央红军撤离根据地后伙同白军、还乡团杀害红军和苏维埃干部的劣绅和凶手。罗圈子被押上会场时，一眼看见了坐在审判席上的他的当红兵的儿子。早已吓得魂不附体的罗圈子，像是突然见到了希望，眼睛里闪出一道雪亮的光。

"哈！你们想发生了么事？那个罗圈子就像鸦片鬼吸了鸦片膏，一下子就从地上这样子跳了起来，一跳这么高。"远房婶婶不怕崴脚扭腰地学着罗圈子当年的样子跳给我们看。

罗圈子喝退了扭住他的人，本来已经软了的脚杆也一下子就有了劲。人们开始了骚动，就像是一出戏已经演到了最动人心弦最有悬念的地方，结果会怎样呢？罗圈子儿子不动声色，谁也看不出这出戏的结局会怎么样。人家毕竟是省里的处长啊，论权力比县长还大哩，定不定反革命不好说，罗圈子的命是保

271

住了。人们纷纷悄声议论着，几个揭发了罗圈子的人已经在后悔。大会开始了，大会主持人宣布"由罗处长宣布判处死刑的反革命分子名单"时，会场上沸腾了，人们紧张，兴奋，似乎这出戏有意要绞杀他们的神经。当罗处长用他沉郁洪亮、中气十足的嗓音念到罗圈子的名字时，人们只听台前一声长叫，一个黑影噗地瘫倒下去，再也没有起来。一小时后，罗圈子和那几个反革命分子一齐被拉到冠豸山山坳里枪决了。温坊的人们对罗圈子当红兵的儿子的态度比对罗圈子的死本身还感到惊心，纷纷传说着当了干部的人心肠硬是和做田的人不一样。

罗圈子当红兵和白兵的两兄弟从不来往。"文革"开始后，罗圈子当白兵的儿子又闹腾过一阵，先是说罗圈子镇压时镇错了，土改时划成分也划高了，一亩三分地无论如何也划不出个富农，天天到县革委闹着要平反。县革委一开始没有理他，罗圈子的儿子便搬出了他在省里当局长的哥哥当说辞，坚决要求平反。县里无奈，专为这事又去了一趟省城，回来后警告罗圈子当白兵的儿子说，城里正在闹"文革"，他的哥哥此时正泥菩萨过河自身难保，他若是再闹就老账新账一块儿算，弄不好把他也像罗圈子那样抓起来镇压了，罗圈子的白兵儿子才算偃旗息鼓。

"罗圈子当白兵的儿子现在还活着吗？"我抑制不住好奇。

"哈！你再也想不到。"远房婶婶一副无所不知的架势，"人家当白兵的儿子只生一个女，女在外头发了财，把她的爷接到美国去了呢！"

乔纳寓意不明地冲我摊开双手耸了耸肩。其实他听了半天什么也没听懂，更搞不清都从中国跑到美国去了些什么人。

晚上我也住进了连城大酒店。

这是连城唯一像样点的酒店。和京城里那些当得起叫"大酒店"的宾馆相比，连城大酒店简直可以说土得掉渣。论设备它什么都有，标准间豪华间空调电话健身酒吧，可没一样东西感觉到位。床单印有牡丹花图案，暖瓶上一个红双喜字，卫生间地下有水，但马桶盖上和五星级饭店一样摆有一张"已消毒请放心使用"的纸条，让人无论如何放不下心来。但和往常到别的地方不同，我竟然没有一点挑剔，与相隔不过十几里冠豸山下的温坊和祖屋相比，这里的确是天堂了。你不忍嘲笑你的乡亲，他们的进化刚刚至此。我对操着和奶奶同样口音的小姐们由衷地微笑，不断为她们的服务表示感谢。

我收拾好自己的东西便去找乔纳。乔纳住在我下面一层，我进去的时候，他早已按中国习惯为我沏好了一杯茶水。他说，瞧，茶都凉了。那意思是说，你过来得太晚了。

我没有立即拿出我的论文。我想先听听乔纳的进度和思路，同时我不知道自己内心深处是不是总有点想跟这个洋古汉语博士争个高下的心劲。研究自己的老祖宗，说中国话的拼不过人家说美国话的，也未免太丢老祖宗的人。

乔纳承认他在几个关键的词上遇到了障碍。我得意了，递给他早握在我手里的论文。

"我完成了！"说完我舒舒服服地往沙发背上一倒。

乔纳在看完最初几行之后，抬起头来看了看我，然后他飞快地向后翻了翻，一直翻到完。

"看得认真些，"我提醒他，"这不是小人书。"

乔纳抬起头来对我说：

"我已经读过这篇论文了。"

乔纳开玩笑绝对是高手。你看着他那双清澈诚实的眼睛，不苟言笑的表情，打死你也不会认为他在骗人。他这样子反而更惹我发笑，因为我了解他。他是在报下午关于"箸"的一箭之仇。

"得啦，别开玩笑了。李白那首诗没那么重要，真的。"我说。

乔纳重新说了一遍：

"真的，我已经读过这篇论文了。在圣约翰大学学报上。是在三天前登出的。"

乔纳极其严肃，一点儿没有开玩笑的样子。这使我更加佩服他的演技。我说：

"那就奇怪了，我并没有寄给他们哪！我不但没来得及把它们译成英文，连中文都还没来得及发表哪。"

乔纳突然提高了声调，用一种从未用过的郑重口吻对我说：

"我希望你认真对待我的提醒，我从一开始就没有和你开玩笑。如果这篇论文的确是你写的，我正式向你宣布：有人已经盗用了你的成果。你的论文被人剽窃了。准确点说，被你的朋友中建剽窃了。他不但已经把你的论文拿去发表，而且已经申请注册了论文登记号。这就是说，你的论文，无论是用中文还是英文，在国外还是国内，都不能再发表了，如果你坚持发表，你就构成了侵权！"

那个晚上，整整一夜我都没有睡好。不仅仅是由于乔纳的消息引起的震惊。

窗外起了风。在这样南的南方，大山里的风居然会发出北方的风才会有的呜呜声，如果你不时时提醒自己，你就总会以为自己是在北方。在风声里，在纷乱的思绪里，我彻底失眠了。我想起昨晚临走时乔纳送给我的警告：这个教训告诉我们，自私和背叛永远是现代人给我们的启示，无论在美国在中国都是一样。这是一个小人的时代，英雄早已经没有了。你可以不做小人，但要时刻提防小人。何况就是有英雄，他也只能在公平竞争中取胜，可是你能指望有这种公平的竞争吗？你会发现你生活在小人的海洋里，小人绝不跟你讲公平，讲规则，因此，英雄总是毁于邪恶，而胜利总是属于小人。换言之，英雄通常毁于小人，这永远是一个真理。

我惊异于乔纳的深刻。原来他根本不是一个大孩子。我甚至恍惚明白了，他为什么情愿在这样质朴的大山里一待五年。而那个人呢？那个曾让我如此信任甚至一度心旌动摇的人，那其实是一个在最龌龊卑琐的环境中都能活得胜任愉快的人。我的脑子里闪过了一桩又一桩曾经让我疑惑或曾经坚信不疑的事，现在它们全都突然变得无比清晰。我想起申建为什么会对买下《迁徙诗》原作花费那么大的心思，为什么会对我让他去爱丽丝岛如此兴致盎然。如果他不是想独占成果的话，我们三个本来可以弄出一篇质量相当不错的论文，可现在我才明白，他绝不会为一篇三人同时署名的论文卖力。如果他想拿更高一级的学位或者职称的话，三人同时署名的论文对他毫无意义。

比这更让人心痛的，是我在恍然间猛地明白了，和他在雨中的巧遇，大雪中的等待，统统都不再是一次偶然，更不是一种浪漫，而是经过了精心的计算。正如他在我头疼的那个晚上，关上大门又轻轻地返回客厅一样，不过是他无数次深谋远虑中的又一次略施小计罢了。我心头掠过一阵痉挛，突然间的清醒使我羞愧，一切原来隐在黑暗中的东西都像闪电划过夜空那样骤然清晰地显现，包括那把朴实的老黑伞的神秘失踪，那块本来应该在2号桌后来却飞到了3号桌上的牌子，都在瞬间翻开谜底。它们统统是这个人的略施小计。如果这些只是纯粹的玩笑，生活会因此充满情趣和快乐，可如果不是这样，如果所有这些背后都潜伏着一个目的的话，生活之于你就简直太可怕了。

临近天光的时候，我从一夜未睡的床上爬起来，先给乔纳写了张条——

"乔纳：往圣约翰的电话不必打了。既然这是一个小人的时代，世界上再多一个小人也无妨。比起这些来，咱们要做的事情还很多。我一早就走，不跟你告别了，下次再见。"

我把房间钥匙和留言交给总台小姐，并嘱咐她让送我去厦门的车两小时后开到冠豸山下等我，然后我提着简单的行李，踩着早晨的露水上路了。

我要最后再去一次冠豸山。

十几里路并不算远，大约一个时辰我就到了山脚。

清晨的冠豸山仍笼罩在一层朦胧的睡意里。这时，它是蓝色的。风已经停了，树和竹子动也不动。鸟们还没有醒来，间或发出一两声梦呓。一只斑斓的山鸡低飞着从小径穿过。我感到一丝歉意。我不愿意打扰它们。

在祖爷爷和祖奶奶的墓厝前，我点上了两炷带来的香。然后退后两步，正对着墓厝跪下，深深地磕了三个头。这是我昨天想做而碍于人多没有做成的事。我在心里对祖爷爷和祖奶奶说：

"七十年了，您们一直在风里雨里受屈，但是您们不要怪我的爷爷和父亲。就像我们一直惦着他们一样，他们也一直惦着您们。如果不是因为爷爷，我们也许永远也不会知道您们一直在家乡的大山里等着我们。是爷爷叫我们来的。今天，我替爷爷和父亲给你们磕几个头，我知道您二老不但能原谅我们，而且会原谅爷爷和父亲。从今以后，您二老安心睡吧！"

我想，祖爷爷和祖奶奶一定听见了，因为就在我心里的话刚说完的刹那，那两炷香倏地灭了，只剩两柱烟笔直地插向蓝天。几乎与此同时，太阳出来了，百鸟齐鸣，天地一片光明。

我转过身来，贪婪地看着这景色。

从山上望下去，视野无比开阔，太阳从身后的东方向西方射去，千山万壑浴满金光，那山像大海的波涛一样，一个浪峰接一个浪峰远去，无休无止，无边无垠。我惊异，它们是多么壮观，多么美呀！这是我故乡的山水，我与它们在这个世界上共同生活了四十个年头却从未动过回来看它们一眼的念头。现在，我终于看见它们了。我几乎立刻就可以确定，它们是我所见过的最美的山。在没有见到它们之前我曾无数次地想象过，如果我的老家不是在这里，而是在北方，在北方的某一座城市里，像别人的那样？但现在我无法想象了。我知道我是这样爱它，爱它的一切。血缘这种东西就是这样奇怪，一旦你从它那里被诞生和塑造出来，它就是唯一的，不可选择的，它会默默潜伏在你身上无影无形几十年，却突然一夜间向你抖落出它驾驭你力量的强大。你爱它，出自天然，哪怕它是那样僻远、贫困、一无所有。在这一片最深最大的大山里，曾经诞生过多少故事？有勇气走进这大山和从这大山走出去的，无疑都是最有血性的汉子。千百年来，他们就像这些大山里的地瓜那样，在这片差不多可以算作世界上最赤贫的山里，吸吮着最稀薄的乳汁，却长成了世界上最优秀的品种。这就是为什么去年我在美国几乎所有最豪华的超市里到处都能看到它的影子，那种特殊的黄金质的琥珀色泽总是使你一下子就能从成千上万种商品中把它挑出来。不用看，你就知道它们来自连城，在精美的包装袋上一律印着 Made in China, Liancheng，是的，不用看你就知道，因为它们是如此的独一无二。这是赤贫的连城的唯一财富。连城并没有因为这些地瓜而富裕起来，也正由于此，赤贫的连城还盛产着另一样东西。据我所知，在即将过去的整整一个世纪里，连城除了盛产地瓜就是盛产烈士，——盛产着那些最忠诚刚烈、最优秀的人。

　　一团团白云在山峰山谷间飘浮变幻着。有一缕白云从两座大山的山尖穿过，然后徐徐飘进山岫。远远看去像是一支人马在云中行进，有壮年男女，有幼童，有老妇，为首一个老者，白发虬髯衫影飘飘，他们肩背手挑，行进艰难，他们走着，飘着，渐渐隐进山岫不见了，只从白云深处隐隐飘来一首你听不懂的他们的歌。

　　我的视线模糊了。不知为什么，没来由地我又想到了爷爷。

　　这里的一切都使我想到爷爷。我曾是那样地不理解他，而现在，站在冠豸山上，面对着万千大山，我开始懂得了他。

　　我突然想到，不该让爷爷一个人孤零零地留在北方。我应该把爷爷的骨灰带回到大山里来，然后像大山里所有的客家那样，装入一只罂。爷爷漂泊了一辈子，无论是他的肉体还是他的精神、他的感情，曾经那样久地无所依附，按照客家的规矩，遗骨先入罂再入土为安，是他最稳妥的归宿。从此他可以憩息在地下，紧紧贴着冠豸山的泥土，这是他眷恋了一生的土地。我想，我要挑一只紫色的罂来装爷爷的骨殖。是的，紫色。这是爷爷的颜色。

1998 年 12 月

后　记

改定全书的最后一个字，是凌晨 4 点 21 分，北京人睡得最沉的时刻。从开始动笔的第一天算起，已有四个月零三天被我丢在了窗外浓重的夜色中。按说这是一段并不太长的日子，却比我原先预计的时间多出去了将近一倍。因为我曾计划用两个多月的时间写完这部作品，当初的计划也不是现在的三十万字，而是二十万字。

之所以一开始就写下上面这段话，是不想隐瞒这部小说写得很急也很苦，原因是多方面的。没有整块的时间，没有安静的环境，没有哪怕一日半天的休息以补充精力，只有已经燃得像火一样的创作冲动和三个月左右可以相对自由支配的业余时间，我只有像赶路那样逼迫自己在这段时间里把它弄完。于是从去年夏末开始，除了上班之外，我将自己全部的精力投入了这片让自己悲伤、抑郁、激动和战栗的情境之中。我停止了一切社会活动，关闭了所有的电话，不敢睡一个懒觉，白天精力充沛时要和所有人一样正常上班，到下午四五点，待人们陆续离开办公室，走廊里安静下来而疲惫也已经袭上身时，才能开始我的"赶路"，从下午 5 点至晚 9 点在办公室赶，9 点回家吃饭，饭后稍事休息，和女儿打闹一阵儿，11 点左右又接着赶，直到凌晨两三点。我无意在此诉苦，而是想说，这种创作法肯定会使作品受到某种程度的损害。几个朋友毫不讳言地指出了这一点，这也就是为什么在作品中有些地方显得"气"不够足的原因，远不似那些老到的作家们步子迈得稳健沉着，不疾不徐。对于这点，我认账。

但这并不等于说，这样一部三十万字的作品只是这三四个月冲刺的结果。

实际上它们埋藏在我胸中已经多年，这里面的人物命运以及语言，于我早已大段大段烂熟于心，描摹它们，把它们展示出来只是时间早晚的问题。

当我第一次回到深藏在群山之中的我的老家福建连城时，我就被它雄奇的气势和秀丽的景色所打动。然而真正打动我的，是我始知它距红都瑞金仅仅一百公里且同属一块圣地，在这块土地上家乡的亲人们为中国革命和历史所做出的巨大牺牲深深震撼了我，使我觉得我若不能为他们写点什么——这也是我唯一能做的——简直就对不起他们。这一念头搅得我寝食难安。为此我曾先后四次回龙岩，想方设法去体验它，感悟它，收集了大量关于这块圣土的资料。渐渐地，这片大山在我心中的影像愈来愈清晰，也使我感到非动笔不可了。想起第一次随父亲回老家前本是怀着一种无所谓的心情上路的，没想到其后竟将整整十年心血抛洒，到最后竟会为它魂牵梦绕神不守舍，这或许就是人们通常所说的"缘"吧？也或许这里面埋藏了父亲一份深深的心机？

在先后修改了三次提纲之后，小说中主人公的称谓成了使我迟迟不能动笔的原因之一。自从"我爷爷、我奶奶"的写法出现并且成功之后，写我爷爷我奶奶我姥爷姥姥甚至小姨大舅的作家趋之若鹜，一度成为一种时髦，按说这无论如何该成为一种避犹不及的模式了。但我在踌躇再三之后，却始终找不到一种比这更合适进入的角度，我想，这大概是人物和真实离我太近的缘故。他们和它们，是我的血脉曾经流经的所在，早已成为我生命中不可回避的一部分，如果换一种写法，将会是另一种形式，另一种风格，甚至会完全变为另一群人，另一种情感，那是我所无力驾驭的。

还有一点必须要说明的，是我将我写过的一个中篇的内容部分地移到了这部小说里面，原因也很简单，那个中篇是我感情的一次"喷发"，当再次面临这些情感时，我竟再也找不出比那次喷发更浓烈更准确的表达，苦恼之余，只有把那个中篇的部分内容移植到长篇里来。好在那部中篇确实是我写的，我想一个人假使把自己的钱从左口袋里挪到右口袋，无论如何也算不上偷窃。

就这样，在备足粮草之后，我满怀激情地上路了，和我的主人公们一起开始了前面描述过的昼夜兼程。我和他们一次次在纸上和梦中相遇，和他们不时在北京的寒夜中喁喁交谈，和他们一起哭泣欢笑，一起受苦受难，一起死亡和涅槃。当12月那个凌晨放下笔与他们告别的时候，我感到的不仅是心力交瘁，还有依依不舍的留恋和感伤，似乎又在经历一次与亲人的远别。放下笔的一霎我已经知道哪些地方可以写得更好，哪个人物还可以写得更丰满些，但回过头去看看，我又知道即使有更多的时间让我重写，即使再修改几遍，也不会使它有根本的变化。那样做的结果可能会比现在更精致更周到，但不会像这样一气呵成，因为就其本质上来说，这部作品更应该是一道感情宣泄的河流，而不是以布局严谨精雕细镂见长的殿堂。

在这部作品出版之际，我要特别地感谢我的朋友们，是他们在整个创作过程中给了我热情的激励和帮助，使我在疲劳和困顿中一次次重新获得勇气。还要感谢孙阿冰女士热情地为我查找了一些极难寻觅的资料；感谢编辑同志为本书的出版所做的细致工作。在这里，我还要向我的家人们表示歉意，在那段时间里我不得不将他们撇在一边。我的被人们认为格外娇气的小女儿，在几个月的时间里没有吃过几顿妈妈精心制作的好饭，并且在那些日子里表现得格外懂事，很少来烦扰我，只有我才知道这对她来说是何等的不容易。还有我的母亲，在刚刚失去我父亲的这段最需要人照顾和安慰的时间里很少得到来自我的照顾，是我的兄嫂弟妹们承担了大部分的工作，尽管我对此做过解释，心中的歉意终是去不掉的，我只有把这份感激连同歉意一起藏在心底。最后要感谢的，是每一个付出自己的精力和时间来阅读这部作品的读者。

项小米

于北京四道口

1999 年 1 月 24 日